スパイ小説の背景

Akira NAOI
直井明

論創社

スパイ小説の背景

目　次

第五章　エリック・アンブラー

スパイ小説の背景

装丁　野村　浩

第一章　レン・デイトン——『イプクレス・ファイル』の妙味

「……ところで、イプクレスって、ギリシア神話の人物なの？」
――〝私〟の助手ジーン・トニスンの発言

1

一九八五年にエドワード・ミルワード＝オリヴァーの編纂したレン・デイトン（一九二九～）の書誌*Len Deighton: An Annotated Bibliography 1954-1985*が出版された。デイトンの署名入りで、三百七十五部の限定版である。この書誌によると、『イプクレス・ファイル』が出版されたのは、イギリスでは一九六二年十一月十二日、アメリカでは翌六三年の十月二十九日となっているから、たぶん六三年の秋のことであろう。昼食のあと、当時としては大型の書店だった〈サム・ヒューストン・ブックショップ〉に入ったら、この本が平積みになっていた。

ひとめ見て、表紙のデザインにとり憑かれた。モノクロームの写真で、被写体はコーヒー・カップと受皿。吸殻。ペイパークリップ。拳銃と一発の弾丸。白地に配置されたこれらの品物の白と黒の対比には、衝撃的と言いたいほどの緊迫感と静寂があった。聞いたことのない作家だったが、表紙を見ただけで読んでみたくなる本だった。

書誌には、編者とデイトンとの対話も収録されており、そこでも、レイモンド・ホウキーのデザインしたこの表紙が好評だったことが話題にあがっているし、植草甚一さんも「カバーのデザインを見ただけで読みたくなる」と書いているから、表紙の迫力に魅入られたのは私だけではなかったようだ。

『イプクレス・ファイル』を読んでから、表紙を見直すと、ホウキーが作品の内容を実に的確にとらえて、デザインを作り上げたことが感じられる。被写体をもう少し詳しく語ろう。コーヒー・カップは真上からやや手前に引いた位置から撮られているので、カップの胴に何かロゴと文字が入っているのが見える。拡大鏡で見ると、王冠のようなロゴの下にWar Office（陸軍省）、その下にCanteen（酒保《しゅほ》）と書いてある。カップの中身は、ミルクの澱んだ、冷え切った感じの飲みかけのコーヒー。これを飲んでいた男は受皿を灰皿の代わりにして、受皿で煙草を押しつぶしたので、吸殻が汚らしい。カップの縁にも吸殻にも口紅の痕がないから、コーヒーを飲んでいたのは男だと見てよかろう。受皿の横にペイパークリップが二つある。これが写真の上半分である。陸軍省の食堂で煙草を吸い、コーヒーを飲んでいたが、半分しか飲んでいないのは、急な仕事ができて、飲みかけを残して席を立ったのか、あるいは、コーヒーの飲みすぎだと気がついたのかも知れない。受皿で煙草を押しつぶしているのは、かなり無神経な男であるのを暗示しているように思える。ペイパークリップが残っているのは、男が何か書類を読んでいたのか。あるいは、スパイにも普通の職員と同じようにペイパーワークがつきまとっているのを示しているとも解釈できる。この写真から、ちょっと前までそこに坐っていた男の疲労感が伝わってくる。

写真の下半分にある拳銃は、モノクロームであるために鋼の冷たさが強調されている。ここに〈スミス＆ウェッソン〉の中でも最も異様な形のレヴォルヴァー、モデル四〇、〈センテニアル〉を置いた着想がすごい。〈センテニアル〉が異様に見えるのは、レヴォルヴァーなら、かならず付いているはずの撃鉄がこの銃には見当たらないせいである。撃鉄がないわけではなく、普通なら突起している撃鉄をフレームの中に内蔵する構造にし、フロント・サイトもスロープ型にして、銃全体から鋭角部分を消し去り、ホルスターから抜くときに上衣の裾に引っかかる危険をミニマイズしようとする狙いから生まれた設計だ。撃鉄を指で起こすことが出来ない構造なので、ダブル・アクションでしか発砲できず、しかも銃身が短いから、五十フィート先の標的の黒点の真中に命中させるといった精密射撃には不適だが、すぐに抜けるようにという配慮からみると、一瞬を争う超近距離戦闘のためにデザインされたもの、戦場の兵士や路上の警官よりもスパイ向きに作られた銃だと言えよう。それに、ポケットに穴が空き、上衣が焼け焦げることさえ気にしなければ、ポケットに入れたままで連射できる数少ない拳銃の一つなのだ。ユニークなのは、レヴォルヴァーでありながら、安全装置があること。とは言っても、親指で上下に作動させる装置ではなく、グリップ・セイフティである。一八五二年に創業したスミス＆ウェッソン社が一九五二年十二月にこのモデルを発売しているから、百年祭《センテニアル》のモデル名になったのであろう。

この拳銃は『イプクレス・ファイル』の第6章に二、三行出てくる。主人公の〝私〟がレバノンに出張したときに支給され、「打金が出っぱっていないで、把部に安全装置を組みこんである様式のスミス＆ウェッソン。六つの輪胴には弾丸がびっしりおさまっている……それにスペアーの輪胴が二箇」（井上一夫訳）と描写されている。

余計なことだが、デイトンはこの短い文章で二つ間違いを犯している。〈センテニアル〉は五発しか装弾できないし、オートマティック・ピストルの予備のクリップのように、スペアの輪胴を二箇もつけているのがおかしい。レヴォルヴァーの輪胴は半永久的に使うもので、簡単に取り外せるものでもない。デイトンはオートマティックを撃ちつくしたときクリップを交換するように、レヴォルヴァーも輪胴を交換すると思ったのだろうか。

第16章で〝私〟が新規採用の秘書のハンドバッグを見て「何がはいっている？ 真珠のグリップのスナブ・ノーズの二二口径オートマティックか」と冗談を言うので、びっくりした。スナブ・ノーズというのは、銃身二インチぐらいのレヴォルヴァーの形容にしか使わないと思っていたのに、オートマティックの形容に使っても構わないものらしい。

機能美とでも言うのか、奇妙な美しさを持つ〈センテニアル〉と仕事の疲労感の象徴のような汚れたコーヒー・カップ、それにペイパークリップの組合わせは、『イプクレス・ファイル』以前のスパイ小説の世界に現われたことのなかった、スパイの地味な、かなりしみったれた生活を暗示していて、それがホウキーのデザインのみごとさだった。ペイパークリップはデスクワークを連想させる。この作品の十年前に書き始められたフレミングの作品の中で、ジェイムズ・ボンドが出張旅費を計算したり、接待費の枠を心配する場面はなく、経費は使い放題だったが、デイトンはエリート階級だったスパイを経費を気にせねばならぬ普通の公務員の現実に引きずりおろしたわけだ（デイトンは自作の映画化の話が持ちこまれるまでボンド物を読んだことがなかったという）。同僚四人と高級レストランに行って、飲み食いして、上司に二十三ポンドも使ったのかと追及されたりするが、これはサラリーマンが同僚と一杯やって、会社の接待費につけて、文句を言われているのと同じだ。

過去のスパイ小説と違うおかしさは、スパイは武器に不自由しないものだと思っていたのに、拳銃などを常備しているのではなくて――その気になれば入手する機会はあるのだが――任務上必要となると、その都度、申請書を出して、軍から借り出しているらしいことだ。〝私〟のところに、ロンドン陸軍省特別支給室担当官まで上記の陸軍省資産を本人が持参し返却すべしとの通達が届く。この資産は四五口径コルト・オートマティックである。〝私〟は通達書を流しの下のゴミ缶にていねいに捨てて、ブルーマウンテン・コーヒーをたっぷりとかける。事情は説明されていないが、どうやら以前の任務でコルトを借り出して、いまだに返却しておらず、おそらく紛失したと見えて、返却せよという通達なんて見てませんよととぼけるつもりで、念入りにコーヒーをかけてゴミにしてしまったのだ。この行動で、スパイが特殊な職員であるにせよ、正規の手続きをとらなければ拳銃は借り出せないという内規に縛られていることと、それと同時に、主人公の〝私〟の不良っぽい図々しさが読みとれる。〝私〟は射撃が得意だとか、銃に愛着を持つようなタイプではない。『ベルリンの葬送』でモーゼルのHScを持った男が登場する。この男は死ぬが、モーゼルがどうなったのか、全く言及されていない。その気になれば、〝私〟はその銃をポケットに入れてくることも可能だった。現に、〝私〟は貸金庫に出所不明の三二口径コルト・オートマティックと予備のクリップ二箇を隠匿している。陸軍省のコルト返却指示を無視した結果、問題が起きたのか不明だが、第二作では、一つの任務が終ると、上司が「銃はここに置いて行け。使いの者に陸軍省に返させるから」とブローニングFNとクリップを抜け目なく〝私〟から取り返す。このあたりの抑えたユーモアが楽しい。

E・ミルワード＝オリヴァーの『レン・デイトン書誌』にはジュリアン・シモンズの序文があり、夫人が先に読んで、思わず引き込まれるけど、難解で、とても変っている小説だから、ぜひ読むべきだ、私ももう一度、今度はゆっくり読んでみるつもりと彼に告げたと述べている。また、ある書評では、「作者が不明瞭で曖昧な書き方にのめりこんでいるので、理解しようと思ったら読み直さねばならなくなる」との指摘もあった。シモンズ夫人も書評家も私も、読み直してみたくなるという奇妙な魅力に、まんまと引っかかった。

わけの分からない出来事が連続する。たとえば、〝私〟が月曜日にいつもの時刻に出勤すると、局の前の車の中でアリスが待ち構えている。このアリスというとびきり優秀な女性局員も不思議な存在で、若くないようだが、年齢不詳、新しい秘書のジーンに言わせると、〝私〟はアリスをこわがっている。アリスの車に乗せられ、書類封筒を渡され、途中で知らぬ男の車に乗り換える。封筒には、古びて見えるように作られた新しい変名の旅券、ベイルート行きの航空券、レーヴンの写真とロッカーの鍵が入っている。空港に連れて行かれ、ロッカーをあけると、書類鞄と旅行鞄があり、それを持って飛行機に乗り込む。一体、どうしてこうなるのかと、読み直してみると、確かに、上司に来週トリッキーな仕事をするから、書類を変更しろと言われており、陸軍省の文書課に行って、写真と指紋をとられているのだが、それが新しい旅券を作るためだったとは、

〝私〟が書類封筒を開けるまで読者には分からないし、ベイルート出張がトリッキーな仕事のためだったと読者が知るのは、もっと後になってからだ。アリスのやり方はまるで拉致みたいで、常識的に言えば、海外出張なら自分で詰めた鞄を自宅から持って出て、オフィスで新しい旅券を渡され、ベイルートに行って、レーヴンを奪回するのだと上司の説明があるはずなのだが、デイトンは普通の小説の展開の仕方や、まず伏線なりヒントなりを提示しておいて徐々にサスペンスを盛りあげていく常套手段を無視して、わけの分からぬ局面を次から次に積み重ねていき、読者を迷路の中に引き込んで行く。

普通なら、明日出発ですと連絡がないと、翌日の新聞やミルクの配達を中止することもできない。有能なアリスが配達をとめてくれるのだろうか。拉致されるような形でベイルートに派遣されるが、〝私〟はこんな形での出張になるのを承知の上で平然としているのか、それとも、読者同様、混乱してしまっているのに平然としているふりをしているのか、読者には判断がつかない。

クリスティーの『フランクフルトへの乗客』でも、主人公は訳の分からぬ状況に捲き込まれてストーリーが進行し、「ぼくたちの行先は？　質問してもいいかね？」「ええ、かまわないわ」「しかし答えてはくれないんだろう？」「答えてもかまわないわ。いろんなことを話してあげられるけど、それでどうなるのかしら？（以下略）」といった会話が出てくる。主人公が読者に代わって質問してくれているのだが、デイトンはそんな配慮をせず、読者は彼の語り口に振り回されて混乱を楽しむことになる。

ベイルートの任務の次に、太平洋のトクウェ環礁《かんしょう》に派遣される。アメリカが行なう核爆弾の実験に立ち会うためだが、〝私〟のような職務の男がなぜ太平洋の環礁に行くのかと、ここでも戸惑う。ロンドンのあとではまぶしく見える快適な基地の島には、ステーキやマティーニもあり、昔なじみのCIAの少佐と再会するが、彼とジョニ黒を飲むときには、お目付け役のような中尉が同席する。少佐の部下だった黒人将校バーニー・バーンズとも出会うが、バーニーは工兵中尉リー・モンゴメリーのネーム・カードを付けており、謎めいた思い出話をして立ち去る。その謎を読みといて、核爆弾を設置した塔の上で彼と会うと、この島で最も危険な人物はお前だと言う。盗聴され、監視され、〝私〟が敵側に情報を流しているとMI5からCIAに連絡が入っているのだと告げる。このあたりで、読者は前よりもさらに混乱してくる。〝私〟自身も奇妙な成り行きに翻弄されて、カフカの悪夢に似たスパイの世界の迷路に入り込んで行く。

レン・デイトンは一九六〇年にこの小説を書き始めた。当時、フランスに住み、イラストレーターであり、夜、楽しみのために、はっきりしたアイデアもなしに書き始めたという。

2

トクウェ環礁は敵国ではなく、イギリス人である〝私〟の友好国アメリカの基地の島である。それにもかかわらず、〝私〟は米兵を殺害した犯人として逮捕されて殴られ、訊問や知能テストが繰り返されてから、捕虜となっている米軍の飛行士二名と交換することになったからハンガリーへ送還すると突然言い渡される。このときの〝私〟は「最初はハンガリーへ送られるという考えを真剣に受けとめていなかった」と言っているから、当人もまだ悪夢の中をさ迷っている状態だった。麻酔薬を注射されて昏睡し、意識を取り戻したとき、ハンガリーの収容所らしい設備に監禁されている。そこで、空腹、夜の寒さ、殴打を経験し、二十五日目になって、要求した記憶もないのに、イギリス大使館の三等書記官が面会に現われる。書記官の態度を見ているうちに、〝私〟は「厚かましいと思うかも知れないが、あんたの身分を示すものを見せてくれませんか」と彼に言う。あとで述懐したところによると、この質問を発したとき、〝私〟は悪夢から目覚め、迷路から抜け出して真相に気づいていたことになる。三十五日目に〝私〟は監禁されていた家から脱出する。

この脱出の描き方も、実にデイトンらしい。その章の末尾の三行とそれに続く二ページの短い章を読んでも即座には成り行きが飲みこめない。その点、映画化作品（邦題「国際諜報局」）では要領よく処理されていて、建物の外に出たときに目の前を通り過ぎて行くものが、一瞬のうちに事態を説明してくれるのだが、原作では一、二分かかってじわじわと解ってくる。

孤立した〝私〟は、地下に潜らねばならぬ緊急事態に備えて、局止めの郵便、銀行の貸金庫、質屋などに分散して隠していた別名の身分証明書、現金、拳銃、上衣など、〝スパイの保険〟と名付けた品物を取り出して、独りで事件の解明に取りかかる。この〝スパイの保険〟というのも、過去のスパイ小説には登場したことがないし、概して行き当たりばったりのジェイムズ・ボンドが〝保険〟を準備していた場面も想像しにくいので、新鮮なアイデアだった。

こういう奇妙な局面が積み重ねられ、転換が連続し、「これもまた、スパイの保険なのだ」という最後の一行にたどりつくが、まだ充分に説明してもらったような感じがしない。それで、もう一度、一ページ目から読み直してみると、あのエピソードが意味していたのはこのことだったのかと、断片が納まるべき場所に納まって、ジグソー・パズルが完成したような感じがするのだ。『イプクレス・ファイル』を読んだとき、まるでカフカの小説みたいだと思った。主人公が殺人犯として友軍に逮捕され、ハンガリーに送られるという不可解な悪夢のような展開、主人公の陥った悲劇的な状況がカフカを連想させる。もっとも、カフカの悪夢には解決がないが、ここでは最後に合理的な解決があり、読者はほっとし、満足する。

主人公の〝私〟の名前は不明である。ベイルートへ行く途中、ローマの空港でペイパーバックを見ていると、やあ、ハリーとそっと声をかけてきた男がいる。「今の私の名はハリーではないのだが、この職業では、その名前も使ったことがあったのかさだかではない」と当人は言う。〝私〟はその後も氏名不詳のままだが、『イプクレス・ファイル』が映画化されたときに〝私〟の名はハリー・パーマーとなり、マイケル・ケイン主演の一連の作品は〈ハリー・パーマー〉シリーズと呼ばれるようになった。『ベルリン・ゲーム』が出たときだったと思うが、NYのミステリ書専門店の〈マーダー・インク〉で、客が店主のキャロル・ブレナーに、この本もハリー・パーマー物かと訊いているのを見かけた。ハリー・パーマーは映画作品だけの名だから、ミステリにかけてはエンサイクロペディアみたいな店主も即答出来ず、沈思黙考した。彼女がどう答えたのか記憶にない。私自身も、ハリー・パーマーって誰だっけと思った。〝私〟はローマに行くフライトで隣に坐った男の財布を掏《す》りとって中身を調べると、丸顔、角《つの》枠の眼鏡をかけた目はくぼみ、目の下がたるんで、しゃくれた顎の先にくぼみがある男の写真がある。写真の裏には、五フィート十一インチ、筋肉質だが肥満傾向、目立った傷痕なし、髪はダーク・ブラウン、目は青との注記がある。「私には見慣れた顔だ。朝、髭を剃るときに見かける顔がある」と持って回った言い方をしているが、これが読者に初めて説明される〝私〟の顔なのだ。一人称で語られているので、こんな形でないと〝私〟自身の描写は出て来ない。レイモンド・チャンドラーの『湖中の女』をロバート・モンゴメリーが監督・主演で映画化したとき、始めから終りまで徹底的に一人称の視点で撮影するという実験的な手法をとった。主人公が振り返る場面ではカメラがぐるりと百八十度まわるという撮り方をしたので、人間の眼や顔の動きとはかけ離れた鈍重な動きになってしまって、失敗作に終った。この一人称映画でも、観客がフィリップ・マーロウの顔を見るのは、殴られた顔の傷の程度を見ようと鏡をのぞいたときだけだったが、デイトンも『湖中の女』と同じような手口で、〝私〟の顔を読者に紹介したわけである。〝私〟の経歴は漠然としか判っていない。イングランド北部の鉱山町バーンリーの生まれで、労働者階級の出身のせいか、上流社会の人間に対しては反抗的というか、上司にはわざと厚かましくふてぶてしい態度をとるが、かえってこれが性格的魅力になっている。訳書のあとがきに「なぐられたときの彼の反応は、わたし自身とそっくり、床に倒れたままなぐられている」というデイトンの言葉が引用されており、どうやら、腕力の方はおぼつかないようだが、決断力は抜群だ。一九三七年に五年生、第二次大戦の終る九日前、つまり一九四五年にはすでに軍人になっていた。陸軍情報部に約三年間勤務し、その間に六カ月ほどCIAに出向していたという。軍での階級は全く不明。情報部での上司だったロスが少佐で、転籍後、〝私〟はロスとほぼ対等の立場で話し合っているから、少佐に極めて近い大尉あたりだったのではないか。

陸軍情報部から「諜報機関の中では最小だが最も重要な機関であるWOOC（P）」に転籍するところからストーリーが始まり、〝私〟は軍や軍情報部から離れて、文民としての勤務になるのを喜んでいる。この当時、MI5は内務省、MI6（SIS）は外務省の管轄だったが、WOOC（P）は内閣に直結する機関で、ここに配属された者の兵役の記録はほとんどすべて抹消されて、軍人であったという過去は消えてしまうらしい。内閣の直轄と言っても、WOはどう見てもWar Office（陸軍省）の頭文字のように見え、局に出入りする顔ぶれは民間人よりは軍人寄りの色彩が強い。WOの次のOCが何の略語か見当つかないが、（P）は「それで、きみは暫定機関の連中（The Provisional People）と働くわけか」というロス少佐の発言や、それを聞いて、軍は何であれ、暫定的《プロヴィジョナル》なものが嫌いなのだと〝私〟が考えるところから見ると、どうやらProvisionalの（P）であるように思える。最小にして最重要であり、内閣直轄の暫定機関というのが、何か特定の目的のために一時的に設置されたのか、そうだとしたらどんな目的だったのか、どこにも説明がなく、謎めいている。

〝私〟に除隊確認の通知が届くが、兵役記録は抹消されたはずなのだから、矛盾した手続きだ。〝私〟はWOOC（P）での部下となる統計分析専門の大尉を一時的に少佐待遇に昇進させるが、これも面白い措置である。部下が少佐待遇なら、〝私〟自身は少佐より上の階級なのではないかとか、〝私〟には大尉を少佐待遇に格上げする権限が本当にあったのかと疑問が湧く。また、軍曹のはずの部下が実は中佐で、「きみは私の命令に従うべきだ」と〝私〟に開き直る場面もあり、〝私〟がまだ軍人であり、しかも中佐よりも下位の階級であるのを示しているように見える。

〝私〟が登場するのは、『イプクレス・ファイル』『海底の麻薬』『ベルリンの葬送』『10億ドルの頭脳』の四作品で、第五作の『優雅な死に場所』の主人公も名前のないスパイであるが、前四作の〝私〟と同一人物なのか確定出来ない。次の『スパイ・ストーリー』は、パトリック・アームストロングという男の一人称で語られ、第一作や第二作の上司やソ連の大佐が再登場するので、この男も〝私〟かも知れないと言われている。デイトンが英国海外航空《BOAC》のスチュワードだった経歴のせいか、〝私〟の活動も、ベイルート、太平洋の環礁のほかに、マカオ、カルカッタ、ポルトガル、ベルリン、プラハ、ブダペスト、フランスのパリ、アンダイ、ボルドー、スカンディナヴィアと広範囲にわたる。

3

『イプクレス・ファイル』が映画化されたとき、アメリカの新聞の映画批評の中に、主人公のスパイはグルメだと指摘したものがあった。と言っても、高級レストランで凝った料理を注文する場面はなく、自宅でピーマン（だったと思う）をプロのような鮮やかな包丁さばきで刻むクローズ・アップがあり、横に玉ねぎ、トマト、卵があったので、スパニッシュ・オムレツを作るスパイと評された。

小説では、というと、*Où est le garlic*（『ニンニクはどこだ』）など料理書の著者にしては、料理のおいしさを強調する描写は意外に少ないのだが、「アリスが本物のコーヒーを飲めるように電動式コーヒー挽きを買ってきた」とか、謎の人物ジェイと会いに行く途中で、「ノーマンディ・バターとガーリック・ソーセージを買った」といった文章がさりげなく出てくる。念のために調べてみると、ノーマンディの牛乳から作ったバターは独特の風味があり、バターなんてどれも同じだと思ってはいけない、このバターでなければと信じるシェフもいるのだとの記事が目についた。秘書と昼食にイタリア料理屋に行き、レンズ豆のスープにカラマリとチキンを食べ、そのチキンの奥底にはバターとニンニクがまるで「黄金の芳香の葉脈のように」（井上一夫訳）芸術的に隠されていたという。これが『イプクレス・ファイル』の中で一番おいしそうな描写だ。

レバノンで食べたDgaj Muhshyという料理には（ナツメグ、タイム、松の実、子羊の肉、米を詰めたチキンをセロリと調理したもの）とカッコに入った注がつくし、子羊の肉とナスビ、玉ねぎ、ピーマンの串焼も食べている。

オフィスに取り寄せるサンドイッチも変わっている。トーストしたパンに卵とアンチョヴィのサンド、ライ麦のパンにパイナップルの入ったクリーム・チーズとハムとマンゴ・チャツネのサンド。本当にこういうのを作っている店があるのだろうか。

飲物では、ウィスキーのジョニ黒とティーチャーズ。第三作ではシングル・モルトのザ・グレンリヴェットを飲む。カンパリ、ティオ・ペペ、アスティのスパークリング・ワイン。ピンク・ジン、コリンズ、ロブ・ロイ、ミント・ジューレップ。実在するカクテルなのだとか、〝マンハッタン計画〟など三種類の珍しいカクテルのレシピが補遺に載っている。〝私〟はデュボネをソーダのビター・レモンで割って飲むこともある。

この作品の中で一番の美食家は、ロブスターを料理しながら、シャンパンのモエ・エ・シャンドンを飲む男だ。途中で逮捕されたので料理は未完成だったが、〝私〟の発言から察すると、彼はロブスターの串焼《オマール・ア・ラ・ブロシエ》を作るつもりだったらしい。この男は初対面の〝私〟に昼飯をおごらないかねと言い、〝私〟が、だめだ、給料は遅配しているし、機密費の枠は年に千二百ポンドなんだからと答えると、少ないな、二千にしてもらえと失礼なことを言った人物である。

デイトンについてジュリアン・シモンズが言った有名な言葉がある。ドナルド・マコーミックの*Who's Who in Spy Fiction*（一九七七）によると、シモンズは「彼が再現してみせるスパイたちの危険な束の間の人生には何か抒情詩的なものがあり……その質の高さがデイトンをスパイ小説の詩人にしている」と言ったという。

最近、『イプクレス・ファイル』のペイパーバックを見つけた。表紙はピーター・ウィリアムズという写真家によるものだが、アイデアは初版当時と同じ、飲みかけのコーヒー、吸殻、ペイパークリップ、センテニアルと弾丸が三発。それにTop Secretのすり減ったゴム印が加えられており、吸殻はコーヒーの中に浮いていて、初版よりもさらに薄汚い。カラーにしたためか、センテニアルは黒びかりするブルー・フィニッシュからニッケル・プレートに変わっているし、被写体の並び方も違う。おかしなことに、ほぼ同じ被写体を使っていながら、この表紙には、モノクロームの初版のインパクトがないのだ。

第二章　チャールズ・マッキャリー

1 作品の時間構成

どういう風に物語が生まれて来るのか。チャールズ・マッキャリー（一九三〇〜）は《TAD》（The Armchair Detective Magazine）誌のインタビューの中で記憶に残ったある光景を語っている。CIAの局員だったとき、彼はローマに住んでいた。コンゴへの長い出張から戻ってから、一週間の休暇をとり、夫人とシエナに行った。シエナはトスカーナの丘の上にあり、中世の街並みが残った雰囲気のいい街だといわれる。ホテルの窓から黒服のイタリア人の農夫が二人歩いて行くのを見て、その光景が何年も記憶に残っていた。で、それが作品とどうつながるのですかと《TAD》のライターが訊ねると、マッキャリーは、水田と黒い服装の男たちを思い出したのだという。

彼のこの記憶は『暗号名レ・トゥーを追え』の第3章の冒頭で小説化されている。

ケネディが死んで十日目の明け方、クリストファーはすべてを悟った。（中略）シエナの街はずれの丘の中腹から雄鶏の鳴き声が聞こえ、あけたままのホテルの窓から町を見下ろすクリストファーの前で、最初焦げ茶色に見えた町並みが、朝焼けとともにバラ色に変化していった。
射しはじめた朝日のなかを、二つの黒い人影が野原を横切り、森のほうへと急いでいた。その、野良仕事に出かける平凡なイタリア人農夫の姿が、クリストファーの記憶を呼び起こした。数人の黒っぽい服を着た男たちが森の外れを駆け足で通りすぎたあとに、花柄のシャツを着た一人のアメリカ人が、後頭部を銃で吹き飛ばされ、朝の淡い光のなかに倒れていた。その光景がふいに脳裡によみがえってきたのだ。（広瀬順弘訳）

ポール・クリストファーが農夫の姿を見て思い出したのは、ヴェトコンか南ヴェトナムの秘密警察であり、撃たれたのはアメリカの諜報員であろう。これが物語の起点となった場面であり、一瞬の記憶がみごとな文章を作り出している。

マッキャリーはすば抜けた力量の作家である。アメリカでは評価は高いが俗受けせず、日本ではあまり聞いたことのないスパイ作家といった位置であろう。彼はサマセット・モームの愛読者で、モームを絶賛しているが、彼の文体は、モームの持っている思わず引き込まれて行くあの自然な語り口ではない。むしろ、これは何を言おうとしているのかと戸惑うような暗示的な文章を書く。一九七四年の作品の中で二、三行語られた夢の記憶が九一年の作品に結びつく。伏線というよりは、この夢が現実となる小説をいつか書こうと暖めていたように見える。

ポールがシエナの風景から思い浮かべた出来事は、〈クリストファー・サーガ〉とも呼ぶべきマッキャリーの一連の作品のどこにも出てこない。殺されたアメリカ人が誰なのかもわからないのだが、引用した文章の初めにある「すべてを悟った」という言葉にもどって、この言葉の意味を考え直してみると、撃たれた花柄のシャツのアメリカ人はポール自身なのではないか、「悟った」ことのために水田に追いつめられるような事態、つまり彼自身の死につながるかも知れない予感を抱いたように思われる。この予感は『最後の晩餐』のプロローグにおけるローマ空港でのモリーの死のかたちで具体化する。

マッキャリーの名を初めて聞いたのは一九八四年、アメリカの地方紙の書評欄に『最後の晩餐』が八三年度のオッピー賞を受賞したと載ったときだった。オッピー賞は米国南西部書店協会が選出する賞である。前年の何月に出た本だったのか、書店では見つからず、結局、古書カタログで見つけた。

それで、『最後の晩餐』からマッキャリー作品を読み始めたわけだが、言葉を選び、緻密に構成されたストーリーに魅惑されて、読むにつれてページが残り少なくなって行くのが惜しいほどだった。こう感じさせる小説はそれほど多くない。主人公のポール・クリストファーはどうやらスパイらしい。パリに住んでおり、真夜中に愛人のモリーが眠っている間に、静かに家をぬけ出す。秘かな出発であるせいか、暗い雰囲気が漂う。空港のトイレで、同僚——のちにポールの義理の父親となる男だが——が待っていて、サイゴンに行くのは考え直せと忠告するが、ポールは出発する。追ってきたモリーが空港の外の車道を渡りかけたとき、近くに立っていた男がまるめた新聞を持った手をあげて合図し、急発進してきた車がモリーを跳ね、走り去る。この約十ページがプロローグであり、一九六四年一月九日の出来事である。

プロローグに続く第1部は、一九二三年八月のバルト海岸のリューゲン島に、二十一歳のハバード・クリストファーが父の友人の男爵の城を訪れる場面から始まる。話がモリーの死に戻るのは、訳書だと約三九〇ページあとになってからで、そこに到るまでにハバードのドイツ貴族の娘ロリとの出会いと結婚、ポールの誕生、ナチス政権下のドイツでの生活、ユダヤ人を国外脱出させるハバードの活動、クリストファー家が第二次大戦勃発前日にドイツを出国しようとし、ドイツ国籍だったロリだけがゲシュタポに阻止されたこと、ポールの成長が描かれ、ハバードは〈機関〉のスパイとなって、一九四〇年にベルリンに潜入、終戦後も引続き〈機関〉のベルリン支局長となり、行方下明の妻ロリの消息を探る。

第2部では、彼の部下となるバーニー・ウォルコウヴィッチのビルマ戦線での日本軍との戦い、その後のベルリンへの配属が語られる。ポール・クリストファーも〈機関〉に採用され、一九五〇年前半には長い戦争が始まる前のヴェトナムに、次いでウィーンに派遣される。

第3部がポール・クリストファーの章になるのだが、主人公はハバードなのか、息子のポールなのか、ウォルコウヴィッチなのかと戸惑うほど、彼らの動きが詳しく描かれ、マクベインの言う〈複数の主人公〉《コングロメリット・ヒーロー》の趣きがある。

しかも『最後の晩餐』に続けて、マッキャリーの他の作品を読んでみると、すでになじみのある人物が違う時代に姿を見せ、ある作品で主役級だったのが端役や悪役になっていたり、逆に端役がヒーローになるなど、複雑に絡みあって、大河小説になっているのを発見する。クリストファー・サーガの発表の順番を見てみよう。

①『蜃気楼を見たスパイ』（*The Miernik Dossier* 一九七三、邦訳一九八四）
②『暗号名レ・トゥーを追え』（*The Tears of Autumn* 一九七四、邦訳一九九三）
③『カメンスキーの〈小さな死〉』（*The Secret Lovers* 一九七七、邦訳一九八八）
④*The Better Angels*（一九七九、政治謀略小説、未訳）
⑤『最後の晩餐』（*The Last Supper* 一九八三、邦訳一九八七）
⑥*The Bride of the Wilderness*（一九八八、十七世紀のイギリスとフランスでのクリストファー一族の生活とアメリカへの移住を描いた歴史小説。未訳）
⑦*Second Sight*（一九九一、未訳）
⑧*Shelley's Heart*（一九九五、未訳）
⑨*Old Boys*（二〇〇四、未訳）
⑩*Christopher's Ghosts*（二〇〇七、未訳）

複雑な人物関係をきちんと把握するには、発表年度順に読みたいのに、邦訳は①—⑤—③—②の順で出版された。これはけしからんと言いたい気もするし、確かに発表順が正しい読み方なのだが、これらの作品を読んでみると、初出の順にこだわらなくてもいいのかなと思えるほど、各作品の時代が錯綜していて、時系列を無視して物語が展開して行く。モートン・マーカスという評論家が、「彼の小説手法は純粋にフォークナーだ」と言ったが、これは適切な比較だ。ウィリアム・フォークナーの場合も、ある作品で十歳から二十一歳までの成長が描かれた若者が他の短篇では七十歳を過ぎた男になっていたり、検事だった男が十六年後に書かれた作品では弁護士を開業していて、長い壮大なサーガになっている。

第一作の『蜃気楼を見たスパイ』は、冒頭に「この物語の時代設定は冷戦時代の中頃である。一九五九年頃としておこう」(朝河伸英訳)と著者が注記している。この作品でのポール・クリストファーは国連国際調査機構の職員の名目でジュネーヴにいる。

第二作の『レ・トゥー』は一九六三年十月末から始まり、十一月二十二日のJFK暗殺を経て、六四年の元日の夜で終る。ポールはローマ駐在の機関員である一方、名の知られたジャーナリストとなっているが、暗殺事件を単独で解明するために、十二月上旬には〈機関〉から好意的に解雇された。〈機関〉の同僚に、奥さんはどうしていると訊かれ、三年前に別れたと答えている。

第三作の『カメンスキー』は、時系列でいえば第一作と第二作の間、一九六〇年三月二十五日からその年の初冬(初秋の誤りではないかとも思われるが)までの出来事で、結末でポールは妻のキャシーと別れる。

第四作『最後の晩餐』は既にふれたように、一九二三年から第二次大戦、さらに戦後の一時期が語られてから、第3部が六四年の一月二日から始まる。つまり、第3部は、『レ・トゥー』の最終ページの翌日に繋っていて、『レ・トゥー』の続篇になっている。ここでもマッキャリーは予期せぬ筆致で書きすすめ、二十数ページの中でポールの人生の十年を経過させ、エピローグは五年先へと飛躍する。

第五作の*Second Sight*は、著者が読者への後書きで述べているように、十八年間にわたって書きつづったクリストファー・サーガの最終章となるはずだった。読み始めて驚くのは、ポールの別れた妻のキャシーがいきなり登場し、しかも、時間的には第三作の『カメンスキー』の最後のページの直後から物語が始まっていることだ。キャシーはポールの子供を身ごもっているが、ポールには知らせず、北アフリカの山岳地帯のベルベル人の村で出産する。ここで思い当るのは十七年前に書かれた『レ・トゥー』で、夢の中で子供が生まれたとキャシーが告げ、「夢のなかでも自分に子供がいるはずがないとわかっていたクリストファーは、その夢を振り切って終らせた」という一節だ。生まれた娘ザラは、イスラム教徒を装って暮らしているユダヤ教徒のジャアビ族のなかで高度の教育を受けながら育つ。

この作品は、これに先立つ四作では語られていなかった空白を埋めようとする。デーヴィッド・パッチェンは〈機関〉でのポールの同僚であり、かつ親友で、第二作から登場し、その後〈機関〉の長官となる男だが、この作品で初めて彼の両親のこと、沖縄戦での負傷、〈機関〉による採用、中国に捕らえられたポール救出のための工作などが百ページほど語られる。ポールの母親のロリは大戦直前に出国しようとしたところをゲシュタポに捕らえられ、ずっと消息不明で、言われてみれば、未解決の謎となっていたのだが、この謎がやっと*Second Sight*で明かされる。

過去へ過去へと遡るエピソードのほかに、〝現在〟の時点の事件も進行する。イスラム原理主義のテロ組織〈ガザの目〉が〈機関〉に挑戦し、〈機関〉を危機に陥れる。彼らはイスラム教徒を装うジャアビ族をコーランを穢す存在と見なし抹殺を計画する。このジャアビ族は架空だが、類似した部族は実在する由で、不思議なエピソードになっている。〈機関〉は〈ガザの目〉を排除するためにイスラエル情報部とジャアビ族と組んで、共同作戦を起し、マッキャリーの作品ではめずらしいアクション・シーンとなる。

作品の〝現在〟の時点を特定する材料はザラ・クリストファーの登場だった。二十三歳になったザラが彼女の存在すら知らなかった父親のポールの前に姿を現わす。二十三歳ということから計算すると、〝現在〟は一九八四年だと推定してよかろう。

一作ずつ、時間をおいて読んだら気づかないかもしれないが、マッキャリーが書き上げたのは現代史を背景にした巨大建築のような物語なのだ。

『最後の晩餐』の第1部の登場人物の中にリチャード・ショウ＝コンドン卿という英国人がいる。この人物がハバードに戦時中の一九四〇年にベルリンへの潜入を示唆する。一九八四年になってポールに母親ロリの消息を説明するのも、この男だ。

一九五〇年末、マッキャリーがジュネーヴで暮らしていたとき（つまりＣＩＡ勤務時代）ある小説を読み、その面白さに感心して著者に手紙を書いた。著者からすぐに返事が来て、それ以来三十年間、何度も会い、文通を交わす友人となった。

この作家の名がリチャード・コンドン、マッキャリーが感心した小説が邦訳の出た『影なき狙撃者』だった。『最後の晩餐』では収監されたダブル・スパイに、ウォルコヴィッチがこの本なら楽しめるさと言って『影なき狙撃者』を差し入れる場面まで出てくる。マッキャリーの一九九八年の *Lucky Bastard* は『影なき狙撃者』と『プライマリー・カラーズ』を混ぜ合わせたような政治小説のようで、この本の献辞はコンドンに向けられている。一方、コンドンもマッキャリーの*Shelley's Heart*（一九九五）を政治スリラーの傑作と賞賛しており、美しい友情を見せる。

2　時代背景と蘊蓄

I

チャールズ・マッキャリーは一九五八年から六七年までＣＩＡに勤務、欧州、アフリカ、アジアで秘密工作に携わっていたことを認めており、作品でもローマ、ジュネーヴ、パリが詳しく描かれているし、ベルリンの壁が築かれときはベルリンにいたという。秘密工作とは、何かやりたがっている連中を見つけ、彼らに忠告と資金と同情とを与えることだったと定義していて、同じ定義が*Second Sight*では〈機関〉の長官パッチェンとテレビのアンカーマンの会話にも出てくる。十年勤務し、精神的に疲労困憊して退職した。

彼の作品には文芸嗜好があちこちに見られ、プルーストを原書で読む外交官夫人やマラルメを原書で読むスパイが出てくる。彼自身、六歳のときから詩を書いたし、座興としてルールどおりの脚韻を踏んだ十四行詩《ソネット》を十分で作ってみせたという。

彼の主人公のポール・クリストファーも詩人であり、スパイになる前の二十歳代に出版した詩集がローマの蚤の市で見つかったりする。スパイになってからは、精神的な空白を埋めようとするかのように、ゾフィア・ミェルニクや妻のキャシーのこと、花、木、空、街、ピサロが絵に描いたポントワズの丘を詩に書いた。彼の詩作が心の支柱として役に立ったのは、中国での十年間の独房生活のときだった。紙も鉛筆も許されていなかったから、前日までに作った詩を頭の中で全部繰返し、活字になったらどう見えるかと想像しながら、一日に一語だけ書き足して三千六百語に及ぶ長い詩を作った。釈放され、ワシントンに戻ってから、彼はその詩を黒いインクで白い厚い紙に書きつづる作業を始める。

ポールは語学の天才と言える。母親がドイツ人だったからドイツ語は文字通りの母語だし、訛りのないフランス語をしゃべり、イタリア語も学んでいる。ヴェトナム語は詩を作れるほど堪能だし、タイ語、スワヒリ語、ラテン語、中国語もかなり理解する。

〈機関〉に入ってから、フランス語ができるということで、まずインドシナに派遣されるが、〈機関〉の出先の思いつきで彼の詩集を五十冊持ち込んで、書店に置き、詩人としてハノイのインテリのグループに入り込んだ。これも詩の効用と言えよう。一九五四年の五月、ディエン・ビエン・フー陥落後、彼はアメリカに帰国する。

スパイの生活は国際政治情勢に左右される。第一作の『蜃気楼を見たスパイ』では、ポールはジュネーヴの国連職員ということになっていて、同僚に〝世界最高の黒人美男子〟であるスーダンの皇太子がいる。彼の父親の国王の特製キャディラックをジュネーヴからスーダンに運ぶ旅に同行するのだが、アメリカン・スパイであるポールのほかに、英国、ソ連、それにポーランド人と、スパイばかりのツアーとなる。当時のスーダンは英国から独立して二、三年目で、東西大国を背後におく小型の冷戦が進行中だったので、スパイたちが押しかけたわけだ。政府に対抗する聖別解放戦線《ALF》は表面的にはマハディ信仰を旗印にしているが、ソ連がスポンサーだ。イスラム教の一派には第四代カリフの末裔が幼年時代に神隠しにあい、いつかまた精神的指導者として現世に現われるとの信仰があり、その救世主がマハディである。もっとも、ＡＬＦは誰をマハディにするかもまだ決めていない（Ａ・Ｊ・クィネルの『メッカを撃て』もマハディ再現の話だった）。

キャディラックの一行が砂漠に入った辺りから冒険小説めいた展開になる。王宮ではテーブルの下でペットのライオンが眠り、胡椒と麝香の匂いのするソマリアの娘たちが付き添い、中庭には蔓《つる》や灌木、噴水がある。豪雨の後、突然、砂漠の中を鉄砲水が走ってランドローヴァーを転覆させるというインディ・ジョーズもどきの椿事も起き、英国のスパイは「砂漠で溺れ死ぬというのは、このばからしい冒険の結末にふさわしい」と思う。

主題となっているのは、ポーランド人のミェルニク（原題は『ミェルニク調書』）がＡＬＦにテロ活動を指導するために送り込まれたスパイだったのか、スーダン史に熱心なだけの男だったのかという謎だ。ミェルニクはアンブラーの初期の作品に見られた国際情勢に翻弄されて無国籍になってしまう男を想起させる。

第二作の『暗号名レ・トゥーを追え』（一九七四）が九三年に邦訳されたとき、いまさらＪＦＫ暗殺の話でもあるまいという簡潔な書評があった。また、『このミス』の〝珍作・怪作ミステリー・ベスト10〟のコラムでは「こんな犯人、いったい誰が予想した？　ＪＦＫ暗殺のズッコケ珍犯人が登場する、ホラ吹きスパイ小説がこれ。と言っても作者はマジメで、少数民族問題までも論じられる、そのギャップが笑えマス。掘り出し物」と述べられている。ベスト10の一つであり、掘り出し物と言っているからには褒めているのであろうが、ズッコケ珍犯人のホラ吹きスパイ小説という言い方は作品の質や内容からかけ離れた要約であり、評者の表現の選択に疑問を感じる。少数民族問題が論じられているというのがどの箇所のことか不明なので、従って、どんなギャップを笑えばよいのか解らなかった。

ポールは二十日間で九カ国をまわってからパリに立ち寄り、十一月一日の夜、同僚の家のパーティで大統領補佐官と会う。アメリカはゴ・ディン・ジェムのような男と協調して行けると思うかと訊かれて、ポールは、たぶん無理だ、ジェムは北との戦いをやめて、アメリカを追い出したがっている、ハノイに親戚がいるし、弟のニューは北と交渉しており、ジェムとホー・チ・ミンは昔からの知合いだと説明する。彼の分析では、アメリカの介入はアメリカの国民感情には受けるが、ヴェトナム国内の実態改善には役に立たない。この分析が補佐官を怒らせる。

それから、一時間もせぬうちに、クーデターが起こり、大使が政治亡命をすすめたがジェムは断ったとのニュースが入る。数分後にはジェムもニューも将校に暗殺されたとの続報が入る。この場面では単細胞とインテリとの対比が皮肉に描かれている。

補佐官とのやり取りは、当時の国際情勢を知らないと解りにくいので調べてみた。

一九六一年、ＪＦＫは反共拠点として南ヴェトナムのゴ・ディン・ジェム政権に肩入れし、経済・軍事援助を拡大する。しかし、この政権は恐怖政治を強行し、なかでも仏教徒弾圧が激しく、六三年六月から僧侶がガソリンをかぶって抗議の焼身自殺をする事件が続発した。大統領の弟で秘密警察長官だったゴ・ディン・ニューの夫人が、この事件を〝坊さんのバーベキュー・ショー〟と呼び、西太后なみに〈ドラゴン・レディ〉の異名をとった。九月にJFKがジェム政権を批判する声明を発表、アメリカがジェム政権を見放したことが明確になると、十一月一日に将校団がクーデターを起こし、ジェムとニューを射殺した。当時訪米中だったマダム・ニューは「私の家族がアメリカ政府の公式か非公式の賛意のもとに裏切られ殺害されたのなら、私は予告する――ヴェトナムの物語はいま始まったばかりだ」と翌二日に不気味な発言をしている。戦争が長期化するのを予言したものと思われるが、これがマッキャリーの作品構想のヒントになったのかもしれない。

クーデター直後のジェムとアメリカ大使の電話での会話が『ペンタゴン・ペーパーズ』に記録されている。ジェムがクーデターに対するアメリカの態度はと訊ね、大使は、ワシントンは朝四時半だから政府見解はまだ出ていないと答え、クーデターの責任者はあなたたち兄弟が辞任すれば安全に国外退出を提案するとの報告があると言うと、ジェムは私は秩序を回復したいのだと言って電話を切った。

この大使がヘンリー・C・ロッジで、六〇年の大統領選にニクソンの副大統領候補として出たロッジの選挙演説の草稿を書いたのが、なんと、チャールズ・マッキャリーだった（彼はアイゼンハワーのスピーチも書いたという）。だからといって、大使から聞いた秘話が作品に使われているはずがないが、こんな個人的なつながりがあったと聞くと、作品に妙に重みが増す。

ゴ兄弟が十一月一日に殺され、三週間後の二十二日にはJFKが暗殺される。マッキャリーの解釈では、JFKがゴ・ディン・ジェム政権を見放した瞬間に兄弟の運命は確定的なものになった。ここからマッキャリーの作家的な空想が拡がり、自分たちの死を予見した兄弟が、死後に実行されるべきJFK暗殺計画を置き土産にしたと想定する。ポールはヴェトナムに行き、ゴ一族の家長と会い、欧州、コンゴへ飛んで裏付けをとる。ポールの報告書を読んだ大統領主席補佐官は、この調査結果を公表すれば、国民の反ヴェトナム感情を煽るだけだと判断して焼却する。

これで一件落着したかのように見える。だが、その年の大晦日、ポールはスイスのチェルマットで愛人のモリーと同僚夫婦と落ち合う。晩餐を終えてレストランを出ると、月光を浴びたマッターホルンが見え、皆がその美しさに見惚れるが、ポールだけは「暗い通りを見まわしていた」と描かれている。

見落としてしまいそうな一行だが、あとになってみると、彼が暗い通りに見つけようとしたのが死の気配だったと気がつく。このときすでにポールは暗殺者を阻止するためにサイゴンに戻る決意をしていた。この夜のあとに続くストーリーは、九年後に発表された『最後の晩餐』で語られる。

一九七七年になってポール・クリストファー・シリーズの第三作が出た。一九三〇年代に強制収容所に送られた作家キリル・カメンスキーが釈放されてから書き上げた小説〝小さな死〟の原稿がソ連から密かに持ち出されて、〈機関〉のパリ在住の老工作員オットー・ロスチャイルドに届く。反体制的な小説が西側で発表された場合、カメンスキーに危険が及ぶと予想される。話は三〇年代のスペインでカメンスキーと名乗っていた男とその秘密の恋人の謎へと遡る（『カメンスキーの〈小さな死〉』の原題は〝秘密の恋人たち〟である）。

ポールが〝小さな死〟の原稿をベルリンでホルスト・ビューローという男から受け取る。ポールとビューローは三時間いっしょにいて、監視や尾行のいないことを確認していたのに、ポールの車から降りたときに黒いオペルに跳ねられて、ビューローは即死する。ソ連側が原稿を奪おうとしていたのなら、もっと早い時機にビューローを襲うか、あるいはビューローとポールの二人を襲っていたはずだ。また、原稿がカメンスキーからビューローに届くまでの搬送ルートが取調べられた気配もない。ビューローが殺害されたタイミングの奇妙さという謎が冒頭でさり気なく提示され、最後に意外な犯人が割れる。マッキャリーの作品の中では、これが最も推理小説的な味を持っている。〝小さな死〟の出版を始め、幾つかのテーマを含んだ作品であるが、この謎の解明に集中して伏線を嗅ぎとりながら読んでみるのも一興であろう。おかしなことに、手がかりが作中の人物には解っているが読者には明かされないという古くさい手口（〝探偵は何かを拾いあげ、ふむふむと肯きながら封筒に入れた〟といった類いの）をマッキャリーはときどき使う。この作品でも、ビューローの口座に振り込まれた送金依頼書を見て、誰の筆跡かポールは気づくが、読者には教えてくれない。他の作品でも、情報に基づいて描かれた似顔絵が誰の顔か判っていながら、読者には明かされていない箇所があった。

『カメンスキーの〈小さな死〉』はスパイ小説であると同時に、愛しあっていながら破局へと向かって行く夫と妻の息苦しい物語である。一年前に結婚した美しいがニューロティックな妻キャシーには、スパイとしてのポールの持つ秘密性と沈黙に耐えられず、自分も二重生活を選び、ポールの出張中は他のアパートで暮らし、適当に男を見つける。彼女が変わろうにも変わりようのない性格の持主だと知ったポールは離婚を望む。キャシーは二重生活を打ち切ると宣言し、整理し始めるが、彼女に未練のある男に殴られ、歯と顔の骨が折れ、脾臓が破裂し摘出手術を受けねばならない。ポールは退院まで付き添い、彼女のために詩を書き、空港で別れる。これはラヴ・ストーリーそのものだ。

第四作『最後の晩餐』の前半は第二次世界大戦の前後を背景としていて、第三作では老残のオットー・ロスチャイルドがここでは皺一つないスーツを着た強靭なロシア人であり、ホルスト・ビューローがドイツ陸軍情報部の若い中尉として登場している。彼らはポールの父のハーバードと知己であり、サーガと呼ぶのにふさわしい複雑な人物模様が織り成されている。

Ⅱ

チャールズ・マッキャリーはある作品のなかで、従来何度もメディアの非難にさらされてきたCIAの側から見たら、メディアがどんな存在に見えるか、〈機関〉の長官の目を通して語らせている。

現代のニュース・メディアは全体主義国の秘密警察と同じ役割を果たしている。密告者をかかえ、秘密の調査や匿名の目撃者の告発に基づく訊問を行ない、被告は有罪であるとの前提で、有効な弁論もないドラマティックな裁判ショウを演出している。

これはテレビのアンカーマンに対する発言で、このアンカーマンのパトリック・グレアムは『最後の晩餐』とその後の二作品に登場しており、話がそれるが、この男が前にふれた原理主義のテロ組織〈ガザの目〉と〈機関〉との抗争に捲き込まれるエピソードが面白い。〈機関〉の職員が次々と誘拐され、三、四日すると無傷で帰ってくる。当人たちは全く記憶にないが、強力なトランキライザーを投与されて、職務内容を洗いざらいしゃべってしまっており、その状況を撮ったヴィデオ・テープが〈機関〉とテレビ局に送られてきて、グレアムは大喜びする。テープの送り主は組織名を明かさない。誘拐された一人が最近〈ガザの目〉の調査を担当した男で、彼が〈ガザの目〉についてしゃべっていないわけがない。それがテープに入っていて当然なのに、テープが〈ガザの目〉に全くふれていないので、〈機関〉は誘拐組織が〈ガザの目〉であると推定し、イスラエル諜報部の男に中東訛りの英語でグレアムに電話させ、〈ガザの目〉だと名乗らせる。それを信じたグレアムは、テロ組織は〈ガザの目〉であるとテレビで放映してしまうが、〈ガザの目〉にすれば、彼がこっそり調査して自分たちを突きとめたのだと思い、怒って彼を脅し震えあがらせる。誘拐された機関員たちの身許隠蔽工作も面白く描かれ、スパイ小説の醍醐味が味わえる。

ってい
マッキャリーは「スパイは自分の国を除くほとんどすべての国で犯罪者と見なされる」とも言っている。言われてみれば、確かにその通りで、箴言《しんげん》録的な味のある観察だ。映画のジェイムズ・ボンドなどは大変な犯罪歴の持主ということになる。

スパイ小説にしては、マッキャリーの作品に武器が登場する場面は意外に少ない。ウォルコヴィッチだけはいつもワルサーP-38を携行しているが、逆にポール・クリストファーは武器を嫌っているかのようにも見える。サイゴンに入ったときも、彼のまたいとこのホーラス・ハバードがヴェトナム駐在員用標準装備である手榴弾二箇、両刃のナイフ、催涙ガス一缶、〈ブローニング・ハイパワー〉の九ミリ拳銃と予備の十三発入りマガジン、スウェーデン製サブマシンガンの〈クルスプルータ〉を彼のために準備しているが、受け取ろうとしない。〈クルスプルータ〉が小説に出てくるのは珍しいが、サイレンサーと長い弾倉の付いたこの銃はヴェトナム戦争中にグリーン・ベレーが使っていたと言われる。

『最後の晩餐』に銃身四本の三五七マグナムのデリンジャーが出てくる。かつてカリフォルニアのコップ・インコーポレーテッドが製造していたもので、銃身は三・一五インチ、重量は僅か十六オンスという小型・軽量であり、これで三五七マグナムとなると、これほど扱い難い拳銃はめったにあるまいと思われる仕様だ。頭蓋骨の上部を吹き飛ばすほど強力だが、少し離れたら命中しない、死刑執行人の武器だとマッキャリーも言っている。文脈から見ると、殺し屋だったタイ人の持物だったようで、そんな男に似つかわしい銃だ。*Second Sight* ではイスラエル諜報郡の男がクリストファーにオーストリア製のグロックを見せ、「プラスティック製で、高性能の金属探知機でないと見つからないが、安全装置が甘いので、うっかりすると自分の脚を撃ちかねない」と説明する。この銃には三十三発入りの特製のマガジンが付いていて、二種類の弾薬が用意されている。一つは銅のボディの尖端をナイロンチップで補強したもので、人体に突入すると、ナイロンは剥がれ、柔らかい金属である銅が口径の九倍に拡大し、体内を直径三インチ、長さ九インチの大きさで抉《えぐ》り、致命傷となるが、弾丸は体内で止まるから、九ミリパラベラム弾のように貫通して後ろにいる人間まで殺傷する危険はない。もう一種類は九ミリ弾の薬莢《やつきよう》にナンバー8のバードショット（散弾）を充填、三メートルかそれ以上の距離で撃った場合は傷だらけになり、失神かショック状態に陥るが、致命傷とはならない。至近距離で心臓や大動脈を直撃すれば話は別だが、標的が近過ぎた場合は肩を狙えば、相手は腕が使えなくなり、顔には無数の散弾を浴びるが死ぬことはないという。ギャビン・ライアルの作品に出てくるスネーク・ガンをヴァージョン・アップしたようなものである。ポールは『暗号名レ・トゥーを追え』ですでに配下にバードショットを込めた二二口径を使わせている。マッキャリーのスタイルからいうと、弾薬の特徴を細かく描写するのは、どうも彼らしくない。変だなと思いながら読んでいたら、やはり、これは一種の伏線で、結末で主役の一人が致命傷を受ける。

クリストファーが狙撃され、あとになって、どんな銃だったか分析する場面がある。サイレンサーを付けた銃身の長い二二口径のオートマティックだったから、コルト・ウッズマンかハイスタンダードかも知れないが、弾丸は命中しても跳ね返らず、大口径の弾丸のようにコンクリートに大きな穴を抉ったと聞き、ウォルコヴィッチは、雷汞《らいこう》入りの弾丸を使ったのだろうと推測する。

銃身の長い二二口径の銃は反動が少なく、精度の高い狙撃が期待できるが、大口径に比べるとストッピング・パワーが劣る。それをカヴァーするために傷口を拡げる雷汞を使ったのだと見たわけだ。小口径の長銃身なので扱いやすく、銃声が小さいのに殺傷能力が大きいというのはいかにもスパイ向きの武器だ。

第1節でポール・クリストファーには、彼が知らぬ間に生まれ、成長した娘ザラがいることにふれた。第五作の *Second Sight* にザラが生まれ育った北アフリカの山奥の村の不思議な歴史が描かれ、スパイ小説とは思えない伝奇小説的な味つけになっている。村は谷間に位置し、村を囲む壁やモスクの塔は雲母を含む石で築かれているので、夕陽を浴びると、光り輝く砦のように見えるという。マッキャリーはどこかでこんな風景を見たのだろうか。住民のジャアビ族（Ja'abi）は、先にふれたようにイスラム教徒を装って一日五回の礼拝にモスクに通い、メッカへの巡礼の旅にも出るが、実は、紀元前九世紀にダヴィデ王の軍司令官だったヨアブ（Joab）の軍団の末裔であり、原始ユダヤ教徒だった。旧約聖書の『列王紀《れつおうき》上』によるとダヴィデは王子のソロモンにヨアブの殺害を命じ、ヨアブは荒野の家に葬られたとされているが、ジャアビ族の伝承では、ヨアブはソロモンが王位についた紀元前九六五年に北アフリカへと脱出して定住、紀元七世紀にイスラム勢力が拡大してくると、彼の一族は教化されて改宗したふりをして生き延びてきたという。彼らは旧約聖書の『士師記《ししき》』以降の記述は、司祭たちがソロモンのために改変したものだと見なしている。ジャアビ族は架空であるが、ヨアブが北アフリカへ行ったことやイスラム以前からベルベル人の中にユダヤ教徒の部族が幾つか存在したのは史実であるとマッキャリーは後書きで述べている。妙な知識を持った作家だ。

『カメンスキーの〈小さな死〉』に登場する老スパイのオットー・ロスチャイルドの持っている絨毯の切れはしの歴史にもマッキャリーの秘話的な知識がうかがわれる。ロスチャイルドはその切れはしを重々しい額に入れて飾っており、七世紀頃に作られた〈ホスローの春〉と名付けられた絨毯の一片で、アラブ人がクテシファンの町を襲ったときに、この絨毯を略奪し、戦利品として六万の断片に切り分けたものの一つであり〝絨毯崇拝者の聖十字架〟なのだと説明する。マッキャリーの創作かと思ったら、ササン朝ペルシャ帝国の時代に〈ホスローの春〉と呼ばれた二十メートルもの豪華な絨毯が存在し、アラブに持ち去られたと伝えられている。もっとも、その断片の一つがどこかに現存するのか、著者の空想なのかは明らかでない。絨毯崇拝者という妙な言葉はマッキャリーの造語であるが、確かに絨毯には人を魅する何かがある。光線や見る角度によって、たとえば黄色の部分がクリーム色、レモン色、あるいは金色に見えて、魔術を見せられている感じがする。マッキャリー自身も崇拝者であると見えて、イラン東南部のアフシャリ産、中央部のイスファハン産、北西部のクムの絹製の絨毯などが作品のなかに出てくる。彼の作品を読んでいると、ヨーロッパ暮らしが長かった人だなという感じが伝わってくる。住んでいたジュネーヴやローマが詳しく描かれているし、パリのドゥ・マゴやウィーンのアンバサダー・ホテルを始め、作中に出てくるレストランやホテルはほとんど全部が実在すると見てよかろう。

飲み物や読書傾向にも欧州色が強い。飲み物ではロブ・ロイやザ・グレンリヴェットも出てくるが、ライン・ワインとシャンパンを混ぜて香草や砂糖で味つけをしたボーレという飲み物、辛口のマンサニリャ、カシスをたらした白ワイン、ライン・ワインに苺など果物を入れ、泡立たせるためにドイツ・シャンパンを加えたパンチといった見当もつかないものが登場する。ワインは、ピュリニ・モンラッシェの一九二九年物、ピノ・グリ、モン・スール・ローユ、シャトー・ピジョン＝ロングヴィユの一九一九年物、バタール・モンラッシェ、アルザスのゲヴュルツトラミネールなど。室温を華氏六十六度に調節したダイニング・ルームで〈機関〉の元長官が注いでくれたワインを現長官がシャトー・ペトリュスの一九六一年ですねとぴたりと当てる場面もある。どんなワインなのかと、インターネットで輸入ワインの在庫リストを見てみたら、この六一年物だけは値段が明示されておらず、お問合せ下さいと載っていた。山本博さんにお訊きしたら、これはロマネ・コンティ・クラスの幻のワインの由。シャンパンを飲むときには苺がなければならないものらしく、シャンパンと苺の場面が二度ほど出てきた。

3　マッキャリーの読書傾向

マッキャリーの作品に名前の出てくる作家や小説はほとんどが純文芸派だ。ミステリ小説系では、先にふれたようにリチャード・コンドンへのオマージュを意図した『影なき狙撃者』が出て来るが、ほかにはハメット、アンブラー、シムノンの名が出て来る。大統領補佐官がポール・クリストファーにどうやって情報を集めたのかと訊ねると、「おもにカネですね」とポールが答える。補佐官は「つまり『マルタの鷹』のサム・スペードよろしくカネに物を言わせてホテルの従業員を買収したというわけか」と嫌味をいう。

指導教官が新人に、現地工作員をリクルートする方法はエリック・アンブラーの『ディミトリオスの棺』が参考書になると教える一節がある。これは『ディミトリオスの棺』の「ベオグラード、一九二九年」と題する第9章のことであろう。ユーゴスラヴィアの機雷敷設計画を探り出すために、海軍省の下級官吏に目をつけ、家庭事情を調べ、親しくなり、金を使っておだてあげ、博打をやらせて借金に追い込んで、言いなりに使う手法である。アンブラーもマッキャリーの『蜃気楼を見たスパイ』に賛辞をおくった一人だ。

『暗号名レ・トゥーを追え』で、クリストファーはKGBの男とローマで会うとき、詩人シェリーの墓の前で待ち合わせて、男に「あそこにはエドワード・ジョン・トレローニーの墓もある。彼はシェリーがヴィアレッジョの浜辺で火葬にされたときに、遺体から心臓を盗み出した」と語る。これは詩人であるポール・クリストファーだから言える台詞で、マット・ヘルムやボンドが口にしたら浮いてしまう。さらに、合い言葉として、トレローニーと名乗る男と会ったら「いまでもシェリーの心臓を持っているか」と言えと指示する。

レン・デイトンの作品でも「われらが不満の冬」というスタインベックの小説の題と同じものが合い言葉に使われているので、面喰らったことがある。これはシェイクスピアの『リチャード三世』の引用なのだとか。スパイ作家たちはときどき文学的な引用を使いたくなるようだ。

一九九五年にマッキャリーは*Shelley's Heart*という作品を書き、エピグラフにシェリーの詩の一行と、トレローニーが書いた回想録の中の、手に火傷をしながらシェリーの燃える遺体から心臓をつかみ出した一節を引用している。この作品はスパイ小説ではなく、二〇〇四年のワシントンの政界を舞台にした政治スリラーである。

チャールズ・マッキャリーの文学趣味は、『カメンスキーの〈小さな死〉』がソ連からひそかに持ち出された反体制小説の出版をテーマにしていることにもうかがわれる。〈小さな死〉を何語に翻訳するのがよいのか議論し、「英訳では著者の書いたロシア語の持つ迫力が失われる」「フランス語はこういうスケールの大きな芸術作品を表現するのに限界がある」「フランス語で表現できるのは、ヴォルテール、フローベール、ボードレールまでだ」「ヴィクトール・ユーゴーも」というが、これが作家たちではなく、スパイたちの会話なのだ。

作家のカメンスキーは〈小さな死〉が自分の死後に出版されるのを願っているが、オットー・ロスチャイルドはすぐに出版すべきだと主張し、それに対してカメンスキーがどんな反応を見せるか推測してみせる。

はいと答える。カメンスキーならそう答えるよ。モーリー・ブルームのように小さな声で〝はい、はい、はい〟と言うだろう。（菅野彰子訳）

不意に名前の出てくるモーリー・ブルームって誰だということになるが、これもマッキャリーらしい引用だ。モーリーはジェイムズ・ジョイスの『ユリシーズ』の主人公レオポルド・ブルームの妻で、数十ページに及ぶ彼女の意識の流れがくり拡げられ、その流れのなかに数語ごとに〝はい《イエス》〟という言葉が強調句として現われる。ロスチャイルドが連想したのは、このモーリーの〝はい〟である。

若いころのロスチャイルドは革装幀のプーシキンの作品を手にして現われ、老いてからレマン湖畔に住みつき、その地域の説明も文芸史的だ。靄に隠れたモンブランの方角を示して、自動車の排気ガスに汚染される以前はあの山がはっきり見え、バイロンは一八一五年の夏、毎朝モンブランを見たというし、一世紀後、アマチュア・スパイだったサマセット・モームも見たというのに、今では三カ月の間に二度しか見たことがないと嘆く。その湖畔には『フランケンシュタイン』の著者のメリー・シェリーと彼女の夫の詩人やバイロン、十九世紀の前期ロマン派の作家スタール夫人や心理学者のユングも住んでいたことがあると語る。彼自身もユング、フロイト、画家のクレー、アンドレ・マルローやブレヒトとも友人だったという経歴を持つ。こんな多彩な過去をもつスパイが登場すると、マッキャリーは誰か実在の人物をモデルにしているのではないか、とさえ思えてくる。

マラルメをフランス語で愛読するアメリカ人のスパイ、ルソーを読むヴェトナム人のボーイが登場するし、ゲーテの『ファウスト』『ウィルヘルム・マイスター』、シラーの詩集、イサク・ディーネセンの『アフリカの日々』と『冬物語』、英国の文人ではスコット、マコーレー、サッカレー、テニスン、W・H・ハドスン、イェーツ、H・G・ウェルズ、それにモームなどが話題にあがる。アメリカよりも欧州と英国の文人たちの名が圧倒的に多い。

なかでも、マッキャリーが心酔している作家はサマセット・モームだ。《TAD》誌のインタビューで、特に好きな作家はと訊かれて、モームの名を挙げ、知識人たちがモームに与えた評価は不当であると強い口調で力説し、二十世紀の小説はモームが『人間の絆』（一九一五）で創り出したのだし、彼の短篇は英語で書かれた文学のベストだと語っている。

これを反映して、ポール・クリフトファーも、配下の男たちが戻って来るのを待っているときや国際電話のつながるのを待ちながら、モームを読む。一度はペンギン版の短篇集である。キャシー・クリストファーがオットー・ロスチャイルドのことを「あのロシア人ったら、ベティ・デイヴィスに恋い焦がれて死んだ人の剝製そっくり」という場面がある。キャシーが言っているのは、モームの『人間の絆』の一九三四年の映画化作品（邦題「痴人の愛」）で主役を演じたベティ・デイヴィスのような気がする。彼女に恋い焦がれる医学生の役のレスリー・ハワードも確かにオットー・ロスチャイルドのイメージに合致している（もっとも、医学生は死なない）。

一連の作品の中でポール・クリストファーの親友であり、主役の一人で〈機関〉の長官になるデーヴィッド・パッチェンも、若い頃に十五世紀のイタリアを舞台にしたモームの小説を読み、作中のマキャヴェリの言葉に刺激され、ノートに書きとめる。

絵具と絵筆を持った画家たちはおのれの芸術作品に長広舌をふるうが、絵具が生きている人間であり、絵筆が機智と狡猾であった場合に造り出される芸術作品と比べてみたら、取るに足らないものではないだろうか。

これは政治のかけ引きにとどまらず、諜報戦略の極意のようなものであろう。『寒い国から帰ってきたスパイ』に登場するアレック・リーマスも、絵具として使われた生きている人間の適例だし、『暗号名レ・トゥーを追え』でパッチェンがポール・クリストファーに資金を渡し、好きなように行動させたのも、マキャヴェリ的発想だったと言えよう。

パンチェンが読んだモームの小説は『昔も今も』(一九四六)である。(言い忘れるところだったが、『最後の晩餐』の第1部2章にポール・クリストファーの誕生日が六月十四日だったと出てくる。こんな風に日付けをはっきり書いているのはどうも匂う。調べてみると、果たしてマッキャリー自身の誕生日だった。彼の生年は一九三〇年である。)

4 『シェリーの心臓』

チャールズ・マッキャリーは、一九九一年の *Second Sight* のあとがきで、これが主人公のポール・クリストファーとその家族に関する最後の作品だと述べており、一九九二年の《TAD》誌のインタビューでも、ポール・クリストファーの物語は終ったが、彼の娘のザラの話は続くと語って主人公の交替を予告した。

一九九五年の*Shelley's Heart*では、その予告どおり、ザラが登場。これはスパイ小説というよりは、大統領の座をめぐる近未来政治謀略小説で、かつて上院議員のヘンリー・ロッジやアイゼンハワーの演説の草稿を書いたマッキャリーだけに、政界の駆け引きが生き生きと描かれている。二〇〇五年一月の就任式の日の早朝二時に、大統領選に敗れたマロリーが新大統領となるロックウッドに密談を申入れ、ロックウッドの再選の裏にはコンピュータによる投票数の操作があり、実際の当選者は私なのだから、私を副大統領に任命し、取りあえずはロックウッドの就任式を挙行して、それから退任し、私を大統領にしろと提案する。さらに、前期の任期中にロックウッドが自らイスラム・テロ組織〈ガザの目〉の指導者イブン・アワドの暗殺を指示した証拠があると主張する。

ロックウッド、マロリー、イブン・アワドはマッキャリーの*The Better Angels*（一九七九）にすでに登場しており、「シークレット・レンズ」（原題Wrong Is Right）の題で一九八二年に映画化されている。B級の上といった出来で、マッキャリー自身、原作とほとんど似ていないと言っている。*The Better Angels*は、アラブの石油富豪のイブン・アワドがアメリカにテロを仕掛け、ジェット旅客機を大都市の上で爆破させることを計画する話で、その後のイスラム・テロ組織の拡大や9・11事件を予言するような筋だったし、*Shelley's Heart*の大統領選の票の操作もこれに似た事件が実際に起きたので、マッキャリーは未来を予測する作家と呼んだ書評もあった。9・11

事件のあとの電話インタビューで、マッキャリーは「いま書いているのは世界の終末の話だと言ったら、出版社が、そんなものは書かないでくれと言った」と語っている。彼が書くと、現実に起きるというジョークである。

*Shelley's Heart*で票の操作を実行したのは、ポール・クリストファーのまたいとこのホーラス・ハバードだった。ホーラスは〈機関〉の中東担当の部長で、〈機関〉のスーパー・コンピュータを使って票を操作、イブン・アワド暗殺計画を立案したのも彼だ。彼は『最後の晩餐』の第1部では幼児、第3部ではヴェトナムに駐在していて、ポール・クリストファーを空港に出迎え、彼のために一通りの武器を準備していた若者であり、ポールが中国から釈放されたときにも出迎えた人物なので、憶えている読者もおられるかも知れない。また、第2部で生後間もない赤ん坊だったジュリアン・ハバード（ホーラスの異母弟）はロックウッド大統領の補佐官になっていて、極めて有能、大統領をほとんど意のままに操ってきた。

こういう風に、ポール・クリストファーを軸にして家族の樹が枝を拡げる。過去の作品を併読すると、ポールの父といとこのエリオット・ハバード、エリオットの妻や息子たちに義兄、ポールの妻だったキャシー、モリー、ステファニー、ポールの両親の知人たち、なかでもロスチャイルド夫妻の屈折した立場と役割など、多数の登場人物が織りなす、みごとな大河小説である。『カメンスキーの〈小さな死〉』の準主役のロスチャイルド夫妻は、『最後の晩餐』では青年時代の姿が描かれ、*Second Sight*では不吉な存在として再登場する。『最後の晩餐』に、クリストファー家の資産を管理する銀行家であり、ポールを父親の叙勲式に連れて行くセバスティアン・ローが何ページか登場するが、*Second Sight* では彼の二十歳から八十歳までの人生が断片的に描かれ、彼の妻となる透視力を持ったベルベル人の女性は、キャシー・クリストファーをアトラス山脈の中の村へと導く役目をする。

一冊ごとに完結した形をとっており、『最後の晩餐』ですべてが落ち着くところに落ち着いて、このシリーズが片づいたような印象があったが、その後も *Second Sight*、*Shelley's Heart*、*Old Boys*、*Christopher's Ghosts* と書き続けられ、前作の登場人物たちがあちこちに姿を見せたり、予期せぬ回想が語られて、全部読まないのはもったいないような壮大なサーガになっているのだ。

Shelley's Heart はロックウッド大統領に対する弾劾《だんがい》裁判が主題で、これにマロリーの愛人が暗殺される事件がからむ。弾劾裁判の背後にはエール大学出身者の秘密結社〈シェリー・ソサエティ〉の陰謀があり、結社の存在が表面化すると、シェリーの詩を愛好する同窓会だととぼけるが、彼らは自分たちの仲間を大統領にしようと画策している。エール大卒の財界や法曹界の切れ者たちが、選挙制度に頼らずに自分たちの同志を大統領に据えようとする計画で、なるほど、こんな手があるのかと面白い。ザラ・クリストファーは、成り行きでロックウッドとマロリーの間の秘密の連絡係となる。マロリーの護衛たちがザラのマロリーへの接近を警戒して、彼女の身許を洗い出そうとするが、以前にふれたように、ザラはモロッコのイダレン・ドラレン（アトラス山脈）の山の中に潜む、イスラム教徒を装った原始ユダヤ教徒のジャアビ族の村で生まれ育っている。その山中で、母のキャシー・クリストファーの手配で、欧州から招かれた家庭教師たちから教育を受け、クラシック音楽、英、米、欧の文学と歴史、ソクラテスからハイデッガーにマルクス、

アラビア語や中国語など五カ国語、解剖学と薬物の基礎知識を学び、既訳作品、特に『最後の晩餐』で存在感を見せたバーニー・ウォルコヴィッチからは錠前のピッキング、見えないインクや手紙の開封の仕方、ピストル射撃や尾行方法も習っている。母の死後、二十三歳でアメリカに現われ、初めて父のポールと会う。〈ガザの目〉との戦いにも参加し、〝機関〟のかつての長官でO・Gと呼ばれる男に娘のように可愛がられたせいもあってか、幾ら彼女の経歴を調べても、まるで存在しなかった人物のように何の情報も出てこない。

*Second Sight*では、母のキャシーを殺害したテロ組織の車をジャアビ族の若者一人と馬で追跡し、見張りを殺して首を刎ね、その首をテロリストの天幕にほうり込み、見張りの持っていたカラシニコフで九人を射殺し、母親の仇討ちを果したエピソードが語られる。*Shelley's Heart*でも、再び〈ガザの目〉の残党の襲撃に対し危険な役割をかって出る。ワシントンの政界に溶け込んだ、教養のある洗練された美女でありながら、砂漠の闘士の強靭さを持つザラの魅力は、スパイ小説の歴史のなかでトップ・クラスの女性と言えよう。

初めて父親のポールの家を訪れて、壁にあるピサロ、コンスタブル、ムンク、ターナーらの作品を見つめるザラの様子から見ると、絵画にもかなりの関心があるようだ。なかでも、獅子と豹が家畜や薄いトーガをまとった金髪の子供たちと横たわっている、ルソーのような素朴なタッチの絵が気に入る。ポールは、アメリカの画家ヒックスの絵だと彼女に説明する。この絵はその後*Old Boys*でも重要な役割を演じることになり、ホーラス・ハバードは「うつろな目の牛や羊がおとなしい狼や獅子にまじって草を食《は》んでいるエドワード・ヒックス（一八四三〜一九一九）の絵、

〈穏やかな王国〉が嫌いだった」という一節がある。肉食の猛獣と家畜と人間の幼児が共存しているテーマはヒックスが好んで描いたもので、現存する絵画である。

5『OBたち』

I

*Second Sight*のあとがきで、マッキャリーは、ポール・クリストファーの物語はこれで終ったと言っておきながら、二〇〇四年六月にこの四百七十六ページの大作*Old Boys*を発表した。表紙に〝ポール・クリストファーはもどって来たのか。それとも?〟という謳い文句が載っているのだから、マッキャリー・ファンとしては見逃すわけにいかない。この作品を堪能しようと思ったら、既訳の『最後の晩餐』はもちろん、未訳の*Second Sight*も読んでおかないと、楽しみは半減する。*Old Boys*だけでも面白い作品だが、これだけ読むのは、大作の終りの一部分だけを読むようなものだ。しかし、客観的情勢はというと、既訳の『最後の晩餐』を入手するのは、そう難しくはないが探し回らねばならないし、*Second Sight*を訳出する予定もないようだから、*Old Boys*も翻訳される見込は薄い。しかし、なんとも捨て難い独特の魅力があるので、この作品について語

ってみたい。

*Old Boys*は日本語でもそのままの〝OBたち〟の意味で、元気な爺さんたちと考えてもよかろう。*Shelley's Heart*で大統領選の票数をマニピュレイトしたホーラス・ハバードは五年間服役して出所し、引退生活に入っているから、二〇一〇年あたりが舞台か。

「ポール・クリストファーが失踪した夜、私は彼の家でいっしょに食事をした。ウォーター・クレスの冷スープ、レアのロースト・ビーフ、なま煮えのアスパラガス、梨とチーズ……」とホーラスの一人称の語りで始まる。その五月の夜、散歩しながら、ポールは自宅の鍵を渡し、秘密の金庫があることを教え、遺言の執行人になってほしいとホーラスに頼む。別れてから、気になってもう一度ポールの家にもどると、ポールが、仕立てのいい背広を着た白いあご髭のアラブの男と話しているのが窓越しに見える。男は、書物か手紙を持った手の写真を大きく引き伸ばしたものをポールに渡し、その写真を見つめるポールの眼に涙が浮かんだようだった。

翌朝、ポールは消えていた。

いきなりポールの失踪を静かな筆致で告げるインパクトのある書き出しがにくい。この数ページで作品の中に引き込まれる。十一月下旬になって、ポールの遺骨が北京のアメリカ大使館経由で届く。新疆《しんきょう》ウイグル自治区の北西部で死んだというが、詳細は全く不明だ。ホーラスは金庫を見つけ、遺書を読む。これをきみが読んでいるというのは、私が死んだのか、あるいは、やろうとしていたことに失敗したのを意味するとポールは書き残している。私がやろうとしたことを引継いでくれと頼んでいるのではないのだが、きみもまた、当事者なのだと意外な事実を述べている。

①ホーラスの〝機関〟が十年前に暗殺を計画し、死んだはずのイブン・アワドは生きている。暗殺は失敗だった。

②ポールの母のロリは九十四歳でまだ生きている可能性があり、しかも、古代ギリシア語で書かれた紀元一世紀の古文書を持っていると思われ、イブン・アワドがその古文書を追っている。それは、十字架刑が行われたころに、ローマ帝国の失敗に終った秘密工作を調査するためにユデアに派遣されたローマ人官吏が書いた報告書であり、イエス・キリストが自分では気づかぬうちにローマのユダヤ弾圧政策に加担させられていたことが記述されていると言われる。その古文書が本物だったら、キリスト教はまやかしの信仰であると主張する根拠となるから、イブン・アワドが奪取したがっているのだ。

③イブン・アワドはソ連製の超小型核弾頭を十二個保有しており、自分を暗殺しようとしたアメリカとホーラス個人に対する復讐を計画している。

ホーラスがイブン・アワドを追跡する決意なら、同封のヒックスの絵を贈呈する。この絵は百万ドルで売れるはずで、イブン・アワドと核弾頭を探す資金になると思う。

この遺書の内容が*Old Boys*の筋をほとんど要約しているようなものだ。それに、老母のロリを探し求めて、ポールはどこへ行ったのかという謎。

ポールの遺骨が埋葬された日、ホーラスは会葬者の中から、昔の同僚五人を昼食に誘い、ポールの失踪と遺書の内容を説明する。

イブン・アワドが生き延びていて、核弾頭を持っていて、古文書が実在するとしたら、どうなるのかと一人が訊ねる。われわれが世界を壊滅から救い、ポールがまだ生きているなら、彼を見つけるのだ。もし、ポールもイブン・アワドも生きておらず、核弾頭も存在しなかったら、そのときはわれわれOB五人が面白い思いをしたということになるのさとホーラス。おや、あんたの言っているのはまるで〈機関〉の引っこ抜きのやり口じゃないかといったやりとりの結果、ポールの死を信じないOBたち五人が役割を決め、活動を始める。いわば映画の「紳士同盟」や「オーシャンと十一人の仲間」のスパイ版である。

イブン・アワドと核弾頭を捜索するOBたちは、中国人とアシュケナージの混血で、昔、中ソ国境のイスラム抵抗団体を組織した男、あまのじゃくのアラビスト、ソ連諜報の専門家、暗号解読や少数民族言語の専門家、イブン・アワド暗殺を大統領に進言し、その後失脚した〈機関〉の元長官、それにホーラス・ハバード。古参の諜報活動のプロの六人が、まだ世界各地に生き残っている昔の人脈を使って情報を集める。元長官はいつもささやき声で、決して大声を出さない男として描かれているが、レーガン大統領の時代のCIA長官ウィリアム・ケーシーをモデルにしているのかも知れない。

行方不明のポール・クリストファーは『最後の晩餐』によると一九二四年生まれ、また、ホーラスは一九三九年ころの生まれとなっており、かなり年の差のあるいとこ同士である。*Old Boys* では、ポールは七十歳代となっているから、ホーラスや仲間のOBたちは六十歳前後であろう。なかには心臓疾患があるのでニトログリセリンを常備し、ペースメーカーをつけることになる男もいる。彼らは手分けして、パリ、ローマ、マナウス、ジュネーヴ、デリー、ウルムチ、モスクワ、エルサレム、プラハ、ドニゴール、ブダペスト、イェーメン、ウィーン、イスタンブール、カイロ、ソフィア、フィレンツェ、キルギスタン、新疆、ウズベキスタンと広範囲の地域を飛びまわる。これらの国のほとんどは、おそらくマッキャリーがCIA勤務時代に出張した土地であろう。キルギスタンで、腐った卵の匂いのする硫黄温泉でホーラスが顔を洗い、「それは日本の風呂のように熱い温泉だった」と言っている。マッキャリーはCIA在任中にアジアにも行ったとは述べているものの、国名は挙げていない。だが、風呂の熱さを知っているとは、日本にも来ていたのではないか。一九五八年から六七年の間に、それらしいアメリカ人に心当たりのある方はいませんか。

モスクワで元KGBの男と会い、ずさんな管理のために盗まれた核弾頭が、一度爆発したら何世紀も生物の棲息が不可能となるコバルト爆弾の携帯型であるのが判明する。そしてイブン・アワドは確かに生きており、ホーラスに対する暗殺命令を出しているとの情報も入ってくる。莫大な財産を持つイブン・アワドは、アメリカと友好的だった時代に供与されたMASHのような移動野戦病院の設備を持っていて、砂漠から砂漠へとベドウィンの移動生活をし、居所がつかめない。

ＯＢの一人が、イブン・アワドの主治医が末期の癌でウィーンの病院に入院しているのを発見する。元ナチで、トレブリンカ収容所で人体実験を行ない、姿をくらましていたが、死期が近づくにつれて、まだ会ったことのない孫娘を見つけたいとオーストリアに来て、孫に呼びかける暗号文めいた新聞広告がＯＢの目についたのだ。死期の迫った老人に、ザラが孫娘に扮して会いに行き、彼がコーマに陥るまで看取る。老人は、自分はアメリカの暗殺者によって重傷を負ったアラブの命を救い、そのアラブは復讐のために砂漠に何個も核弾頭を持っていると語る。どこの砂漠なのかと訊ねるザラに、老人は猟鳥の名前をつぶやく。

富裕なアラブには鷹狩りに熱中するものが多い。医師がつぶやいた名の猟鳥、房襟小鴇《ふさえりしょうのがん》は最も珍重される獲物で、その肉は精力剤の効果があると言われる（「空飛ぶヴァイアグラか」とＯＢの一人がいう）。アフリカ原産のこの野雁はバルチスタン、トルクメニスタン、イラン北部、アフガニスタン西部、カザフスタン、タジキスタン、新疆、モンゴルと移動するとザラが言ったことから、イブン・アワドがこの渡り鳥の季節的移住に合わせて生活拠点を移しているのではないかとの推論が出て、飛行ルートを調べ、待伏せる計画を立てる。

マッキャリーはこの作品でおそらく他の作家が描いたことのないアラブの鷹狩りの興奮を語ってくれる。余談になるが、私は鷹狩りは見た経験はないけれど、鷹狩りをする男たちと出会ったことがある。七〇年代の半ば、アブダビからカラチに飛び、カラチで機内からタラップを降りたとき、アラブの服装のひげ面の男たちが数人、いずれも腕に革のバンドを捲き、目隠しの革のフードをかぶせた鷹をその腕にとまらせていた。正確には鷹ではなく、ハヤブサだったらしい。彼らが機内から降り立ったところだったのか、あるいは機内から降りてくる誰かを出迎えているのか分からなかったが、わざわざ海の向こうからここまで鷹狩りに来るというのは、独特の文化の民族なのだなと思った。たぶんカラチからバルチスタンに向かうところだったのだろう。

ハヤブサは時速二百キロのスピードで獲物を襲って、鉤爪でつかみかかるとマッキャリーは書いている。「《ナショナル・ジオグラフィック》のウィルバー・何とかという男が獲物を捕える瞬間の写真を撮ったが、カメラでは表現できないのだ。ほんの一瞬のうちに、いろいろなことが起り、神の啓示のようだ」とイブン・アワドのいとこがホーラスに語る。さらに野生のハヤブサの飼育の仕方や狩りの訓練を説明し、翌朝、ホーラスを狩りに誘う。銃声で野雁を飛び立たせてから、ハヤブサを放つ。野雁は攻撃をかわそうとするが、ハヤブサは目のくらむような速さで襲いかかり、雁は苦痛でもがき、羽毛が爆発して血の滴が空に飛び散る。

ザラの提案で、鷹狩りの熱狂的なファンだといわれるイブン・アワドを誘《おび》き出すために、純白のメスのワキスジハヤブサをホーラスはキルギス人から買い取り、金のインゴット三千グラム、約三万五千ドルを支払う。これは普通のハヤブサよりも翼長が大きく、絶滅危惧種であるので、捕獲禁止となっている。この鳥が、はなればなれになったザラたちの居場所を示すシグナルとして役に立つのだが、そのときの鷲を襲う場面でも、「垂直に急降下し、鷲の黒い羽毛と血が飛び散って、爆発したかのようだった」とマッキャリーは描写している。

あとがきの中で、彼は、鷹狩りの資料の大部分はブリタニカによるが、さらに「ある鷹匠との長い友情の思い出にもとづいている。彼は息子たちにアトラス山脈産の完全に訓練されたイヌワシを贈ってくれた。（彼らの母親が断ってしまったのだが）」と述べているので、ハヤブサを使った狩りを実際に見て、その興奮を作品の中に残したかったのであろう。マッキャリーは《ナショナル・ジオグラフィック・マガジン》の編集に携わったことがあり、米国南西部の過去と現在を語った*The Great Southwest*という著書や、同誌からのアンソロジー*From the Field*も編纂しているから、ウィルバー・何とかという写真家は実在の人物と見てよかろう。

他方、ポール・クリストファーの居所については、意外な人物が情報源となる。『最後の晩餐』で、ポールが中国で二十年の刑に服していたときに、毎週一回、有罪であると認めろと彼を訊問し、十年目には、ポールは中国に対してはスパイ活動は行なっていなかったと確信し、ポールの人格に敬意さえ抱いた秘密警察のツェーがその情報源だった。ツェーが、ポールと老母のロリは新疆の収容所にいると知らせてくる。こんな風に、思わぬところでツェーが再び姿を見せるのは、セバスティアン・ローやホルスト・ビューローの再登場同様、大河小説らしい人物の配置である。

Ⅲ

長い目で見ると、マッキャリーの作風は変化している。以前の作品では、殺人といえば、タクシーを呼ぶときのように新聞を持った手をあげた合図で、車が急に突進してきて、一九四八年にはポールの父が、一九六四年にはポールの妻のモリーが撥ねられ、東独の工作員も一九六〇年に同じ手口で命を奪われる。どれも殺人というよりは暗殺の様相を呈したひそかな出来事だったが、*Second Sight*、*Shelley's Heart*、*Old Boys*では撃ち合いが増え、かなり御老体のホーラスが襲撃者の首の骨を折る場面（「この年になって、変な特技を身につけたものだ」と思いながら）が*Old Boys*には二度も出てくるし、ときには小規模の戦闘も起こる。マッキャリー自身、この変化を意識していて、おれたちが現役だった時代は、銃声は失敗を意味していた、相手が手遅れになるまで何を仕掛けられたのか気づかぬように、そっと忍び込み、そっと忍び出てくることになっていたものだとOBに言わせている。また、自分が書きたかったのは自然主義的な小説で、たまたま自分のよく知っているのがスパイ活動に従事している人々だったからスパイ小説になったが、自分が小児科医だったら小児科医を扱った小説を書いていただろうと言っている。この言葉は彼の過去の作風を理解するためのキーワードだと言ってよかろう。

小説に対するマッキャリーの姿勢はグレアム・グリーンの考え方とみごとに一致している。グリーンは回想風エッセイの『逃走の方法』の中で次のように述べている。

……わたしが抱いた野心は、お定まりの暴力などはいっさい出てこないスパイ小説を書くことだった。そもそも暴力などは、ジェイムズ・ボンドがどうあろうと、英国諜報機関の呼び物ではないのである。わたしは諜報機関を、ロマンティックに潤色することなく、その日常性のなかで描いてみたかった……（高見幸郎訳）

たとえば、マッキャリーの『カメンスキーの〈小さな死〉』は、職業がたまたまスパイであった男とその妻との悲恋物語と見ることもできる。妻のキャシーは関係のあったイタリア人の映画監督と手を切ろうとして、その男に殴られ、歯と顔の骨を折られ、脾臓が破裂する。ポールはその映画監督を探すが、ポールの職業を知った監督は怯えて姿を隠してしまう。ポールなら、その男を見つける気になれば見つける手段は幾らもあったはずだが、それ以上探そうとしない。いわゆるスパイ小説だったら、ここで、当然、復讐という方向に展開し、読者は暴力による復讐のカタルシスを期待するのだが、マッキャリーはグレアム・グリーンの作品と同じように、暴力を持ち込もうとしなかった。

ところが、*Old Boys*の場合、彼のスタンスははっきりと変化しており、「スリラーの書き方はわからないが、ともかく、書いてみようと思った」という。そのせいか、かなり通俗的なつくりになっていて——ポールの遺書で、筋の概略を明かしてしまっているように——全体的な構成も短い章を積み重ねて行き、場面の切り換えも多く、スピーディな書き方に変わっている。『暗号名レ・トゥーを追え』『カメンスキーの〈小さな死〉』『最後の晩餐』、*Second Sight*と続けて読んでみると、これらの作品に組み込まれた時相の複雑さに驚き、同時に、錯綜した物語を読み解いて行く楽しさを味わえたものだが、*Old Boys*はストレートな語り口で書かれている。

スリラーを書いてみようと思ったという彼の言葉を裏付けている一つが、ケヴィン・クラークが率いる沈黙のグループである。クラークは、オハイオあたりの出身の典型的なアメリカ青年のように見える。モスクワのホテルでホーラスたちが朝食をとっているときに現われ、彼らの最近の行動を逐一知っており、ロシアから早く出国した方がいいと忠告する。その後もOBたちが危機に陥ると、黙りこくったグループがどこからともなく現われて彼らを救出する。彼らは〈機関〉の秘密工作班グレイ・フォースなのではないかとOBたちは考えるが、正体は結末近くで僅かなヒントで示されるだけだ。こういう敵か味方か判らぬ灰色の組織は従来のマッキャリーの作品には登場したことがなく、いささかスリラーらし過ぎると言えよう。

　彼らが〈機関〉の一部でないことを確認するかのように、〈機関〉は露骨な圧力をかけて来る。若い男女の担当官が接近してきて、OBに敬意を持ってはいるが、あんた方はわれわれと重要なターゲットとの間に入って来て、邪魔だから引っ込んでいてくれと脅しをかける。あんたたちが殺されでもしたら、〈機関〉が具合のわるい立場になる、やさしく頼むのはこれが最後だと、軽くあしらうホーラスにすごんでみせる。パリの美術マーケットに故ポール・クリストファー所蔵のヒックスの名画が現われたが、アメリカ市民が売却したのだとしたら、連邦法に抵触しているし、最近のあんたの金遣いのあらさには税務署も関心を持つかも知れないと言うのに対し、きみたちは税務署員じゃなかったのかとホーラスはからかう。〈機関〉はイブン・アワドがホーラス暗殺の指令を出しているのを感知しており、それは彼らなりにイブン・アワドを追っているのを暗示しているのだが、結局は、人生下り坂の男たち《オーヴァー・ザ・ヒル・ギャング》が、若手の機関工作員たちが解決しなかった問題、コバルト核弾頭の発見と処理を肩代わりすることになる。

Ⅳ

チャールズ・マッキャリーの作品には、ときどき奇妙に冒険伝奇小説的な話題が出てくる。『蜃気楼を見たスパイ』では、世界一の黒人美男子のスーダン皇太子や、居間にライオンが眠り、胡椒と麝香の匂いのするソマリアの女たちがいる王宮が描かれ、『カメンスキーの〈小さな死〉』では、七世紀ごろにペルシャで作られ、アラブに奪われて行方不明となった伝説的絨毯〈ホスローの春〉の切れ端が飾られている場面がある。ポール・クリストファーは、コンゴでベルギー領時代から伝わる処罰のやり方で、男や女、子供の切り落とされた右手が村の中央に山積みされているのを目撃している。この光景はほかの作品でも断片的な記憶として再度描かれているから、マッキャリーが本当に目撃した光景だったのではないかという気がする。『暗号名レ・トゥーを追え』には、旅客機の上から見たバンコクの暁の寺〈ワット・アルン〉の美しさが描かれ、「そのパゴダの壁面には割れた青磁の皿のかけらが一面に貼りつけてあり、それらの皿は一世紀前に嵐に遭ったイギリス帆船の艙内で壊れたものだということは、クリストファーも聞いて知っていた」（広瀬順弘訳）と書いている。この引用文だと、割れた皿のかけらをそのまま貼りつけたかのように見えるが、同じ図柄と色彩の皿の破片を何箇も同じサイズに削って、形を揃えて、花びらの形にするといった手間のかかる作業を経た装飾である。これを間近に眺めていると、帆船の艙内で壊れた積荷の皿を再利用しているにしては多過ぎるようにも思えるし、その帆船は沈没したのか、埠頭に叩きつけられたのか、どこに向かう船だったのかと果てしなく疑問が出てくる。

「中国から取り寄せた陶器の小片を使って」と解説しているガイドブックもあるが、わざわざ取り寄せたのだったら、最初から壁面の装飾にふさわしいデザインの小片を注文していたはずで、海難事故に遭った積荷の陶器を利用したという話の方が筋が通っているように思える。マッキャリーは不思議なエピソードを見つけてくる。

*Second Sight*では、前にもふれたが、ダヴィデ王の時代、紀元前九世紀にソロモンの迫害を逃れたヨアブの一族がアトラス山脈の中に定住し、紀元七世紀にイスラム勢力に征服されるとイスラムに改宗したふりをして現代まで生き延びた原始ユダヤ教の隠れ信徒の村を描いている。ザラが生まれ育って、強靭な性格を作りあげたのがこの村で、馬に乗って駝鳥《だちょう》を何十マイルも追うレースの話も面白い。作品の中のジャアビ族は架空だが、隠れ信徒の存在は史実であるという。旧約聖書の中の出来事に新しい解釈を加えて、伝奇小説的なエピソードを作り出しているのだが、*Old Boys*でも、聖書に記述されている出来事にもとづいた不思議な物語を挿入して楽しませてくれる。

ナチの国家保安本部長官のラインハルト・ハイドリッヒは欧州各地から美術品をかき集めながら、クレタ島の沖に沈んだガレー船から引き揚げた壺に納められた古文書を手に入れる。これが、ポールの遺書に要約されていたように、紀元一世紀にユデアに派遣されたローマの官吏セプティムス・アルカヌスが本国に送った諜報活動の報告書だ。ローマ政府は、ユデア地方のユダヤ教の祭司たちの納税反対運動を内部から分裂させて、反抗をつぶそうとする。この工作のために、祭司のなかから過激な人物を選び、裏で支援して、手先として使う計画を立てて、ユダヤ人であるがローマの市民権を持つガイウス・ユリウス・パウルスに命じて、適材を探させる。パウルスが見つけたのは、ユダヤ教の純化を説くヨシュア・ベン・ヨセフという男だった。パウルスはイスカリオテのユダを起用し、彼を通じて活動資金を供与する。ヨシュアはその資金の出所がローマだとは知らない。活動資金が急に潤沢になったら大衆の疑惑を招く恐れがあったが、そうなったらなったで、内部分裂を早めるのに役立つだろうというのが、パウルスの読みだった。

古代ギリシア語の暗号文で書かれた報告書は、ナチの手で解読されて、ドイツ語に翻訳されていた。ザラに英訳を依頼し、それを読んだホーラスは、パウルスの諜報工作の手腕に感嘆する。それ以上に彼を驚かせたのは、報告書の内容が聖書の記述と合致する点が多いことだった。彼は福音書と比較しながら読みすすめる。パウルスは、ヨシュアに奇蹟を行なわせようと思いつき、ユダに召使を買収させて、婚礼の席で水をワインに変えてみせたり（ヨハネ伝二―一）、盲人とよく似た男をすりかえて、盲人の目を治癒する奇蹟（ヨハネ伝九―一）を演じさせた。過越《すぎこ》しの祭の前に、ヨシュアは神殿の境内で犠牲の家畜を売る商人や両替業者のテーブルを引っくり返し、家畜を境内から追い出すという行動をとる（ヨハネ伝二―十三）。アルカヌスは、この神殿への乱入も信徒を分裂させるための工作だと解釈して喜ぶが、やがてヨシュアは、ユダにはコントロールできない行動をとり始め、ついにはユダ自身も荒れるガリラヤ湖の水上を歩くヨシュアを目撃する。

報告書には、ヨシュアに対するピラトの訊問、民衆の下した死刑判決も記述されている。ローマ市民だったガイウス・ユリウス・パウルスはヨシュア信奉者の迫害を続ける。アルカヌスは、十一人の弟子たちはほうっておけと言うが、パウルスは、彼らに分派を作らせて操れば、ローマ帝国の役に立つと考える。「次回、ダマスカスでパウルスと会ったら、幾らか資金を与え、この計画を推進させるつもりだ」という文章で報告書は終わっている。

この最後の一節にはドラマティックな含みがある。使徒行伝に、サウロという男がダマスカスに向かう途中、天からの光を浴びて失明し、三日後に回復したとき、イエスは神の子であると信じるようになる話がある。そのサウロがガイウス・ユリウス・パウルスであり、のちにパウロと呼ばれる聖人だったのだとホーラスは解釈する。

マッキャリーは〈壺の古文書〉の物語を三十年間温めていたという。そのせいか、話は十六ページにわたって、古文書の訳文にホーラスの感想や分析をまじえて、たっぷり語られる。マッキャリーは歴史小説やキリストを主人公にした小説を書く気はなかったが、*Old Boys*を書き始めたとき、あの物語を織り込むチャンスが来たと気がついた。このキリスト・エピソードは、小説の中では、特にスパイ小説のなかでは扱い難い性質のものだが、けれんみのない筆致で読ませてくれる。この作品を読んだ彼の息子が「これでお父さんはイスラム教とキリスト教の両方の〈導師判決《ファトワ》〉の対象となる史上最初の人になるね」と言ったとか。

ロリ・クリストファーは〈壺の古文書〉を持って長い流浪の旅を続ける。ポールが母のロリと別れたのは十五歳のとき、一九三九年の夏である。別れの光景は『最後の晩餐』の第1部に描かれている。ポールの両親はナチからの亡命者をヨットでデンマークへ運んでいたが、ゲシュタポの締めつけがきびしくなり、フランスへ脱出しようとしたとき、プロシアの男爵の娘であり、ドイツ国籍だったロリだけが国境で拘留され、ポールと父のハバードは国外追放になる。その日、ドイツはポーランドに侵攻し、二日後にはフランスがドイツに宣戦布告する。その後のロリの行方は判らず、死亡したと推定されていた。

V

*Old Boys*を読むと、一九八七年に『最後の晩餐』を発表した時点で、マッキャリーはすでにその後のロリの物語を書き続けようと考えていたのだろうかと思う。それとも彼自身、ロリはあれからどうなったのだろうかと考え続けて、自然に発想がふくらんで、ロリの流謫譚が生まれたのだろうか。

ロリが国境で拘留されたのは、大きな罠の一部分であったことが*Second Sight*で明らかにされる。『最後の晩餐』にイギリス諜報機関のリチャード・ショウ＝コンドン卿という人物が数ページ登場する――先に述べたが、このコンドンは『影なき狙撃者』や『女と男の名誉』の著者であり、マッキャリーの友人だったリチャード・コンドンの名を生かしたインサイド・ジョークであろう――コンドン卿は一九四〇年ごろ、ロリを探し出す機会もあるとポールの父のハバードを説得して、戦争の続いているドイツに潜入させた。

一九八四年になって、コンドン卿は意外な事実をポールに告げる。ゲシュタポと保安警察を統括する国家保安本部の長官のラインハルト・ハイドリッヒがロリにひとめ惚れしたのを知り、コンドンはハイドリッヒ暗殺を支援してほしいとロリに要請し、ロリはそれを応諾したというのだ。彼女は夫のハバードにも知らせずに、夫と息子が無事に出国できることとロリの一族の安全を交換条件にして、ハイドリッヒの望むとおり、彼の元にとどまる。ハイドリッヒは実在したナチの若い将官で、ユダヤ人絶滅計画を提案、ラドラムの『狂気のモザイク』や映画の『暁の7人』に登場している。一九四一年にモラビア・ボヘミアの副総督になり、プラハに赴任、ロリも同行し、彼女の情報をもとに、イギリスから送り込まれたチェコ亡命政府の工作員たちが、五月二十七日に彼を狙撃、重傷を負ったハイドリッヒは六月四日に死亡する（ナチは報復としてチェコスロヴァキアの住民千五百人を処刑した）。

マッキャリーはハイドリッヒ暗殺の史実を活用しているわけだが、暗殺班がイギリスから派遣された事実と、『最後の晩餐』でコンドンをイギリスの諜報機関の男としていることを考え合わせてみると、『最後の晩餐』にコンドン卿を登場させた時点で、すでにハイドリッヒ暗殺にロリがからむ構想を立てていたのではないかと推測される。

ロリは *Old Boys* で、彼女だけが国境で拘留されたのは、ハイドリッヒが仕組み、彼女も同意した芝居だったと語る。家族たちの安全のためとは言っても、どうしてそんなことが出来たのかと訊ねるザラに、ロリは「たった十二年間で、ナチはゲーテやベートーヴェンの作ったドイツ文明を人類の心から消してしまって、残ったのは恐怖だけだったから」と答える。私だったら自殺していたとザラが言うと、ロリは「私もね。でも、まずハイドリッヒを殺さなければならなかったの」と言う。

ハイドリッヒの死の直後、ロリは〈壺の古文書〉を持って、レジスタンスに助けられてプラハを脱出し、長い逃避の旅に出る。ハイドリッヒが死んでも、彼の残党がいる限り、家族のところにもどるのは、家族を危険にさらすことになるからだった。ロリの六十余年に及ぶ旅はスリリングな物語である。ケルマーンからアフガニスタンのヘラートに向かう途中の砂漠で七人組の盗賊に襲われたとき、ロリは二人を射殺し、彼女に同行した若い愛人がさらに二人を倒す。残った盗賊たちが逃げ出し、ライフルの射程距離の外に出ると、ロリはトラックで追いつめ、彼らの駱駝《らくだ》を順々に射殺し、生き残った男たちは同行の愛人に射殺させる。駱駝を失った盗賊は砂漠で生き延びるチャンスはないが、生かしておいたらどこまで復讐の手が延びてくるか判らないという砂漠の論理だった。

もともと乗馬の得意だったロリは、世界の辺境へと逃れ、奇妙な安住の地を見つける。ホーラスとOBたちはロリの救出のために命がけの侵入を決行する。安住の地から救出するというのは、理屈に合わないように聞こえると思うが、そこはそれ、複雑な事情があったからと理解していただこう。

ロリの救出のあと、もう一つの山場、旧ソ連がかつて地下核実験を行なったあとに出来た巨大な地下空洞に貯蔵された天然ガスの爆破やイブン・アワドの組織との戦闘の場面が用意されていて、過去の作品とは違ったスリラーらしい結末に到る。

すべてが片づき、OBたちはアメリカにもどる。もう夜中に電話が鳴り、「ベルリンへ行ってくれ」というくぐもった声の指令を聴くこともないのだから、ポール・クリストファーの資金負担で、最後の旅を楽しんだわけだとOBたちは考える。秋になって、彼らは一度集まり、ポールが残したモントラシェとロマネ・コンティを飲み、ペリエ・ジュエをアイス・バケットに入れて、クリストファー家の墓地のある丘に登り、ポールの名が刻まれた石を囲んで、「昔の時代、昔の友だち、昔のすべてに」と乾杯する。

このエピローグは明白に〈クリストファー・サーガ〉の終焉である。だが、ポール・クリストファーは死んだのか。それとも……。

*Shelley's Heart*の後書きで、マッキャリーは、シリーズとしての一貫性を保とうとしたが辻つまの合わぬ点もあるかも知れないと白状する。そう言われてみると、この作品にポール・クリストファーの墓で酔いつぶれる女性が登場する。つまりポールはすでに死んだことになっているのだが、それから五年服役したホーラスが*Old Boys*ではポールと食事をし、ポールは健在だ。作者は『最後の晩餐』と*Shelley's Heart*との間でポールが死んだはずだったのを忘れていたようだ。

6 『クリストファーの亡霊』

二〇〇四年の『OBたち』はポール・クリストファーの名の刻まれた墓石を囲んで昔の仲間た

ちが乾杯をする場面で終わっている。この結末を読めば、誰でもクリストファー家のサーガはここで終わったと思ったはず。まさか、ポールの物語がもう一度始まるとは思ってもいなかったが、チャールズ・マッキャリーは二〇〇七年にもう一作*Christopher's Ghosts*を発表した。この作品は二部構成になっており、第1部は第二次大戦の始まる直前の数週間、ポールの十六歳の夏。彼はベルリンのティアガルテンで同い年くらいの青いドレスの娘を何度か見かける。娘も彼の存在を意識しており、視線が合うと目をそらす。娘の方に一歩踏み出すと、彼女は身をひるがえして歩き去る。

なるほど、こういう手があったのかと思う。マッキャリーはポール・クリストファーの『OBたち』以後の話を続けるのではなく、逆に〈サーガ〉の過去に遡って、少年時代の激しい恋が時代によって引き裂かれる物語にしている（ポールは一九二四年六月十四日の生まれとなっているので、この夏は十五歳になったばかりで、十六歳ではないはずだが、作者自身が一貫性を保とうとしたが辻褄の合わない箇所もあると潔く告白しているので、年齢の問題は目をつぶろう）。過去の作品は、幾つもの時代を行き来して複雑な時制の構成だったが、この作品は一九三九年と五九年から六一年に集約している。ポールの父のハバードはアメリカ人、母のロリはドイツ人の男爵の娘で、ポールはアメリカの旅券を持っているが、母がドイツ人であるためにゲシュタポは彼の国籍を問題視し、シュトゥッツアー少佐は、ポールがなぜヒットラー・ユーゲントに加わらないのかと同じ質問を繰り返す。この少佐の名前に記憶のある読者もいるかもしれない。彼の名にはだて男とかダンディの意味があり、『最後の晩餐』の第1部の一九三六年当時は「青白いにきびだらけの男」（広瀬順弘訳）で、リューゲン島を管理するゲシュタポの新任隊長として登場しており、ロリとポールは町のカフェテラスでこの男と出会っている。第一次大戦のときに鉄十字章を叙勲された酔っ払いがダンディのコーヒーのミルクを盗むと、ダンディはブーツの爪先で頭や顎が骨折するほど蹴った。ロリは怪我した男を自分の車に運ばせてから、サーベルをふるうような勢いでダンディの顔を拳で殴り、ダンディの帽子が床に転がり、手に持っていたコーヒー・カップはほかのテーブルに飛び散る。この瞬間からダンディとクリストファー家は二十年を越える宿敵関係となる。

公園でポールが青いドレスの娘が現れるのを待っていると、ヒットラー・ユーゲントの一隊が行進してきて、ポールに身分証明書の提示を要求する。これを無視したことから殴り合いになり、ポールは袋叩きにあう。失神しかけたとき、指先が彼の顔にふれる。青いドレスの娘が訛りのある英語で話しかけ、濡らしたハンカチで顔の血を拭い、医師である父親のところへ連れて帰る。医師は手当てのあと、ポールの両親あてに怪我の状態と治療の仕方を書いた手紙をくれる。手紙に署名がないので、医師はユダヤ人なのだとロリは推測する。一九三五年のニュルンベルク法ではユダヤ人医師がユダヤ人以外の治療をすることを禁止していた。

その夜、アメリカ大使館の一等書記官O・G・サケットの家でパーティがあった。OGはクリストファー家の遠縁にあたり、のちの冷戦時代には諜報機関の長となり、*Second Sight*（一九九一）にも登場する。パーティにはラインハルト・ハイドリッヒも出席していて、美貌のロリにつきまとう。すでに述べたように、ハイドリッヒは、ヒットラー、ヒムラーに次いで恐れられた国家保安本部の長官でユダヤ人ホロコーストを立案、一九四一年にチェコのレジスタンスに暗殺された実在の人物だ。この男はOGとの会話の中で、その日ポールがヒットラー・ユーゲントと殴り合いしたことを話題にする。ゲシュタポの高官が少年たちのけんかを知っているというのは、クリストファー家が監視されていることを示し、ロリを屈服させようとする露骨な圧力だった。前作でロリが連合国側の要請でハイドリッヒ暗殺を支援する決心をし、夫と息子を無事にアメリカに送り出すためにもハイドリッヒの言いなりにドイツにとどまらねばならなかった事情が読者にすでに明かされているのだが、*Christopher's Ghosts* では、おそらく意図的にハイドリッヒ暗殺計画の存在を明かしていないので、新しい読者には、ロリの行動が謎めいたものに見えると思われる。ポールは青いドレスのアレクサと恋に落ち、愛読書のW・H・ハドスンの『緑の館』の主人公にちなんで、彼女をリマの愛称で呼んだ。

リマが四分の一ユダヤ人の血統であること、ハイドリッヒのロリへの思慕、ダンディのロリに対する恨みとユダヤ人憎悪が輻輳して、ポールはクリストファー家のアキレス腱のような立場になる。彼の両親やOGは彼をアメリカへ帰らせようとするが、彼は両親と別れる気にもリマを見捨てる気にもならない。

ある夜、会話が盗聴されぬようにベートーヴェンの〝歓喜の歌〟のレコードをヴォリュームいっぱいにかけて、ロリはポールに真新しい出国ヴィザのあるアメリカの旅券と現金、ニューヨーク行きのブレーメン号の切符を渡し、今が出国する最後のチャンスだと説得するが、若いポールは拒否する。しかし、翌朝目を覚まし、いつものようにリマが忍び込んでくるのを待つが、彼女は来ない。しかも、家の中に両親の姿もない。ベルリンを去る決心をさせるために両親が姿を隠したのだろうかと思う。港に行く夜汽車に乗ると、彼のコンパートメントには見覚えのある若いゲシュタポが二人乗り込んでおり、彼のやつれた顔を見て、訳知り顔に笑みを交わす。

ニューヨークに着くと両親からの電報が届いていた。そんな計画ではなかったのに、さよならも言えずすまない、私たちもイルマもきみに会いたい気持だという電報だった。IrmaはRimaのことだった。さらに、OGが、あの日、真夜中にゲシュタポが両親を拘束し、ブレーメン号が出港してから釈放された、きみの若い友だちも拘束されていたが同時に釈放されたと告げる。

マッキャリーはポールの心理描写を避けて彼の行動のみを描く。ポールはまた荷造りし、ウォール街のセバスティアン・ローのオフィスへ行き、預金を引き出す（ローはクリストファー家の資産を管理する銀行家で、『最後の晩餐』の第2部で〈機関〉がポールの父の叙勲式を行なったときにポールをワシントンへ連れて行った男だ。*Second Sight*でも不思議な役割で登場する）。そして、その日の午後出航するブレーメン号に再び乗船してドイツへもどる。リマに宛てて彼女にしか分からない文章の絵葉書を送ってリューゲン島へ呼び、ポールの父のヨットのモヒカン号で脱出をはかる。しかし、デンマークの領海の一マイル手前で、ダンディの乗った哨戒艇《しょうかいてい》に拿捕され、ダンディの部下がヨットの船倉にケロシンを撒いて、火を放つ。ポールは哨戒艇に拉致されるが、ダンディは海に飛び込んだリマを救出しようとせず、彼女は沈んでいく。

『最後の晩餐』のプロローグは、四十歳になったポールが見た夢から始まっていた。悪夢のなかで、ダンディもモヒカン号に乗っていて、嵐が来てロリが海中に転落し、十三歳のポールが救出しようと飛び込む。この夢は、リマの死の記憶が形を変えて甦ったのだと考えるのが素直な解釈であろう。もっとも一九八三年の『最後の晩餐』で、母が転落し、そのモヒカン号にダンディも乗り合わせていた夢を描いたとき、この場面を二〇〇七年の作品に帰結させる構想がすでにできあがっていたとは思えないのだが、発想の妙味を感じる。

『最後の晩餐』にも一九三九年の八月からポールと父親がドイツを去る九月一日前後の出来事が描かれているが、リマとの恋、ニューヨーク往復の船旅、モヒカン号の焼失については全くふれられておらず、物語の連続性という点では無理な面もあるが、作者はいままでふれる機会のなかった一九三九年夏の空白を少年のポールの目から語りたかったようだ。

Christopher's Ghosts の第2部は二十年後の一九五九年冬のベルリンへと飛び、少年の恋の物語から一転して、スパイの戦いの話に移る。一九五九年というと、マッキャリーの第一作の『蜃気楼を見たスパイ』の背景となったのがこの年で、その年の五月から九月までポールは国連調査機構の職員としてスイスに駐在し、スーダンの砂漠での銃撃戦に加わるなど派手な活躍をしているから、その直後にスイスからベルリンに派遣されたことになる。

ベルリンの街でポールはすり切れた服を着たダンディを見かけるが、とり逃がす。

OGはドイツが対米宣戦布告をする前にベルリンからスイスへ移り、一等書記官からOSS〈戦略事務局〉に転身、戦後は新設の〈機関〉の長官になっている。ポールはダンディを見かけたことをOGに話し、通常の任務とは別に、一個人の仕事としてダンディを追跡したいと告げる。OGの暗黙の承認を得て、〈機関〉のファイルや亡命してきたKGBの大佐の情報から、ダンディがソ連諜報部に選ばれて東独の秘密警察《シュタージ》に勤務しているのを発見する。〈機関〉のベルリン支局長のウォルコヴィッチは、個人的な仕事だと言って訪問目的を明かさぬポールに腹を立てて、尾行兼護衛をつけるがポールはそれを振り切る。ウォルコヴィッチは『最後の晩餐』の第2部の二六〇ページにわたって登場するスパイの古強者だ。

深夜にポールはダンディを誘き出す。ダンディが発砲し、弾丸はポールの頭皮をえぐり、頭蓋骨をかすめるが、ポールが投げつけた石がダンディの顎を砕く。頭から顔に血を流しながら、ポールは失神したダンディを担いで西独にもどる。五九年当時はまだ壁は築かれておらず、行き来は制限されていなかった。西側で公衆電話を見つけ、頭に浮かんだ番号に電話し、居所を伝えてから昏倒する。意識が戻ったのはフランクフルトの米軍病院だった。医師によるとモルヒネかコカインを投与されて二十四時間以上も眠り続けていたという。電話の数分後にウォルコヴィッチが駆けつけたとき、動けぬはずのダンディは消えていた。ポールのポケットにあったダンディの秘密警察員の身分証明書もなくなっていた。ダンディが消えた謎の背景はひとことも説明されていないのだが、旧作の『最後の晩餐』を思い返してみると、大体推測できる仕組みになっている。

二年後、ユダヤ人のグループがローマでポールに接触してくる。リーダーのイェホはポールの両親がモヒカン号でドイツから脱出させた男だった。彼らもユダヤ人虐殺の責任者としてダンディを追っており、彼がリューゲン島に隠れているのを突きとめていた。しかも、ポールの伯父のものだった館にすんでおり、島や館を隅から隅まで知っているポールが最適の案内役だった。ローマからコペンハーゲンに飛び、そこから船員の全員がユダヤ人の船で島へ行く。これはイェホのクリストファー家への恩返しだった。

ダンディは伯父の寝室を使っていた。潜入は成功し、ダンディを拉致して船は海へ出る。ポールには、イェホがダンディをどう処理するつもりなのか読みとれない。あの男は我々が彼を利用すると楽観しているから、しばらくスパイとして使い、それから東独側に密告して収容所で苦しませる方法もあるし、本来なら法廷で裁判にかけたいが、目撃者はすべて死んでおり、生き証人はポールだけで、機関員であるポールが証言台に立つこともできない。では、どうするのかとポールが問いつめると、イェホは、あなたが彼と話しなさいと答える。船はリマが死んだ海域に入っており、見覚えのあるデンマークの島影が見える。

ここを憶えているかとポールがドイツ語でダンディに大声で訊ねると、自分の記憶を誇るかのように、何もかも憶えていると英語で叫びかえす。これが半秒前には考えてもいなかった行動をポールにとらせ、リマの復讐を果たす。数分間、サーチライトが海面を照らしていたが、誰もボートを下ろさず、救命具を投げるものもいない。

マッキャリーはどういう結末にするか苦心したのではないかと思う。ウォルコヴィッチが拳銃を提供してもポールは携行しようとせず、素手でダンディと対決し、投げつけた石が顎を砕いてダンディが失神したときも、その場で殺そうとはせず、西側へと連れて行く。ダンディに対する憎悪はあったが、殺意はなかったと考えてよかろう。ところが、ダンディは傲慢な一言で自らの死を招く結果になる。古典的なポエティック・ジャスティスの物語である。

第三章　サマセット・モーム――『アシェンデン』

1　アシェンデンの就任

チャールズ・マッキャリーはサマセット・モーム（一八七四～一九六五）の『アシェンデン』（一九二八）をエスピオナージを扱った最も正確な作品と評価し、スパイ活動の雰囲気、技術、仕事が登場人物にもたらす影響の描き方がすばらしいと絶賛する。フォードのモデルAが、初期の自動車であるのにそれ以上の改良を必要としなかったように、モームのスパイ小説はすべてを備えており、それも正確に描いていると述べている。

モームを賞賛するのは、彼もまたスパイであり、作家でもあったからなのかと訊かれて、マッキャリーは、そんなふうに考えたことはなかった、モームの観察の正確さと筆力に共感するのだと答える。『アシェンデン』の作者だからというよりは、モームの全仕事に敬意を払っているようだ。

『アシェンデン』の評価を調べてみる。ハヤカワ文庫NVの『冒険・スパイ小説ハンドブック』の読者投票ではスパイ小説ベスト30の第19位、総合（スパイ＋冒険）ベスト１００の第74位、文藝春秋編（一九八六）『東西ミステリーベスト１００』の第84位に入っている。海外では、『クイーンの定員』の一八四五年―一九六七年ベスト百二十五冊や《サンデイ・タイムズ》が一九五九年に選んだベスト99冊などの一冊に挙げられ、ジャック・バーザンとウェンデル・H・テイラー共著の*A Catalogue of Crime*やビル・プロンジーニとマーシャ・マラー共著の*1001 Midnights*などファン向けガイドブックにも推薦図書としてリストされているから、ミステリ小説史上に確たる地位を占めたロングセラーであり、我が国でも今までに六種類の邦訳が出版されている。

モームが作品の序文で語っているように、第一次大戦中に情報部で働いた経験を小説的にリアレンジしたもので、アシェンデンという名の、ファースト・ネームも年齢もはっきりしない（と言っても若くないことは確かだ）小説家兼劇作家である男が主人公だ。アンソニー・マスターズの『スパイだったスパイ小説家たち』（一九八七）や田中一郎氏の『秘密諜報員サマセット・モーム』（一九九六）がモームのスパイとしての活動を論じており、特に後者はモームのホモセクシュアリティについても詳しく追った風変りな研究書である。

『アシェンデン』は十六の章に分かれており、各章に表題がついていて、アシェンデンの視点で語られる、いわゆる連作短篇集であり、長篇小説ではない。ミステリ短篇小説史である『クイーンの定員』にこの作品が選ばれているのも、短篇集であるとの分類に基づいている。厳密に言えば、一つの章が一つの短篇として完結しているとは限らず、三つの章で一つの物語となり、短篇小説にふさわしい意外な結末、あるいは皮肉な結末で締めくくられているストーリーもある。率直な感想を言うと『アシェンデン』の各短篇は、素材に制約があったせいなのか、結末で読者を驚かせるために超絶技巧的な計算ずくの語り口の『雨』や『赤毛』といった傑作に比べると切れ味はやや鈍いと思うが、女が毎朝毎朝炒り玉子を食べるのにうんざりして恋心が冷めてしまう話などは、まさしくモームの味だ。

一九一四年七月に第一次世界大戦が勃発。「R大佐」と題する第1章では、九月に海外から帰国したアシェンデンがパーティでR大佐と会う。話したいことがあると言われ、翌朝会いに行くと、数カ国語を知っているし、作家という職業がカヴァーになるから、スパイになってくれと要請される。即応したと見えて、その翌日にアシェンデンはジュネーヴに向かっている、三ページ足らずのイントロの章だが、面白いなと思ったのは、R大佐の事務所なるものが、昔は高級住宅地だったが、いまは人気のない地域にあるやぼったい赤煉瓦の家で、売家の札が出ていたということだ。これはレン・デイトンの『イプクレス・ファイル』で主人公のスパイが勤務するオフィスがダルビー興信所とかアクメ・フィルムなど仮装企業の入った雑居ビルになっているのを連想させる。映画化された「国際諜報局」の場合も何だかいい加減なビルだった。英国の諜報部というのは、売家や雑居ビルのような、予算をけちったところを使う伝統があるようだ。

この短い章にも、小説化されて事実と異なる記述がある。アシェンデンはR大佐に要請されてスパイになったことになっているが、前掲の田中一郎氏の著書によると、モームの方で人脈を使って売り込んだのだという。また、一九一四年の九月に即日スパイとして採用され、翌日はスイスに赴任したと書かれているが、実際には一九一五年の十月初めまで特訓を受けたとのことで、一年のずれが見られる。

モームは序文で「スパイの仕事は概して極めて単調である」と述べており、アンソニー・マスターズも著書のモームの章に〈退屈したスパイ〉という副題をつけている。しかし、第2章の

「家宅捜索」では、小物の工作員の賃上げ要求を蹴った翌日に彼のホテルに刑事二人が訪れてきて、不安にかられるし、冬の寒いスイスの屋外を歩いたりするのは楽であるはずがない。月日が経って回顧してみて、初めて、単調だったと余裕のある言葉が出たのであろう。

第3章の「ミス・キング」になると、アシェンデンも本物のスパイらしくなってきて、毎週二度ジュネーヴの市場に行き、フランス領から来る百姓の婆さんからバターを半ポンド買い、釣銭といっしょに本部からの通信文を受けとる。ホテル住まいの男がバターを買って、どこでそのバターを食べたのか、当時のホテルでは、お持込みが認められていたのだろうか。このホテルは家庭的雰囲気のペンションみたいなものではなく、どこかの国のスパイかも知れぬオーストリアの男爵令嬢やホーヘンツォレルン家と親戚関係にある伯爵でドイツ諜報部員である男、エジプトの殿下と王女たちなどが宿泊している。こんな賑やかな顔ぶれが揃うと、いかにも派手な事件が起こりそうな気がするが、これもモームのストーリー・テリングの技か、盛りあげておきながら、予想に反したうら悲しい結末をつけている。

2〈毛無しのメキシコ人〉

第4章から第6章までが昔は将軍だったと自称する〈毛無しのメキシコ人〉の話である。おしゃれで図々しくて、ピストルよりもナイフを好むこの殺し屋をモームは生き生きと描いている。ジョン・ル・カレだったら、こんな目立ち過ぎる男はスパイに向かないと言うかも知れない。

彼とアシェンデンの探偵小説論がおかしい。メキシコ人は探偵小説の愛読者なのだ。アシェンデンは探偵小説を書こうとしたことがあるが、あまり巧妙な殺人で、だれが犯人かと読者を納得させる方法が見つからないので、未完に終ったと語る。これはモーム自身の経験かも知れない。

これに対して〈毛無しのメキシコ人〉は、巧妙な殺人をあばく唯一の手段は動機を見つけることだと言い出す。「動機がなければ、はっきりした手がかりも決定的とはなりません。あんたが見知らぬ男を人通りのない道で刺殺したとする。誰があんたを犯人だと疑いますか」と主張する。どうやら、メキシコ人はこの信念にもとづいて行動しており、アシェンデンもうすうす気づいていたようだ。

『アシェンデン』に登場する人物の中では、この〈毛無しのメキシコ人〉マヌエル・カルモラが最も危険な男である。

メキシコ人の任務はギリシア人の密使を阻止すること、アシェンデンの仕事はメキシコ人が任務を達成したら彼に報酬を支払うことだった。R大佐の任務説明は十行程度で、読み飛ばしかねないが、当時の国際情勢が詰めこまれている。トルコの戦争大臣のエンヴァー・パシャが信頼しているギリシア人の密使に口頭で連絡事項を伝え、書類を持たせてコンスタンティノープル（現在のイスタンブール）から送り出す。密使はピレウスから船でイタリアのブリンディシに渡り、そこからローマにあるドイツ大使館に向かう。彼はドイツ大使に書類を渡し、口頭でパシャのメッセージを伝えるはずで、何としてでも、この密使がローマに入るのを阻止したいのだとR大佐は言う。どんな手段にうったえても阻止したいのですかとアシェンデンが訊ねると、R大佐は、金が幾らかかっても問題じゃない、どんな手段で阻止するか、きみが心配する必要はないと答える。この対話は伏線と言うべきもので、メキシコ人・エピソードの結末を読むと、その手段なるものが容赦のない究極的なものであったことが解る。

エンヴァー・パシャは一九一四年から国防大臣で、ドイツと軍事協定を結んだ人物である。第一次大戦がすでに始まっていたのに、ローマにドイツ大使館があったのは、この時イタリアはまだ中立国であり、ドイツはイタリアに中立を保たせようとし、連合国側はイタリアを引き入れてドイツ側に宣戦させようと工作している時期だったとモームは説明している。こう説明されると、トルコの密使が最寄りのドイツ大使のいる土地に行こうとしていた背景が納得できる。

いまさらながら、第一次大戦史をおさらいしてみたら、イタリアは一九一五年五月にオーストリアに宣戦、同年八月にトルコに、翌十六年八月になってドイツに宣戦している。戦争って一度に勃発するものだと思い込んでいたので、イタリアがこんなに段階的に戦争に加わって行ったとは知らなかった。メキシコ人・エピソードに、ナポリはもう春たけなわで、陽光は暑いほどだったとの記述があるから、この事件は一九一五年か一九一六年の春、密使がトルコ人ではなくギリシア人だったのはイタリアとトルコがすでに交戦状態にあったからだとしたら一九一六年の春だったと推測される。

アシェンデンは、ギリシア人から奪った書類と引き換えにメキシコ人に金を払うように指示されている。だが、書類は手に入らなかった。ここでディレンマが起こる。いわゆる成功報酬の取り決めなのだが、ギリシア人は書類を持っていなかった。努力はしたが書類が入手出来なかったのはメキシコ人のせいではない。こんな場合にも成功報酬を払うものなのか。アシェンデンは、おれの知ったことじゃないと考える。つまり、払わないと決心したらしいのだが、安食堂で陽気に踊っているメキシコ人を眺めながら、あいつの腹の中が読めたらなあと思う。モームの文章は、書類は手に入らなかったにしても、一応の努力はしたじゃないか、とメキシコ人が報酬を要求してきたら、どうしたらよいのかと怯えていたようにも読める。なにしろ、相手は殺し屋だ。食堂を出て、二人は夜道を駅まで歩くが、そのときもアシェンデンには恐怖がつきまとっていたのではないか。駅の待合室で彼が暗号電報の解読に取りかかっている間のメキシコ人の様子を、手許にある二種類の訳書ではこう訳されている。

A　ゆったり腰をおちつけて、アシェンデンのやっている翻訳など目もくれず、いい金儲け仕事の後の休息をたのしんでいた。

B　彼は静かに座り、アシェンデンがなにをしていようと気にもしないで、この与えられた休息を楽しんでいた。

A氏の訳文では、書類はなかったのに、金は払われたようだが、B氏の訳は、金のことには全くふれられていない。どうなってるのか。仕方がない、図書館に行って、原文を調べる。

……he sat there placidly, taking no notice of what Ashenden did, and enjoyed his well-earned repose.

A氏はwell-earnedという形容詞から金が払われたと考えたようである。しかし、ギリシア人の部屋を捜索し、それから安食堂に行き、駅の待合室に着くまでのモームの描写はアシェンデンとメキシコ人の動きに密着したもので、金を渡す場面も、それに関連する会話もないのだから、A氏は勘違いをしたのではないか。B氏のほうが正訳だと思う。

第7章と第8章は、イギリスからの独立を唱える過激派のインド人チャンドラ・ラールを中立国のスイスからレマン湖を隔てた対岸のフランス領のトノンまで誘き出して捕えようとする作戦の話である。第1章が九月、第2章と第3章は雪とみぞれの冬、第4章から第6章のメキシコ人エピソードは春たけなわだったが、第7章と第8章は再びストーヴと外套《がいとう》が要る季節になっている。

インド人のラールはドイツ諜報部から資金援助を受けて、インド軍の欧州派遣を妨害したり、欧州に来たインド軍の内部に離反工作を行っていたという。英領時代のインドの独立運動が欧州でも行われていたことは、小説にも映画にも描かれたことのない、隠れた史実だ。メキシコ人・エピソードのパンチラインは、いかにもスパイ小説らしかったが、このインド人・エピソードのそれは（「十二ポンドもしたクリスマス・プレゼントだから、返してほしいの」）あまりにもモーム好みである。出来すぎているので、実体験ではなくて、モームがひねり出した結末であるように思える。

ドナルド・マコーミックの*Who's Who in Spy Fiction*に面白い話が載っていた。R大佐がアシェンデンにチャンドラ・ラールという名を聞いたことがあるかと訊ね、ありませんねと答えると、R大佐はいらだつ。

「一体、この数年間きみはどこに住んでいたんだ?」

「メイフェアのチェスターフィールド・ストリート三十六番地です」

わざと焦点をずらして、アシェンデンはとぼけた返事をしているのだが、この住所は、本当にモームが第一次大戦前に住んでいた住所なのだとか。チャールズ・マッキャリーとポール・クリストファーの誕生日が同じであるのと同一趣向のジョークだ。また、第4章のメキシコ人がらみの任務のときにアシェンデンはサマーヴィルという名前の外交官パスポートを交付されていて、第10章の裏切者エピソードのときもこの名前を名乗って、第11章で本来のアシェンデンにもどっている。マコーミックによると、エール大学図書館にあるウィリアム・ワイズマン卿（一九一七年当時、米国に駐在していたイギリス諜報部の長であった人物）の文書に、モームのスパイとしてのカヴァー・ネームがサマーヴィルだったと記載されているという。サマーヴィルは実際に使われた偽名だったわけだ。

3　スパイの嘘

第9章の「グスターフ」はR大佐が使っていたスイス人工作員の名前が表題になっている。グスターフは商売でドイツに頻繁に出張し、役に立つ情報を送ってくる男だったが、Rは何かインチキくさいと感じて、アシェンデンに調査させる。すると、この男は開戦後はドイツに出張しておらず、ドイツの新聞や旅行者から聞いた話をネタに報告書を作り、一年間もイギリス諜報部をだましていたことを認め、毎月たかが五十ポンドのために命がけの仕事ができますかと開き直る。『アシェンデン』を再読して、おや、このグスターフがグレアム・グリーンの『ハバナの男』の原型なのではないかと思った。危険をおかさずに、適当に情報らしいものをでっちあげて、評価されるのも、新聞や旅行者から集めたものでも〈情報〉となり得るのが面白い。

これは企業から海外に派遣された駐在員が本社宛てに業務報告書を書くときに使っている手法と基本的に同じで、経済情勢とか統計データなどの一般的な情報は、どうせ現地の新聞や公開された資料にもとづいている。それが日本では報道されていない記事や統計で、本社側の知らない情報だったら、情報としての価値が認められる。しかし、かつての東欧圏の国のような、情報管制の厳しい土地ではこの方法も使いにくい。現地人の社員に新聞記事から拾い出してもらっても、たいしたものは見つからない。大統領がじゃがいもの収穫の視察に行った話では業務報告にならない。私が前任者から引き継いだ方法は、グスターフのそれよりももっと奇抜だった。日本から送られてくる日経とか朝日など普通の新聞にその国に関連した記事が載っていると、切り抜いて溜めておき、それをつなぎ合せて概況報告を書くのである。日本の新聞の記事を再輸出する形になる。日本側でコンピュータで検索すれば、出所がたちまちばれただろうが、これでも通用した時代だった。

グスターフから得た本物の情報をもとに、アシェンデンは八月の初めにスイスのルーツェルネに行く。これが第10章の「裏切者」の舞台である。金のためにドイツ側のスパイになり、そこに住みついているイギリス人ケイパーに接触する。祖国を売った男なら、やはり金で敵から寝返らせることが出来るのではないか。それを探り出すのがアシェンデンの任務だった。ホテルで彼はケイパー夫婦と会話を交わすようになり、Rに指示されたとおり、検閲局勤務のサマーヴィルだと名乗る。売国奴であるケイパーはイギリスには恐ろしくてもどれないのだが、サマーヴィルが検閲局の人間と聞いたドイツ側がケイパーに圧力をかける。その結果、ケイパーはサマーヴィルに、イギリスにもどって、国のために役に立ちたいので、検閲局に就職できるように紹介状を書いてもらえないかと切り出す。

このとき、アシェンデンはやっとRの策略に気がつく。検閲局勤務だと名乗るだけで、ドイツ側がケイパーを潜り込ませようとするだろうとRは読んでいて、アシェンデンに対する指示（金でケイパーを寝返らせること）は付属的なものに過ぎず、ほんとうの役割は彼自身がケイパーを誘き出す餌になることだったのをその瞬間に気がついたのだ。

当人は指示された役割を真剣に演じるが、機関の真の狙いは違うところにあり、一員であるのにもかかわらず、当人にはその狙いは知らされていない。スパイは機関に動かされる駒の一つに過ぎない。このパターンは、その後多くの作家が使い、ル・カレの『寒い国から帰ってきたスパイ』が代表的な作品である。ル・カレの作品を初めて読んだとき、部下に真の目的を説明せずに送り出すという非情さが新鮮だったが、この発想は『アシェンデン』の時代にすでに萌芽していたものだった。

4　X市とB王とZ教授

次の第11章「舞台裏」で、アシェンデンはある国の首府のX市に派遣される。そこに駐在しているイギリス大使には、自分の頭越しにアシェンデン宛てに暗号電報が入ってくるのが不愉快だ。今でこそ、フリーマントルの作品などで見慣れた構図であるが、『アシェンデン』が発表された当時には派遣されてきたスパイと現地の大使館との間で摩擦が起こるというのは、読者が考えもしなかったリアリティを持った場面だったのではないか。真の目的を説明せずに工作員を送り出すパターンやスパイと大使館との軋轢をモームが描いているのは、スパイ小説作法のコロンブスの卵だったと言ってよかろう。

第11章から第13章まではX市が舞台の話であり、また雪の季節である。同じX市に駐在するアメリカ大使がイギリス大使をつき合いにくい気取った奴と見ているのを知ったアシェンデンが、イギリス大使に忠告する。すると、大使はアシェンデンを夕食に招き、さしで、若いころ同僚だった男が旅回りのダンサーに惚れこんだ思い出話をする。それが同僚ではなく、大使自身の話であるのは明らかで、どうして彼がそんなに冷然とした人物と見えるようになったのか回想が語られる。思い出話の形式でストーリーを進めて行くのはモームの得意とする語り口であり、いかにもモームらしいシニカルな、しかし、およそスパイとは全く関係のないエピソードとなっている。

モームはほかの章では舞台となった都市の名前をはっきり書いているのに、なぜか、ここではX市とぼかしている。「ある重要な交戦国の首府であり、戦争に反対する強力な党派があって、国の内部は分裂しており、革命が起きる可能性もあった」というのだが、第一次大戦の最中にこの条件に合致する国は一つならず存在している。X市はどの国の首府なのか。

英米両国はこの国の政府と外交関係を持っているのだが、アシェンデンの任務は、事態の展開次第で両国が反政府派に資金援助をする場合も考えられ、従って、大使たちには彼の任務は伝えられていなかったという。

しかし、ペトログラード（現サンクト・ペテルブルグ）が舞台の第15章でも、アシェンデンの任務は米英両国の大使には秘密とされていて、ロシアがドイツと単独講和を結ぶという大破局を妨げるためには経済援助の用意もあったと説明されている。この共通点をみればX市がロシア帝国の当時の首府だったペトログラードであると考えて間違いあるまい。ロシアなら、モームの言う「革命の可能性のある国」という条件にも合致する。

では、ほかの章ではジュネーヴとかパリと街の名をはっきり言っているのに、なぜ、ここだけX市なのかと疑問を持つ。ペトログラードと書いてしまうと、若き日に熱病にうなされたような恋をした外交官というのは、第一次大戦中に駐ロシア大使だった＊＊閣下に違いないとモデル問題が絡んでくる恐れがあったからであろう。田中一郎氏の著書によると、当時のイギリス大使はジョージ・ブキャナンといい、モームの暗号電報の発信要請にいら立って、モームが大使館に来ても、待たせた挙句、代わりに書記官に面会させたという。小説の中でモームに皮肉な筆致で描かれても仕方がないような関係だったらしい。

短い第13章の「銅貨の賭け」には、かつてアシェンデンのところに五千ポンドでB王を暗殺しようと持ちかけてきた男がいた話が出てくる。第一次大戦のどの時点でこの暗殺提案が来たのか明らかでないのだが、「B王というのは、バルカンにある某国の支配者で、彼の圧力でその国は、まさに連合国に対して宣戦を布告しようとしていた。だから彼がこの舞台から消えてくれれば、たしかに損ではなかった。その後継者がどちらに味方するかはまだはっきりとしてはいなかったから、それを説得して中立を守らせることもできない話ではない」（加島祥造訳）と説明されている。

この提案に対するR大佐の反応は微妙で、面白い。われわれは紳士なのだからそんなやり方で戦争はしないと立派なことを言う。同時に、そういう汚れた話は私に相談せずに、自分の責任で判断しろと言っているような含みのある発言もする。建前と本音をもらしているのだが、Rは建前以上のところへは踏み出さない。ここいらにアシェンデンの時代と現代との相違を感じる。現代だったら、Rは曖昧なことは言わず、ドライで非紳士的な決断をしていただろう。

バルカンの中で、同盟国と連合国のどちらにつくかなかなか旗幟《きし》を鮮明にしなかったのは、ルーマニアとギリシアだった。ルーマニアのカロル一世は、ホーヘンツォレルン家の血筋だったから、一九一四年十月に死去するまで親独派だった。戦争勃発の七月から十月までの間に暗殺提案が来たのなら、彼がその対象であったのかも知れないが、アシェンデンがスパイ活動を始めてから僅か一カ月のうちにそんな提案が持ち込まれたとは考えにくい(アシェンデン自身がその暗殺引受人に会っている)。カロル一世の後継は、彼の甥であるフェルディナンド一世で、これも同じ血筋だったから同盟国寄りだったが、妻と首相に反対されて中立の立場を続け、一九一六年八月になって、やっと連合国側に加わる決断をして、ドイツの親族に勘当されている。この国王も参戦を決意するまでは暗殺の候補者だった可能性がある。

ギリシアのコンスタンティノス一世もドイツ皇帝カイザーと姻戚関係にあったから、親独派で、中立を主張、首相のヴェニゼロスと対立し、首相の作った革命政府が彼を一九一七年六月に退位に追い込み、ギリシアはドイツに宣戦布告している。という具合に、五千ポンドの暗殺がどの時点で提案されたのかによって、B王が誰だったのか変わるのだが当時の戦略的な重要性や態度表明を引き延ばしたことなどから考えると、コンスタンティノス一世が標的であった可能性が強い。

Ｂ王暗殺は第13章のごく短い挿話であり、この章のメイン・テーマは、オーストリアの軍需工場を爆破する指示を出すべきかと迷う話だ。工場爆破は暗殺と違って、明確に戦争目的に合致したものだが、爆破は非戦闘員の犠牲を伴うため、アシェンデンは躊躇する。この章を読んだときに、モームのスパイとしての任務の中にこんな破壊活動の指示まで入っていたのか、そこまで深入りしていたのだろうかと疑問を感じた。この箇所はフィクションのような気がする。時間切れになり、決断に迫られたアシェンデンは小銭をはじいて、表か裏かで決めることにする。

これは、のちにレイモンド・チャンドラーが『大いなる眠り』の映画化のときに考えた結末の一つを想起させる。幾つかの結末が案出されたが、チャンドラー自身は、犯人が家を出て行ったら、外で待ち構えているギャングの機関銃掃射を浴びることになる、フィリップ・マーロウが犯人を引き留めるか行かせるか、銀貨を投げて決める結末を考えた。この結末は映画では使われなかったが、すべてが神の意志による所業なのだから、決断も神に下してほしいとマーロウが望んだというのがチャンドラーのアイデアだった。

アシェンデンの場合は、神に決断をゆだねるというよりは、ただ、投げやりに見える。テーブルに落ちた銅貨を見て、

「よし、ではこうきめた」とアシェンデンが言った。

この一行で終わっているので、工場がどうなったのか読者は判らない。マーロウと違って、ア

シェンデンは無神論者だったのかも知れない。
第14章から第16章では、一九一七年、アシェンデンはニューヨークから日本を経て、ウラジオストックからシベリア鉄道でペトログラードへ行く。前にふれたように、彼の任務は、ロシアがドイツと単独講和を結ぶのを阻止するために経済援助を提供することだったという。何日くらいペトログラードにいたのか明確に書かれていないが、第14章のウラジオストックではうだるような暑さだったというから七月か八月、そして第16章は十一月八日で終わっているので、三、四カ月は滞在したようだ。彼のスパイとしての活動は具体的には描かれておらず、「彼はとうとう運動の計画をつくりあげた。本国の上官にその計画を暗号電報でおくるため、二十四時間ひどく働かなければならなかった。この計画は採用され、必要な資金が保証された」と突然出てくるが、それがどんな運動だったのか、詳細には言及されていない。彼は、ロシアに住むチェコ人に絶対的な権威を持つZ教授と毎晩会い、Zに献身的なチェコ人たちも有効に活動させる方法を論じたという。

どうやら、執筆当時（一九一九年ごろか）のモームは、ごく最近の出来事だから、皆、知っている話だと思って地下運動の説明を省略したように思える。モームは『サミング・アップ』（一九三八）の第54章でトマス・マサリック教授、三年後の一九二〇年にはチェコスロヴァキアの初代大統領となった人物とペトログラードで接触していたと述べているから、マサリックがZ教授のモデルであろう。当時、マサリックはオーストリア・ハンガリー帝国からチェコ独立を目標としたレジスタンスを組織するためにロシアに来ていた。

アシェンデンの計画が承認され、資金の裏付けも出来たが、十一月七日、いわゆる十月革命が起きて、彼の任務は無意味なものとなる。史実と照らし合わせてみると、ケレンスキー政府に資金援助して戦争を継続させること、それにチェコのレジスタンスとの連絡が彼の任務だったようだ。

第16章「ハリントン氏と洗濯物」の結末で十一月八日にアシェンデンはハリントン氏の死に立ち会うことになる。彼はその後間もなくペトログラードを去り、帰国したはずだ。

モーム自身は革命の起きたとき、ペトログラードにはすでにいなかった。田中一郎氏は、ケレンスキー首相が十月十八日にモームを呼び出し、イギリスの首相のロイド・ジョージへの武器・弾薬の援助とイギリス大使の更迭という二つの要請を口頭で託したと述べている。モームは帰国し、ジョージ首相に伝言を伝えるが、首相は要請に応じなかった。持病の結核が悪化していたモームは、そのまま入院し、そこで十月革命の発生を聞いたとされている。ということは、アシェンデンは革命が起きたときペトログラードにいたが、モームはスコットランドのサナトリウムに入っていたのだ。第14章の「旅の道連れ」に始まるハリントン氏の人物描写は、おそらくモデルになった男がいたのだろうと思われるほど細かい。しかし、彼の死だけはフィクションだったことになる。

モームは『サミング・アップ』で「もし六カ月早く出かけていれば、結構成功していたかも知れないと私は考えているが、読者に信じてほしいという気持はない」(行方昭夫訳)と述べている。換言すれば、もし自分が半年早くペトログラードに行っていたら、ロシア革命は回避できたかも知れないという意味だ。素人スパイだと思っていたのに、モームが引き受けた任務はそれほど大きなものだったことになるが、他方、本当に歴史の大きな流れを変えることが出来ただろうか、せいぜい数カ月遅らせる程度だったのではないかとも思う。

田中一郎氏のモーム研究書を読んで、いちばん驚いたのは、『アシェンデン』が当初は三十章の大作だったという記述だった。ロシア革命の三年後の一九二〇年ごろに出版される予定だったものが、十四章も削られ、残った十六章も大幅に書き直されて、一九二八年になって出版されたという。原稿の段階で読んだウィンストン・チャーチルが国家機密条例に抵触すると考えて、削除と改稿を要請したとのことで、何ともひどい話である。削られた十六章の方が残った十四章よりもすばらしいスパイ小説だったのではないかと思うのだ。どこからか、この十六章がひょっこり出てこないものか。インターネットを見ていたら、モームが自分で十六章を焼却したという記事があった。もったいない。

『アシェンデン』はアルフレッド・ヒッチコックが一九三五年に映画化し、翌三六年に公開、日本では三八年三月に「間諜最後の日」の題で封切られた。第10章の「裏切者」に毛無しのメキシコ人を登場させたような筋で、一九一六年五月十日に兵役中の作家エドガー・ブローディ（「オリエント急行殺人事件」のジョン・ギールガッド）の通夜が行われる。フランスから帰国した当人がRに問いただすと、ブローディの名は知られているから、リチャード・アシェンデンという名前でスイスに行き、ドイツのスパイを見つけ出して排除せよと指示される。暗殺のプロで、東欧出身なのにメキシコ貴族と自称し、やたらに長い名前の将軍が同行。これが「マルタの鷹」

でジョエル・カイロを演じたピーター・ローレだ。スイスのホテルに着くと、アシェンデン夫人のエルサ（マデリーン・キャロル）が先に着いている。旅行中の夫婦を装う工夫で、彼女にはアメリカ人青年のマーヴィン（「パパは何でも知っている」「ドクター・ウェルビー」のロバート・ヤング）がつきまとっている。ここいらはコミカル・タッチで、マーヴィンを追い返してから、初対面のアシェンデンとエルサは互いに相手に旅券を見せろといい、当人であるのを確認する。プロのキラーで、レディ・キラーでもある将軍が、任務上、アシェンデンには妻が支給されたのに、なぜ俺には支給されないのだと怒り狂う。ピーター・ローレの熱演というか怪演がおかしい。ドイツのスパイがイギリス人のケイパー（原作と同じ名前）であるのを探りあてて、アシェンデンと将軍は彼を山のトレッキングに誘い出す。アシェンデンが離れた展望台から望遠鏡で見守っているときに、将軍は事故死に見えるようにケイパーを始末する。その夜、本国からケイパーはスパイではないとの暗号電報が届く。人違いだったのかと将軍は笑いころげる。原作では、人違いは将軍の誤認だが、映画ではアシェンデンにも責任がある筋になっている。現代のスパイ物に比べると、筋の割れ方が簡単過ぎるが、本物のスパイは、マーヴィンである。Rはマーヴィンの列車がスイスから出て敵国側に入ったら爆撃せよとの指令を出す。一人のスパイのコンスタンティノープル行きを阻止するために、空軍まで出動させるという事情が、一度観ただけではよく解らなかった。その列車には、マーヴィンを追って、アシェンデン、エルサ、将軍も乗り込んでいる。爆撃によって、列車は脱線。マーヴィンと将軍が死ぬので、「間諜最後の日」の題になったのだろう。

「偽の売国奴」で印象的な中年のスパイを演じたリリ・パーマーがここでは小娘の役。「その嘘はホントか」という将軍の台詞には笑ってしまった。

第四章　ドナルド・ハミルトンとエドワード・S・アーロンズ

1　デュレルとヘルムの時代

主人公は西部小説家で、身長一九三センチ、約九十キロ、とりたててハンサムではない。作者のドナルド・ハミルトン（一九一六～二〇〇六）は、彼の名をジョージにしたが、編集者に、ジョージじゃ読者がつかないから何とかしろと言われて、昔の日曜学校で習ったマタイ、マルコ、ルカ、ヨハネを唱えてみて、マシュー（＝マタイ）、通称マットで落ち着いた。シリーズの始まりでは三十六歳、第二次大戦中に特殊任務につき、それが十五年前のことなので、特殊工作員の職務から隠退したのが二十一歳だった計算になる。その任務は四年間だったというのだから、十七歳から始めていたらしい。簡単に言えば、これは作者が充分に主人公の人物像を練りあげずに書き始めたからで、第一作で四年間任務につき、十五年前に大尉のときに除隊したと言い、第二作でいまは三十六歳だと書いてしまったので、こんなことになった。〈87分署〉、〈スペンサー〉、〈チャーリー・マフィン〉など長いシリーズを書く作家たちも、初期の作品で同じ類いの失敗をしている。最初から主人公の年齢に気配りしているのは、大沢在昌さんとマイクル・ディブディンぐらいか。

マットの任務は、諜報活動ではなく暗殺であり、二二口径のオートマティックが好みの武器だった。第一作を読んだとき、プロの暗殺者が二二口径という小口径の銃を好んで使う設定が納得できなかった。任務中に負傷し、三カ月ほど入院する。その後、勤務は陸軍広報部だったという作られた経歴を持って除隊し、入院中に知り合いになったベスと結婚。広報担当のデスクワークの軍人が重傷を負って入院したのはジープが転覆したためだとベスは聞かされている。陸軍に入る前に文学志向だったことが軍のファイルに残っているのだから、十数歳でなにか文学賞をもらったに違いない。一種の天才少年で、その頃、新聞社のカメラマンもやっていた。アメリカ南西部の歴史に興味を持ち、三十三歳ごろから小説を書き始め、西部小説家になった。ニューメキシコ州のサンタ・フェに住み、十一歳の男の子を頭に三人の子供がおり、十五年間、一市民として平和に暮らしてきたとの設定でシリーズが始まる。

友人の家のカクテル・パーティに、昔、暗殺任務の仲間だった女が現われ、初対面のようなふりをしながら、暗殺機関からの連絡係として来たことを示すシグナルを送ってくる。その夜、たちまち彼の家で殺人が起り、女が、殺されたのは機関と敵対する人物だと告げる。それから、姿の見えぬ敵との暗闘と裏切りにずるずると引きずり込まれて行く。彼を屈服させようとする敵は、彼の二歳の娘を誘拐する。作家は敵の一人を捕え、娘の居場所を聞き出してから殺す。どんな手段を使ったのか書かれていないが、タフな相手の口を割らせたのだから、凄惨な拷問だったはずだ。あとを追ってきたベスがその死体を見てしまい、夫のマットが残酷なことの出来るプロの殺人者であるのを知る。

一九六〇年一月にフォウセットのゴールド・メダル・ブックで出たこの作品が *Death of a*

Citizen（邦題『誘拐部隊』）である。編集者がマット・ヘルムを主人公にしたシリーズをやる気なら、女房と子供を何とかしなきゃねと言い、同じ六〇年に発表した第二作の『破壊部隊』では、ヘルムはベスと離婚し、子供も失っているから、とても悲劇的な男なのだ。この経緯から察すると、第一作の原題『ある市民の死』は一市民として暮らしていたマット・ヘルムの死を意味し、そんな題名になったことは、次作で彼が暗殺者エリックとして復活することを予告していた。かくして、殺すときに決してためらわず、殺したあとも決して悔まない精神的特質の主人公のシリーズが始まる。

一九五〇年代の終りを振り返ってみよう。ジョン・ル・カレもレン・デイトンも第一作を執筆中で、まだ登場していないが、一九五三年から書き始めたイアン・フレミングが人気を呼んでおり、それに既成の大家グレアム・グリーンやエリック・アンブラーも健在で、ことスパイ小説に関しては、イギリス勢が圧倒的に優勢な時代だった。

これに比べて、アメリカ勢はまだ不毛の状態で、例外的な出来事として、新人のウィリアム・ロウル・ウィークスが一九五七年三月に*Knock and Wait a While*を発表。なぜか邦訳されぬままだが、五八年のMWA最優秀処女長篇賞を受賞した。スパイ小説がMWA賞を獲得したのはこの作品が最初である。落着いたタッチの地味な作品で、ウィークスは陸軍情報部に在籍したと裏表紙に載っており、ほかの資料を調べても、一九二〇年にデンヴァーで生まれ、スタンフォード大卒であることしか判らないし、作品もこの一冊だけのようで、ほとんど幻の作家の感じだ。

エドワード・S・アーロンズ（一九一六〜一九七五）が〈秘密指令〉シリーズを書き始めたの

が一九五五年。しばらくの間、これがアメリカの唯一のジェイムズ・ボンドに立ち向かう対抗馬だった。主人公のサム・デュレルは、ジェイムズ・リー・バークの主人公のデイヴ・ロビショーと同じケイジャンの出で、マット・ヘルムと違って、所属はCIAのKセクションだと身許がはっきりしている。この頃、CIAがどんな組織であるのか、まだ一般には知られておらず、世間から糾弾されるような失態も仕出かしていなかったから、デュレルは異色のヒーローだった。このシリーズの邦訳は四冊で終ったが、アーロンズは一九七五年に死去するまでに四十一冊を執筆、死後もデュレルをハウス・ネームに使った五冊が出版されている。『秘密指令 ゾラヤ』をいま再読してみると、デュレルの任務はジェイムズ・ボンドやマット・ヘルムのそれよりもはるかに複雑なもので、中東の小さな産油国の指導者となる人物を親米派に抱き込むという外交官みたいな説得工作も任務の一部に入っている。この産油国ジドラットの地理的な位置や当時の東西のパワー・バランスの中での立場など工夫を凝らしており、その後ジェラール・ド・ヴィリエが〈プリンス・マルコ〉シリーズで試みたのと同じように、国際情勢や事件をリアルタイムに取り入れて、現代史の副読本と言っては褒めすぎになるが、結構、中身の濃い出来になっている。

サム・デュレルの行動範囲はボンドよりもはるかに広大で、ブダペスト、パリ、ローマ、パレルモ、ヴェニス、ウィーン、アムステルダム、ジュネーヴ、アンカラ、カラチ、バンコク、セイロン、ビルマ、スマトラなどに出張し、未読だが、*Assignment: Tokyo*（一九七一）という作品もあるから、東京にも来たらしい。

脱線するが、この分野の作品は、日本を舞台にしたものを読むと、途端に真価が判る。つまり、よく調べたなと感心するか、ばかばかしくて読んでられないか、その中間か、はっきり評価できる。フリーマントルの『暗殺者を愛した女』は、東京のソ連大使館に駐在するＫＧＢの夫婦が亡命しようとして、在日アメリカ大使館に配属されているＣＩＡに接触し、イギリスも絡んできて、チャーリー・マフィンも東京に現われる話で、ＫＧＢの男が新橋にこっそりアパートを借りたり、その男の車でチャーリーと都内をドライブする。外国が舞台なら通用する話だが、昔、ソ連大使館員や通商代表部員が日本の公安にどれだけ監視されていたか考えると、彼らがあまりに自由に振舞い、まるで公安が不在であるかのように描かれているのは、つめの甘い、リアリティに欠けたスパイ小説と言われても仕方あるまい。

アメリカ勢のサム・デュレルもマット・ヘルムもジェイムズ・ボンドの発散する魅力には太刀打ちできずに終った。マティーニはウォッカをベースにミディアム・ドライでシェイクしろとか、シャツは海島綿、腕時計はロレックス・オイスター・パーペチュアル・クロノメーターといったボンドの気どりが、他のスパイにないオーラになっていたし、フレミングが考えた大悪党たちの世界を敵にまわした犯罪計画もスリリングだった。最近ではテロ行為は聞き慣れたものになってしまったが、一九六〇年代当時では、原爆を盗んで米英両政府をゆするアイデアなどは、感嘆するほど奇抜だった。

一九六〇年までにイアン・フレミングが八冊、エドワード・アーロンズが十冊を発表したところで、ドナルド・ハミルトンが〈マット・ヘルム〉シリーズを持って登場した。これで、ジェイムズ・ボンドに対するアメリカン・ヒーローがデュレルとヘルムの二人になったが、その直後にイギリス勢は、ル・カレやデイトンが傑作を発表する。アメリカでチャールズ・マッキャリーやロバート・リテルのような質的に優れたスパイ作家が現われるのは、さらに十年後のことである。スパイ小説におけるアメリカ作家の劣勢はほとんど宿命的なのか、『冒険・スパイ小説ハンドブック』のベスト30を見てもアメリカ作家は三人しか入っていない。もう一つ、妙な例をあげると、アンソニー・マスターズの『スパイだったスパイ小説家たち』では七人の作家が語られているが、六人がイギリス人、アメリカ人はE・ハワード・ハントだけという有様だ。ハントは、ほかの六人に比べると、最もスパイらしい活動をした男で、面白い小説を書いていそうだが邦訳が見当らない。ハントの名を知ったのは、作品の評判ではなく、ウォーターゲート事件の結果、有罪になった男の中に本物のスパイ作家がいると聞いたときだった。

ハントは第二次大戦中は戦略事務局《OSS》に所属、OSSが戦後に発展的解消を経てCIAになってからも再度勤務している。アーロンズのサム・デュレルも、ハント同様、OSSからCIAに編入されたことになっているのは戦後の時代を映したものであろう。

アーロンズが三人称多視点で書いたのに対し、ドナルド・ハミルトンは徹底的にヘルムを〝私〟とする一人称で押し通し、『誘拐部隊』から始って、『破壊』『抹殺』『沈黙』『殺人』『待伏』『忍者』『掠奪』『蹂躙』『裏切り』『脅迫』『侵略』と邦題ではいずれも〝部隊〟をつけて、六九年の作品まで十二冊が訳出された。最初の二作と第五作の三作品だけが *Death of a Citizen* と *The Wrecking Crew*（本来は破壊消防班の意味）、*Murderer's Row* のような型にはまらぬ原題だったが、その他の作品は *The Removers* のように、二つの単語、The ...ers の形で統一されている。ハミルトンはその後も七一年の第十三作から九三年まで――勝手に邦題をつけさせてもらうと――『毒殺』『陰謀』『威嚇』『終止』『報復』『テロ』『復讐』『崩壊』『潜入』『起爆』『消滅』『粉砕』『恐喝』『脅威』『損傷』まで十五冊を書きあげ、合計二十七冊のシリーズとなった。未発表の第二十八作*The Dominators*が存在するとの噂がある。特筆すべきは、一九七六年の*The Retaliators*と翌七七年の*The Terrorizers*が二年連続してMWAの最優秀ペイパーバック賞の候補作品に挙げられたことだ。

デュレルがCIA工作員であるとははっきりしているが、マット・ヘルムの所属する機関には名前がない。第一作のなかで、ヘルムはこう説明している。

「マック（機関のボス――引用者註）が政府の上層部をどう説得して設立を認めさせたのか分らない。アメリカは戦時中でもかなり感傷的で道義的な国家だし、どこの軍でもルール・ブックがあるものだが、この機関はルール・ブックに載っていないのだから、彼は苦労したはずだ」

この言葉からみると、OSSのように第二次大戦中に作られた機関である。アメリカが戦時中でも感傷的で道義的な国家だったというのは、一九六〇年の作品ならではの見方で、いま聞くと、アメリカの戦争の道義も変ったものだなと、ひとこと言いたくなる。

マック自身も「われわれは存在していない。われわれの活動は無かったのだ」と述べており、目に見えない極秘機関であるのを強調している。邦訳作品で、マックは常にマックという呼び名しか分らないので、ずっとそうなのだと思っていたら、第二十三作の *The Vanishers* に、機関の幹部にしか知られていないが、彼の本名がアーサー・マッギリヴレイ・ボーデンであり、ミドル・ネームからマックと呼ばれるようになったと説明されている。

ボンドやデュレルの活動範囲は国際的だが、ヘルムは国内出張が多い。それも主として南西部、それから隣国のメキシコとカナダ、遠隔地ではハワイ、ナッソー、ブラジル、ロンドン、スウェーデン、フィンランド、ノルウェイ、中米の架空の国コスタ・ヴェルデなどに出かけている。ハミルトンは、このシリーズを書いた理由の一つは楽しみと実益を兼ねてあちこち旅行できるからだと正直に白状しているから、ハワイやナッソーはほとんど休暇、スウェーデンは彼の生地だから、親類訪問の里帰りだったと見てよかろう。マット・ヘルムもスウェーデン系である。

2　ヘルムの二二口径

先にふれたように、マット・ヘルムの好みの武器は二二口径のセミオートマティックで、自宅に置いていた拳銃も二二口径のコルト・ウッズマンだった。銃身の短いウッズマンだったというから四・五インチのものであろう。標的射撃や野兎程度の獲物を撃つのに適したスポーツ用のモデルである。だから、ヘルムが持っているのは不似合いで、プロの暗殺者なら、もっと口径が大きく、ストッピング・パワーの強い銃を持っている方が自然に見えた。

イアン・フレミングの『ドクター・ノオ』の「武器の選択」と題する第2章で、ジェイムズ・ボンドの銃は殺傷力が不足だと指摘される場面がある。そのときまでボンドが携行していたのは「銃口を切りつめた、平紐をつけたベレッタ」（井上一夫訳）の二五口径だった。〃銃口を切りつめた〃というのは〃銃身を切りつめた〃の誤植と思われるが、ベレッタの二五口径は十種類ほどあり、切りつめるまでもなく、銃身二インチ半の短いものもあって選択の幅が広いし、銃身を切りつめることの出来るオートマティックは限られているから、どうも釈然としない描写だ。〃平紐をつけた〃というのも解らない。

Mは兵器担当のブースロイド少佐を呼ぶ。二五口径のベレッタをどう思うかと訊ねられて「女性用ですね」と少佐は答える。拳銃にも流行があり、現在では全く廃れてしまったが、一時期のアメリカのフィルム・ノワールで女優がハンドバッグに持っているピストルは常に小型の二五口径だったから、フレミングにもその刷り込みがあったのか。ここでブースロイド少佐として登場しているのは、銃器研究家で、大辞典みたいに厚くて重い研究書*Handgun*の著者のジェフリー・ブースロイドである。彼はフレミングの愛読者で、文通するうちにフレミングの銃器御指南役となり、作品にも顔を出すようになった。この第2章はブースロイドからの受け売りだ。彼の意見を聞いて、Mは、というか、フレミングは、七・六五ミリ口径のワルサーPPKをボンドに持たせることにする。シェルドン・レーンの編集したエッセイ集*For Bond Lovers Only*（一九六五）の中にフレミングに宛てたブースロイドの手紙が引用されており、ボンドは車の中にS&W三五七マグナムか四四マグナムも置いておくべきだと提案している。二五口径からワルサーへ、さらに三五七か四四口径のマグナムというのは、どんな場合にはどの銃というTPOを考えた提案だが、より殺傷力の大きい銃を求める世間一般の傾向を反映しているとも言えよう。しかし、皮肉なことに、ボンドは短篇「バラと拳銃」ではみそっかすめいた女性諜報員の二二口径の標的射撃用のピストルのおかげで命拾いをしている。

マグナムを使いこなせるようになりたいと思うのは射撃をするものの自然の心理だが、これを煽ったのが映画「ダーティハリー」のシリーズだった。ハリー・キャラハンは銃身の長い、重たげで巨大な四四口径マグナムのリヴォルヴァーを携帯していた。この銃は、時代的に考えて、S&Wのモデル二九のようだ。銃身だけで八・三七五インチ、全長十三・八七五インチ、重量は一・四六キロだから、キャラハンはミネラルウォーターのペットボトル一本分の重さの銃を脇の下に吊って歩きまわっていることになる。こんなサイズだと、よくよく背の高い大男でないと、上衣の下に吊って歩くのは非現実的だ。拳銃をおおっぴらに腰に携行する制服警官でも、このサイズは遠慮すると思う。フレッド・ワースの*Super Trivia Encyclopedia*には、キャラハンの銃はコルトの四四口径マグナムだと記載されているが、コルト・インダストリーズ社が銃身八インチの四四マグナムを生産したのは一九九二年からなので、キャラハンの時代にはコルトの四四口径マグナムはまだ存在しなかった。

紙の標的を撃つのは手応えのない作業で、五十フィートのレンジで、三八口径なら肉眼で紙上の弾痕が見えるが、二二口径の弾痕を見るのには望遠鏡が要る。二二口径の標的射撃用のピストルで紙の標的を一時間も二時間も撃つのは、まるで、片手に糸、片手に針を持ち、腕をいっぱい伸ばして、針の穴に糸を通す呼吸を習得しようとするような、単調で静的なものだ。これに反して、三八口径のチーフズ・スペシャルのようにたった二インチの銃身の軽量な銃だと、銃自体が発砲の反動を吸収せず、大きく跳ねあがるし、四五口径のコルト・ガヴァメント・モデルは引金が重く、反動も大きい。この種の銃を撃つのは、凶暴な獣を捻じ伏せるのに似た動的な作業であり、全く異なった興奮がある。このあたりにも、大口径指向を生む一因がある。

マット・ヘルムはある男と出会って、その瞬間から互いに憎みあい、この男は「それほど射撃が上手そうには見えない。だから、拳銃をもってるとすれば、一発で相手をたおし、ごつい足でふんづけるような、三五七マグナムか四四マグナムの大きな拳銃だろう」（田中小実昌訳）と思う。ヘルムは二二口径の使い手だから、精密射撃に慣れたものなら小口径の銃でも相手を確実に倒せるが、下手だったら大口径に依存することになるという意味で、大男をけなしているのだ。

ヘルムは〝一市民としての死〟を経験してから機関に復帰してみると、拳銃に関する新しい規定ができている。戦時中の任務では、彼は自分の好きな銃を使うことが容認されており、「音の小さい、正確な小型二二口径を愛用してけっこううまくやっていた」（小鷹信光訳）のだが、新しい規定では、多くの警察と同じように三八スペシャルよりも強力な銃を持つよう指示される。

パワーの大きい銃に頼るのが自然に思えるのに、ドナルド・ハミルトンがヘルムを通じて二二口径へのこだわりを見せるのが不思議だった。ひょっとすると、ハミルトンも、都会育ちのマクベインやロバート・ウェストブルックと同様、銃器に詳しくないのかと思った。

これが曲解であるのに気がついたのは、ディリス・ウィン編の*Murder Ink*に収録されたロンドン戦争博物館のデイヴィッド・ペンの「暗殺者の武器庫」というエッセイを読んだときだった。ペンによると、フレデリック・フォーサイスは『ジャッカルの日』のなかで水銀を注入した特製の弾丸のすごい効果を描写しているが、あれはでたらめで、筆力でうそを読者に信じさせた例らしい。他方、銃を熟知していて、その知識をプロットに組み込んでいる作家としてドナルド・ハミルトンの名を挙げている。それで、ハミルトンの経歴を調べてみると、スポーツ誌に寄稿した記事をまとめて*On Guns and Hunting*といった題名の本を出しており、銃に関してもプロのライターだったのだ。そう言われてみると、銃や射撃の彼の描写はたしかに正確だ。銃の描写をするときにメーカーのカタログを引き写す作家がいたが、付け焼刃はすぐにばれる。ダン・シモンズは『エデンの炎』で「セミオートマチックのシリンダーにはすでに弾丸が送り込まれ……」と書いたりするので、多少は下調べしたのかと聞きたくなるが、ハミルトンは全く危なげがない。

それから、ペンズラー＝スタインブレナーのエンサイクロペディアに、ハミルトンの作品では単発の*Line of Fire*（『殺しの標的』一九五五）がベストと載っているのを見つけた。銃砲店主で、銃の修理や改造も引き受ける主人公が、依頼を受けて州知事を狙撃する場面から始まる。スティーヴン・ハンターが得意とする狙撃小説のはしりのような作品で、まともそうな主人公がなぜ知事狙撃を請負ったのかというのが謎の一部分になっている。

主人公が作った特製のライフルを試射しているところに友人が来たので、スコープで標的をのぞいてみろと言う。

二発の弾痕は半インチとは離れていなかったが、彼は素人の例にもれず、感銘を受けなかった。一発のそれた弾が標的の中心を射抜けば肩を叩いてほめそやすが、十発すべてが十セント貨で隠れるくらいに集中しても、たまたま標的の隅のほうだったら、見物人は感心しない。銃にとっても、射撃の腕にとっても、弾痕群の大きさのほうが重要なのだということを彼らは理解していないらしい。弾丸をすべて一点に集中させることさえできれば、今度はその一点をどこなりと好きなところに移動させられる——お望みならば標的のド真中だろうとも。照準合わせはそのためのものだ。（鎌田三平訳）

この一節を読んで、ハミルトンが実際に射撃に詳しいのだと、あらためて思い知った。拳銃を撃つときに両手で握って構えるのは実用的な手段で、ハミルトンが『侵略部隊』で言っているように、正規の射撃コンテストでは片手だけで撃たねばならない。初めて拳銃を持って射撃場に出て、片手で狙って百発撃てば、五十フィートの距離でも弾痕は大体たたみ一枚ぐらいの範囲に散らばる。訓練を続けるにつれて、それが新聞紙の大きさになり、やがて標的の約七インチ半の円の中に入るようになる。標的の中のどの位置であろうと直径三インチぐらいに納まるようになったら、かなりの腕前といえる。三インチの弾痕のグループが標的の中心から離れていても構わない。標的射撃に使う拳銃なら照準を上下左右の方向に調整可能なので、照門の横のビスをネジまわしで一刻み動かし、撃ってみて、また一刻み動かして、標的の中心に近づけて行く。この調整も、『殺しの標的』の主人公が知事を狙撃したときのように砂袋の上に銃身を置き、この場合はコンテストではないのだから、両手で銃を固定し、ゆっくり撃つ。これをやってみると、標的射撃用に作られた拳銃というものがライフルなみの精度を持っていることが解るし、片手で撃つと当らないのは下手だからで、銃がわるいのではないとの結論に達する。だから、コーチは初心者にDon't blame your gunと座右の銘のように言う。

デイヴィッド・ペンの指摘したハミルトンが銃の知識をプロットに組み込んだ例として、『裏切部隊』がある。ある理由でヘルムは薬莢から弾丸を引き抜き、薬莢の中の火薬を捨ててから、また弾丸をはめこみ、薬莢の底の雷管《らいかん》には手を加えない。いわゆる空包は雷管と火薬だけで、弾丸は外してあるので、撃鉄が雷管を叩いても、銃口から爆風と銃声が出るだけだが、ヘルムが作ったものは、一見、実包のように見えるが、ほとんど空包に近い代物だ。彼自身、雷管が爆発したときのガスの膨張だけで弾丸がどれだけ飛ぶものか、それとも銃身の中で止まってしまって銃口から飛び出すほどの力はないのか確信がない。結末の近くで、ヘルムは危機に陥り、この銃で狙撃されるのだが、火薬の入った、生きている実弾が一発だけ混っていた。相手は彼に向けて三発撃ち、三発目が実弾だった。雷管だけの弱い発射推進力のために最初の二発は銃身の中に詰まり、「そのあと、密閉された銃身の内部で実包つきの弾丸が発射された。出口を持たぬ圧力が、あっけなく銃をこっぱみじんにした」(村社伸訳)ため、ヘルムを殺そうとした敵は自爆する。銃身の中が梗塞《こうそく》しているのを知らずに撃とうとして射撃者が死ぬプロットは、その後H・R・

F・キーティングが一九八〇年度のCWAゴールド・ダガー賞を受賞した『マハーラージャ殺し』にも使われている。

三八口径以上のパワーの銃を携行すべしという、ヘルムの機関の規定はいつの間にか変更されたらしい。第二十三作の*The Vanishers*で若い工作員がハイ・スタンダード社製の二二口径の消音装置つきオートマティックを持っているのを見て、ヘルムは、彼の愛用したウッズマンによく似ているが、あれほど優雅ではないし、昔の名品が消えてしまったように、コルトもウッズマンの生産を止めてしまったと不満だ。この作品の二二口径の実包は標的射撃用の亜音速弾で、ハミルトンは亜音速弾の減音効果をひとくさり語っている。これは一九八六年の作品だが、R・F・ブリッセンデンの一九八七年の『バンコク・コネクションを追え』にもハイ・スタンダード二二口径が登場し、CIAの依頼で開発した消音装置つきの特別仕様だとの説明がついている。いくらか小説でも、ほぼ同時期に同じメーカーの同じような仕様のものが政府機関に採用されたと二人の作家が書くと、事実の裏付けがあるように聞こえる。

ローレンス・ブロックの『殺しのリスト』(二〇〇〇)に「二二口径で人間の頭を撃つと、弾丸はたいてい頭蓋骨内にとどまって、跳ねまわる。(中略)小口径の銃はより正確とされ、撃ったときの反動もより少ない。そのため、腕に自信のある殺し屋が好んで選ぶ銃ということになっている」(田口俊樹訳)と出てくる。これを読むと、四十年前にドナルド・ハミルトンがヘルムに二二口径を持たせたのは、結局、正しかったのだという結論になる。

第五章　エリック・アンブラー

1　一九三〇年代の活躍――『暗い国境』『恐怖の背景』『あるスパイの墓碑銘』『裏切りへの道』『ディミトリオスの棺』

Ⅰ

エリック・アンブラー（一九〇九～一九九八）の第一作『暗い国境』が出版されたのが一九三六年、彼の二十七歳のときだった。

物理学者のバーストウ教授が一時的に記憶を喪失すると、彼の中に潜んでいた別人格が現われ、冒険スパイ小説のヒーロー、コンウェイ・カラザズに変身して、〝文明を救うために〟、東欧の小国イクサニアの科学者が開発した原爆の秘密を追う。万事が首尾よく解決したときに記憶がもどり、カラザズとしての冒険の記憶はないという設定で、二重人格の転移と復帰のタイミングが都合よすぎて、この部分だけを見るとわざとらしくて、古い小説の印象を受けるのだが、教授を二重人格にしたアンブラーの発想の原点がひねくれていて、ユーモラスだ。

この作品を書きあげ、当時のガールフレンドのベティ・ダイスンにゲラを見せると、彼女は「探偵小説なの？」と疑わしげに言う。疑わしげにというのは、そんなの読みたくないなとの意味で、「いや、スリラーだよ。スリラーのパロディとも言える。どっちなのか自分でもよく分からないんだ」とアンブラーが答えると、パロディと聞いて明るくなったが、読んでみるわとは言わない。きみに献辞しているんだとも言ったが、結局、彼女は読んでくれなかったようだとアンブラーは自伝のなかで語っている。邦訳の献辞にもベティの名は載っているが、驚くべき奔放な女性だったらしく、互いに結婚する気はないが仲の良い妙な関係だった。

自伝の*Here Lies*は一九八六年のMWA評伝賞を受賞している。この題名のおかしさは、表紙に*Here Lies*と載って、その下に同じ大きさの字で著者名が書かれていて、続けて読めば〝エリック・アンブラーここに眠る〟と墓碑銘になってしまうことだ。この自伝は一九五三年までの回想で終わっており、彼の小説作品でいえば、ちょうど半分くらいまで発表した時期までしか語っていないのだから、どうも中途半端な自叙伝で、自作についてところどころで言及してはいるものの、私生活の回想が中心で、小説作法をじっくり語っている箇所もなく、作家の自叙伝としては不満が残る。そうは言っても、軍隊時代の思い出は控えめなユーモラスなタッチで語られているし、ノエル・カワードやサマセット・モームとの交友、チャーチル首相に映画女優の名前の間違いを指摘する緊張したやりとりなど、面白いエピソードもある。

自伝の面白い部分を紹介すると、一九三九年九月、第二次世界大戦が始まると、アンブラーはコネを使って、海軍か空軍に入ろうとするが失敗。空軍は、彼が三十歳だと聞いただけで、今は若者たちの訓練だけで手一杯だと失礼な応待だった。陸軍の面接官は、彼の職業が作家だと聞いて困惑するが、運転免許を持っていると知って砲兵隊の運転訓練コースに配属する。このときの教官の一人が『恐怖の背景』の人物名と地名だけを変えた盗作を出版し、さらに『裏切りへの道』の盗作を出版する寸前で差し止められた男だった。

入隊したときは一兵卒。アンブラーの書き方では日時の経過がはっきりしないのだが、短期間で士官になり、陸軍映画製作部に配転になって、新兵訓練用映画のシナリオを書く仕事をする。仕事仲間には映画好きの人なら熟知している名前が見られる。キャロル・リード大尉、二十一歳の演劇の天才ピーター・ユスティノフ(一兵卒)。都会喜劇に向いた一見優男のデイヴィッド・ニーヴェン少佐(退役時には大佐)。陸軍の幹部には映画関係者を本物の兵士ではないと見下す傾向があったが、ニーヴェンは代々軍人の家系で、士官学校を出て戦闘経験もあり、しかも映画に詳しいときているから、製作部にとっては強力な味方だった。ワシントンのフランク・キャプラ大佐の提案で、連合軍のローマ進撃を撮ることになり、占領地帯でのプロパガンダ映画の製作は米英合作で行なうとの協定があったため、監督のジョン・ヒューストンがイギリス側の参加者としてアンブラーを要請してきた。映画製作部の長であった准将は、ヒューストンというこのアメリカ人の階級は何だと訊ね、大尉だと聞くと、イギリス側を代表するのだからきみも大尉になった方がいいなと言い、アンブラーは准将の配慮が有難かったという。こんな理由での昇進は、ほかの国で、特に日本陸軍であり得たのだろうか。

前線で知り合った対敵情報活動担当の分隊長は、ヒューストンの「マルタの鷹」を観ていたし、アンブラーの『ディミトリオスの棺』を読んでいたので、親しくなった。ヒューストンはイタリアに来る前に「仮面の男」(『ディミトリオスの棺』の映画邦題)のラフカットを観ており、アンブラーにとって、彼は〝悪い報せを持ってきた陽気な使者〟だった。アンブラー自身、ワーナー・ブラザーズが『ディミトリオスの棺』の映画化権を買ったとき、困惑したし、映画化は不可能だろうと思っていた。小説ではディミトリオス当人は結末近くまで姿を現わさず、知己だった人物の目やラティマーの心を通して語られる形式だったから、どう映像化するのか疑問だったが、映画では早い時点で登場させてしまった。ヒューストンは、おれだったら違うやり方で、あれよりもうまくやっていたよと言った。これに対し、アンブラーは「彼の言うとおりだと思った。私の意見では、異論が出るかも知れないが、ハメットの『マルタの鷹』は原作よりも、ヒューストンが脚本を書いた映画作品の方が優れたエンタテインメントだ」と述べている。

その後、映画製作部が再編成されたとき、アンブラーの責任と権限が拡大され、一挙に大尉から中佐に昇進。彼は二階級特進の前例を聞いたことがなかったので、まさかと思ったが、あっさりと敏速に中佐になった（降等だったら、もっと早かったのではないかと彼は言う）。入隊して数年間で一兵卒から中佐に昇進するというのは、戦時中だったからだとか、本質的に階級社会なのだとか解釈の仕方はあろうが、簡単に言えば、アンブラーが極めて優秀な人材であったからであろう。

『暗い国境』に話をもどそう。主人公のバーストウ教授は過労で精神的にも衰弱し、医師のすすめで休暇をとり、旅行中に〈ケイター＆ブリス〉という兵器メーカーの役員サイモン・グルームと出会う。グルームはイクサニアの技師がすでに原爆を完成し、首府のゾフゴロッドから百マイルの山中で実験ずみで、〈ケイター＆ブリス〉社はその技術情報を入手する予定だが、物理学の専門知識を持つバーストウにその情報の精度を確かめてほしいので、技術顧問になってもらえないかと頼む。バーストウは、科学者が理性を失って、破壊のために才能を使うとしたら、全人類が一丸となって対処すべき問題であり、一企業が関わることではないと言って断るが、グルームと別れたあとも、〈ケイター&ブリス〉が原爆の技術を入手するのを阻止すべきだという思いが頭から離れない。そのとき、たまたま誰かの置き忘れたスリラー小説『Y機関員コンウェイ・カラザズ』の一節を読む。翌日、荒野の道をドライヴ中に運転を誤って、土手に激突して気を失うが、意識を取りもどしたとき、カラザズに人格転移しており、原爆の開発を阻止し、〈ケイター&ブリス〉の野心を砕くためにイクサニアへと向かう。彼は自分のパスポートがバーストウ名義になっているのは、Y機関が偽名で手配したからだと考える。

ゾフゴロッドに着き、オペラに行った夜、上演中に停電する。図書館で英語の百科事典の〝原子の構造〟――執筆者がバーストウ教授だったという変なユーモア――の項を読み、原子構造の変化には高電圧の電流が必要であると知って、カラザズは前夜の停電の原因を推測し、変電所を探してそこから送電線をたどって行き、山中の研究所を見つける。そこから原爆の技術書類を盗み出そうとして逮捕され、国の実権を握る伯爵夫人に、二十四時間以内に国外退去を命じられる。とは言っても、監禁されて翌日の汽車に送り込まれるといった手荒な扱いではなく、明日の十時にはかならず駅に来ることという、現代のスパイ小説では考えられない穏やかな措置である。

イクサニアはかつては王国だったが、一九二一年の流血革命で共和制に移行したものの、依然として貴族が実権を持ち、この数年間は議会も開かれておらず、青年農民党が武力蜂起計画をすすめているところだ。カラザズは党の指導者と会い、計画を聞いているうちに、陸軍を首府から遠ざけておくための陽動作戦が必要だと言って、物理学者のはずなのに、別人格では戦術家としても優れているところを見せて、気に入られる。彼らに匿われて潜伏。

農民党の指導者の一人が「私たちは資本主義の転覆を計画しているのだ」と言う場面があるが、カラザズ／バーストウは全く何の反応も示さない。『暗い国境』が書かれた時代は、反資本主義は危険な思想として敵視されておらず、アンブラー自身も社会構造の新しい考え方として理解を持っていたと見られる節がある。

農民党が原子力研究所を爆破し、設計した科学者も死亡、カラザズは原爆の技術書類を焼却する。農民党の蜂起も成功し、新政権が生まれる。

イクサニアでの仕事は終わったと言って、カラザズはパリへ去るが、途中の列車の中で襲われて脳震盪を起こし、カラザズであった記憶を失い、バーストウ教授にもどる。彼が原爆の技術書類を持っていると思ったグルームが襲ったらしい。

この作品を読んだとき、主人公が二重人格者であるとの設定が奇妙で、むだな工夫のように思えた。物理学者が内戦の戦略や盗聴技術、負傷の救急処置にも詳しい工作員に変身するが、最初から、さっそうとした諜報員を主人公にするのでよかったのではないか。アンブラーは二重人格の着想が荒唐無稽のものではないと説明をする必要を感じたのか、エピローグでカール・ユングの『分析心理学論文集』に述べられた、記憶喪失中に全く異なる人格を見せた女性の例を紹介している。

自伝のなかで、カラザズとしての人格は、自分が楽しみながら書いたパロディのヒーローであり、カラザズをからかい、優雅なスーパーマンの登場する初期のE・フィリップス・オッペンハイム型のスリラーを揶揄したのだと語っている。こういう執筆意図があったから、ベティ・ダイスンにこの小説はスリラーのパロディだと説明したわけだ。もっとも、パロディのつもりで書いたのに、四十数年後になって、ある評論のなかに〝アンブラーの初期の文体の顕著な例〟として『暗い国境』の一節が引用されてしまったとこぼしているのが笑いを誘う。その後の作品からも分かるように、アンブラーはパロディ向きの作家ではなかった。

『暗い国境』は彼の作品としてはそれほど面白いものではないが、その後アンブラーが好んで描いたパターンが幾つも見られる。この作品で叛乱と革命が描かれているが、叛乱、革命、クーデターはその後の『デルチェフ裁判』『夜来たる者』『武器の道』『ダーティ・ストーリー』『ドクター・フリゴの決断』、短篇の「血の協定」、エリオット・リード名義の『叛乱』などの作品にテーマ、ときにはサブテーマとして使われている。

また、その政変が起こるのが架空の国家であることもアンブラーの持ち味だった。『暗い国境』には、冒頭のバーストウ教授の陳述書に国家機密保持法に抵触する恐れがあるので国名は仮にイクサニア、その首府はゾフゴロッドとしておくという脚注がついている。先にふれたように、イクサニアは一九二一年に王制から共和制に移行したが、国会は機能しておらず、「ヨーロッパで最も腐敗した無能な内閣」(菊池光訳)といった内政状況、ゾフゴロッドの地形、気候、風物が詳述されている。パリから列車でルーマニアのブカレストへ行き、そこで支線に乗り換えてさらに四百キロ行ったところに位置する首府だという。ブカレストから四百キロというのが曲者で、隣国のブルガリアでは、一九二〇年代に農民党の指導者の暗殺、国王による独裁政治、アンブラーが構想中のころには高級将校と王室の結託したクーデターもあり、政情はイクサニアに似ているが、ブカレストからソフィアまで二百キロなので、四百キロの辺りに首府のあった小国はないのだ。ピーター・ルイスはアルバニアがモデルだとの説を出しているが、政情に類似点はあるが、パリから行くときに、ブカレストまで行って乗り換えずとも、もっと手前のウィーンあたりで乗り継いだ方が近かったのではないか。イクサニアにとって、ルーマニアは強力な近隣国だったと見えて、蜂起した農民党の指導者が「われわれがなによりも望んでいるのは、まずルーマニアの承認を得ることで、続いてパリ、ロンドン、ワシントンの承認を得たい」と発言したり、新政権が発足するときの会議には、米・仏の領事たちとともにルーマニアの代理大使も参席している。まるでルーマニアが宗主国であったかのようだ。アンブラーはバルカン諸国の政情を思い浮べながら、いかにもありそうだが、どことは特定できない国を作り出した。

II

いま、アンブラーの『暗い国境』を読み直してみて驚いたのは、一九三六年のこの作品の題材に原子爆弾が登場することだ。イクサニアの科学者――〝昔ながらの野蛮思想に歪められた、汚染された天才〟（菊池光訳）――がすでに開発に成功し、イギリスの兵器メーカーの〈ケイター&ブリス〉社がその技術を買い取ろうとしているとの設定である。おそらく『暗い国境』が原爆の登場する世界最初の小説であろう。自伝によると、学生時代に電気技研図書館で読んだ本から、原子構造の変化がどんな結果をもたらすか多少知っていたので、いずれは原爆が製造され、それを最初に手にしたものが全人類に対して恐ろしい権力を持つことになるだろうと気づいたと述べている。ただ、間違っていたのは、原爆開発には大した技術力と工業力を必要とせず、冒険ロマン風の科学者のチームが研究所一つで開発できると思い込んでいたことだと白状している。彼は少年時代から物理と化学が得意で、十五歳でロンドン大学の工学科に入り、電気製品の工場で電球や電池の製造ラインやラジオの組立ての見習い経験もあり、理工系指向だったから、当時は話題にもならなかった原子構造に興味を持ったと思われる。彼の『裏切りへの道』『恐怖への旅』『夜来たる者』の主人公が技師であるのも自然な流れと言える。

アンブラーの先見性は『暗い国境』の原爆に限らず、パレスチナ・ゲリラの過激化を予測するかのように一九七二年には『グリーン・サークル事件』を発表。一九九二年にジョン・アボットが『みどりの刺青』にサリン・ガスを登場させて話題になったが、アンブラーは、その十一年前の一九八一年に*The Care of Time*を書き、ある取引の見返りにサリンを要求する人物を描いている。

先見性といえば、もう一つ、おかしな例がある。一九五九年の『武器の道』では副主人公のギリジャ・クリシュナンは少年時代からバスが大好きだった。路線バスの会社を作ることが夢で、結末でそれが実現するのだが、朝日新聞の二〇〇六年六月二十日の夕刊に、遠洋マグロ漁船の乗組員になって貯金したインドネシア人の一家が小型バスを買って、路線バスを始めて、順調に稼いでいるとの記事が載っていた。『武器の道』から半世紀近くも経った時代でも、路線バスは効果的な投資なのだ。

『暗い国境』は、バーストウ教授の数ページの陳述書で始まる。彼はここで四月十七日から五月二十六日までの五週間の記憶がないことを述べている。続いて、第1部は四月十七日から五月十日までのバーストウ／カラザズの行動が三人称の視点で書かれ、第2部がアメリカの新聞社特派員ビル・ケイシーの一人称で五月十日から結末までの出来事が語られてから、エピローグに入る。第2部でケイシーの一人称に切り換えたのは、三人称での展開が行き詰まってしまったからで、ケイシーの語りに切り換えたことで完結できたとアンブラーは言う。ケイシーはイクサニアでの冒険の語り部にとどまらず、この国の政情に詳しく、記者にふさわしい探求心の持ち主であるためにカラザズの冒険にどんどん深入りし、パートナーになって、機密書類を盗みに行くときに同行したりする。カラザズを革命派の農民党指導者に引き合せたのも彼だ。ケイシーは、指導者が王政時代に国外追放になり、ニューヨークで本屋をやっていたときに知り合いになって、彼から仔牛革装幀のフロリオ訳『モンテーニュ』を五セントで譲ってもらったことがある。この本にアンブラーは何か思い入れがあるのか、次作の『恐怖の背景』の主人公もアンドレアス・ザレショフの書棚に〈フロリオ訳の『モンテーニュ』〉があるのを見つけているし、『恐怖への旅』のエピグラフにモンテーニュの言葉が引用されている。

農民党は、記者である彼の立場を重視し、革命が成功すると、ケイシーは新政権の立場を各国に理解させるための国外向広報担当官の職務を委嘱される。外国人である彼が革命政府に役立つというのは、のちの『夜来たる者』の土木技師フレーザーの立場とよく似ている。革命の決着もひとひねりしてあって、農民党がうまく根回しして憲法の範囲内の事件として納めたので、対外的には革命はなかった、政権が交替しただけだという形になる。これも、いかにもアンブラーらしい工夫だ。

エピローグでは、先にふれたカール・ユングの『分析心理学』の二重人格論のほか、あちこちの国の新聞記事を引用する形で、登場人物たちの後日譚や意味ありげなニュースが紹介されており、例えば、ケイシーはイクサニア大統領に叙勲された。ロンドンの日刊紙に「ヨーロッパの危険地帯」と題する論文が掲載され、イクサニア政府の「わが国には自衛の軍事力はないが、軍備のために貴重な国費を浪費する考えはない」とする政策は〝狂気の域に達した理想主義的愚挙〟であり、農民政府には圧力をかけるべきだと主張、その論文の筆者は〈ケイター＆ブリス〉の大株主だったという。

また、南米のどこかの国の新聞の社交欄に、陸軍大臣がオテル・パラディソでパーティを開催、賓客《ひんかく》のなかには「イギリスの有名なスポーツマン、セニョール・ハーコートの顔も見られた」という記事が載った。読者にすれば、ハーコートって誰だっけと思うほど印象の薄い名前なのだが、七十ページほど手前に、〈ケイター＆ブリス〉の役員には幾つもの変名を持った武器セールスマンがおり、その名前が南米ではハーコート、中東ではコルティングトン、ヨーロッパではグルームであっても不思議ではないとケイシーが述べる場面があった。どうやら、サイモン・グルームはイクサニアのあと、南米に行き、死の商人として活躍したようだ。

第二作の『恐怖の背景』の第8章に次のような一節がある。

各国の運命を形づくるのは政治家の熟慮ではなく、経済力であった。諸大国の外務大臣はその国の外交方針を宣言することはできるが、その外交方針を決定するのは、銀行家、兵器製造業者、石油会社などという大実業家であった。(平井イサク訳)

ここに挙げられた三種類の大企業が国際情勢を左右するというアンブラーの観察は、彼の作品の幾つかに現われており、端的に言えば、戦争の黒幕には彼らがいると見ている。特に兵器メーカーの〈ケイター&ブリス〉は四作品にその名が出てくる。『暗い国境』ではイクサニアの原爆生産技術を獲得しようと画策したり、非武装を理念とするイクサニアを罵ったりする。『恐怖の背景』では、ロシアのスパイの持つ情報ファイルに、カーティスという男が第二次ジュネーヴ軍備縮小会議のときに行った仕事の報酬十万ドルを要求して〈ケイター&ブリス〉を告訴、カーティスの仕事は反軍縮宣伝活動だったと記載されている。〈ケイター&ブリス〉は経営的な観点から軍縮には反対なのだ。カーティスにはサリッツァ、ロビンスン大佐などの別名があり、イギリスの石油権益のためにソ連と交渉するかと思えば、スペインがソ連と石油の輸入契約を締結しようとすると妨害工作をする。この作品は、イギリスのパン・ユーラシアン石油会社がルーマニアでの石油採掘権の更新をめぐって、自らの立場を有利にするために、ソ連から盗み出された機密書類を強奪しようとする話が軸となっている。しかも、パン・ユーラシアンの社長は〈ケイター&ブリス〉の大株主であり、石油と兵器の両方を支配する人物だ。

〈ケイター&ブリス〉の名は、アンブラーの第三作『あるスパイの墓碑銘』には出てこないが、第四作と第六作にまたしても登場する。第四作の『裏切りへの道』（一九三八）の主人公ニコラス・マーロウはイギリスの〈スパータカス工作機械株式会社〉にセールス・エンジニアとして雇われて、薬莢製造機の売り込みのためミラノに派遣される。たちまちユーゴスラヴィア人のヴァーガス将軍と称する男が彼に接近してきて、彼がどこにどんな仕様の機械を売り込んだか知らせてくれれば報酬を出すと提案する。将軍は数年前まで〈ケイター&ブリス〉のユーゴスラヴィアの代理店をしていたという。結末で、偶然の成り行きのようだが、マーロウは〈スパータカス〉を退職し、〈ケイター&ブリス〉に移る。

〈ケイター&ブリス〉の名が出てくる最初の三作品、『暗い国境』『恐怖の背景』『裏切りへの道』は、一九三九年の九月以前、つまり第二次大戦勃発の前に発表されたもので、アンブラーはこの会社を戦乱の不安から利益を得る悪党といったニュアンスで登場させた。ところが、一九四〇年に刊行された『恐怖への旅』は大戦が始まってすでに四カ月目の出来事を扱っており、ここでは〈ケイター&ブリス〉は悪党ではなく、無色透明の存在となっている。主人公のグレアムは〈ケイター&ブリス〉の技師で、トルコの海軍省と艦砲と魚雷の新装備を契約し、イギリスへの帰国の前夜、ホテルの部屋にもどったところを撃たれ、軽傷を負う。トルコの秘密警察のハキ大佐は、あんたが死んだら契約の詳細の打合わせをやり直すことになり、装備の納入が遅れる結果になるから敵に狙われているので、パリまで汽車で行くのは危険だ、乗客の少ない小型の貨物船の方が安全だと船便を手配してくれるのだが、敵に裏をかかれて、その船旅が〝恐怖の旅〟となる。

先にふれたようにアンブラーは『恐怖の背景』で石油の利権をめぐる暗闘が国際情勢を左右する要因の一つと考えた。その二十七年後の『汚辱と怒り』では一九六〇年代のイラクのモスール・キルクーク地帯の石油の利権が焦点となっている。クルド族が武装蜂起すれば利権のバランスが大きく変化するから、蜂起計画の情報を持ち出されたクルド解放委員会は情報を奪い返そうとし、イラク政府やイタリアの石油コンソーシアムは情報を競り落とそうとする。その十年後の『ドクター・フリゴの決断』では、フランス海外県のアンティーユ諸島の中の小さな島国の海底油田が狙われる。作中にウォーターゲートという言葉が出てくるし、「原油が一バレル三ドルで採掘コストが五ドルだったら、誰も手を出さないが、一バレル十二ドルかそれ以上になったら、考え直すことになる」といった発言があるから、一九七三年秋の石油危機の直後が時代背景だ。カリブ海のこの小国の油田もにわかに脚光を浴びる時代になり、国際コンソーシアムが押さえにかかるが、その国の政情が不安定であるので、コンソーシアムは意のままに動く安定政権と入れ替えようとしてクーデターを工作する。石油のために一国を乗っとろうという話である。

アンブラーは国際政治を動かすもう一つの要因として銀行を挙げた。作品の中では『ディミトリオスの棺』のあちこちに名前の出てくる、モナコ籍のユーラシアン信託銀行がそれだ。一九二三年六月八日、ブルガリアの農民党政府が将校団と国家同盟、内部マケドニア革命組織（ＩＭＲ

〇）の合作クーデターによって倒れ、首相のアレクサンドル・スタンボリスキイ（一八七九〜一九二三）は拷問されて死亡。首相暗殺に最も直接的に関与したのがＩＭＲＯだったと言われる。ＩＭＲＯは十九世紀末から〝マケドニア人のためのマケドニア〟をモットーにテロ活動を行なって、現在もＶＭＲＯの名で存続している（ＩＭＲＯの歴史は『シルマー家の遺産』第8章参照）。ＩＭＲＯに資金を提供し、クーデターの下地となる状勢を作り出したのがユーラシアン信託だったと、ソフィアのギリシア人記者がチャールズ・ラティマーに語っている。この銀行はバルカン諸島に支店を持ち、ブルガリアでは密輸用のヘロインの製造にも融資していたという。

スタンボリスキイ首相に対しては一九二三年の春にも暗殺計画があり、ラティマーがハキ大佐から聞いた情報では、ディミトリオスがこの未遂計画に絡んでいた。クーデターの前日、ディミトリオスは逮捕され、その日のうちにＡ・ヴァゾフの身許保証で釈放され、国外追放になった。ヴァゾフはユーラシアン信託の取締役だった弁護士で、首相暗殺のためにディミトリオスを雇ったのがヴァゾフだったらしい。アンブラーは実際に起きたブルガリアの首相暗殺事件にユーラシアン信託とディミトリオスとを結びつけているのである。ディミトリオスがブルガリアのヘロインをフランスへ密輸したとき、その購入資金を融資し、決済を行なったのもユーラシアン信託だったし、彼が自分宛の郵便の受取り場所にしていたのは信託のブカレスト支店だった。彼はルーマニアの鉄衛団の首領のコドレアーヌ（一八九九〜一九三八）と〝うさん臭い融資契約〟を結んだというが、これも信託の後ろだてがあったから可能だったのだろう。とっておきの驚きは、ディミトリオスがこの銀行の役員だったということだ。

その後、ブルガリアとユーゴスラヴィアの国境で小規模の銃撃戦が起き、軍備強化のためブルガリアはベルギーから対空火器を輸入。その資金を供与したのもユーラシアン信託だった。ディミトリオスとユーラシアンはバルカン諸国を引っかきまわしたことになる。

この銀行の名はもう一度だけ出てくる。『シルマー家の遺産』で、フランツ・シルマーら六人の男が襲撃し、数十万ドルを強奪して行ったのが、ユーラシアン信託のサロニカ支店だった。

Ⅲ

エリック・アンブラーの作品には〃まき込まれ型スパイ〃と分類される主人公が、何人か登場する。自分ではそんなつもりはなかったのに、自然の成り行きでスパイの仕事を押しつけられて、危機的な状況に陥り、こんなはずじゃなかったと思う男たちである。第一作の『暗い国境』のバーストウ教授は無意識の人格転移のせいで諜報員に変身し、すすんで危地に飛び込んで行く。だから、この男はまき込まれ型ではなく、積極的冒険派だ。

第二作の『恐怖の背景』のジャーナリストのデズモンド・ケントンは、ニュールンベルグで記者仲間とポーカー・ダイスをやり、持ち金の四百マルクを失い、百マルク借りて、当てのない金策のためにウィーンに向かう。汽車で同じコンパートメントに乗り合わせたザッハスという男はドイツ人とユダヤ人の混血で、当時の政情では弱い立場にあり、全財産である一万マルクの有価証券を持ってオーストリアへ行くところだが、ナチスのスパイに尾行されており、国境の通関で見つかったら証券を没収されてしまう恐れがあると言い、イギリス人なら通関検査は厳しくないので、国境を通過するとき証券を預かってくれたら三百マルク払うとケントンに提案する。からっけつで借金しかないケントンは、ザッハスの証券が犯罪がらみなのではないかと疑いながらも、引き受ける。国境を無事に越えると、ザッハスは、もうあと三百マルク払うから、リンツのホテルまで持ってきてほしいと言い出す。リンツの駅で別れ、ケントンは近くのカフェでコーヒーを飲んでからザッハスのホテルに行くと、ザッハスは刺殺されていて、荷物は徹底的に調べたあとが残っている。窓からのぞくと、張り込んでいる人物が見え、ケントンは裏口から逃げる。

ケントンが預かったのは、証券ではなく、ソ連の国防委員会から盗み出された書類だった。これで、〝密書の奪い合い〟という古典活劇には欠かせないトラブルにケントンはまき込まれるわけだ。

小学校時代、私はチャンバラ映画に連れて行ってもらう機会がなかったが、級友の話を聞いていると、〝敵の密書を奪う・敵に奪われる〟筋の映画がずいぶんあったようで、〝密書〟という言葉にはわくわくさせる響きがあった。もっとも〝密書〟とは何が書いてあるのか、それを奪う・奪われることによってどんな事態が起きるのかは話題にならず、〝密書〟は要するにヒッチコックの言う〝マッガフィン〟であり、子供には内容は問題ではなかった。しかし、大人向けの小説となると、〝密書〟の内容を工夫する必要がある。『恐怖の背景』の密書も多分にマッガフィン的な役割であるが、アンブラーは、時代に即した内容を工夫している。それは、ソ連がルーマニア、あるいはその同盟国に攻撃された場合に発動される戦闘計画書で、ソ連のスパイがケントンに説明したところでは、どこの国の軍部でも作成しているたぐいの計画書で、イギリスの陸軍省だってフランスを攻撃するプランを作っているはずだという。だが、ソ連の計画書がルーマニアのファシスト・グループの鉄衛団の手に落ちたら、ソ連の領土的野心を示す書類だと宣伝に使われる恐れがあり、ソ連としては何とか奪回せねばならない。いわば地震が発生した場合に備えた防災計画みたいなもので、ルーマニアが攻撃を仕掛けるような事態にならない限り、無意味な内容なのだが、扱い方ひとつで危険な文書になってしまうというアイデアがいい。

たまたまこれを預かっただけで、ケントンにとっても何の関係もない書類なのに、彼を殴って誘拐し、書類を渡せと要求する相手に対しては反抗的になり、賄賂も拒否し、拷問されるはめになる。それも、書類を守るためというよりは、ファシズムを思わせる暴力に対する抵抗だった。この抵抗のせいで、まき込まれた男はさらにきびしい災厄にまき込まれて行く。その後の冷戦時代と違って、当時は、ソ連がルーマニアやその同盟国を刺激しまいと気を遣っていた時代だったのだ。

『ディミトリオスの棺』でも〝密書〟を盗み出すエピソードがあるが、これはユーゴスラヴィアがオトラント海峡に敷設した機雷原の海図だったから、平凡な密書である。

災難にまき込まれたケントンを救うのが、ソ連のスパイのアンドレアス・ザレショフとその妹のタマラだった。兄妹は一九一〇年ごろからアメリカで暮らしていたので、アメリカ訛りの英語をしゃべり、一九二五年に共産主義を煽動した廉で追放され、いまはスイスに拠点を置いている。おかしなことに、彼らは自分たちがソ連のスパイであるのを最初から隠そうともしない。ザレシヨフは快活な頼もしい男（三十八歳）で、ケントンは彼と妹に助けられたり、助けたりしながら、奪われた〝密書〟を追う。イギリスの民間人がソ連の機密書類のために行動するという、その後の冷戦時代のスパイ小説では考えられない展開になるが、これも、この作品が書かれた時代の空気を反映している。イギリスとソ連にとって、共通の敵はナチスであり、ファシズムだった。

『恐怖の背景』の時代設定をちょっとこうるさく見てみよう。主人公のケントンは第1章の十行目あたりで、その年の十一月現在に三十歳であると出てくる。第10章でザレショフがケントンに関する調査書類を見せるが、それによるとケントンは一九〇六年の生まれとなっているから、この作品に描かれているのは一九三六年の出来事の計算になる。

ところが、同じ第10章でザレショフがソ連の政情を説明するときに、スターリン主導の粛清を〝一九三六年の裁判〟と呼んでおり、〝今年の裁判〟とは言っていない。また、「一九三六年までのルーマニアの外交方針はティツレスク外相の対ソ友好政策だったが、ナチス一辺倒のコルネリュー・コドレアーヌに追われて、ティツレスクはサン・モリッツに亡命した」とも語っているが、この箇所も「今年までのルーマニアの外交方針は……」といった表現でないと、一九三六年を舞台とした作品としては不自然だ。つまるところ、ケントンが生まれたのが一九〇六年だったと書かずに、ぼかしておくべきだった。

一九三六年八月十五日に始まったモスクワ裁判（〝赤軍大粛清〟）、同年八月二十九日のティツレスクの更迭などの歴史的事件が一九三七年に出版された作品に出てくると、当時の読者には、この作品が身近なリアルな物語であると感じられたに違いない。

ザレショフの話に名前の出てくるファシストのコドレアーヌは第Ⅱ項でふれたように、うさん臭い融資契約をディミトリオスと結んだことになっている政治家だ。

アンブラーの史実の引用は実に正確なのだが、『恐怖の背景』に限らず、作品の中で示した日取りについては、意外に無関心だった。『あるスパイの墓碑銘』は〝八月十四日の火曜日に〟と語り始めているが、この月日・曜日だと一九三四年の出来事だったことになり、第13章でハインバーガーが主人公のヴァダシーに自分の過去を語って、「さて、一九三三年になって……」というのも「さて、去年のことだが……」としないと文脈としておかしい。また、『デルチェフ裁判』(一九五一)の第14章の「あれは六月十四日の金曜日だった」というのも一九四六年を指しているると解釈できるが、第1章の冒頭で、国家反逆罪で起訴された実在の政治指導者にふれて、ブルガリアのニコライ・ペトコフの処刑、ルーマニアのユーリュー・マニゥ(一八七三〜一九五三)とイオン・ミハラケ(一八八二〜一九六三)の例が挙げられている。しかし、ペトコフが処刑されたのは一九四七年の九月二十三日、マニゥとミハラケが終身刑を宣告されたのが同年の十月から十一月にかけての裁判だったから、デルチェフの裁判が行なわれたのは一九四八年かそれ以降のはずで、六月の金曜日も十五日(一九五〇年)か十六日(一九四九年)としておけば無難だった。

『ドクター・フリゴの決断』(一九七四)も一ページ目に五月十五日木曜日と出てくるから、該当する年は一九七五年か六九年。作品の発表年度から見れば一九六九年の事件と推測したくなるが、一九七二年のウォーターゲート事件や七三年の石油危機を踏まえたストーリーなのだから、月日・曜日から背景年度を推定するのは無意味な作業になってしまう。アンブラーの作品で、月日・曜日が明記されているのはこの三作だけで、三作とも辻つまの合わない日にちになっているのだから、意図的にぼかした可能性も考えねばなるまい。

第四作の『裏切りへの道』(一九三八)の第1章は「ロンドン1937年」と題されているので、年代は議論の余地がない。主人公のニコラス・マーロウはスパータカス工作機械株式会社に採用され、薬莢の高速自動製造機の売り込みのためにミラノに派遣される。一九三七年といえば、世界は間違いなく第二次大戦に突入する不可避的な針路を歩んでおり、マーロウがミラノへ出発する前に読んでいる夕刊には、ヒットラーがその前年に結んだローマ=ベルリン枢軸協定を再確認したことや、また一つバルカンの国がファシスト政権になったなどの記事が載っている。イタリアはファシズム国家と化しつつあり、二年後には交戦国となる相手なのに、イギリスのメーカーが弾薬製造用の機械を売り込もうとする混沌とした時代だった。

ミラノに着任すると、ユーゴスラヴィアの陸軍少将のヴァガスがマーロウに接触してきて、スパータカスがイタリア政府に納入する設備の仕様と納入先の情報を提供してくれたら、毎月報酬を払うと申し入れる。困惑するマーロウの相談相手になるのが、第二作の『恐怖の背景』に登場したザレショフ兄妹である。ここでもアンドレアス・ザレショフはアメリカ人のように陽気にふるまい、しかもアメリカ人だと自称しているが、ヴァガス将軍が、あの兄妹はソ連のスパイだと警告する。ザレショフの方も、ヴァガスは元ドイツ将校で、ユーゴスラヴィアの国籍を取っているがナチスのスパイだとばらす。そして、ローマ=ベルリン枢軸協定が存在するとは言っても、ナチスはムッソリーニを信用しておらず、イタリアの軍備拡張計画を把握しようとして、マーロウから情報を買おうとしているのだと説明する。ザレショフは、ヴァガスの提案に乗ることにして、でっちあげの情報をヴァガスに渡してくれたら、彼も〝必要以上の金を多少持っているアメリカ人として〟マーロウに報酬を出すと提案する。

作品の前半でのザレショフは、読者のための当時のヨーロッパ情勢の説明係の役回りも兼ねており、ムッソリーニの秘密警察OVRA（反ファシズム弾圧監視機関）の恐ろしさやイタリアが秘密警察に管理された暗い社会であることを教えてくれる。

マーロウの立場はかなり滑稽だ。ユーゴスラヴィアの将軍と称するナチスのスパイと、アメリカ人だと称するソ連スパイとの両方から、協力してくれたら報酬を出すと誘惑され、片方からはソ連のスパイには気をつけろ、他方からは偽情報操作に加担しろと提案される。

ヴァガスの口利きで、マーロウはイタリア軍向けの契約をまとめるが、これに絡む贈賄が発覚して、OVRAに追われる身となり、作品の後半は、パスポートを取り上げられていて、通常の交通機関では出国できない彼がいかに国外へ脱出するかという話になる。OVRAが彼を探しているのを知らせたのはザレショフで、彼はマーロウに同行し、プロの工作員らしい知恵を使って追跡をかわす。ザレショフにとっても命がけの脱出であり、マーロウの危機には自分も責任があるからというが、ここにもソ連が味方であった時代が読みとれる。

ザレショフの計画はイタリアのフシーネの村からユーゴスラヴィアのクラニスカへ向かうルートをとって、ユーゴに入ろうとするものだった。この地帯は高度が千メートル以上あり、五月でも雪が降っていて難航する。フシーネはイタリアの最北東の端にあり、大型の地図でも虫眼鏡を使わないと見つからないような土地だ。

『インターコムの陰謀』の邦訳解説に、「アンブラーのもとへ某国の情報局の人物が真剣な表情で訪れ、『裏切りへの道』で使われた、イタリアとユーゴスラヴィアの間の逃亡用の道をどうやってみつけたのか教えて欲しいと言ってきた。そこで、アンブラーは精密な地図から、自分で見つけ出したと言って情報局員をおおいに嘆かせた」というエピソードが紹介されている。解説では、某国の情報局となっているが、ピーター・ルイスの評伝によると、これはイギリスの諜報部で、しかも、彼らは、脱出ルートに関する機密の漏洩があったのではないかとの疑いを持って調べたらしい。アンブラーが自分で、おそらく推測だけで見つけたルートが、実際に利用されるかも知れぬルートとして機密扱いされていたのである。

Ⅳ

アンブラーが『裏切りへの道』を書きながら自力で見つけたイタリアからユーゴスラヴィアへの脱出ルートが、イギリス諜報部が機密扱いしていたものだったというのは、アンブラーの慧眼《けいがん》に感心すべきなのか、諜報部の考えることって大したものじゃないんだなと考えるべきなのか、面白いエピソードである。

主人公のマーロウとザレショフはイタリア最北東部のこの山道をたどるが、雪のために迷い、老人と娘の住む家に泊めてもらう。老人は世界的に有名な数学者で、ボローニャ大学の教授だったが、一九二五年にムッソリーニを批判して逮捕され、大学から追放されたカルロ・ベロネリだった。四十四歳で退職を強制されたというから、アンブラーは彼を老人と描写しているが、一九三七年にはまだ五十六歳だった計算になる。マーロウは理工系なので、ベロネリの名声を聞いており、著書も読んでいた。教授は自分の理解者の訪問を喜び、娘が不安そうに見まもるなかで、帰謬法《きびゅう》的な論理を使って永久運動が可能であることの証明に成功したと語る。

雪の山中の家での教授とマーロウの会話に第17章の全文が当てられ、「帰謬法」（Reductio ad Absurdum）と題されているが、アメリカで刊行されたとき、出版社の〈アルフレッド・A・クノップ〉はこの章を削除してしまった。必要不可欠な箇所ではないし、削除した方が読みやすくなると思うが、作者も同感ではないかとアンブラーに申し入れてきた。彼のイギリスの編集者のレナード・カッツは、作中の最も優れた箇所なのだから、この章を削除するのは外科手術ではなく損壊行為だと考えたが、アンブラー自身は意外に弱気だったようで、自分の作品に関するこの議論は苦手だし、何度も書き直して最終稿が仕上がった時点でその作品は完成したのだ、もちろん削除は気になるが、これ以上の手直しは出来そうにないと思ったと言う。いわば、第17章は、エルモア・レナードが小説作法十則のなかで主張した〝読者が読まずに飛ばしそうな部分は削除する〟という戒めに該当する内容だった。

アメリカでは第17章なしで出版され、アンブラーは自伝で〝削除したからといってどう変わったということもなかった〟と回想している。

邦訳は英国版に基づくもので、第17章は生き残っている。ベロネリ教授の名が出てくるのは、第1章と第17章だけで、第17章の全文削除によって、第1章にも僅かながら外科手術が必要となった。第1章で主人公のマーロウが一九三七年の十週間の話をしたいと読者に語りかけ、「……ぼくが記録しておきたいのは、ベロネリ教授についての事実だ。これはいまでも暗示する所がありそうだからである。ところで、その事実をお伝えするには、ぼくらがユーゴースラヴィアの国境を越える前夜に教授の令嬢シモーナがザレショフとぼくに話してくれたままでもいいわけだ。しかしそれだけでは不充分だ。その晩の話をすっかりしなければならないと思う。そうなると、どうしてぼくがそんな所へ行くようになったかを説明するよりしようがない。どうもベロネリの話は別の話――ぼく自身の話――のクライマックスだという気がする……」（村崎敏郎訳）と言っている。第17章が削除されることによって、米国版ではこの引用部分を含む第1章の冒頭のほぼ一ページがすっかり消え、また、第16章の終りでユーゴスラヴィアの国境にたどりつき、次の章は国境警備隊のコンクリートの建物で夜を明かしたところから始まる形に変えられた。

確かに第17章は削除されても、プロットの展開に支障はないが、ここでアンブラーが描いたのは、ファシズムの過酷な現実から逃れて狂気の世界に閉じこもった老人の姿であり、これはファシズムを批判したものであるのは明らかだ。最終章は「驚くほどのことはない」（No Cause for Alarm）の見出しがついているが、作品の原題は〝No〟を外したCause for Alarmである。否定語を外せば、〝驚くべきことだ〟とか〝警戒すべき理由〟の意味になり、執筆した時代から考えると、アンブラーにはファシズムの脅威に対する警告の意味をこめた題名であったと思われる。アンブラーはどんな思いをこめて第17章を書いたのか、自伝でも全く言及していないのが意外だが、米国版での削除にあまりにも安易に同意してしまったように思える。

ベロネリ教授は永久運動が可能であるのを証明する論文をマーロウに見せるのだが、ひょっとすると、スティーヴン・キングの『シャイニング』の作家の原稿はこの論文からヒントを得たのかも知れない。


災難にまき込まれるとは言っても、『恐怖の背景』のデズモンド・ケントンは金が欲しくて国境を越えるまでという約束で書類を預かり、『裏切りへの道』のニコラス・マーロウは相手がスパイだと知りながら接触を続け、そしてトラブルにまき込まれる。彼ら二人は、お人よしでナイーヴなというよりは、幾らかもの欲しげなところのある男たちで、いやおうなしにまき込まれたのではなく、彼ら自身の判断が起点になって危険な状況に陥っている。

この観点でみると、第三作の『あるスパイの墓碑銘』の主人公のジョゼフ・ヴァダシーは純粋なまき込まれ型である。彼自身は災難のきっかけになるような行為は何もしていない。現像に出したフィルムにツーロン港の要塞が撮影されていたためにスパイ容疑で逮捕されるのだが、これは同型のカメラの取り違いから始まった。カメラを間違えたのがヴァダシーだったのか、スパイだったのかはっきりしないが、間違いのおかげで彼はスパイ事件にまき込まれる。

『あるスパイの墓碑銘』は、田舎屋敷で殺人事件が起きる古典ミステリの形式を模しており、アンブラーも一九六六年の英国版の序文で〝基本的には探偵小説であり、そこにスパイを登場させた〃と言っている。一つのホテルに十一人の宿泊客がいて、その中に犯人がいるし、探偵役もいるのだが、古典ミステリに似ているのはこの状況設定だけで、誰が犯人であるのか推理するための手がかりはなく、読者としても推理しようがない。しかし、後年のスパイ小説でしばしば見られるケース・オフィサーと工作員との冷たい関係、現地に派遣されるスパイは工作の真の目的を知らされておらず、チェスの駒の一つのように操られるという非情なパターンが、この作品ですでに使われているのに注目すべきであろう。

ヴァダシーの弱みは無国籍者であることだ。海軍諜報部のベガンはそこにつけ込んで、手先として動かそうとする。彼がもしフランス人だったら、愛国心に訴えたところであろう。ヴァダシーはニーチェを読んだのか、読もうとしたのかはっきりしないが、インテリであり、スパイめいた仕事をやりながら、自分が「弱気で臆病のばか者」(北村太郎訳)と悟る。彼が無国籍になった経緯は第2章で説明されている。ハンガリーの生まれなのだが、第一次大戦で敗戦国となったハンガリーはトリアノン講和条約によって、領土をルーマニア、ユーゴスラヴィア、チェコスロヴァキアに割譲し、戦前に比べ三分の一の領土の国となった。ヴァダシーの生まれたスザバドカはユーゴスラヴィアに編入され、彼はユーゴ国籍になってしまう。母国のブダペストの大学へ〃留学〃するためにユーゴスラヴィアの旅券を取得する。在学中に父と兄が政治犯となって死亡、国へ帰るのも危険だし、ブダペストの生活もみじめなのでイギリスへ行く。旅券が期限切れとなって、ロンドンのユーゴスラヴィア公使館に再発行の申請に行くと、もうユーゴの市民権はないという理由で更新を拒否されて、無国籍となってしまった。国際情勢と国内の政情に翻弄された犠牲者の立場である。

結果的には、海軍諜報部の男も警察署長もそう冷たい連中ではなく、スパイ事件にまき込んだお返しとしてフランスの市民権が取得できるよう口添えしてくれそうな気配だし、手間賃までくれるのだから、ヴァダシーにとって必ずしも惨めな結末ではなかった。スパイには不適格の、独りぼっちの無国籍者に対するアンブラーの視線は意外にやさしい。

『あるスパイの墓碑銘』には妙な歴史がある。イギリスで一九三八年に発表されたときは大好評で、スパイ小説のベストと呼んだ書評もあった。ところが、ニューヨークのエージェントによると、出版社の〈クノップ〉は前作の『恐怖の背景』と異なった作風のため混乱した書評が出そうだと言って、気に入っていないという。アンブラーがどうしてもというなら〈クノップ〉を押してみるが、時機を待ったほうがよいのではないかとの知らせだった。次作の『裏切りへの道』がほとんど完成していたので、アンブラーは様子見することに応じた。その後、戦争が始まり、軍や映画関係の仕事に追われて、小説から離れ、その間、この作品をアメリカで出版しようとする営業活動は全然やらなかったらしい。

十二年後になって、アルフレッド・クノップの夫人のブランチから、『あるスパイの墓碑銘』という作品は〈クノップ〉社に持ち込まれたこともなければ、読ませてもくれなかったではないかと手きびしい苦情の手紙がきた。私のせいじゃないとのアンブラーの釈明を彼女はそんなばかなと受け流し、印税十パーセントの契約で出版する提案をして来た。但し、イギリスで出版してから長年月が経過しているので、アメリカでの版権を確定するために、序文をつけ、徹底的な手直しをするとの条件がついた。

徹底的な手直しというのが気になる。私が読んでいたのは、一九六一年二月三日に出た創元推理文庫版（当時百十円）の『あるスパイへの墓碑銘』（小西宏訳）で、現在も帯付きだが、黄ばんで、やや危険な状態である。中島河太郎さんの解説のほかに、一九五一年のアンブラーのあとがきが収録されている。ブランチ・クノップが要求した「序文」が「原著者あとがき」だと思われるが、そうだとすると、この文庫版は、最初に発表された英国版ではなく、十四年後に書き直された米国版の翻訳であるらしい。調べてみると、小西宏訳とＨＰＢ版の北村太郎訳のほかに、木島始、田村隆一、鮎川信夫、常盤新平らの諸氏の翻訳があり、さらに一冊、訳者の名前をトレース出来なかったものもあって、六種か七種類の邦訳が出ており、邦題も『あるスパイの墓碑銘』『あるスパイへの墓碑銘』『あるスパイの物語』と三種類あるのにはちょっと驚いた。

で、どれが英国版を底本にした翻訳なのか。さし当たり、現在、簡単に書店で入手できるのはＨＰＢ版だけなので、まず、《ＨＭＭ》のＭ・Ｋさんに、ＨＰＢ版は英・米どちらの版を底本にしているのかと問合わせてみたら、「訳者後記」に詳しく載っていますと教えてくれた。ＨＰＢ版の底本は英国版であるが、米国版のために一九五一年に書かれた原著者あとがきも併録し、米国版は英国版に比べると著しく省略されており、英国版は全二十章、各章に小見出しがついているが、米国版は全十九章になっていて、小見出しもなく、四百字詰原稿用紙で約百枚削られているようだとの説明である。

この手直しは、一九三七年に執筆してから十四年間も寝かせておいてから推敲した作業とも言える。それなら、米国版は余分なものを剝ぎとって、より完成度の高いものになっているとも思えるし、次作の、但し米国版は先に出版された『裏切りへの道』の第17章の場合のように、読みやすくするために、つまり商業的な見地から短縮したのかとも思える。厳密に言えば、英・米それぞれの原書で比較すべきなのだが、手許にある英国版を底本とするHPBと米国版の創元文庫訳を比較してみた。

結論を先に言うと、手直しは良くも悪くもあり、削ったおかげでサスペンスが強まった箇所もあるし、スケルトン兄妹のエピソードのように書き直したばかりにかえって不自然なものになり、英国版で描かれた話を短くするだけでよかったのではないかと疑問を感じる手直しもある。

英国版のエピグラフの「スパイは変装して動きまわる、〝自分でない人間〟に見せようとして――古いスパイの定義から」という言葉も米国版では削られている。もっとも、このエピグラフは作品内容をよく表わしているとは言えないから、削られても仕方ない。

英国版では「第1章　逮捕」「第2章　尋問」と各章に小見出しがついていたが、米国版には小見出しがない。これはおそらく出版されたのが一九三八年と一九五二年という時代の相違によるものであろう。一九二〇年代から三〇年代のミステリ小説には、必ずといってよいほど、章ごとの見出しがついていて、惹句の役を果たしていた。ところが、いつの頃からか、小見出しをつけないのが普通になり、現代の作家が章に小見出しをつけるのは、小説構成上の意図がある場合に限られるようになった。

V

『あるスパイの墓碑銘』の書き出しの部分はすばらしい。

八月十四日の火曜日に、ぼくはニースからサン・ガティアンに到着した。そして十六日の木曜日、午前十一時四十五分に、ぼくは刑事と私服警部に逮捕されて、そのまま警察署に連行されたのである。(小西宏訳)

簡潔だし、〝ぼく〟が何者で、なぜ逮捕されたのかと一気にひきこまれる。これが冒頭の第一節だ。ところが、英国版と米国版を比べてみると、これに続く文章にすでに違いが出てくる。一九三七年に執筆された英国版では、前掲の第一節に続いて、半ページ以上も主人公のヴァダシーの現在の心境、つまり事件が片づいて、あの八月の出来事を手記にしようとしていることが述べられている。手記を書こうとする動機は、あの死んだスパイの墓碑銘になったかもしれない語句と同じ言葉で表現されている。また、逮捕された八月の事件から主人公がどうやら無事に逃げ切って、自由の身になっていると推測できるので、第一節の持つせっかくのインパクトを打ち消す作用をしている。

一九五一年の米国版では主人公の心境の説明が削られ、前掲の第一節に続いて、ツーロンからサン・ガティアンへの旅や彼が泊まるレゼルヴ・ホテル、周囲の風景が語られている。英米版ともほぼ同じ文章だが、このホテルが〝食事つきで一日四十フラン〟であったという、当時の物価を示す文章が米国版から消えている。一九三〇年代後半が背景であるのが歴然としているのだから、削る意味もなく、むしろ、残しておくべきだった。

ところで、このレゼルヴ・ホテルの地理的な位置だが、南フランスの海岸は、東から西へとニース、カンヌ、ツーロン、ラ・シオタ、マルセイユの順で町が点在している。レゼルヴ・ホテルのあるサン・ガティアンは架空の村で、アンブラーは、ツーロンから西のラ・シオタの方向へ走る鉄道の沿線にあると書いているから、ツーロンとその西のマルセイユとの間に位置する理屈になる。一九六八年版の序文で、具体的な地名を挙げずに、一九四四年八月の上陸作戦のときに村は広範囲にわたって被害を受け、あの手頃なホテルは完全に破壊されてしまったと記しているという。他方、自伝では、彼がモデルにしたのはアゲイの村のオテル・レゼルヴだったと書いている。アゲイはカンヌの南西一キロ足らずのところにあるので、作中のサン・ガティアンとは逆にツーロンの東側にある村だ。

最初に脱稿してから米国版のために十四年後に手直ししたとき、短くしようとしたのが、アンブラー自身の意図だったのか、それとも出版社の要求だったのか、彼にとって意味のある問題ではなかったと見えて、自伝では全く何の言及もない。

第2章のヴァダシーと警察署長の会話の双方の発言が部分的に削られ、第3章で警察署を出てホテルへ戻る途中、路上で遊んでいた子供とぶつかり、その子が泣き出すと、数人の子供たちが悪口を囃したてながら彼のあとをついてくる場面も削られている。第10章の彼が誰かに襲われて殴られたあとの翌朝の頭痛やアスピリン、何年ぶりかに泣いた記述もない。子供たちが囃したてながらついてきたことはプロットとは何の関係もないが、映像として想像してみると、警察で署長や海軍諜報部のベガンに脅かされた挙句、やっかいな任務を押しつけられて、滅入った気分で歩いている男と子供たちの悪ふざけの組合わせは印象に残る情景になっていたと思う。

　細かな部分の手直しのほとんどが削除であるが、加筆されている箇所もある。たとえば、第15章で、ヴァダシーはホテルの宿泊客の一人、アンドレ・ルウから何か情報を引き出そうとして、彼の部屋を訪れる。この訪問は失敗に終わり、ヴァダシーが引きあげるとき、ルウは立ち上がりもせずに「ではまた《オールヴォワール》、きみ《ムッシュー》」と皮肉にいう。

　これに続けて、英国版は「ぼくはばかばかしいような気持になって下へおりた。ミイラとりがミイラになったようなものだった。価値のある情報を引きだすどころか、防御一方に追いやられ、まるで証人席に立っているみたいにだらしなく相手の質問に答えてしまった……」（北村太郎訳）となっているのに対し、米国版は「ぼくはドアをしめた。歩いて行くと、背後の部屋から、彼の不愉快な高笑いが聞えてきた。ぼくは自分のまぬけぶりのかずかずを痛感しながら、階下におりて行った。ルウにかまをかけて聞き出すつもりが、逆にぼくのほうがかまをかけられてしまった。貴重な情報を巧みにひき出すどころか、自分のほうが受け身にまわって、証人台に立った証人よろしく、しんぼうづよく、いろいろな質問に答えざるを得ないはめにおちいってしまったのだ」（小西宏訳）と書き直されている。米国版の描写の方が細かく、しかも「不愉快な高笑いが聞えてきた」という一行がルウの性格を示す鋭い表現になっている。

すでに述べたように、アンブラーはこの十年以上前に『裏切りへの道』の第17章の全文を米国版では削除された経験がある。『あるスパイの墓碑銘』でも第16章の全文がカットされて、一章分、短くなった。この章は宿泊客のアメリカ人のスケルトン兄妹に関するもので、おそらくアンブラーの自発的な手直しであろう。兄妹は、来週両親がコンテ・ディ・サヴォイア号でマルセイユに着くと言っていたが、ヴァダシーはその船がマルセイユには寄港しないことを発見し、兄妹がなぜ嘘をついたのか探りを入れる。ちょっとミステリ小説風のエピソードだが、英国版の第16章の「逃げてきた人たち」では、両親が妹に政略結婚を押しつけ、これに反撥して、縁談をぶちこわすために南フランスに隠れているのだと妹のメリーがヴァダシーに説明する。米国版では、兄妹に探りを入れるとメリーが事実を白状する十数ページが削られて、代わりに、彼らは兄妹ではなく、恋人関係にあるいとこ同士であり、ウォーレン・スケルトンが二十一歳になる前に結婚すると祖父の遺産の五万ドルがもらえなくなるので、あと三カ月待たねばならないのだという約一ページの説明に変更されている。

この手直しはどうも不細工だ。駆け落ち結婚した二人がほとぼりが冷めるのを待っているのだとするので充分だろうし、妹の縁談をぶちこわすための逃避という設定のままでも、もっと短く語れたはずだ。実はいとこ同士なのだとすると、両親が来週アメリカからコンテ・ディ・サヴォイア号で到着すると嘘をつく必要がなくなってしまうが、両親に関する嘘は米国版の第4章に残っており、しかも、その船がマルセイユには寄港しないのをヴァダシーが発見し、彼らが嘘をついていると気づく第15章の末尾は削除されているので、両親が来るという作り話は無意味なものになってしまっている。こう考えると、第4章を手直ししているときのアンブラーは、まだ二人が縁談をこわすために逃げてきた兄妹という設定のまま話を進めて行くつもりでいて、その後、気が変わったように思える。

『あるスパイの墓碑銘』を一九三七年に執筆し（翌年刊行）、一九五一年に米国版のために手直しするまでに、アンブラーは『裏切りへの道』（一九三八）、『ディミトリオスの棺』（一九三九）『恐怖への旅』（一九四〇）の三作を書いただけで、一九四〇年代の十年間は軍や映画関係の仕事のせいで作家活動を中止していた。復帰第一作として一九五〇年には『デルチェフ裁判』（一九五一）を書き始めていたかもしれない。

十年間の空白のうちに国際情勢は激変した。第二次大戦が終結し、鉄のカーテンが東と西を引き裂いた。戦前のアンブラーにとって、共産主義国は友好国であり、敵はナチスやファシズム国家のイタリアだった。『あるスパイの墓碑銘』に登場するフランス海軍諜報部のベガンは、ムッソリーニ政権になってからイタリアに行ったか、フランスにイタリア人の知り合いはいるかと主人公のヴァダシーに質問し、イタリアを警戒している気配だし、〝彼は金が欲しかったのだ〟という墓碑銘を貰うスパイもイタリアの手先である。レゼルヴ・ホテルの滞在客の中には、ベルリンの社会民主主義系の新聞の編集者だったが、収容所に二年入れられてから国外追放になり、プラハでドイツ共産党地下宣伝組織に参加し、宣伝資料を持って三十回もドイツに潜入、身許が割れてからはレゼルヴに別名で隠遁している人物もいる。さらに、彼をドイツへ連れもどそうと追ってきたゲシュタポの手先も同じホテルに身許を隠して滞在しており、当時のヨーロッパの緊迫した政情がここにも縮図化されている。ヴァダシーが亡命中の共産党員に金をやろうとするエピソードがある。これも当時のアンブラーにとって、共産主義が西欧に敵対する危険思想というよりは単に新しい風変わりな思想の一つ程度で、ヴァダシーのジェスチュアは追われる弱者への素直な同情の表現となっている。

この作品を米国版のために手直ししていたのは、アメリカではすでに下院の非米活動調査委員会が動き始めて、ダシール・ハメットもマッカーシー旋風の被害者となっていた時代だった。となると、一九三七年に書かれた小説でも共産主義者に同情的であるのをそのままにしておくのは具合が悪い。英国版と米国版を比較してみると、この観点から微妙に修正されたと見られる箇所が幾つかある。

第2章で、警察署長がヴァダシーに、彼の父と兄が射殺された政治事件とは何だったのかと訊ねると、ヴァダシーの返事は、英国版では「二人は、急進的な社会主義者（active socialist）だったのです」と答え、米国版では「ふたりは社会民主主義者（social-democrat）でした」と変更されている。また、第4章でスイス人と称する男がスケルトン兄妹にアメリカの政党について質問し、民主党と共和党の二党しかないとの答を聞いて、「アメリカには社会主義者なんて、いないんですな？」「いますわ、いくらかはね。でも……」と続くが、このやり取りも米国版にはない。第13章の「チッサールはチェコ人ではなくて、実はドイツのマルクシストだった」という文節からは〝マルクシスト〟が削られて、「チェコ人ではなく、ドイツ人だった」となっている。第14

章の「ドイツに帰るようコミュニストを〝説得する〟ためにゲシュタポの手先がフランスへ送りこまれた」という箇所は「ある男をドイツに帰国するように〝説得〟すべく……」と変更され、コミュニストが消えた。

思想関連の最も長い削除は、同じ第13章で地下活動に加わった元新聞編集長がマルクスやエンゲルスを読みもせずに、新聞紙上では浅薄なインテリ向きの安っぽい思想だとこきおろしたが、エンゲルスの『反デューリング論』を読んで歴史観が変わり、「読書が進むにつれて、はじめて人間の悲劇を、その愚昧と真髄を、その運命と歩むべき方向を徐々に知った」(北村訳)と語る三十数行の文章である。率直なところ、これはスパイ小説らしからぬ難解な話題だ。第7章でヴァダシーとシムラーがニーチェの『悲劇の誕生』やヘーゲルの話をする場面も難解で、エルモア・レナードのいうhooptedoodleのように読み飛ばされる恐れは充分あるのに、ここは削られずに残り、『反デューリング論』に関する三十数行が削られたのは、一種の検閲的な修正と解釈してよかろう。

英国版と米国版とを邦訳で読み比べてみて、訳文のところどころに妙なくい違いがあるのに気がついた。原書を持っていないので、原文が変更されたのか、訳者の判断の相違か分からない。

第7章

英「ぼくはツァラトゥーストラに傾倒しました」

米「ぼく自身は〝ツァラトウストラ〟にはついていけませんでしたが」

第8章

英「ヨット帽をかぶり、白の木綿服を着た男が下りてきました」

米「白い麻服を着たヨット帽の男が出て来た」

第10章

英「ごたごたのおおもとは、バチスタにはどこか根性の曲ったところがあって兵隊になれなかったところにあったと思う」

米「思うに、いざこざの大部分は、バチスタになにか心臓の病があって、そのために兵役に合格しない、という点にあったようです」

第11章

英「犯人はきっと少し盗癖のある、古手の雇人にちがいないわ」

米「窃盗癖のある金持ちの老人のしわざにちがいないってことはみんな認めるわ」

原著者あとがき

英　中心人物は無国籍者である（これはそのころ、そんなに珍しい存在ではなかった）。とくに悪漢という人物は登場しない。

米　中心人物は無国籍者であり（当時はかなり珍しい存在であった）本職の悪漢は登場していない。

Ⅵ

『ディミトリオスの棺』（一九三九）は推理作家のチャールズ・ラティマーがディミトリオス・マクロポウロスという犯罪署の伝記を書こうとして取材する話である。トルコの秘密警察の長官のハキ大佐がラティマーにこの犯罪者について語り、死体を見せる。そのとき、ラティマーは伝記を書くことを思いつき、その瞬間には、ためらいがあったが、長い取材旅行を始める。

ハキ大佐が姿を見せる場面は短いが、面白い男だ。ラティマーの推理小説の愛読者で、彼と会いたかったと言い、自分が考え出した推理小説の筋書を説明し、プレゼントだと言って筋書を要約したメモをラティマーに押しつける。この筋書には辟易するが、相手が秘密警察の長官とあっては断わるわけにも行かない。いずれ作品化するようなことを言ってその場をごまかす。

ラティマーは『ディミトリオスの棺』の三十一年後の一九七〇年刊の『インターコムの陰謀』で再登場するが、ハキ大佐の原案を使った小説を書いたのか言及されていない。たぶん書かなかったのだと思う。

アンブラーはハキ大佐が気に入ったのか、『恐怖への旅』（一九四〇）で再び登場させ、暗殺者に狙われている兵器技師の主人公のグレアムを無事にイギリスへ帰らせようと手配したのが彼だ。

それから、さらに二十二年後の『真昼の翳』でも彼の存在が確認されている。姿は見せず、部下が電話したときにかすかに彼の声がもれ聞える。ちゃんと昇進して、秘密警察第二局（政治犯対策）を管理する将軍になっている。もの分かりがいいところもあって、一文無しのまま国外追放処分になっても仕方のない不良外人アーサー・アブデル・シンプソンに、一応、秘密警察に協力したからと特別賞与を払い、アテネにもどるための旅行証明書も持たせる配慮をしている。この温情は、『あるスパイの墓碑銘』で、フランス海軍諜報部のベガンがヴァダシーに五百フランの手間賃を払ったこととそっくりだが、最近のスパイ小説に諜報機関なり秘密警察が一時的に協力させた素人スパイに報酬を払う場面が出てきたことがないから、当時はゆとりのある、よき時代だった。

ディミトリオス・マクロポウロスは一八八九年の生まれで、二十三歳のときはいちじくの箱詰作業の人夫だった。それが強盗殺人を行ない、仲間をスケープゴートにして、逃げきる。こう書くと、しがない兇暴な犯罪者として出発したように思えるが、その後、政治的な暗殺に加担し、スパイ活動や麻薬の密輸、独裁政治家への闇金融まで手がけた国際的な犯罪者へと成長する。フランス仕立てのダーク・スーツ、グレイの髪をなでつけ、気品のある人柄に見え、外交界の大きなレセプションに招かれた、あまり大物ではない賓客のような風采だったという。これが、〝ディミトリオスの仮面〟なのだ。

ラティマーはディミトリオスの足どりをたどって、イスタンブールからスミルナへ行き、アテネ、ソフィア、ジュネーヴ、パリへと旅をする。彼はずいぶん時間と金に余裕のある作家だ。しめて何日間の旅であったのかは明らかでない。イスタンブールでハキ大佐に出会う前の一年間はアテネとその近郊で暮らしており、ディミトリオス事件が終結したとき、パリでオリエント・エキスプレスに乗ってベルフォールへと向かっているのだから、イギリスとは逆の方向へと移動している。頭の中では、イギリスの夏の田園地帯で起きる殺人事件の筋を考え始めているが、帰国する気はないようだ。それから約三十年経ってから、読者は、彼がマヨルカ島に居を構えているのを知る。

リン・ハミルトンという推理作家は、少女時代の思い出を語って、事件が起きるのはイギリスの田舎の荘園の屋敷やニューヨークの褐色砂岩の高級邸宅だと思い込んでいたので、『ディミトリオスの棺』を読んだときは啓示に出会ったように感じたとエッセイで述べている。中東からバルカン、パリへと展開する物語が目の覚めるような新鮮さを持っていたようだ。この気持はよく分かる。

アンブラーが作品の舞台にした土地を調べてみよう。彼は一九三〇年代に広告会社に勤め、乳幼児食品やら冶金製品に芝居などのコピーライターとして働きながら、オリエント・エキスプレスのルートに沿ってベオグラードからアテネ、イスタンブールと、バルカン半島から中東へ旅行し、ベイルート、カイロ、タンジールにも足を伸ばしているし、大戦が始まるまではパリやフランス南部を執筆の場としていた。

第一作の『暗い国境』は、すでにふれたように、バルカンの架空の国イクサニアの首府のゾフゴロッドが舞台で、冒頭の約四十ページと末尾の三ページだけがイギリス、『恐怖の背景』はオーストリアのリンツとチェコのプラハ、『あるスパイの墓碑銘』は全篇南フランスのコートダジュール、『裏切りへの道』はミラノから山中に入り、越境してユーゴのベオグラードに行き、パリに向かう。『恐怖への旅』はイスタンブールを起点に、アテネ、イタリアのジェノアへ行き、アスティでパリ行きの列車に乗ったところで終わる。

十年間の空白期間をおいて執筆された『デルチェフ裁判』（一九五一）は国名も首都の名も不明のバルカンの社会主義国での事件で、最後の四ページだけが主人公の〝私〟がロンドンにもどってからの話になっている。『シルマー家の遺産』（一九五三）は、一八〇六年のナポレオンのプロシア攻撃の記述から始まり、一九五〇年代のアメリカのペンシルヴェニアに飛んで、パリ、ドイツのバーゼル、シュトゥットガルト、ケルン、スイスのジュネーヴ、ギリシアのサロニカ、ヴォデナ、フロリナ、それからユーゴ国境へと移る。

次の二作は東南アジアを題材にしたもので、『夜来たる者』（一九五六）は、オランダ領インドシナの一部だった地域が第二次大戦後独立したとの設定のスンダ共和国、『武器の道』（一九五九）はマラヤ（現マレーシア）のクアラ・パンカラン、マニラ、シンガポール、インドネシアのスマトラ島のラブアンガが主たる舞台で、それに香港、沙田《シャーティン》、サイゴンがサマセット・モームの短篇風の雰囲気で挿入されていて、彩りをそえる。クアラ・パンカランとラブアンガはいかにもありそうな地名だが、架空である。念のためにと調べてみたら、スランパン（スンダ共和国の首都）は肩からかける飾帯、弾薬帯、苦悩のこと、クアラ・パンカランは河口の埠頭を意味するマレー語だった。現地語を使って架空の地名を作り出すとは、アンブラーも周到だ。もっとも、ラブアンガの意味は『馬來語《マレー》大辞典』にも載っていないから、ラブアン島から連想した造語か。『真昼の翳』（一九六二）はアテネからトルコのエディルネとイスタンブール、『汚辱と怒り』（一九六四）は再びカンヌ、ニース、セートなどの南フランスの町、『ダーティ・ストーリー』（一九六七）はアテネで始まって、主人公はポート・サイド、ジブチ、スーダンを経て、マヒンディ共和国へ、それから隣国のウガジ共和国のチャンガに移り、最後はタンジールからフランクフルトへ向かう。マヒンディとウガジはいずれもかつてはフランス領の赤道アフリカの植民地だったという架空の国だ。面白半分に調べてみたら、マヒンディとはスワヒリ語でとうもろこしのことで、ウガジ（Ugazi）は見つからなかったが一字違いのUgaliならとうもろこしのポリッジだという。

『インターコムの陰謀』（一九七〇）はジュネーヴを中心にヨーロッパの主要都市とマヨルカ島、『グリーン・サークル事件』（一九七二）はシリアのダマスカスが主たる舞台で、ベイルート、キプロス、イスラエルも部分的に登場する。『ドクター・フリゴの決断』（一九七四）はフランス海外県アンティーユ諸島のなかのサンポール・レザリゼ島と、もう一つ、名前の出てこない首府のある島の出来事だ。『薔薇はもう贈るな』（一九七七）はモンテ・カルロに近いカップ・ダイユ郊外でのインタビューを軸に、ブリュッセル、ミラノ、チューリッヒ、バハマなどが回想のなかに登場し、ギルバート諸島のなかの架空の独立国プラシッド島も寸描される。アンブラーの最後の長篇である *The Care of Time*（一九八一）はペンシルヴェニアで始まってミラノへ、スイスを通過してオーストリアのユーデンブルグから二十キロの丘陵地帯に入る。ここが主たる舞台になるが、そこに到着するまでの行程やそこから主人公たちが脱出し、南下してユーゴに入るかイタリアに戻るか、あるいは北上してザルツブルグからドイツへ入るかといった展開になり、聞いたこともない町の――実在の――名前が無数に出てくる。もし邦訳するとしたら、詳細な地図を入れねばなるまい。

これらがアンブラーの長篇の舞台となった土地だが、すべてが国外であり、たまに冒頭と末尾にイギリスの場面が出てくる程度だ。彼自身の国であるイギリスは、作品の背景として興味のあるものではなかったらしい。彼がチャールズ・ロッダと合作したエリオット・リード名義の作品にはイギリスの国内の出来事を扱ったものがあるが、これについては追ってふれよう。

Ⅶ

だが、短篇ではアンブラーはイギリスが舞台の作品を書いている。一九九一年の *Waiting For Orders* には八篇の短篇が収録されており、そのうちの六篇が The Intrusions of Dr. Czissar と題するシリーズで、主人公のドクター・チッサールはチェコからイギリスへ亡命したプラハ警察の幹部。スコットランド・ヤードの副総監のところに押しかけてきて、副総監が何かお役に立てることがあればと言うと、いや、私が皆さんのお役に立とうかと思いましてねと、新聞に載った事件で警察が逮捕した容疑者は間違っている、真犯人は誰それだと指摘する。シャーロック・ホームズをもっと厚かましくしたみたいに、押しかけてきては自分の推理を披露するので、原題が〈ドクター・チッサールの闖入〉となっているわけだ。
この六篇は《HMM》誌に次のような邦題で訳出されている。初出はいずれも一九四〇年に雑誌の《The Sketch》に掲載された。
「贋のロケット」（《HMM》一三八号／初出一九四〇年七月三日）
「エメラルド色の空」（一号／四〇年七月十日）
「木の上の鳥」（一八四号／四〇年七月十七日）
「過熱したアパート」（一四一号／四〇年七月二十四日）
「女家主の弟」（二〇号／四〇年七月三十一日）
「詩人の死」（八七号／四〇年八月七日）
アンブラーはチャリング・クロスの古本屋から上下二巻の法医学の本を買ってきて、二日ほど拾い読みして、複雑なアリバイ崩しも必要としないコージーな推理小説を思いついたと序文で語っている。主人公のチッサールは、プラハの新聞社の編集者だった知人と、ユダヤ系の血が混っているとの理由で教授の職を追われたドイツの歴史学者をモデルにしたという。そういえば、『あるスパイの墓碑銘』に登場するシムラーが新聞編集者であり、しかも反ナチス地下活動のときにチッサールの偽名を使っていたし、『裏切りへの道』には教職から追放された学者が登場しているのを思い出す。おそらく同じ人たちがモデルであろう。
Waiting For Orders は〝アンブラー全短篇集〟と表紙に謳われていて、チッサール物六篇のほかに、一九三九年の The Army of the Shadows――これもスイスとドイツの国境の山中が舞台――と

一九七〇年の「血の協定」(《HMM》二四四号に邦訳。ラテンの架空の国のクーデターの話で、未完に終わった長篇の一部分だというが、アンブラーの短篇のなかで最も面白い作品)の二篇が加わって、合計八篇が収録されている。

彼が編纂したアンソロジーの『スパイを捕えろ』(*To Catch a Spy*, 1964)には「ベオグラード一九二六年」という短篇が入っているが、アンソロジーに彼の作品も加えたらと出版社に言われたものの、スパイ物の短篇を書いたことがないので、『ディミトリオスの棺』の第9章をほんの少し書き直して、アンソロジーに加えたと注記している。そのせいか、これも短篇の一つと数える評論家もいる。

これらがアンブラーの全短篇だとされているが、不思議なことに、一九九三年に*The Story so Far*という短篇集も出ている。この本を古書も扱っている、かかりつけのヒューストンのミステリ書専門店に注文したら、これは*Waiting For Orders*のexpanded versionで、内容は同じですし、見つけにくい本ですから、要らないと思いますがと忠告されてしまった。そう言われると、新刊書が主力の店だけに何とか探してくれとも言いにくい。expanded versionとはどんなものか知りたいし、『あるスパイの墓碑銘』のアメリカ版や*Waiting For Orders*のようにアンブラーの丁寧な序文がついているのかもしれないと思うと、できれば、入手したいのだが……やはり探し出さねばなるまいと思い始める。

*The Story so Far*にはMemories & Other Fictionsという副題がついているのがどうも気になる。

*Waiting For Orders*の序文でも回想が語られているが、一九四〇年の初頭までが中心で、他方、*The Story so Far*が〝今までのところはこんな話だ〟といった意味だとすれば、中身が違う可能性も考えられる。アメリカのかかりつけのミステリ書専門店の同じ本だから要らないでしょうという忠告を鵜呑みにしてよいものか。もう一度調べてみて、頼む相手を間違えていたと気がついた。イギリスの古本屋を調べたら、届くのに一月以上かかったが、あっさり入手できた。この本をexpanded versionと呼ぶのは、誤りではないが、極めて不親切な説明である。これには新しい序文がつき、四つの自伝風の章に前号で挙げた短篇八篇、それにThe One Who Did For Blagden Coleという一九九二年の短篇が加えられていた。

この二通りの短篇集を比較してみると、*Waiting For Orders*は原題の〝命令を待っている〟状況が語られているのは序文だけで、八篇の小説のどこにもそんな状況は出てこない。序文の中の言葉が表題となっているのは珍しい。

一九三九年九月に大戦が勃発すると、アンブラーは軍隊に入ろうと根回しを始める。三十歳になっていたから、徴兵されるよりも志願して適性を考慮してくれる任務に配属されたいとの狙いだったようだ。その年、ロンドン市長が赤十字の募金運動のために*The Queen's Book of the Red Cross*を十一月に出版。女王のメッセージ、作家や芸術家五十人の寄稿を集めた高価な豪華本だったとのことで、ヒュー・ウォルポール、ダフネ・デュ・モーリア、A・A・ミルン、T・S・エリオットらとともにアンブラーも執筆を依頼され、The Army of the Shadowsを書いた。対ナチ・ゲリラと英人医師との短い接触を描き、敵はドイツ人ではなくナチスなのだという主張をこめた小品である。

The Story so Far の新しい序文のなかで、彼は自分の作家生活を三つの時代に分け、各時代の短篇を時系列に編纂したと説明している。序文のあとに〝発端〟の章が続き、若いころ、短篇を三篇書いてエージェントに持ち込んだが使い物にならないと言われ、原稿は返しましょうかと言うので、いや、結構と答えると、その場で紙屑籠にほうり込まれ、短篇は二度と書かないぞと決心したエピソードが語られる。〝発端〟の後半は *Waiting For Orders* の序文とほぼ同じ文章を使って、募金活動に協力して The Army of the Shadows を書いた経緯を述べている。次の章は、〝発端の終り〟と題して、軍隊に入ったら長篇を書きあげる余裕はなくなるなと思いながらも、習慣として毎日執筆を続けていたら、雑誌の《The Sketch》から連作短篇六篇の依頼が来たので、即座に引き受けた。これが前にふれた〈ドクター・チッサール〉シリーズを書くことになったきっかけである。それまで探偵小説を書いたことはなく、有名探偵作家の作品を読み、その巧妙さに感心はしたが、ディテクション・クラブが作った〝ルール〟はちょっとばかげているなと思っていたとのことで、チッサール物は地味かもしれないが手際よく仕上げて、いんちきで読者をだまして恥をかくようなまねはしないぞとの意気ごみだった。そう言えば、アンブラーは文中で、自分は探偵作家ではない、スリラー作家であると、その違いにこだわるような発言を何度かしている。

《The Sketch》から連作短篇の依頼が来たちょうどその週に、海軍から、面接に出頭せよとの命令が届いた。根回しをした彼のエージェントが、作家ならヨットの遠洋航海の経験があるという妙な思い込みを持っていて、それを海軍に伝えていたため、北海での機雷掃海艇の任務になりかけるが、ヨット乗りでないと判明して失格。このときの面接官の人をこばかにしたような、うす笑いの慇懃無礼な態度にアンブラーはよくよく腹が立ったと見えて、〝自伝〟の*Here Lies*と短篇集の両方でこの面接に言及している。空軍との面接でも、三十歳の作家が空軍だって？　陸軍に当たってみろと言われる。六篇の短篇は海軍の侮辱と空軍からの面接出頭の命令との間に書かれたので、〝命令を待ちながら〟という題名が生まれた。その後、エージェントが、陸軍から入隊命令が来るのは少なくとも六カ月後だと聞き出してくる。「私は命令を待つのを止めて、担架運搬係としての救急処置の訓練コースを取り、『恐怖への旅』を書き始めた」とアンブラーは言う。

〝発端の終り〟は、いわば〈チッサール〉シリーズの前書きのようなもので、このあとにチッサール物が初出の順に収録されている。

それから〝半ば《ミドル》〟の章に入る。これは*Waiting For Orders*に収録されていないし、〝自伝〟でも言及されなかった一九六〇年代のハリウッドでの脚本家時代が語られており、〝自伝〟を一九五〇年前後のところで突然終らせてしまったので、その続篇を書きおろすことにしたと見てよかろう（*The Story so Far*のための加筆作業中にアンブラーがジュリアン・シモンズに電話し、何を書いているのか説明したら、ははん、やっと〔〝自伝〟の〕第2部かとシモンズが言ったという）。

ハリウッド時代に、長年アルフレッド・ヒッチコックの助手で「レベッカ」や「断崖」のシナリオを書いたジョーン・ハリスンと一九五八年に結婚、また、一九六一年十一月六日の山火事で自宅が全焼し、耐火金庫にしまっておいた『真昼の翳』の原稿も焼失する事件があった。焼失した原稿がどんな筆致のものであったのかアンブラーは触れていないが、書き直したときに主人公のアーサー・アブデル・シンプスンの性格を変えて、道化じみた小悪党に描き、伝記風のコメディの味つけにした。コメディにすることで火事のショックで落ちこんだ気分から立直ったとのことである。

余談になるが、この山火事の話で思い出して、マクベインの*Me and Hitch*（一九九七）を再読してみたら、彼も同じ火事を目撃している。彼は「鳥」の脚本を書くために九月からロスアンジェルスに住んでいた。十一月六日の朝、最後のシーンを書いているときに、ヒッチコックが火の手が広がっているぞと電話で知らせてきた。家の外に出てみると、一ブロック先に焔が見え、隣人のノーマン・カタコフが、おれたち、ストーリーを書くことじゃ大したことないかもしれないが、スペクタクルの作り方なら分かっているんだと冗談を言ったという。カタコフは一九三〇年にホノルルで起きた殺人事件を題材にした秀作『楽園の涙』（一九八二）の著者だ。

アンブラーとジョーン・ハリスンの結婚式はヒッチコックが手配したとのことで、マクベインもヒッチコックの仕事をしていたのだから、アンブラーとマクベインは少なくとも顔見知りだったように思える。

〝半ば〟の章の末尾に、長年の執筆作業のせいか、右手に痛みが出たため、左手で長篇一冊を書き、「血の協定」も左手で書いたとの記述がある。そして、次のページに〝半ば〟の時代に執筆した作品として「血の協定」が収録されている。これは中米の架空の国を舞台にした政治スリラーで、長篇になるはずのものを最初の一章で止めてしまったが、未発表の短篇はないかと出版社に訊かれて、読み直してから短篇として発表することにしたという。実験のつもりで書き始めた作品とアンブラーは言っているが、何を狙った実験であったのか説明がなく、推測するすべもない。主人公のフェンテスは独裁的な大統領で大蔵大臣を兼任、彼に対して軍がクーデターを起こす。面白いのは、退陣を迫られたフェンテスが将軍や警察長官などの解放戦線評議会を相手に駆け引きを持ちかけて、対外的に平和な政権委譲が行なわれたように見せかけるためには、国内での軟禁とか国外追放にせずに、私をちょうど空席のニカラグア大使に任命しろと説得する。国民向けの演説をテープに入れ、辞表に署名し、たまたま空港にいたコロンビアの民間航空機でメキシコ経由でニカラグアに向かう。ところが、メキシコ・シティに到着した途端にメキシコ政府に政治亡命者としての保護を求めて、居ついてしまう。数日後、評議会は過去三年間に前大統領が発行を認可した一億ドル相当の新札のうち二千万ドルがどこかに消えてしまっているのを発見する。書き出しの「フェンテス前大統領は奇妙な名声の持主である。権力の座についていたときよりも、引退した現在の方が彼を殺したいと思っているものが多いのだ」という一節は実に魅力的だ。

The Story so Far は、序文、〝発端〟、〝発端の終り〟、〝半ば〟の順にそれぞれの時代に書かれた短篇を入れ、最終章は、まだ終っていないのだと言いたげに To be continued、つまり、雑誌の連載の〝次号に続く〟に相当する表現が見出しになっている。アンブラーは何年のことか明記していないが、アンブロセッティの評伝によると、一九六八年にカリフォルニアからスイスに移住。この章ではスイスでの生活と最後の作品となった短篇を書くことになった背景が語られる。一九

八〇年代の半ばになって、アンブラーよりも健康そうに見えたジョーン夫人が病名不明の潜行性の脳疾患に侵されていることが判明し、イギリスに戻る。ほぼ三十年ぶりの帰国だったので、「慣れねばならぬことばかりだった。ロンドンの空気はいやな臭いがした」と言い、若い世代の変わり方について鋭いコメントを述べ、「列車がもはや時刻表どおりには運行していないのを発見して、ほっとした」と書いている。イギリスの列車も、他国なみに時刻表を無視するようになっていたということなのだろうか。

この章でのディテクション・クラブに関するアンブラーの言及が面白い。この排他的なクラブについては、ダグラス・G・グリーンの『ジョン・ディクスン・カー〈奇蹟を解く男〉』に詳しく説明されているが、入会志望者の選考がきびしく、入会式は宗教の儀式のように厳粛に行なわれ、規定の宣誓をすることとなっていて、アンブラーはこう述べている。

ディテクション・クラブはいまだに健在で、どうやら私はまだ会員だったようだ。一九五二年に入会したとき、ドロシー・L・セイヤーズが会長だったが、すでに第一線から身を引いた形だった。もし彼女が第一線で活躍しているころだったら、たぶん私の入会は承認されなかっただろうし、入会申請が議案として提出されることもなかったと思う。私が書いていたのはスリラーで、ディテクティヴ・ノヴェルではなかったし、入会式で「読者に重大な手がかりを隠すことは決して致しません」と宣誓するつもりもなかった。考えてみると、私は入会式にも出ていない。推薦されて入会が承認されたのだが、誰が推薦者だったのかも思い出せない。会員で知り合いだった人――ジョン・ディクスン・カーかマイクル・ギルバートかジュリアン・シモンズだったか――で、私があほらしい宣誓をするわけがないと分かっていた人だったはずだ。

そう言いながらも、クラブの集会の親睦感と陽気な雰囲気を楽しんだらしいが、なかでも「ミス・セイヤーズとはどんなことでも意見が合うとは考えられなかったので、彼女がクラブの集まりにもはや出席しないのは、私にとって幸運だった」と言っていることが興味をひく。アンブラーがクラブに出席するようになったのはスイスから帰国後の一九八〇年代の後半、ミス・セイヤーズは一九五七年に死去しているのだから、二人がクラブでかち合うことはあり得なかったのだが、アンブラーはセイヤーズに対して妙にふくむところがあったようだ。彼の言うクラブの〝あほらしい入会宣誓〟はセイヤーズが起稿したものだというし、〝あほらしい（foolish）〟という形容を使っているのも友好的とは言い難い。また、〝発端〟の章でも一九三〇年、二十一歳で広告会社でコピーライターとして勤務していたとき、道を何本か隔てた同業の会社に勤務するドロシー・セイヤーズが〝本当とは思えない探偵〟のピーター・ウィムジイ卿のシリーズですでに成功していたと書いており、これも皮肉っぽい言い方だから、セイヤーズがアンブラーの作品を酷評したといった派手な衝突が過去にあったのかもしれない。

アンブラーはジュリアン・シモンズ夫妻と親しく、ディテクション・クラブがシモンズの八十歳の誕生日を祝って、一九九二年にH・R・F・キーティングの編纂でアンソロジー *The Man*

*Who*を企画したときにThe One Who Did For Blagden Coleを寄稿した。自分が遺伝性舞踏病なのか悩む画家の死が普通小説のスタイルで語られ、これも探偵小説ではないからディテクション・クラブの創始者たちだったら没にしただろうが、シモンズは面白がってくれたという。この短篇がアンブラーの最後の小説作品である。

Ⅷ

アンブラーの作品は、短篇集の場合のように英国版と米国版とで題名が違っているものが幾つかある。短篇集では、英国版の*The Story so Far*の方が米国版の*Waiting For Orders*よりも、自伝的に構成されていて、これが決定版だと思う。

『恐怖の背景』の英国版は*Uncommon Danger*だったのが米国版では*Background to Danger*となり、『夜来たる者』は*The Night-Comers*から*State of Siege*に変わり、『薔薇はもう贈るな』は*Send No More Roses*から*The Siege of the Villa Lipp*に変更された。これらはアメリカ側の出版社の意向によるもののようだが、『ディミトリオスの棺』の場合は、アンブラーが*A Coffin for Dimitrios*と名付けたのに対し、イギリスの出版社の上層部が第14章の見出しと同じ*The Mask of Dimitrios*を主張、しかし、アメリカで出版されたときは、アンブラーの考えた*A Coffin for Dimitrios*に戻り、アメリカで映画化されたときは、またThe Mask of Dimitriosの題になり、日本では「仮面の男」の邦題で上映された。ちなみに『ディミトリオスの棺』の米国版も、『あるスパイの墓碑銘』のように何カ所か削除されているとのことだ。

一九三〇年代のアンブラーの長篇作品に話を戻そう。ミステリ小説でギリシア人らしい名前の男といえば、イアン・フレミングのスカラマンガやジェイムズ・M・ケインのニック・パパダキスを思い出すが、やはり最も知名度の高いのはディミトリオスであろう。彼は生まれはギリシアで、ギリシア国籍を持っていたが、母親はルーマニア人だったようで、父親は不明。

アンブラーの〝自伝〟の一節に、一九三八年にニースへ行く列車のなかで、次作の構想のメモを作り、ヨーロッパの略図を書いて、イスタンブールからイズミール、アテネ、ソフィア、ジュネーヴ、最後にパリに着くルートを書き入れて、「中心人物はデメトリウスかディミトリオスと呼ばれる犯罪者にする」と記している。これらの地名を見ると、『ディミトリオスの棺』の骨格は、そのときすでにほとんど出来上がっていたようだ。自分がまじめな作家で、トルコの場面から書き始めるとしたら、トルコに行くべきだろうかと彼は自問自答する。だが、トルコに行ってどうする？　「私はまじめな作家ではないし、トルコに知り合いもおらず、トルコ語もしゃべれない。大使と知己でもないし、通訳を雇う気もなかった」と彼は言う。その代わりに、ニースのトルコ人の移住者の多い界隈のホテルに泊まり、トルコ人たちの話に耳を傾けた。トルコはケマル・パシャによってスルタン制が廃止され、一九二三年に共和国になった。ニースの辺りには、昔の王制派やケマル・パシャの改革を嫌って国外へ脱出した宮廷官吏、政治家、高級将校、地主、弁護士など多様な階層が集っていて、昔はよかったよという類の話も聞かされたが、得るところは多かったとのことだ。

『ディミトリオスの棺』のなかでは、ハキ大佐の経歴、第3章の十二万人を越える死者が出た一九二二年のケマル・パシャの率いるトルコ軍とギリシア軍の戦いの雰囲気などは、ニースで仕入れた情報にもとづいたものであろう。

すでに触れたが、ワーナー・ブラザーズが『ディミトリオスの棺』の映画化権を買い取ったとき、アンブラーは、映画化は無理だろうと思った。再読してみると、彼がなぜそう思ったのかよく理解できる。読者がディミトリオスの人物像を知るのは、第2章でハキ大佐が、海中から死体となって引き上げられた男に関する一件書類をラティマーに読んで聞かせたときで、読者はラティマーの目を通して、モルグのテーブルに置かれた男の死体を見る。ハキ大佐の書類では、一九二二年にイズミールでいちじくの荷造り人夫の男が強盗殺人を犯し、戦乱にまぎれてスミルナへ逃亡、翌二三年にはブルガリアのスタンボリスキー首相の暗殺計画、二四年にはケマル・パシャの暗殺未遂事件に加担し、二六年にはユーゴスラヴィアでのスパイ事件、二九年にはブルガリアからフランスへの麻薬密輸の首領であったと記述されている。

ラティマーはイズミールで、ディミトリオスの強盗殺人の共犯者として逮捕されたドリス・モハメッドの裁判記録と被告の供述書を入手、読者はモハメッドの供述から、ディミトリオスの計算づくの冷酷さを読みとる。スタンボリスキー暗殺未遂の計画は、ソフィアで新聞記者でありコミュニストであるマルカキスから事件の背景を聞き、ディミトリオスが国外追放になった警察記録を手に入れ、彼が知り合いだった娼婦イラナ・プレヴェサを見つけて、暗殺に関与していたらしいディミトリオスの謎めいた動きを聞き出す。

ケマル・パシャの暗殺未遂事件にどう加担したのか明らかでない。ギリシア系ならトルコの政治指導者を憎む理由もあるが、ドリス・モハメッドの供述では、ディミトリオスは「一見ギリシア人のように見えるが、ギリシア人を憎んでいた」という。ブルガリアのスタンボリスキー暗殺計画の場合も、同様に思想的な背景があったのかラティマーは発見していないが、スタンボリスキーが惨殺される数日前にディミトリオスは逮捕されたのに、即日釈放され、国外追放になっている。この釈放の保証人がユーラシアン信託の弁護士だったことから、ラティマーは、ユーラシアン信託がディミトリオスを雇って暗殺を計画したのではないかと推理する。ディミトリオスは、フレデリック・フォーサイスのジャッカルのような金で雇われた暗殺者だったことになる。

彼がからんだ一九二六年のベオグラードのスパイ事件は、ラティマーがジュネーヴに住む引退したポーランド人スパイのグロデックを長時間にわたってインタビューし、その内容は第9章にマルカキスに宛てた書簡の形式で読者に示される（この書簡の章を手直ししたものが、先に触れたアンブラー編纂のアンソロジー『スパイを捕えろ』に「ベオグラード　一九二六年」の題で短篇として再録された）。ネタばらしになるが、ポーランド人はディミトリオスと組んで海軍省に勤務する男を籠絡《ろうらく》し、機雷原の海図を持ち出させ、カメラで撮るが、ディミトリオスがフィルムを横取りして姿を消す。これに対してポーランド人の打った手がいかにもスパイ小説らしい。海図が持ち出されたことをわざと海軍省にリークするのだ。ユーゴの海軍は機雷原の配置を変更し、せっかくの海図は無価値のものとなる。これはリテルの『ルウィンターの亡命』を連想させる。

一九二九年から三一年にかけて、ディミトリオスが白人奴隷の売買とヘロインの密輸で稼いでいたとミスター・ピーターズがラティマーに語る。

つまり、読者に呈示されるディミトリオスの人物像の大部分は警察や裁判所の記録と、イラナ、グロデック、ピーターズたちからの伝聞である。これを映画化しようとしても、イラナがカメラに向かって延々とモノローグを続けるとか、ラティマーとグロデック、ラティマーとミスター・ピーターズとの対話を撮るといった小説と同じ表現方法をとるわけにはいかない。語られている出来事を映像として観客に見せねばならないし、ディミトリオス自身も姿を見せねばならなくなる。アンブラーが映画化は無理だと考えたのは、自分が考えた小説の語り口としての工夫とディミトリオスの実体が、読者に示されるまでの構成をどうやって映画に移し換えるかと疑問を感じたからであろう。折原一の一連の作品、歌野晶午の『葉桜の季節に君を想うということ』や乾くるみの『イニシエーション・ラブ』などを、小説の持つ驚きを失わずに映像化することが不可能であるように、『ディミトリオスの棺』も叙述トリックの作品と共通する問題があったわけだ。

アンブラーはディミトリオスを描くことで、善悪の概念の時代的変化を論じているように見える。〈悪〉というものが存在するとしたら、ディミトリオスがそれなのかとラティマーが黙考する一節が第13章に出てくる。

彼の考えでは、〈善〉と〈悪〉という表現でディミトリオスを説明しようとするのは無駄だった。〈善〉と〈悪〉はバロック風の抽象概念でしかない。〈もうかる商売《グッド・ビジネス》〉と〈もうからない商売《バッド・ビジネス》〉が新しい神学の原理である。ディミトリオスは悪ではない。彼は論理的で、一貫性がある。ルイサイトと呼ばれる糜爛性毒ガスや無防備都市の爆撃で殺された子供たちの飛散した死体と同じように、ヨーロッパのジャングルでは論理的で一貫性のある男なのだ。ミケランジェロの〈ダビデ〉やベートーヴェンの四重奏曲、アインシュタインの物理学などの論理は、「証券取引所年鑑」やヒットラーの『我が闘争』の論理に置き換えられてしまったとラティマーは思う。

『ディミトリオスの棺』が出版されたあと、イギリス、ドイツ、フランスが宣戦布告した一九三九年九月三日の週にデイリー・メール・ブック・オブ・ザ・マンス・クラブで選出されたというから、前掲の一節が書かれたのは、おそらく三九年の初頭、まだ大戦が勃発していないときだった。アンブラーは戦争が善悪の基準を変えてしまうと予想し、神学上の〈悪〉の新しい定義を模索していたように思われる。

『恐怖の背景』『裏切りへの道』『恐怖への旅』、それに『ディミトリオスの棺』も、主人公が列車の乗客となるところで終わる。だが『ディミトリオスの棺』だけは、ほかの三作品と違って、「列車がトンネルに入った」という暗闇へと向かう一行で終わっているのも、暗い時代への突入を予告しているかのようだ。

IX

第二次大戦が始まり、陸軍からお呼びがかかるのはまだ何カ月か先だと知って、アンブラーは『恐怖への旅』を書き始める。一九四〇年の春の新刊リストに間に合ったというが、その前にクリスマスに出版された*The Queen's Book of the Red Cross*のためにThe Army of the Shadowsを書き、ドクター・チッサール物六篇を書いているのだから、驚異的なスピードで『恐怖への旅』を書き上げたことになる。内容的には、『ディミトリオスの棺』のように史実調査や取材に時間を取られるものではなく、アンブラーの長篇十八作のなかでも最もシンプルな物語である。〈ケーター&ブリス社〉の主任技師グレアムがトルコ政府と海軍の新しい艤装の契約を結び、帰国の途に着こうとすると、ナチスのスパイが彼の殺害を企てる。彼が消されたら、契約の履行が遅れ、トルコ海軍の軍備増強も遅れる。そんな重要な契約のためにグレアム一人しか派遣しなかったのは不自然だし、グレアム自身も暗殺の最初の試みが行われ、秘密警察のハキ大佐に指摘されるまで、ナイーヴにも自分の置かれた危険な立場に気づいていない。

グレアムが帰国しようとしていたのは一九四〇年一月で、アンブラーが執筆をはじめたのも、おそらくこの頃であろう。ハキ大佐の配慮で、列車で帰国する予定を急遽変更し、暗殺者の追跡を避ける狙いでイスタンブールからイタリアの貨客船に乗り込む。ほかの乗客はフランス人の夫婦、トルコ人のビジネスマン、ドイツ人の考古学者、スペイン男とセルヴィアの女、イタリア人の親子、途中からギリシア人に扮するルーマニア人の暗殺者も乗船する。前年の九月にイギリスとフランスはドイツに宣戦布告しているのだから、交戦国の敵対する人たちが間もなく戦争に加わるが、その時はまだ中立のイタリアの船に乗り合わせるという構図だ。

一九三九年九月から翌四〇年五月までの九カ月間はThe Phony War——〝まやかしの戦争〟——と呼ばれた時期で、宣戦布告して戦闘状態であるのに、陸上では戦闘らしい戦闘はほとんど行われていない。この時期を舞台にしたので、アンブラーは呉越同舟《ごえつどうしゅう》のこんな乗客の顔ぶれを登場させたのであろう。船上での乗客たちのやりとり、食事のときのサロンでフランス人夫婦はドイツ人と同じテーブルに着くのを拒否し、グレアムがドイツ人と相席のテーブルに案内されると、他の乗客たちが成り行きを注視するといった〝まやかしの戦争〟を反映した場面が出てくる。乗客たちの会話には、ときには民族意識をむき出しにした敵意のこもった発言が出るが、スペイン男のように四年前のナチスのゲルニカ空爆にも無関心なノンポリもいる。ドイツ人は四千年前の古代史や歴史哲学者のスペングラーの言葉を引用し、一見、知的な思索家だ。『ディミトリオスの棺』のラティマーの意識の流れの中に、〈善〉を表象するものとしてベートーヴェンの四重奏曲が現れたが、このドイツ人も、永遠の真理はそれを必要とする人間がいなくなれば一緒に消滅するし、ベートーヴェンの四重奏曲もいつかは存在しなくなると語る。

一般的にアンブラーの作家生活は、第二次大戦を境に、一九三〇年代が前期、約十年の空白を経て、一九五〇年以降の後期と二つの時期に分けられており、前期の最後の作品が長篇第六作にあたる『恐怖への旅』である。陸軍への入隊を控えて短い時間のうちに書きあげようとしたためか、主人公の技師グレアムがナチスの暗殺者からいかに逃げ切るかというだけの簡単なストーリーになってしまった。グレアムの勤務する〈ケーター&ブリス社〉は、これ以前の作品では忌むべき軍需産業、戦乱の推進者であり、悪の権化であることが匂わされていたが、『恐怖への旅』では、そんな批判的な言葉は見当らない。皮肉な言い方をすれば、執筆時にすでに大戦が始まっていたから、アンブラーも国策的な沈黙の姿勢をとったと言えよう。しかし、もう一つの悪とみなしていた金融については、第7章で船客のフランス人のマチスに、国際的銀行業こそ本物の戦争犯罪人であると発言させて、以前からの主張を繰り返している。

『恐怖への旅』がシンプルなストーリーとなったのは、彼のほかの作品ではいつもサブテーマとして工夫されている登場人物間の〝駆け引き〟がこの作品にないからである。『あるスパイの墓碑銘』の主人公のヴァダシーは無国籍であり、国外追放されるかもしれぬ弱い立場が駆け引きの材料に使われて、スパイの役を引き受けねばならなくなる。『恐怖の背景』のケントンは、国境を通過するときだけ有価証券を預かるという金銭のからんだ取引をするし、『裏切りへの道』のマーロウも軍需工場の設備の情報をヴァガス将軍と取引する。『ディミトリオスの棺』では、ハキ大佐は自分の考えた推理小説の構想をチャールズ・ラティマーに押しつけようとして、興味深げな犯罪者の話を聴かせるという駆け引きに出るし、ラティマーとミスター・ピーターズとの駆け引き、ミスター・ピーターズとディミトリオスとの駆け引きも出てくる。『武器の道』の原題のなかの言葉Passageには「双方行為、取引、商議、論戦……」の意味があるとウェブスター辞典からの引用をエピグラフに使っているように、武器の売買をめぐって、売手と仲介者と買手との駆け引き、叛乱軍と政府、政府軍司令官と英・米の領事たちとの駆け引きといった具合に、主要登場人物のすべてが自分の思惑で動いて駆け引きに出る面白さで満ちている作品だ。『真昼の翳』と『ダーティ・ストーリー』の主人公アーサー・アブデル・シンプソンときたら、生き延びるためにいつも駆け引きを考えていなければならぬ男だ。

『汚辱と怒り』や『インターコムの陰謀』など後期の作品もすべて何らかの形での駆け引きの面白さが描かれ、ときには知的格闘技の様相すら呈する。だが、『恐怖への旅』には駆け引きの工夫がないのだ。

この作品で興味を引いたのは、拳銃の描写だった。アンブラーの作品には何度か拳銃や撃ち合いが出てくるが、さりとて、その銃のモデル名とか口径などの具体的な説明はない。しかし、『恐怖への旅』に例外的な描写がある。命を狙われているグレアムに、自衛用にとロシア人のコペイキンが〝小型の拳銃〟をくれる。グレアムは生まれてから拳銃を扱った経験がなく、アンブラーは第6章で彼の目を通して「引金のおおいの上には、『米国製』という文句と、或るアメリカのタイプライター製造工場の名前の刻印があった。反対側には、二つの小さなイボがあった。一つは安全装置であった。もう一方を動かすと、銃尾がはずれて斜めにかたむいて、六つの弾室に実弾が入っているのが見えた」（村崎敏郎訳）と描写している。

訳文では拳銃となっているが、安全装置があるのなら、常識的に見ればオートマティックのはずで、銃尾がはずれて斜めにかたむくという説明が何のことなのか分からない。《HMM》の書庫から原書を借りたら――都筑道夫蔵書の印があった――原文はレヴォルヴァーとなっている。安全装置のあるレヴォルヴァーもないことはないが、極めて珍しい。たぶんアンブラーも、レナードやマクベインと同じ間違いをしたようだ。もう一つのイボはシリンダー・ラッチで、これを押すとシリンダーが横に外れる構造を言いたかったらしい。

この拳銃の製造元がタイプライターのメーカーだったというのが奇異に聞こえるかもしれない

が、時代描写の一つになっている。たとえば、レミントンはタイプライターと並行して拳銃やライフル銃を生産していた時期があり、その後、銃器部門を独立させて別会社にした。ほかのタイプライター・メーカーのロイヤルやユニオンも拳銃を生産していたのか明確な資料は見つからなかったが、硬金属を切削・穿孔・研磨する機械設備があれば銃器を作る潜在能力を持っているわけで、グレアムの描写の範囲では彼の銃がどのタイプライター・メーカーの製品か特定できなかった。

2 アンブラーとエリオット・リード

一九四〇年の『恐怖への旅』のあと、アンブラーは一九五一年の『デルチェフ裁判』まで一作の短篇すら書かず、約十年の長い休止期間に入る。五年間の軍隊生活のせいで執筆する習慣を失なってしまって、取りもどすのに手間どったと白状している。陸軍で訓練用映画の脚本を百本以上も書き、そのまま映画界に足を入れる。最初の作品がピーター・ユスチノフと共同執筆した一九四四年のThe Way Aheadだった。この映画は日本では「最後の突撃」の邦題で一九五〇年に公開された。彼の脚本執筆は、長篇を再開したあとも六〇年代まで続くが、日本で封切られた作品は「情熱の友」、ジェフリー・ハウスホールドの*Rough Shoot*が原作の「スパイ」、「怒りの海」、「紫の平原」、「揚子江死の脱走」、「SOSタイタニック」、「メリーディア号の難破」が彼の脚本によるものである。

アンブラーが執筆を再開した最初の長篇『デルチェフ裁判』が発表されたのは一九五一年であるが、その前年にチャールズ・ロッダとの合作でエリオット・リードの筆名の『スカイティップ』が出版されている。

この筆名での作品は、『恐怖へのはしけ』(一九五一)、『叛乱』(一九五二)、『危険の契約』(一九五四)、『恐怖のパスポート』(一九五八)の合計五冊がすべてHPBで訳出されたが、『恐怖へのはしけ』の解説で都筑道夫さんが「エリオット・リードというのは、アンブラーひとりの別名ではない。チャールズ・ロッダという人物との、合作用ペンネームなのである。そのチャールズ・ロッダとは何者なのか、残念ながら、これはさっぱりわからない。単独では作品を書いていないようだ」と説明、しかし、他の四冊では、アンブラーの別名と解説されているだけで、合作であることも、ロッダが何者であるのかに関しても何の説明もない。表紙の作者名も〝エリオット・リード(エリック・アンブラー)〟となっているが、最初の三作品を除いては、リード＝アンブラーと表示するのは羊頭狗肉になってしまうようだ。

チャールズ・ロッダは、アンブラーの〝自伝〟によると、『ディミトリオスの棺』を書いていた頃からの友人で、ギャヴィン・ホルトの筆名でスリラー物を書いていたオーストラリア人である。ピーター・ウルフのアンブラー研究書では、一八九一年の生まれ、ガードナー・ロウの筆名もあり、音楽評論や小説を執筆、フランスやイギリス南西部のコーンウォールで暮らしていたとのことだ。コーンウォールは『スカイティップ』の舞台となっている土地である。都筑さんは、単独では作品を書いていないようだと推測したが、結構多作で、一九二六年から六九年までの間にロッダの名で七冊、ホルト名義で三十八冊、ロウ名義で二冊を書いている。

一九四九年ころ、アンブラーはチャールズ・ロッダと再会。ヘリーン・ハンフの『チャリング・クロス街84番地』にも書かれているように、当時のイギリスはまだ物資が不足し、書籍用の紙も配給制で、出版される本も限られていたため、ロッダはかなり行き詰まっていたようだ。

〝自伝〟のなかでアンブラーは、自分が無の状態から始めて一貫したストーリーをしゃべってみせる技を持っていて、これは映画の製作会議では役に立ったと言っており、再会したときのロッダは小説の新しいアイデアを探していたから、ある夜、アンブラーのしゃべるストーリーを聞いて、共同のペンネームでそのストーリーを書いてもよいかと提案、作家エリオット・リードが誕生することになる。アンブラーがストーリーの材料を提供し、ロッダがそれを文章化するとの取り決めで共同作業が始まる。しかし、第一作目の原稿があがってきたとき、アンブラーは鉛筆であちこち手直しをして、それから書き直してしまった。彼は、自分の執筆スタイルがプロットの詳細を決めずに取りかかって、書きながら考え、途中で登場人物を変えたり、書き直したりするやり方だったので「私はいい合作者ではなかった」という。一作目のときは、ロッダはアンブラーの手直しを面白がっていたが、第二作目でも同じような手直しをすると、ストーリーをしゃべる役と文章化する役との分担がくずれて、当初取り決めたような合作は無理であるのが明らかになってくる。

アンブラーは、リード名義の最初の二作『スカイティップ』と『恐怖へのはしけ』だけが合作で、あとの三冊はロッダの単独執筆だったと述べている。

ところが、ピーター・ウルフは研究書の*Alarms & Epitaphs*（一九九三）のなかで、アンブラーが第三作の『叛乱』はロッダの仕事量の方が多かったので、印税の三分の二をロッダに渡してほしいと出版社に申し入れた手紙があると指摘している。とすると、『叛乱』にもアンブラーは関わっていたことになる。〝自伝〟では『叛乱』への関与も、印税の三分の二の話にも言及していないが、これは友人への当然の配慮だったと見てよかろう。

アンブラーについては、ピーター・ウルフのほかに、ピーター・ルイスが一九九〇年に、ロナルド・アンブロセッティが一九九四年に研究書を書いており、ギャヴィン・ランバートの *The Dangerous Edge*（一九七六）とルロイ・パネックの *The Special Branch*（一九八一）もそれぞれ一章をアンブラーに当てているが、いずれも、ロッダとの合作があったと数行ほど言及しているだけで、エリオット・リード名義の作品は無視しており、リード作品に論評を加えているのはウルフだけである。ウルフによると、版権エージェントさえも、ロッダが死亡したのは一九七六年か七七年だと記憶のはっきりしない返事をしたようで、存在感の薄い作家だった。

ところが、ロッダの筆名のギャヴィン・ホルトの名を『ミステリ・リーグ傑作選（上）』（論創社）の中で見つけて驚いた。エラリー・クイーンが「姿見を通して」の欄で一九三三年十一月の〈ミステリ・リーグ〉第二号から三回に分けてホルトの『太鼓は夜響く』を連載すると予告しており、「作家よ！　作家よ！」の欄では「すでに九冊を上梓したイギリス青年、新聞業界に詳しく、音楽評論家でもある」とホルトを紹介している。この訳書にはクイーン研究家の飯城勇三さんの解説がついていて、ホルトの翻訳はアンソロジー『探偵小説の世紀』（創元推理文庫）に収録された短篇「アズテカ族の骸骨」の一篇しか見当たらないが、アンブラーとエリオット・リード名義で合作したと説明されていて、丹念な調査には感心した。経緯は不明だが、〈ミステリ・リーグ〉第二号がロッダ／ホルトのアメリカ・デビューだったようだ。

アンブラーがロッダと合作したのは、彼を支援する意味もあったのだろうが、果してそれだけだったのかと思う。軍隊生活のせいで集中して執筆する習性を失い、以前は苦もなく作品を生み出すことができたのに、彼の〝内なる世界〟が大きく変わってしまって、もう一度見直さねばならないと考えていたという告白を読むと、合作作業は、彼自身の執筆再開の足慣らしであり、作家生活へ戻るためのリハビリだったように思えるのだ。

アンブラーは三分の一しか関与していない計算だが、合作三作品のなかでは『叛乱』が最も面白い。「大戦後私たちには幸せな時がありませんでした」というバルカンの社会主義国を舞台に、アメリカの特派員が地下運動との接触を疑われて秘密警察につけ回され、本国へ送る記事といえば、政府支給の経済計画書を翻訳しただけの味気ない情報だし、観劇に行けば「ボリス・ゴドノフ」や「プリンス・イゴール」などのソ連系の演《だ》し物だ。家の中はパプリカの料理の匂いがし、客人をもてなす地酒はスリヴォヴィッツだ。プラム・ブランディというと旨そうに響くが、地方によって、パリンカとかツイカと名の変わるこの地酒は腐った障子糊の臭いがする。政治犯を取り締まる秘密警察の長官が集団脱走に巻き込まれて、彼自身も、突然、気が変わって政治亡命者に転向するおかしさ。往年の東欧の小国を想起させるリアリティがあるのだ。

3　アンブラーの改宗──『デルチェフ裁判』

第二次大戦を境にして、アンブラーの作風は変わり、戦後、つまり彼の後期の最初の作品が、『恐怖の旅』から十一年後の『デルチェフ裁判』だった。

劇作家のフォスターが新聞の依頼でヨルダン・デルチェフの裁判の傍聴に行く。バルカン半島のどこか、ヨーロッパ南東部にある小さな国で、ユーゴスラヴィアと国境を接し、ギリシアのアテネへは汽車で三十六時間といった位置にある。過去にはブルガリア、ギリシア、ユーゴスラヴィア、トルコに支配されていた時代があり、デルチェフ夫人は、この国の習慣の大半はこれらの国の文化が混じりあったものだと語っている。さらに、アンブラーはブルガリアとルーマニアの一九四七年の政治裁判にふれて、バルカンのどの国の出来事かぼかしたまま、第二次大戦後に王政から社会主義政権に移行した国に起きた共通の悲劇を題材にしている。この作品では国の名前も首府の名も出てこない。

デルチェフは戦時中は農民社会党のリーダーとして、人民党と組んでナチスと戦った英雄であり、国家統一委員会の長だった。ナチスの敗退後、この委員会が臨時政府となり、自由選挙を公約とした。その後、農民社会党と人民党が対立するようになり、ヴカシンの率いる人民党が勢力を拡大し、スターリニズムの圧力が強まって、思想的に西欧寄りのデルチェフの主張する自由選挙は政治的な自殺行為となる。彼の失脚の直接の原因となったのはスポーツ・スタジアムでの演説で、アンブラーの創作したスタジアムの歴史には、いかにもアンブラーらしいリアリティがある。

スタジアムは一九四〇年に完成、その直後、占領軍であるドイツ軍に接収され、戦後はソ連軍の駐留司令部となった。それから友好的なジェスチュアとしてソ連がスタジアムの接取を解除する。事件が起きるのはその返還祝祭式のときだ。マイクを手にして、祝辞を述べるはずのデルチェフは、原稿なしに、ヴカシンが独裁者となって農民社会党を弾圧するであろうと市民に警告する。これが引き金になって、デルチェフは〝叛逆及び国家首長であるヴカシン暗殺の計画、外国勢力との共謀〟など二十三項の罪状で告発されて、裁判になる。

法廷には外交団や外国人記者の席も設けられ、ロシア語、フランス語、ドイツ語、英語の通訳イヤフォンも準備されて、形は整っているが、告発も弁論も、判決までもがあらかじめ確定している見せしめの裁判（show trial）である。

アンブラーは作品の一ページ目で、一九四七年六月のブルガリアのニコラ・ディミトロフ・ペトコフの裁判と同年七月のルーマニアのマニゥとミハラケの裁判にふれて、これとは別のブルガリアでもルーマニアでもない某国でデルチェフ裁判が行なわれたようなふりをしているが、ペトコフの事件を下敷にしていると思われる類似点が幾つも見られる。

ブルガリアでは、第二次大戦終結後、共産党政権が土地改革を強行し、ペトコフを指導者とする全国農民同盟と対決、一九四七年に連合国側と講和条約が締結されると、政府は、テロリストと共謀し政府転覆を計ったという罪状でペトコフを逮捕し、九月二十三日に処刑している。この歴史を調べていて衝撃を受けたのは、アメリカの上院が講和条約を批准したのが六月五日、ペトコフが逮捕されたのが六月六日であったことだ。上院の批准によってブルガリアは連合国の非占領国ではなくなり、もう西側から邪魔は入らないとなったとき、即日ペトコフ抹殺に取りかかったかのようだ。

『デルチェフ裁判』の舞台となった国には一九三〇年代からある将校団と呼ばれる反動的過激派の秘密結社があり、解放後の臨時政府がこれを根絶したと思われていた。ところが、若者グループが再結成し、その指導者のDというのがデルチェフだと検察側は告発する。一方、ヴァカシンの人民党の中にも造反組がいて、彼らもヴァカシン暗殺を狙って将校団の残党と組んでいるらしい動きもある。ヴァカシンが暗殺されたら、デルチェフ派である農民社会党は解体され、宣伝大臣のブランコヴィッチが首長となると予想されている。

主人公のフォスターは、自宅に軟禁されているデルチェフ夫人をインタビューする。自宅軟禁(house arrest)という拘束措置は日本にはないが、反政府運動家を刑務所に入れる代わりに、自宅の前に監視兵を置いて、外出を禁止し、外部との連絡を制限する方法で、外国人レポーターのフォスターが夫人に接触できたというのは、随分ゆるい拘束だったと言える。夫人によると、デルチェフは将校団と手を握ったことはなく、逆に彼らを壊滅させた責任者だったといい、それでは、Dとは誰なのかという疑問が残る。帰りがけに、デルチェフの娘のカテリーナにある男に宛てた手紙を託され、フォスターは「子供っぽい喜び」を感じてその仕事を引き受けるが、あとになって、手紙を届ける役目を引き受けたのは「人生の中の最もばかげた行為」だったと気づく。翌晩、手紙のアドレスの家を訪ねると、男の死体がある。これで、フォスターも、アンブラーの多くの主人公たちと同様にトラブルに巻き込まれていく。

アンブラーはこの作品にまつわる短いエピソードを〝自伝〟に記している。裁判中にデルチェフの手が震え、それを抑えるために両手をポケットに入れるのを見て、検察側が恐怖で震えていると揶揄的に攻撃すると、デルチェフは、外人記者団と外交団に向かって、ドイツ語で、自分が糖尿病であるのに拘置所に入れられてからここ五週間もインシュリンの注射を受けておらず、そのために手も膝も震えるのだと語りかける。これはアンブラーが友人のロマン・ギャリーから聞いた話に基づいているとのことだ。

ロマン・ギャリーといえば、『自由の大地』『ホワイト・ドッグ』『レディL』などの作品が邦訳され（但し絶版）、映画化もされているフランスの作家で、「史上最大の作戦」の脚本も書いているが、第二次大戦中は自由フランス軍の空軍パイロット、その後、外交官に転じ、小説を書いた人物である。外交官だった時代に、スターリンの指示によって行われたブルガリアの見せしめ裁判をオブザーバーとして傍聴し、そのときに検察側が使った被告を脅す手段の一つが糖尿病の被告にインシュリンを投与しないというものだったのを知ったという。

〝自伝〟の中でこのエピソードを紹介していながら、アンブラーは、なぜ『デルチェフ裁判』を書いたのか、執筆の動機については何も言及していない。反スターリン社会主義小説だと批判されて、賞められたような気がしたと述べている程度で、「私にとっては、スリラー執筆への楽しい帰還だった」と書いている。アメリカでは、どうして『ディミトリオスの棺』や『恐怖への旅』のような小説を書かないのか、ミステリ小説なのか、成功作か失敗作かと議論され、作家のスランプ解消を専門とするニューヨークの精神分析医を教えてくれる読者の手紙もあったという。

第一作の『暗い国境』では「私たちは資本主義の転覆を計画しているんだ」と語る農民党の指導者の政権転覆にイギリスの物理学者が協力したり、『恐怖の背景』や『裏切りへの道』では危機に追いこまれたイギリス人を救うのがソ連スパイの兄妹で、『恐怖への旅』では狙撃されたイギリス人技師の身の安全を心配して秘密警察長官のハキ大佐に連絡するのもロシア人であるなど、戦前の作品ではアンブラーは社会主義やソ連に親近感を抱いていたことが読みとれる。しかし、彼自身は明言していないにしても、『デルチェフ裁判』では、かつての親近感は消えて、東欧の社会主義国や全体主義を批判する姿勢に変わっている。現在の歴史知識では珍しくもないが、外国人記者の取材活動が制限され、書いた記事は検閲されて宣伝省が準備した情報しか送れないという束縛された状況は、当時の読者に、二年前に出版されたジョージ・オーウェルの『一九八四年』の世界を想起させたと思われる。

『デルチェフ裁判』を初めて読んだのは、かれこれ五十数年前で、そのときは、戦前のアンブラー作品に比べると、読みづらくて、あまり面白くないとの印象だった。いま再読してみると、政治勢力の対立関係もリアルに構成されているし、スリラー小説的などんでん返しも、二度、仕掛けられている。現在、この作品が改訳再版される機会もなさそうなので、どんなどんでん返しか明かしても構うまい。フォスターが暗殺を目撃するのは第20章だが、すでに第14章で「暗殺は土曜日に起きたのだった」と言って気をもたせ、暗殺の数時間前に、暗殺されるのはヴカシンではなくて、同じ人民党で勢力を争っている宣伝大臣のブランコヴィッチなのだという意外な情報が出てくるのがその一つだ。人民党結成記念のパレードの日、演壇上のブランコヴィッチは事前情報どおりに狙撃されて死ぬ。もう一つは、フォスターがデルチェフ夫人に「暗殺は成功した」と伝えると、彼女はヴカシンが射殺されたのだと思う。ヴカシンではなくて、ブランコヴィッチが撃たれたのだと聞いて、夫人は、完全な敗北ですと言う。ブランコヴィッチが政権を握るためには、デルチェフの農民社会党の協力を必要としていたし、ブランコヴィッチが政権をとれば、デルチェフは釈放されて一時的に蟄居《ちっきょ》するという密約があったのですと語る。

デルチェフが有罪宣告を受け、農民社会党員の大量処刑が行なわれる結果になることは、すでに第14章で明らかにされているから、そこに到るまでの展開にサスペンスがある。

この作品について、政治ジャーナリストで評論家のジェイムズ・フェントンは、一九七七年の《ヴォーグ》誌イギリス版で、アンブラー作品のベストと賞賛した。一九七七年には、彼の長篇十八作のうち十七作が発表済みだったから、実質的にアンブラー全作品の中のベストといったようなもので、フェントンは、政治的に最も興味を呼ぶ、よく研究された作品と評している。他方、ジュリアン・シモンズは『ブラッディ・マーダー』のなかで、アンブラーの前期と後期を比較して、「……第二次大戦の戦後世界になると、初期の作品を生気あるものにしていたアンブラーのインスピレーションはついに復活しなかった」（宇野利泰訳）と言い、五六年の『夜来たる者』

以降に力作があるとは認めながらも、『デルチェフ裁判』とそれに続く『シルマー家の遺産』については題名すら挙げておらず、まるでアンブラーが最も低迷していた時期だと言わんばかりに無視していて、フェントンとの評価の差が大きい。同様に、ルロイ・パネック、ギャヴィン・ランバート、ドナルド・マコーミックなど、スパイ・犯罪小説論の筆者たちも、アンブラーに一章を割いていながら、『デルチェフ裁判』に言及していないのは、彼らの守備範囲から外れた、政治小説とみなしたからかもしれない。

例えば、第1章の冒頭部分は、スパイ小説どころか、これは小説なのか、ルポルタージュなのではないかと思いかねない固い文体である。

> 国家にたいする反逆罪が、権力を有する政府への反抗として簡単に定義されるものならば、信用されてきた当の政治指導者は、人民の信頼を必ずしも失なうものではない。もし実際に、彼が人民により尊敬され、愛されていたならば、暴虐なる政府の手によるその死は、嘗て捧げられたことのない品位を、反逆者の生にあたえるに役立つものかも知れぬ。そうした事件の場合、彼の敵は、ついには、誤りやすい人間の記憶のみならず、神話、いや更に、遥かに傷つきやすい怖るべき現実人《リアル・マン》以上の人物にも、直面しなければならなくなるかもしれない……（森郁夫訳、傍点は筆者）

これは難しい。こんな調子で始まる小説だとたじろぐ。この箇所の原文をみると、難解なのはアンブラーだけのせいではないようである。傍点の「信用されていた」の原文はconvictedとなっているから「有罪判決を受けた政治指導者」の意味で、convictedをconvincedと見間違えたらしい。また、引用の後半は、人民に敬愛されていた指導者が政府の手によって殺されると、実像を超えた気高い存在だったと英雄視されるようになり、政敵が直面するのは、過ちを犯すこともあった一政治家の思い出ではなく、彼の実際の人となり（＝リアル・マン）とはかけ離れた、粘り強く恐るべき指導者だったという神話に直面することになると言っているのだ。

いま、ソフィアにはニコラ・ペトコフの名にちなんだ大通りがある。アンブラーの描いた名前のない国の首府には、たぶんヨルダン・デルチェフ通りがあるはずだ。

4 『シルマー家の遺産』

第二次大戦後エリック・アンブラーが執筆を再開した第二作が一九五三年の『シルマー家の遺産』である。これが彼の長篇第八作だ。

一八〇六年、ナポレオンはプロシア王を膺懲《ようちょう》する征途についた。アウエルシュタットでもイェナでも、プロシア軍は再起不能の大敗を喫した……（関口功訳）

まるで歴史小説の書き出しで、これがアンブラーかと戸惑うが、十三ページほどのプロローグにフランツ・シルマーの半生が要約されている。プロシア兵の彼は〝十八世紀的な意味で〟職業軍人だった。それは、戦争の理由には無関心で、国籍の観念もなく、味方を愛し敵を憎んでいるのでもなく、訓練されてきたから戦う、戦利品を期待した傭兵だったという意味だ。負傷しており、食糧も乏しく、馬で雪中の敗走を続けるうちに、生き延びるには戦闘から離脱せねばならぬと考え、脱走兵となる。結核の父親とマリアという十八歳の娘の住む農家にたどりつき、傷が癒えるまで泊らせてくれと頼み、交換条件として食糧を提供するからと言って、自分の軍馬を射殺する。八カ月同居し、マリアとも親しくなるが、一八〇七年七月のティルジットの和約によってプロシア領が割譲され、マリアの父の土地はロシアとの国境から一日の距離になってしまい、プロシア軍の巡邏隊《じゅんらたい》が徴兵にまわってくると、脱走兵であるフランツは隠れねばならない。マリアの父が病死すると、マリアは土地を売って、フランツと西へ移動、ウェストファリア王国に編入されたばかりのミュールハウゼンに行く。そこで結婚し、長男のカールを産むが、次男のハンスが生まれた二年後、マリアは結核で死亡。一八一五年にフランツはルーツという女性と再婚する。この年、パリ条約によってミュールハウゼンは再びプロシアの街となり、フランツはまたしても脱走兵として処刑される危険が出てきたため、シュナイダーと改姓する。ところが、七歳の長男のカールはすでにシルマーの姓でプロシア軍の徴兵制度に登録されていたので改姓するわけにいかず、フランツと次男のハンスやほかの子供たちがシュナイダーの姓となった。フランツは一八五〇年に死亡。

このプロローグのあと、本題に入るとアメリカ人の弁護士ジョージ・ケアリーが登場する。アンブラー作品でイギリス人でない男が主役となるのは彼が最初だ。一九四九年にハーヴァードを卒業し、一年間判事の秘書を勤めてから法律事務所に就職したと説明されているから、時代背景は一九五一年か五二年であろう。彼に振り当てられたのは、一九三八年にペンシルヴェニアで遺言書を残さずに八十一歳で死んだアメリア・シュナイダー・ジョンスンという女性の法定相続人を探し出すことだった。

『シルマー家の遺産』は『ディミトリオスの棺』を思い出させる。旧作は浮遊死体となって発見された男の過去に興味を抱いた作家のラティマーが、男と知り合いだった人々を探し出して話を聞き、ディミトリオスの人物像を再現しようとする試みだったが、『シルマー家の遺産』は古い記憶や人から人への繋がりをたどって、シルマー家の子孫の生死を確認しようとする。それに、ラティマーが主役のようでありながら、実際にはディミトリオスが主役であったように、ジョージ・ケアリーも主役というよりは進行係で、本当の主役はフランツ・シルマーだったと言うべきだろう。

アメリアの血縁者を探す作業は、ケアリーの大先輩のモアトンによって一九三八年から始められていた。アメリアの父のハンス・シュナイダーは一八四九年にアメリカに移住、モアトンはハンスの血縁者を探しにドイツへも出張した。この遺産の話を嗅ぎつけたナチスが、偽の血縁者をでっちあげて遺産を要求し、係争問題となったが、第二次大戦が始まって事件は凍結され、忘られた形となっていた。ところがペンシルヴェニア州が相続人不明の財産に対する所得権を行使する動きを見せたので、管財人である法律事務所はアメリアの血縁者の有無を確認する作業を再開せねばならなくなり、若手のケアリーが先輩のモアトンの戦前の調査報告書を引き継ぐことになる。

アンブラーは〝自伝〟のなかでこの作品のアイデアの出所を明かしている。戦後、パリで旧友の女性と再会。彼女は三カ国語に堪能で、一九三〇年代にアメリカ人弁護士の通訳を勤め、アメリカに残された遺産の相続人を探す調査のためヨーロッパじゅうを移動、その仕事はナポレオン時代の記録にまで遡るほどこみいったものだった。弁護士は相続人が見つかる前に死亡。ナチスもあの遺産を狙っていたけど、調査は再開したのかしらねと彼女が言ったので、アンブラーは、私が小説の形で再開してみようと言った。ナポレオン時代にまで遡った小説となったのは実話がヒントになったからであろうが、血縁者が生き残っているとしたらどんな経路をたどって見つけるのか、遺産の行方はどうなるのか、その辺りがアンブラーの腕の見せどころで、昔から知悉《ちしつ》したバルカンを舞台に選んでいる。

弁護士のモアトンは、ハンス・シュナイダーの残した書類には「父フランツ・シュナイダー一七八二～一八五〇」と書いた銀板写真や皮表紙のノートがあり、一八〇七年にフランツが戦闘で負傷し、置き去りにされて、マリアと出会って結婚したことなどが〝父親の膝で聞いた物語〟の雰囲気で綴られていた。モアトンはハンスの出身地のミュールハウゼンへ行き、教会の結婚・洗礼などの登録簿の一八〇七年と翌年の記録を調べるが、シュナイダーの名は見つからない。思いついて、翌日、一八五〇年のフランツ・シュナイダーの死亡と埋葬の記録を発見し、墓石を調べるとフランツと妻のルーツの名がある。ハンスの母の名はマリアではなかったか。これで、彼はフランツが再婚したのだと気づく。さらに、シュナイダー軍曹は負傷したのだから、それが軍の戦闘記録に残っているのではないかと調べると、フランツ・シュナイダーの記録はないが、フランツ・シルマー軍曹が行軍から落伍した兵を救出に行くと称して出かけたきり戻ってこず、脱走兵とみなされたとの記述を見つける。この発見によって、モアトンの調査はシュナイダー家（一族はアメリア以前に死亡）から、フランツの長男で、シルマーの名を継いだカールの子孫の調査へと切り替わる。モアトンが手がけたのは歴史研究家とＰＩの仕事を兼ねたようなもので、謎を解明していく手順が鮮やかだ。

一九五〇年代初頭になって、ジョージ・ケアリーがモアトンの仕事を引き継ぎ、シルマー探しに欧州へ向かう。ユーゴスラヴィア生まれでフランスに帰化したマリア・コーリンをパリで通訳に雇う。三十歳代のマリアは魅力的な女なのだが、ケアリーは最初は彼女を毛嫌いし、それから、彼女が極めて有能であり、しかも大変な酒豪であるのを知る。

アンブラーの作品には、目の覚めるような個性的で印象に残るヒロインはほとんど登場していない。その意味で、マリア・コーリンはかなり個性的に描かれており、読者には、ドイツ人を憎悪する端役のように見えたマリアが、結末ではおよそアンブラー作品らしからぬヒロインに変貌する。全作品を通じて見ると、『ドクター・フリゴの決断』に登場するハプスブルグ家の末裔のエリザベスが一番面白いヒロインであるような気がする。

ケアリーはドイツからジュネーヴ、ギリシアのサロニカとフロリナへと調査の旅を続け、フランツ・シルマーの玄孫《やしゃご》と遭遇するのだが、アンブラーは玄孫が大曽祖父の半生をリプレイしているかのような物語にしている。玄孫の名もフランツ、職業軍人で階級も同じ軍曹。二人とも優れた判断力があるというか日和見主義といった方がよいのか、戦争の末期になると、生き延びるための選択として戦線から離脱して姿を消し、二人ともマリアという女と結婚する。

玄孫のフランツは一九一七年の生まれ、十八歳で軍に入り、パラトルーパーになるが、負傷が重なり、一九四三年には過激な戦争任務には不適と判断されて、ギリシア占領軍に配属されサロニカに駐屯する。一九四四年十月、敗戦の気配が濃厚になり、彼と九人の兵隊がマケドニアから撤退の途中にギリシアのゲリラに襲われて、七人が死亡、二人が生還したが、シルマーの遺体は見つかっていない。もし、ゲリラの捕虜になったのだとしたら、ゲリラ隊には捕虜を監視し食料を与えるだけの余裕がなかったから、生存の確率は低い。

フランツは死んだとケアリーも思うが、本社からは、あと三週間だけ調査を続けろとの指示が来る。法律事務所としては、正式な死亡確認書か目撃者が必要だった。ギリシア事情に詳しい赤十字委員会の男から意外な話を聞く。

第二次大戦中からギリシアでは共和派のＥＤＥＳ（ギリシア民族民主同盟）と共産系のＥＬＡＳ（国民解放人民軍）が対立して、内戦は一九四九年まで続いた。一九四四年の年末のころ、サロニカにはドイツの脱走兵が多数残っていて、殺されもせず、軍服のまま街をぶらついたり、カフェで休んだりしていた。これはエルモア・レナードの*Up in Honey's Room*のユルデン・シュレンクとオットー・ペンズラーのデトロイト散歩を思い出させる話で、しかも時期的にもほぼ同じである。ＥＬＡＳはギリシア政府軍と戦う兵力として軍事訓練を受けたドイツ脱走兵を必要としていた。フランツ・シルマーも生き延びていたのかもしれない。三年間の内戦が終結すると、ＥＬＡＳ側で戦った連中は地下に潜ったり、アルバニアやブルガリアに亡命して消えてしまったという。これはアンブラーが『シルマー家の遺産』を書くほんの三、四年前の出来事だ。

サロニカで会ったギリシア陸軍情報局の大佐から、一九四四年の十月にドイツ兵を襲撃したゲリラはフロリナの丘陵地帯の出身だったと聞く。ケアリーたちがサロニカにいる間に、町のユーラシアン信託銀行が六人組に襲われて、数十万ドル相当の金を奪われる事件が起きている。ユーラシアン信託はアンブラーの他の作品にも登場し、ディミトリオス・マクロポウロスが取引に使い、役員でもあった銀行である。銀行強盗の正体は数十ページあとで明らかにされる。

フロリナは、地図で見ると、ギリシアの北西部、ユーゴスラヴィアとの国境には九マイル、西のアルバニアには四十マイルのところに位置する町だ。ケアリーはここで一九四四年当時にELASの隊員だった誰かと会いたいとホテルで訊ね、これを聞きつけた情報将校に、お尋ね者の悪漢に渡りをつけてくれと言っているようなものだと皮肉られるが、彼の口利きで、死んだドイツ兵から奪った水筒の皮帯に焼きつけられていた部隊番号とシルマー・Fという名前を入手する。ケアリーは情報将校にシルマーの名を明かしていないから、これはシルマーの死の確定的な証拠だと思えた。

ケアリーはこれで自分の任務が終わったと思い、明日は帰国の途につこうと、夜、マリア・コーリンと食事をし、ブランディを飲み、ホテルの部屋にもどると、拳銃を持った男が彼の鞄の中身を調べていた。

これはストーリーの意表をつく転調なのだが、作者がアンブラーだとなると、あ、この場面、前にも見たぞと思う。『ディミトリオスの棺』ではラティマーがホテルの部屋にもどると、ミスター・ピーターズが拳銃を持って彼のスーツケースをかき回しているし、『恐怖への旅』ではグレアムが部屋に入ったとたんに狙撃されている。逆に、主人公が誰かの部屋に忍び込んでいると部屋の主が帰ってきてしまってという場面も、『あるスパイの墓碑銘』と『真昼の翳』で見られ、いずれも、この時から事件は新しい局面へと向かっていく。どの作家にもプロット作りにくせがあるのだ。

　これでケアリーはゲリラくずれの銀行強盗と対面することになる。彼らの基地はフロリナからさらに山地に入ったところにあり、ケアリーにはなぜそれが彼らにとって安全な隠れ家なのかわからないのだが、何のことはない、ギリシア国境を越えてユーゴ領に一キロほど入った地点なので、ギリシア政府には手出しできない場所なのだというおちがついている。

　結末の数行で、ケアリーはギリシア領に向かって独りで歩きながら笑い続け、自分がなぜ笑っているのかと思う。

　遺産相続人の捜索を始めたとき、目的は、その人物が生存しているかいないかを確認することだった。モアトンの時代から数えて十数年を経て、その回答が見つかり、法律事務所が取り扱う問題には結論が出た。ところが捜査の実行者であったケアリーは、遺産相続人を探し出すだけではなく、賃借対照表には載らない無形の遺産を相続人に配達するという妙な任務を果たす結果にもなった。自分が意図せずに果たした妙な役回りに気づき、彼は笑い続けたのであろう。

5 『夜来たる者』

I

エリック・アンブラーの長篇第九作『夜来たる者』が出版されたのは『シルマー家の遺産』の三年後の一九五六年。当時、丸善の二階でハードカヴァーを見つけ、数分間、逡巡してから買った。これに先立つ『デルチェフ裁判』と『シルマー家の遺産』は以前にペイパーバックで入手、読みづらい作品だったが、『夜来たる者』は月曜日から金曜日までの緊迫した五日間の叛乱を手際よく描いた、比較的短い作品である。

この作品と次作の『武器の道』では、アンブラーは知悉したバルカンを離れて、舞台を東南アジアへと移した。地理的な背景の変化とともに作風にも変化が見られ、人間関係の描き方が明確に変わっているし、『武器の道』にはユーモラスな風味もある。

作中に見られる東南アジアの雰囲気、食べ物屋の屋台のまわりに現地人がうずくまって食べている風景、木綿のシャツが毛布を着ているかのように感じられる気温と湿気、竹で編んだ椅子やバリ島の絵、機上から見ると緑色の苔におおわれた丘陵地帯のように見えるジャングル、登場人物が好んでブランディを飲むことなど、描写の正確さからアンブラーが東南アジアを訪問したことは確かなのだが、一九五一年か五二年で終わっている〝自伝〟には東南アジア旅行についての一言も出てこない。

一体、いつの間に東南アジアへ来たのかと疑問に思っていたところ、やっとピーター・ルイスのアンブラー研究書に、一九五〇年代にイギリス映画の製作に関連してアジアを訪問（複数回）したとの一行を見つけた。その頃の映画関係の仕事は、ロナルド・アンブロセッティの作った年譜には一九五四年にグレゴリー・ペック主演の「紫の平原」とピーター・フィンチ主演の「反抗の渦」の脚本を書いたと載っている。前者は戦時中にビルマの奥地に不時着したパイロットの話で、アンブラーの脚本とは知らずに観たかすかな記憶がある。「反抗の渦」（Windom's Way）はジェイムズ・R・ウルマンの一九五二年の小説が原作で、日本では一九五九年に封切られた。第二次大戦後の東南アジアのある島に来た英人医師が住民の独立運動や共産党との対立に巻き込まれる話とのことで、英人医師が現地の政治的な紛争に巻き込まれるという筋立てではいかにもアンブラー好みだが、彼の名前がクレジットに載っていないのは、製作初期にちょっと参加した程度の関与だったのか。ともかく、これらの映画の仕事を通じてアジアの雰囲気を吸収し、作家の眼で政治状勢を観察して二作品を書いた。

『夜来たる者』の主人公のフレイザーはスンダ共和国のタンガ渓谷のダム建設に雇われた土木技師で、三年間の契約を終えて、ロンドンに帰ろうとしている日から話が始まる。スンダ共和国もアンブラーが造成した架空の国の一つである。第二次大戦後インドネシアでは各地で分離独立しようとする動きがあり、内戦化したが、スンダはすでに独立に成功しており、これに隣接する強国がインドネシアであるという設定だ。スンダの叛乱軍の将軍がスカルノ大統領の意見を聴くべき時だと言ったり、ロンドン行きの便に搭乗するまでジャカルタに滞在するならスンダにあるインドネシア領事館に行って通過ビザを取得せねばならないなど、スンダはインドネシアではないとの体裁になっている。次作の『武器の道』と併読してみると、次作ではインドネシアの一部で自治独立を求めた叛乱軍が苦闘する話なので、前作のスンダが一足先にあっさり独立国になってしまっているのが面白い。

スンダは一九四二年に日本に占領され、四九年にオランダから独立して共和国となった。国営放送局の識別放送のド・レ・ミ・ソ・ラは日本人の作曲したもので、今も使われているし、国歌はオランダ人のサックス奏者の作曲。十八世紀の総督府の建物は現存しており、その隣の航空会館と呼ばれるビルは航空会社と石油会社の出資で建てられ、戦時中は日本軍が司令部を置き、短波放送局を作った。引き続き放送局として使われているが、ビル自体は四二年の占領で建築が中止されたので、内装は六階までしか完成しておらず、そこから上はコンクリートがむき出しのままである。このビルが作中の主たる舞台になるが、アンブラーはビルの説明をしながらスンダの歴史を語っており、架空の国の歴史を作るのを楽しんでいる気配がある。

タンガ・ダムの建設はコロンボ・プランの一つだったという。太平洋・アジア地域の開発途上国への技術協力を目的としてコロンボ・プランが発足したのが一九五一年で、フレイザーが三年契約を終えたところだとすると、執筆していた五四年か五五年が時代背景であろう。

独立してナスジャ大統領の政権が成立して数カ月後、イスラム原理主義的なサヌシ大佐が兵力三千を率いて中部高原地方を占領し、自ら将軍と称して、北部諸州と南の首府スランパンを結ぶ幹線道路を抑えたため、北部と首府との交通手段は空路か海路しかなかったというから、南北に細長い島である。

コロンボ・プランは現地人の管理職養成も目的としていたから、ダムの建設現場にも政府からの派遣員が数人送りこまれてきたが、犯罪者同然の将校たちだった。その中で一人だけ、ずば抜けて優秀なのがスパルト少佐で、フレイザーとは一種の信頼関係が生まれていた。ダム現場から帰国の途につく日、フレイザーは少佐とも別れの挨拶を交わす。

週に一回の国内便で首府に向かう。パイロットのオーストラリア人のロイ・ジェブに、明日から三日マカッサルに行くから留守番がわりにおれの部屋に泊まってくれと言われて、フレイザーは航空会館の最上階の部屋に泊まるが、そのせいで彼もまたアンブラーの描く〝何ということなしに事件に巻き込まれてしまう男〟になる。

その夜、ジェブに連れられて、ニュー・ハーモニイ・クラブへ行く。クラブの持ち主は、政界や警察に顔のきく中国人のリム、彼の妻はのんべえのイギリス女、ピアノ弾きはインド人、ホステスは欧亜混血の女たち、客はオランダ人やスンダ空軍の将校、食事はヴェトナム風で、いかにも旧植民地にありそうなクラブである。フレイザーは混血のロザリイに紹介され、出国までの二、三日をいっしょに過ごすことにする。食後、庭に散歩に出ると、植民地時代には召使いの住居だった隅の民家から男たちの話し声が聞こえ、民家の横にジープがあり、そのナンバー・プレイトを見てフレイザーは愕然とする。その日の昼、建設現場で見かけた車だった。時間的に見ればジープは海路で運ばれてきたのではなく、叛乱軍が支配している中部高原を通り抜けてきたとしか思えない。民家の話し声の一人はスパルト少佐で、彼の相手は将軍だった。リムも話に加わっているようだ。

この謎の提示の仕方がうまいなと思う。ジープが叛乱軍の占領地帯を通り抜けてきたのなら、スパルトが政府軍の将校でありながら叛乱軍に通じていることになる。それなら話相手の将軍はサヌシではないか。サヌシが高原を降りて市内に潜入しているのか。

翌日は出国手続きのための官庁めぐりで費やす。手続きの煩雑さが克明に書かれていて、現実的なので、どうやらアンブラー自身が旅先で手続きにうんざりした経験を書いているように思える。街で武装した兵士を満載したトラックの隊列が演習に出かけていくのを見かける。これは伏線だ。クラブでロザリイを拾い、二人でジェブのアパートにもどる。

早朝の四時に黄色の腕章をつけた兵隊たちがアパートに入って来る。指揮官はスパルト少佐だった。フレイザーたちを見て「なぜここにいるのか、持ち主はマカッサルに出かけたはずだ」と問いつめる。この詰問から、国立航空の雇員であるジェブが出かけたのは、アパートを無人にするためにスパルトが仕組んだ出張命令だったことが読みとれる。叛乱軍がクーデターを起こし、アパートを司令室に使う計画だった。フレイザーが、今日は警備隊のほとんどが演習に出ていますねと言うと、スパルトは、タイミングを慎重に選んだのだと答える。

叛乱軍は放送局を抑え、八時前にサヌシ将軍が、現政権は腐敗し国民の期待を裏切ったため、違憲的な行動が必要となったと常套的なクーデター宣言を放送する。フレイザーはサヌシの声がクラブの庭の民家で聞いた将軍の声とは違うのに気づく。スパルト少佐が密談していたのは別の将軍だった。

推理小説的に言えば、これでクーデターに仕組まれた罠やどんでん返しのヒントが提示されたことになり、少佐との対話で真相が明らかになっていく。

軟禁状態のフレイザーに妙な仕事が来る。政府軍の爆撃で給水管が破壊され、ビルの地下室が浸水して発電機が動かなくなったので修理しろというのだ。電気が専門ではないと説明しても、将軍側近の大佐は、技術者で大学卒なら何とかしろと脅す。発電機の捲線を熱風で乾かし、やっと修復するのだが、技術的な説明をちょっと加味したこのエピソードを読んで、学生時代のアンブラーは理工系が得意で、電気製品の工場で働いたことがあると、〝自伝〟に書いていたのを思い出した。

政府側が、空軍の爆撃、海軍の艦砲射撃という攻撃手段を持っているのに対し、叛乱軍の装備は貧弱だった。フレイザーは昔ビルマで会った下士官から、市街戦の恐ろしさを聞いていた。一部屋ごとに手榴弾を投げこみ、それから、誰がいようといるまいと自動小銃を乱射する。襲われる側が生き残るチャンスは少ない。叛乱軍は市内に封じこまれ、高原への退路も断たれて、政府軍に休戦を申し入れる。

サヌシの参謀が、講和交渉に中立のオブザーバーとして出席してほしいとフレイザーに要請する。講和条件の取り決めに外国人が証人にいれば有利になると考えた思考経路が面白い。しかし、政府軍のイスハク将軍は講和交渉に応じる気はなく、降伏を要求し、叛乱軍幹部の処刑予定リストを突きつけて追い返す。夕方、戦争が再開し、市街戦を経て夜半に終わる。

クーデターの裏と表の一部始終を目撃したフレイザーは政府にとって目障りな存在だ。ほかの作家だったら、フレイザーは軍の特務機関に追われ、知恵をしぼってロザリイを連れてスンダ島からの脱出をはかる冒険物語に仕上げていたと思うが、アンブラーはおとなっぽい結末にしている。すぐに出発するのでしょうなとスパルト少佐に訊かれ、出国許可申請のために警察に提出してある旅券がこのごたごたで紛失したりしていなければ出発すると答えると、ごたついたらハーモニィ・クラブのリムが世話しますよと言う。翌日、警察庁に行くと特別パスがなければ入れないし、航空会社の事務所は閉まっている。クラブに行くと、リムがブランディをすすめてくれてから、この件でいらしたのでしょうとポケットからフレイザーの旅券を出す。出国ビザも整っていた。それに、満席のはずのその日のジャカルタ行きの便の席も取ってくれる。華僑のリムが登場するのは作品の中で正味三ページ足らずなのだが、この時になって、突然、存在感を示し、前半での彼に関する数行の説明が実は伏線だったのだと気がつく。

リムの手配が鮮やかなのは、軍が丁重なやり方でフレイザーをさっさと退去させようとしていることを示す。しかし、フレイザーとともに政変の裏の出来事のほとんどを目撃したロザリイはどうなるのか。彼女はダンスの教師だが、リムのクラブを商売の場としていた娼婦でもあり、数日をともに過ごして、フレイザーが去るときに金をプレゼントする。それが好意の贈り物でも軽蔑の支払いでも構わないという取り決めだった。講和交渉に立ち会いとして出席したとき、フレイザーは政府軍の保護下にとどまる機会があったのに、ロザリイのいる部屋にもどる。爆撃の恐怖を分かちあううちに愛情が生まれていた。フレイザーが手際よく国外へ送り出されたあとも、ロザリイはスンダで暮らさねばならない。彼女の安全を考えると、国外へ出てもうかつな発言はしないほうがいいとリムが忠告する。ロザリイへの想いを見抜かれたばかりに、彼女は人質のような存在になっている。ロザリイも自分が欧亜混血というオランダ人でもスンダ人でもない、はみ出した弱い立場であるのを自覚しており、フレイザーに護られなくても生き延びる術を知っているようだ。フレイザーは紫水晶をはめ込んだ銀の箱に現金を入れて彼女の手許に残す。お互いに好きだったし、二人とも賢いのねとロザリイが言う。

アンブラーが主人公の恋愛感情を描いた前例はない。一九四八年にデヴィッド・リーン監督の「情熱の友」という三角関係の危機を扱った恋愛映画の脚本を書いているが、小説で男と女の情感にあふれた別れを描いたのは、『夜来たる者』だけだ。

Ⅱ

題名を『夜来たる者』（*The Night-Comers*）に決めるまでに、アンブラーは『バルコニーのあるスイートルーム』か『クーデター』という題名を考えていた。それから『夜来たる者』を思いつき、さらに代案としてA State of Siegeも考えていたが、イギリスの出版社は、『夜来たる者』の方が謎めいているし、不気味だと判断した。ところが、この原題はアラビア語からの誤訳にもとづいているようである。

アメリカでは代案から不定冠詞を削った*State of Siege*の題で出版している。不定冠詞をつけるかつけないかで、そんなに語感が違うものなのか、ここいらは難しいところだ。state of siegeの意味を調べていたら、明治憲法の「天皇ハ戒厳ヲ宣告ス」という第十四条の〝戒厳〟に該当する言葉として英訳に使われているのを見つけた。

『夜来たる者』という語句はサヌシ将軍が第9章で礼拝時に唱えるコーランの一節、「夜来たる者の何なるを汝に知らしむるは何ぞ？　そは光輝く星なり。（略）」（瀬田貞二訳）（〝But what shall teach thee what the night-comer is? It is the star of piercing radiance.〟）から取ったもので、訳書には「コーラン八十六章二～十行」と注がついている。コーランには、日常的な生活訓があるかと思えば抽象的で難解な言葉も多く、八十六章は後者に分類される。追いつめられたサヌシがこの章を唱えたのは、甦りを祈ったのだと解される。

井筒俊彦教授の口語訳『コーラン』を見ると、この章は「明星」と題されていて、前掲のアンブラーが引用した箇所は「夜空逝く星とはそもなんぞやとなんで知る。（闇を）突き刺す星の謂い。」となっていて、一見、同じ原文に依ったとは思えず、これに続く訳文も大幅に異なるが、見比べているうちに、やはり原文は同じらしいなと思えてくる。井筒教授の一九五七年の解説（岩波文庫上巻二九九ページ）によると、ごく最近までアラビア以外のイスラム諸国ではコーランの翻訳は禁止されていて、信者は意味がわかろうとわかるまいとアラビア語の原文のままで読まねばならなかったという。それならサヌシの祈りもアラビア語だったろうし、一人称の語り手であるフレイザーはアラビア語も理解したことになってきて、いささか無理な状況設定になっている。

井筒訳に「夜来たる者」という言葉が出てこないのはどうしてなのか。コーランの英訳本を持っていたのを思い出し、二重に積んだ書棚の奥からMohammed Marmaduke Pickthallの*The Meaning of the Glorious Koran*を掘り出した。この本も第八十六章はThe Morning Star（明星）となっていて、井筒訳と合致するが、アンブラーが引用した箇所は〝Ah, what will tell thee what the Morning Star is! The piercing Star!〟と英訳されており、night-comerは出てこない。註訳者がアラビア語の表題のAl-Tariqには他の意味もあるが、次の行に星とあるので〝明星〟を意味すると解釈したと述べており、説得力がある。スタインガスの*Arabic-English Dictionary*（一八八四！）を調べたら、Tariqには「夜の旅人、占い師、明星」などの意味があると載っている。アンブラーが読んだ英訳のコーランの訳者はこの言葉を「明星」ではなく「夜の旅人」の意味だと解釈したようだ。「明星」が正訳だとしたら、それがアンブラーの作品の題名になっていたとは思えない。

6『武器の道』

I

『夜来たる者』の次の作品が一九五九年の『武器の道』であり、この二つの作品の間の一九五七年にアンブラーはハリウッドに移り、「SOSタイタニック」と「ナバロンの要塞」の脚本を書き、一九五八年に離婚し、ヒッチコックの「レベッカ」「海外特派員」「断崖」などの脚本を書いたジョーン・ハリスンと再婚している。

以前にアンブラーの作品を第二次大戦を境に前期と後期に分けてみた。『武器の道』を再読してみると、その分類は大雑把すぎるように思えてくる。後期作品でも『デルチェフ裁判』と『シルマー家の遺産』も一つの時期、続く一九五六年の『夜来たる者』から『武器の道』『真昼の翳』『恥辱と怒り』、一九六七年の『ダーティー・ストーリー』までの五作品は、以前とは違って、ユーモアを含んだ、のびのびとしたストレート・ノヴェルの語り口になっていて、これがアンブラーの円熟期だった。その後の一九七〇年代の『インターコムの陰謀』『ドクター・フリゴの決断』『薔薇はもう贈るな』になると、のびのびとした面白さよりは、巧みな構成の知的な戦いの回想めいた作風になり、老成期と言えよう。

『武器の道』は一九五九年のCWAゴールド・ダガー賞を受賞した。前作の『夜来たる者』がHPB版で百六十八ページだったのに対し、三百四十ページ、緊迫した出来事を手際よくまとめた前作に比べて、余裕をもってじっくりと書き上げた印象を受ける。

原題のpassage of armsは「殴りあい、口論、けんか」といった意味の熟語として辞書に載っているが、アンブラーはpassageだけを取り出して、ウェブスター辞典のpassageの九番目の意味、「双方行為、取引、商談……」をエピグラフに掲げている。この熟語と単語のそれぞれの意味を考え合わせると、『夜来たる者』という題が極めて抽象的だったのに対し、今度は、実に具体的に武器《アームズ》の取引とそれにまつわるトラブルの物語であるのを示していることになる。作中でシンガポールにいる華僑の譚炎興《タン・ヤム・ヘン》が指摘するように、武器の取引には現物の引渡しと代金の取立ての二点に危険が伴う。そのリスクを回避するために、売手、仲介者、買手の三者がいかに知恵をしぼるか、ここいらにアンブラーの着想の妙味がある。

一九五〇年代にマレイ半島に侵入した共産ゲリラが残した武器。第5章で「(インドネシアの)ジャワにある中央政府は、弱体かつ不安定で、共産主義の侵攻に悩まされていた。一方、外がわにある大きな諸島、ことにスマトラとセレベスでは、政権の継承と完全な独立とを要求して、強力な革命運動を展開しつつあった。そうした革命運動の基調をつくっている政治思想は、多分に宗教的な性格をおびていると同時に、徹底した反共精神に貫かれていた」(宇野利泰訳)と説明されているようにインドネシアでは三年以上も内戦状態が続いていたのだから、武器の需要の大きい時代だった。

この時代について、『夜来たる者』の訳者の瀬田貞二氏があとがきにインドネシアの政情を要約している。同氏がこの作品を読んでいた一九五八年二月に、中部スマトラ反政府勢力が放送を通じて革命政府の樹立を宣言、これに対する政府空軍の爆撃や宣伝ビラの投下、駆逐艦からの砲撃、メダン市の市街戦といったニュースが報じられたという。一九五八年の叛乱は五六年の『夜来たる者』に描かれた出来事とそっくりで、叛乱が起こるとしたらこんな具合に進行するだろうと予知していたかのようだ。

『武器の道』の発表される前年の一九五八年が、政府、反政府独立派、共産ゲリラの三つ巴の内戦状態が激化した時期であり、アンブラーが武器の密売の物語を展開するのにぴったりの時代背景だった。

マラヤのゴム園の事務員のギリジャ・クリシュナンはベンガル出身のインド人ディアスポラで、二十八歳前後、ずば抜けた観察力と商才の持主だ。少年時代からの夢はバス会社を経営することで、この野望が結末の穏やかなおちに結びつく。彼が母や姉妹とともにインドからシンガポールへ移住してきた経緯や、彼がシンガポールからマラヤのゴム園に転職したときの伯父との諍《いさか》いなどが数ページにわたって面白く詳述されている。しかし、これは本筋とは直接的な関係はなく、極端な言い方をすると、なくてもいいエピソードなのだが、おそらくアンブラーは東南アジアで見て、彼の作家的空想を刺激した事柄を作品に盛り込みたかったのであろう。

ギリジャの働くゴム園の近くに現れた共産ゲリラを、政府の警備隊が掃討する。ゲリラの死体の埋葬を命じられたギリジャは、ゲリラが炊事道具や食料を携帯していなかったことから、どこか近くに彼らの根拠地があるはずだし、墓掘りに狩り出された労働者がゲリラの死体を穴に投げこむときの嬉しそうな様子で、その労働者の村の近くにゲリラのキャンプがあったと推測する。ゲリラの動きが治まるのを待ち、彼は九週間かけてジャングルの中を探しまわり、ゲリラの野営キャンプの跡を見つけ、小屋に新品の軍用ライフル数十挺、マシン・ピストル、バズーカ、弾薬、手榴弾などが格納されているのを発見する。銃にはグリースを塗り、弾薬箱はペンキで錆の発生を防ぐ手入れをして三年間待ち、ゲリラが鎮圧されて夜間外出禁止令も解かれてから、ギリジャは武器の売込みに取りかかる。

　ここまで読むと、ギリジャが主人公であるかのように見えるが、この作品では、過去の作品の一視点での記述を止めて、次々と登場する新しい人物が主役を演じている。ギリジャが取引を持ちかけたのはマラヤのクアラ・パンカラン港のアングロ・マレイ運輸会社の社長の譚秀孟《タン・シュウ・モン》だった。譚の一族はマカオの出身で、父親はジャンク船一艘を持っていて、フエダイの漁師だったが、彼が死ぬと秀孟はジャンク船を使って阿片の密輸に手を出し、ジャンクが拿捕され没収されると、クアラ・パンカランに居を移したというから、必ずしも正直者のビジネスマンとは言い難い経歴の持主だ。三人兄弟で、次弟の譚徳志《タン・タック・チィ》はマニラで貿易業、末弟の譚炎興《タン・ヤム・ヘン》はシンガポールで港湾労働者の組合の幹部で、商品相場に熱中して組合の資金を使いこみ、兄たちに尻ぬぐいをさせているから、一族のブラック・シープである。長兄の譚秀孟はギリジャの提案を聞いてから炎興を呼び寄せ、武器の買手を探させる。兄の話を聞いた炎興は、不正なルートから出た武器だと買手が思ったら、こちらが警察沙汰に出来ないと足元を見て代金の支払いでもめる恐れがあり、出所のはっきりした素性の正しい商品であるような体裁を整えねばならないと考える。アンブラーが執筆していたころにはまだ存在しなかった表現だが、マネー・ローンダリングのような手法を取る必要があるというわけだ。堅気のビジネスマンを武器の所有者として表面に立てて、その人物の名義で武器を自由港であるシンガポールに持ち込む。このためには、まず名義人になってくれる外国人を見つけねばならない。当時のシンガポールはインドネシアの内戦を背景に武器の取引の活発なマーケットだった。

次の章でまた新しい主役が登場し、アメリカ人のグレッグ・ニルセンと妻の船旅の話が始まる。サンフランシスコから横浜、神戸、香港、マニラ、サイゴンに寄ってシンガポールに寄港する旅程だ。ニルセンはデラウェア州のダイ・キャスト工場の経営者で、平凡そうな男だが、作品の後半ではラブアンガに駐在するアメリカの副領事に「教養もあり、遵法精神に富み、どことといって異常性のないアメリカ国民が、パスポートを手に入れ、汽船にのって外へ出ると、そのとたんに、冒険好きの少年のむかしにかえるとは、どういった現象なんでしょうね?」(宇野利泰訳)と愛想尽かしを言われる立場になる。『シルマー家の遺産』の弁護士のケアリーに次いでアンブラー作品では二人目のアメリカ人の主役だが、冒険好きな少年にもどる役回りはイギリス人やフランス人よりもアメリカ人が適役と考えたらしい。

第3章でニルセン夫婦の船旅の話に入ると、武器の売買とは関係のない新しいストーリーが始まったような感じがする。譚一族がニルセンに接触してくる本筋がらみの出来事も語りながら、アンブラーはかつてスリラーと自らを定義していた作品とは違った普通小説風のストーリー・テリングを始めている。船上の食事のテーブルで同席することになった独り旅の五十歳くらいのアイリーンという女にニルセンはいら立つ。女がかってに気を効かせて注文する飲物や寄港地での観光の手配のさし出がましい親切さが原因なのだ。ニルセン夫婦とその女とのやり取りには、これまでのアンブラー作品には見られなかった雰囲気がある。それでいて、どこかでそっくりの語り口の小説を読んだような気がして、思い当たったのは、サマセット・モームだった。船旅という状況設定で『雨』を連想したわけではないが、同じ船に乗り合わせて言葉を交わすようになった他人との考え方や感情のくい違いがモームのタッチで描かれている。

『武器の道』の後半で登場するラブアンガ駐在のイギリスの名誉副領事の愛読書がサマセット・モームの作品だ。アンブラー自身もモームの愛読者だった。〝自伝〟に『暗い国境』が出版されたとき女性作家のアイリーン・ビッグランドが手厳しく欠点を幾つも指摘してからモームの『アシェンデン』と長めの短篇を読みなさいと言ったと述べている。『お菓子と麦酒』や戯曲はすでに読んでいたが『アシェンデン』は未読だったらしい。

それから十数年後になって、アンブラーはモームと親交を持つようになる。

サマセット・モームと知己になったのは、一八七四年生まれのモームが七十歳代で、なお執筆をつづけていたころだというから、一九四〇年代の後半か五〇年代の前半であろう。フランスに滞在したときモームのヴィラの近くに住んでいたので、食事に誘われたという。アンブラーは、困ったことにモームは客を招いたホスト役としては横柄だったし、客として訪れたときもやっかいな人だったと〝自伝〟に書いている。ロンドンの自宅に招待したとき、八時に来てもらってモームの好きなカレー料理を専門のコックを雇って八時半から食事に入る予定にしていた。ところが、その夜モームはスコットランド・ヤードの副総監とカクテル・パーティに行き、そのパーティが退屈だったので、さっさと切りあげて七時にアンブラー家に現れて、腹が減ったと言い、飲み物も断り、他の友人たちが来るまでむくれていた。料理は彼の口に合ったが、ワインは要らない、ビールを飲みたいと言ってからワインを飲み、帰りがけになって、ちょっと笑顔を見せて、楽しかったよと言ったという。ともかく扱いにくい人だったようだ。アンブラーは『アシェンデン』に大きな影響を受けたことを認め、『お菓子と麦酒』は何度読みかえしても楽しい小説だと言っている。

Ⅲ

ニルセンが香港で観光案内に雇ったリムジンの運転手が譚秀孟の義理の甥で、彼は伯父の指示で、武器の名義人になってくれそうな外国人を探していた。ニルセンが香港からマニラ、シンガポールに行くと聞いて、慎重に話を持ちかける。中国からマラヤの共産ゲリラに供給された武器が、取り締まりが厳しくなったためにマニラにあり、それをシンガポールに移せば、インドネシアの叛乱軍の調達機関に売却できるのだが、マニラの市民は武器売買の許可を取得できない。しかし、外国人の非居住者なら輸出規制が適用されないので、名義人になってもらえないかと頼みこむ。ニルセンはインチキ臭い話だなと思いながらも、手数料を払いますと言うし、共産ゲリラの武器をインドネシアの反共叛乱軍に売り込むアイデアが気に入って、一応、譚兄弟と会ってみることにする。

ニルセンの横浜と神戸の滞在には具体的な描写がないが、香港では、仮縫いつきで二日で出来る背広の仕立てや沙田から中国国境への見物、香港島へ渡る自動車用のフェリーなど旅行者の目で描かれている。運転手が、ヴィクトリア・ピークへ昇るケーブルカーの乗り場からの港の眺望の方が、山頂よりもいい写真が撮れると説明する。この説明には一九五九年の小説らしい意外な時代色がある。その後海岸の埋め立てが進んだので、乗り場から海は遠くなったし、高層建築が増えて視界が狭くなり、運転手の言う美しい眺望はなくなっている。

次の寄港地のマニラでは、譚秀孟の次弟の譚徳志が待ち構えていて、極上の接待をする。彼が準備していた書類は、マニラの倉庫にある武器をシンガポールへ輸送するようアングロ・マレイ運輸会社に指示するニルセン名義の手紙である。譚秀孟の持ち船を使うのだから、マラヤにあった荷物なのにマニラから積み出されたかのように偽装できる。ニルセンのアメリカの住所やパスポート番号を記入した輸出申請書にも署名する。この書類を譚徳志がシンガポールの末弟の譚炎輿に郵送し、炎輿はマラヤからニルセン名義の武器が着くと通関手続きをし、ニルセンが到着したら、「追って指定する相手先に所有権を移す」という確認書に署名させて手数料を払う手筈だ。

ニルセン一行はマニラからサイゴンへ向かう。サイゴンでは武器の取引に関連した出来事は何も起こらないが、アンブラーはここにおかしなエピソードを入れている。Spy-Haunts of the World と題するエッセイで彼自身のサイゴンでの経験として紹介している話だ。ニルセンたちがタクシーで市内見物をしていると、運転手が、〝おとなしいアメリカ人〟が爆破したのはあのカフェですと指さし、グレアム・グリーンの作品の主人公のファウラーが新聞記者の死体を発見した橋もお見せしますと言う。グリーンがサイゴンに滞在していたときに爆破事件が起きたこともあって、現地の人は、グリーンが書いたのは小説でなくて実話だと思っている。アンブラーもタクシーの運転手から同じ話を聞いて、「空想は感染するのだ」とエッセイに書いた。彼にすれば五歳年上の同業者のグリーンの作品が伝説化されているのを知って複雑な気持ちだったろう。ニルセン夫妻はサイゴンから乗船してきたフランス人やアーリーンの言動にうんざりして、旅程を変更してシンガポールで下船することにする。

章が変わって、ソームズ大佐が登場する。シンガポールのイギリス人社会では、〝ザ・ポリスマン〟と呼ばれている男だ。アンブラーはスパイ作家だと言われているが、彼の作品にプロとして訓練されたイギリス人の諜報機関員が登場するものは一冊もなく、最もそれに近い人物が公安担当のソームズである。彼はシンガポールというイギリスの軍基地の島に入ってくる好ましからざる人物を監視する立場で、犯罪と関連あるときは適当な部門に通知して処置させるが、多くの場合は、その人物に監視下にあることを分からせ、彼らの計画も見抜いているとそれとなく気づかせて、未然に阻止する方法をとった。彼自身は自分の職務を「いたずら小僧どもの意気を挫くこと」だと定義していた。

彼の部下が、グレッグ・ニルセンというアメリカ人の武器業者が妻を同伴して到着し、ラッフルズ・ホテルに宿泊、彼名義の武器も入荷しており、彼を世話しているのがやくざの譚炎興だとソームズに報告する。

譚炎興が見つけた買い手はイギリス軍の元将校で、軍のガソリンを横流ししたり、退役後雇われた会社の金を使い込んだとのうわさのあるキャプテン・ルーキイで、今はスマトラ独立忠誠党所属軍の調達担当の連絡将校というあやしげな肩書きを持っていた。

ソームズ大佐は何気なさそうにニルセンに接触する。彼がシンガポール事情に詳しいと聞いて、ニルセンはツーリスト関係の仕事ですかと訊ね、大佐が、まあ、そうとも言えますなと答えるユーモア。ニルセンの方から譚炎興やルーキイはどんな連中かと無邪気に質問する。二人の会話は緊張とユーモアのまじった山場の一つだ。話を続けているうちに、ニルセンはソームズがただ者ではなく、さりげない出会いも仕組まれたものであるのに気づく。この段階では、まだニルセンは自分がいわゆる死の商人とみられていることを認識していない。

ここで、アンブラーは武器の売買という行為の持つ二元性、善と悪に対する考えをソームズの口を通じて語らせている。先進国では投票によって政権を変えることが可能だが、世界には政権を変えるのに革命を必要とする国もあり、それには武器が要る。スマトラはインドネシアが共産化するのを懸念して分離独立を考えているが、それは言葉だけでは実現できないから、武器売買は悪徳行為であるというのはナンセンスだ。これはソームズ個人の見解だと強調する。続けて、奇妙な率直さで、イギリス政府はインドネシア政府を正式に承認して友好関係を結んでいるのだから、われわれの立場としては友好国政府の敵である反乱軍を援助するニルセンの行動は容認できないと告げる。個人的見解と官吏としての判断とは全く逆だというわけである。

さらに、ニルセンは武器売買、と言うことは商用で来たのに、シンガポール入国時には訪問目的は観光だと申告したのは虚偽申告だから、退去命令を出すべきか考慮中だと言い、ニルセンを激怒させる。ニルセンにすれば、観光の目的で来たと彼自身思い込んでおり、武器商売の片棒を担いだのは遊びのつもりで、ナイーヴにも商用であるとの意識は全く持っていなかった。ソームズに対し、反共団体に武器を売ることは非難しないと言いながら、自由港のシンガポールでは商売をするなとは、あんたは無定見だとニルセンはやり返す。

アンブラーは、初期の作品では〈ケイター&ブリス〉のような兵器メーカーが戦争を煽って国家の外交方針を左右すると何度も仄めかした。しかし、『武器の道』では、事態によっては武器もやむを得ないのだとソームズに言わせている。エド・マクベインは民主党派なのに、作中の登場人物がクリントン大統領をジョークのネタにする場面を書いたことがある。民主党派だと思っていたのに共和党に転向したのかと訊ねたら、作中の人物の発言が常に作者の思想を反映しているとは限らないとの返事だった。ジョークはジョークだから深読みするなというわけだが、アンブラーの武器観は戦前とは変わってきて、ソームズの発言は彼の本音であろう。

ソームズ大佐との口論《パッセージ》のおかげで、ニルセンは自分のぶざまな立場に気がつくが、武器は彼の名義になっているのだから商談を放り出すこともできない。倉庫の武器をキャプテン・ルーキイが検品し、満足して値段交渉に入り、商談が成立する。

　最初から予想されていたように、支払方法の問題が起きる。ルーキイがサインのない小切手を渡し、ニルセンはそれを持って、飛行機で三十分のスマトラ島のラブアンガに行き、そこで独立忠誠党の中央執行委員に小切手を見せる。小切手はルーキイが検品し価格も確認ずみであるのを示すものなので、納得した委員がサインする。ところが、この小切手の現金化にはルーキイの連署も必要で、シンガポールに戻って、ニルセンが商品の譲渡証明書にサインし、ルーキイが小切手にサインして、やっと取引が完了するという手順だ。委員とルーキイの両者のサインが必要だというのは、ルーキイが党の執行委員会に信用されていないことを意味し、ニルセンが委員に会いに行かねばならぬのは、売り手の顔を見ておかないと安心できないということか。ギリジャ・クリシュナンと譚秀孟の支払の取り決めも複雑なものだったが、信頼感のない売り手と買い手が互いに相手にだまされまいぞと警戒しながらそんな取引を進め、どんな書類を作るか、アンブラーは工夫を凝らしている。

　結末のおちと関連しているので、誰が誰に発行した領収書であるのか書くのは避けるが、そこにも書類操作の面白さがある。領収書を正副二部（訳書では原文のduplicateを二通と訳しているが、領収書を二通発行したら、発行者が額面の全額を二度受け取ったことになるので、一件の支払に二通の領収書を発行したとするのは誤り）作らせ、副を関係者に郵送する。受け取った人物は、商品代金がすでに支払われたのを知り、金の行方を考えてぞっとするというおちだ。

ルーキイは飛行機で三十分と言ったが、これは嘘で、二時間かかり、ラブアンガに到着してみると、入国管理も税関も厳しく、ニルセンらは異文化の土地に迷い込んだのを感じる。かつてオランダ人が故郷の田舎町に似せて設計したエキゾチックな町である。装備の貧弱な政府軍が二千、これに対する山岳地帯の叛乱軍は三千、それに共産ゲリラの予備軍もいる情勢の中に踏み込んだものだから、ニルセンは逮捕され牢獄に放り込まれる。政府軍のイスカク将軍と副官は、密輸武器がいつ送られてくるのかニルセンに白状させようとするが、彼はルーキイの積み出し予定を知らないし、彼がシンガポールに戻って譲渡証明書にサインしなければ武器は積み出せないのだから、『キャッチ＝22』のような状況になる。

ニルセンの要請で牢獄に面会に来たアメリカの副領事は、彼から商談の経緯を聞き、呆れて、溜息をつく。その夜、独立忠誠党軍がラブアンガ攻撃を開始。『夜来たる者』そっくりの戦闘が再現される。

第1章のギリジャの武器の発見から始まって、ニルセンの船旅、キャプテン・ルーキイや譚炎興とのやり取り、それに作品のほぼ四分の一を占めるラブアンガでの戦闘へと続く。十章の構成だが、各章がさらに区切られていて、場面の転換が多く、主役（＝視点）も入れ替わり、延べ四十六のサブチャプターで構成され、快適なテンポで展開する。

この作品で、アンブラーは登場人物の役割に応じて出身国を使い分けている。インド人ディアスポラは商才にたけ、華僑の兄弟はちょっとワルの要素を持ち、アメリカ人は海外に出ると冒険好きの少年に戻る。皮肉だがユーモアもあるのがイギリス人官僚のソームズ大佐と副領事。同じイギリス人でも対照的なうさん臭い渡り鳥のルーキイ。彼の妻はネフェルティティ女王のように美しい欧亜混血の女。白人を憎悪するインドネシア人のイスカク将軍。叛乱軍の技術顧問の傭兵大尉のヴォイチンスキーはポーランド人なのに第二次大戦中はドイツ軍に所属していた過去を持ち、運命を達観している。

こういう人物造型を見ると、アンブラーはこの役柄にはアメリカ人がいいなとか華僑にしようとか考えたように思える。役回りを人種で決めるというのは、一種の人種偏見ではないか。

7 『汚辱と怒り』

ここまでアンブラーの作品をほぼ発表年度順に取り上げてきたから、『武器の道』の次は一九六二年の『真昼の翳』が来る順番だが、この作品と一九六七年の『ダーティ・ストーリー』の二作はアーサー・アブデル・シンプソンを主人公にしたセットになっているので、『真昼の翳』の次の一九六四年の『汚辱と怒り』を先に取り上げたい。

『武器の道』は武器の取引をめぐるトラブルの話だったが、『汚辱と怒り』では機密書類の売買に絡む駆け引きがテーマ。最初はどんな密書なのか漠然としているが、徐々に内容が明らかになる。『恐怖の背景』で奪い合いの対象となるベッサラビア防衛計画書は、いかにも本当にありそうな密書だったが、この作品に出てくる密書も、イラクの内紛を材料にしており、アンブラーの着眼の良さはみごとなものだ。主人公が密書を求める複数のやっかいな相手を手玉にとって、いかに逃げ切るかという知的冒険が『あるスパイの墓碑銘』と同じフレンチ・リヴィエラを舞台に展開する。

主人公の〝私〟、ピート・マースは、ニュース専門のアメリカの週刊誌《ワールド・リポーター》のパリ支局に一年契約で雇われたオランダ人の記者だ。第二次大戦中の空爆で両親を失い、父の友人の世話でイギリスで教育を受けた。三十四歳。「ブロンドでハンサム、知性的だがまじめすぎて悲観的な男」と女に評される。以前、国際情勢の評論を扱ったハイ・ブラウな隔週誌を出版していた。しかし、資金繰りに行き詰まり、倒産が確定的となった日、帰宅すると同棲していた女が男と寝ており、男を殺そうとするが、逆に殴り倒されてしまう。屈辱的な出来事が一度に重なって睡眠薬自殺をはかったものの、病院に担ぎ込まれたのが一時間早すぎたために死に損ね、数カ月を精神病院で過ごした。彼の病歴を知った《ワールド・リポーター》の社長は、彼をニューロティックな負け犬と見て毛嫌いしているが、マースのほうは社長の皮肉な口のきき方に感情的な反応を見せない。しかし、事件に深入りしていくうちに、〝ある種の怒り〟(これが原題)の念が生まれて、かつての自滅的な精神状態から脱け出し、頭の回転が速い、活動的な男に生まれ変わる。

原題からみると、アンブラーの狙いは、〝怒り〟によって再生する男を描くことだったようだが、マースの過去の暗いトラウマを回想や会話のなかで触れる程度にとどめたために、彼がいかに活動的な男に変身したかという驚きがあまり伝わってこない。負け犬らしさを強調するために、もう少しページを割いてもよかったのではないかと思う。訳者がマースの一人称を地の文では〝おれ〟、会話のなかでは〝ぼく〟と使い分けたのも、マースの本質の摑み難さのせいであろう。

スイスに政治亡命したイラク人のアルビル大佐が自分のヴィラで拷問され射殺される。彼の愛人のルーシア・ベルナルディはヴィラから逃げ出し、空港に車を乗り捨ててベルギーに飛び、姿を消す。ヴィラにあった写真がビキニ姿だったので、ビキニの美女はどこに消えたのかとマスコミは騒ぎ立てる。《ワールド・リポーター》のNY本社のカスト社長が、ルーシアの居所のヒントになる情報をある情報筋から入手したから、他社に先駆けて彼女を探し出してインタビューをとれと命令してきて、その仕事がマースに回ってくる。

アンブラーの作品は政治情勢と切り離せない。この作品では、一九六〇年代初頭のイラクのクルド族の自治権獲得運動を背景にしている。アルビル大佐は三年半前にジュネーヴで行われた警察長官会議にイラク代表として出席した。第1章に「会議の進行中に、イラクのモスール地方に、アブドゥル・カリーム・カーシム准将の率いる軍隊を中心に、クーデターが発生した。バグダッド政府は動揺したが、苛烈な戦闘の末、その鎮圧に成功し、ひきつづき、首謀者と目される人物を大量に処刑した」(宇野利泰訳)とあり、アルビル大佐は帰国すれば逮捕されて銃殺されるとの理由で政治亡命者となった。

この引用箇所は、史実と照合してみると、誰の誤りか分からないが、妙な事実誤認がある。カーシム准将(一九一四〜一九六三)がクーデターを起こしたのは一九五八年七月で、国王を始め王族を多数殺害し、イラクを王国から共和国に変えて自ら首相となった。つまり彼のクーデターは鎮圧されず、成功している。一九六一年九月にクルディスタン民主党が自治制の実施を要求して蜂起したとき、これを弾圧したのがカーシムだった。引用文では、五八年のカーシム准将の反王政クーデターと六一年のクルド族の叛乱がごたまぜになっているようだ。

アルビル大佐はクルド族の出身だったから、危険を感じて亡命を決意したのは六一年のクルド族の叛乱が弾圧されたときだと解したほうが自然だ。それが三年半前のことだとすると、アルビルが殺された一月十日は一九六五年の一月だった計算になる（ちなみに、カーシム准将の政権は一九六三年二月八日にあのサダム・フセインのバース党のクーデターで転覆し、カーシムはデルチェフのように〝見せしめの裁判《ショウ・トライアル》〟のあと翌九日に処刑された）。

カスト社長が送ってきた秘密情報によると、ルーシア・ベルナルディはパトリック・チェイスというインターポールのブラックリストに載った詐欺師と行動をともにしており、ＦＢＩはチェイスがフィリップ・サンガーの名前で南フランスに家屋を何軒か所有していることを摑んでいる。マースは南フランスへ行き、登記所でサンガーの持ち家を探し、彼が住居としているヴィラを見つけて押しかける。ルーシアのことを聞きたいのでチェイスと連絡をとる方法を教えてくれと申し入れると、サンガーはチェイスとは親しくないし、ルーシアの名は新聞で読んだ記憶があるだけだと白を切るが、マースは脅しをかける。ルーシアがチェイスと密接な関係にあったことや、チェイスがサンガーの別名であるのを警察がかぎつけるのは時間の問題だが、もしルーシアの行方が分かれば警察はチェイス・サンガーの線を追うこともあるまい。協力してくれたら記事でサンガーについては一切触れないと確約しようと持ちかけ、サンガーに同意させる。

サンガーと妻のアデル、それにルーシアは三人組で商売をしていたが、どんな商売なのか不明。サン・モリッツにいたときにアルビル大佐がルーシアに惚れこみ、ルーシアも彼が好きになって、サンガー夫妻とのパートナーシップから抜けた。それ以後ルーシアとは会っていないが、彼女はニースから四十キロ奥に入ったペイラ・カヴァの村のスキー場が好きだったから、そこにいるのではないかとサンガーは言う。三年前にルーシアが村のホテルに泊まったら暖房が故障し、ホテルは熱した煉瓦を新聞でくるんで客に当てがった。そのとき、ホテルに煙草を買いに来た老女と親しくなり、うちの山荘に来なさいと招かれて、泊めてもらったことがある。老女は酒を飲むようにエーテルを飲む習癖があったと、サンガーは思い出話をし、ペイラ・カヴァにマースひとりで行かせようと仕向けるが、マースはサンガーを同行させる。

二人のペイラ・カヴァ訪問は、作中では特に意味のあるエピソードではないのだが、アンブラーは〝自伝〟でペイラ・カヴァ滞在の思い出を語っている。彼は家族経営の小さなペンションに三カ月滞在し、『裏切りへの道』の後半を書いた。客は彼だけで、暖房がこわれると、厨房のストーヴで熱した煉瓦を新聞で何重にもくるんだもので寒さをしのいだ。煉瓦一個で足を温め、もう一個を膝に乗せた。この宿にときどき制服の運転手に付き添われた中年女性が立ち寄ったが、この女性、いつも病院の臭いがするので、村のクリニックの院長夫人かと思って、ペンションの家族にそう言ったら、皆、笑いこけた。女性は武器メーカーの富裕なシュナイダー家の一人で、エーテル中毒なのだという。エーテルは臭いさえ気にならなければ、すぐに酔いが回り、しかも翌朝には全く宿酔の残らない飲み物なのだと教えられたとのことだ。

ルーシアはペイラ・カヴァにはおらず、無駄足となるが、サンガーの妻のアデルがホテルで待ち構えていて、彼ら夫婦のことは記事にせず、また、ルーシアを警察に引き渡したりしないと確約してくれるなら、彼女とのインタビューを手配すると提案する。そして、その夜のうちにルーシアとの面談が実現する。

ルーシアは新聞に載った写真以上に美人だった。彼女の話によると、アルビル大佐は亡命後スイスにあるクルド族の自治獲得活動委員会に加わっていて、委員会の内情に詳しかった。彼の〝政治運動に関する〟重要書類を奪う計画があるとの情報が大佐に届いていたから、政治がらみだとすれば、彼を襲ったのはイラク政府のスパイか国際石油コンソーシアムの手先だと思うとルーシアは言う。彼らが大佐を拷問し、ドイツ語で「どこにある?」と問いつめるのを彼女は聞いている。彼らが立ち去ってから、ルーシアは大佐の書類の入ったスーツケースを持って逃げ出した。その後、彼女があのヴィラにいたことが新聞に載ったので、彼らはルーシアが書類を持っていると考えて彼女を追っているはずだった。マースは、書類を焼却して、それを彼の《ワールド・リポーター》の記事で公表するとか、警察に提出して保護を求めるといった方法もあると指摘すると、焼却してもコピーがあると思うだろうし、「あたしにだって計画がある」と意味ありげだ。

マースは彼女の了解を得て、この会話を録音している。ということは、会話の内容が《ワールド・リポーター》の記事になるのを承知の上で、まだ一般には知られていない大佐の書類は自分が持っているという事実をしゃべっているのだ。勘のいい読者はこの矛盾にすぐに気がつくはず。ルーシアはなかなかのビジネスウーマンで、数十ページあとになって、マースが彼女の意図を見抜いたと告げると、彼女は笑い出す。計画にはマースの助けが必要だった。

マースがルーシアとのインタビューの内容をパリ支局長に伝えると、どうやって彼女と会ったのかと問いつめてくるが、彼らのことは記事にしないというサンガー夫妻との約束を守って、説明を拒否する。支局長は自分も翌朝そっちに行くし、ローマから腕利きの記者を呼ぶぞと言いだす。マースは、こんな事態になったから、姿を隠したほうがいいとサンガーに知らせる。サンガーにすれば、雇い主に反抗してまで守秘の約束を守ろうとするマースの心理状態が理解できず、「どうしたんだ。また自滅行為か、それとも新しい怒りが燃えあがったのかね」と言い、「ルーシアに魅せられて、上司まで騙して自分なりに彼女の問題を追及する気になった。それがきみの新しい怒りだ」と分析する。このとき、マース自身はまだ自分のルーシアに対する感情や汚辱から脱け出そうとする意欲がもどってきたことに気づいていない。

支局長が着く前に姿を消すことにして、ほかのホテルに移って偽名で泊まる。彼のインタビュー記事の掲載された号が発売されると、ビキニの美女はどこに消えたのか、取材した記者はなぜ消えたのかと、彼の写真も新聞に載り、ときの人になってしまう。

アルビルはスイスのクルド族解放委員会の一部の委員がソ連と密約を結び、トルコ、シリア、イラクで同時に武装蜂起する計画を進めているのを記録していた。ソ連とクルド族の結びつきは、アンブラーの執筆当時にすでに知られていたことである。最近ではクルド人権運動家のK・S・カディル博士が二〇〇六年八月三十一日に公表した記事で、一九六一年九月のクルド族の叛乱を指揮したムスタファ・バールザーニ（一九〇三〜一九七九）はKGBのエージェントであったことがソ連崩壊後に流出したKGBの記録で明らかになり、ジェイムズ・ボンド物でおなじみの〝スメルシュ〟の長官パヴェル・スドプラトフ准将の回想録でもこの事実が語られていると述べている。マースが、アルビル大佐を拷問した男たちはスラヴ系の言葉をしゃべっていたのではないかとルーシアに訊く場面があるのも、当時からクルド族の背後にソ連の姿がちらついていたのを示している。

少しネタばらしをすると、アルビル大佐が記録を作成したのは、クルド族の叛乱を警戒するイラク政府に売りつけるためだった。クルド族解放委員会は記録が政府の手に渡るのを阻止せねばならない。クルド族が支配するモスール＝キルクーク地域の油田の利権を狙うイタリアのコンソーシアムも、クルド族の動きが気になり、大佐の記録がほしい。といった情勢だから、マースとルーシアは、解放委員会の暗殺者、コンソーシアムに雇われたギリシア人の私立探偵、《ワールド・リポーター》誌の支局長たちやマスコミの追跡から身をかわしながら、イラク政府の代表との交渉を始める。警察もルーシアを探している。二人は犯罪者ではないのに逃げ隠れせねばならず、しかも稼ぎたいのだ。アンブラーはひねった結末を工夫している。


いままでアンブラーの描いた男と女の出会いは、フランツ・シルマーとマリア・マーリンのどちらかといえば無粋で粗削りな情愛、スティーヴ・フレーザーとロザリーの数日後の別離を予期したやや感傷的な関係のように、地味なものだったが、『汚辱と怒り』のピート・マースとルーシア・ベルナルディの二人はロマンティックで明るい。危険をともにしてきた二人が結びつくというスリラー映画めいた結末で、それこそ彼らが手に手をとって未来へ踏み出していきそうな気配で、アンブラー作品では異例の結末になっている。

逆に、他の作品を反復している場面もある。マースがサンガーのヴィラを探し出そうとして、不動産登記所で登記簿を調べているとき、同じ登記簿を見たがっている男がいる。これが、ギリシア人の探偵で、役所で敵か味方かわからぬ人物とすれ違うというのは、チャールズ・ラティマーがアテネの記録保管所でディミトリオスの入国記録を調べていると誰かが部屋に入ってくる場面と似ている。二人の男がある人物を探索するうちに針路が交差するのも旧作の繰り返しだ。

マースが勤務する《ワールド・リポーター》誌の社長のカストは冒頭で独裁者のカリカチュアのような姿を見せる。彼はパリの支局長に電話してきて、アルビル大佐殺害事件にはCIAが関心を持っていると言い、電話では言えないからと言って郵送してきた情報はFBIから入手したものだった。カストの顔みせはわずか一章だったが、これで彼が政府の情報機関にアクセスを持っていることが仄めかされている。さらに、『汚辱と怒り』の六年後に発表された『インターコムの陰謀』でも《ワールド・リポーター》誌の名が再び出てくる。このニュース専門誌のパリ支局の記者とカメラマンが《インターコム》誌の編集長のシオダー・カーターのジュネーヴの自宅を訪れて、掲載した軍事情報の記事の出所や掲載の意図をしつこく問いつめる。彼らを追い返してから、カーターは、あの二人はCIAだと娘に言う。その後の彼らのつきまとい方を見てもどうやらCIAらしいし、『汚辱と怒り』でのカスト社長の情報機関とのコネを考えると、CIA局員に彼の会社を隠れ蓑に使わせるぐらいの便宜供与をしていても不思議ではない。執筆しながら、アンブラーは昔使った雑誌社を再起用することを思いついたわけだ。

8　アーサー・アブデル・シンプソンの流浪――『真昼の翳』『ダーティ・ストーリー』

I

『汚辱と怒り』の二年前の一九六二年に出版された『真昼の翳』に戻ろう。主人公のアーサー・アブデル・シンプソンは一九六七年の『ダーティ・ストーリー』でも再登場する。最初の計画では、A・A・シンプソン三部作となる予定だったが、出版社が変わったため、二部作で終わった。

第1節でふれたように、『真昼の翳』に取り組んでいたアンブラーは、一九六一年十一月六日、彼の住んでいたカリフォルニアのベルエアで大火事が発生して五百軒の家が焼失したときに、書きかけの原稿も失った。短篇集の *The Story so Far* にこのときの様子が詳述されている。ブルドーザーのブレードが岩に当たって出た火花が原因となって、八マイル向こうの森が燃え始め、サンタアナと呼ばれるカリフォルニアの強い熱風に煽られて火の手が拡がり、アンブラーも自宅の二階にあがって消火に努めたが、またたく間にホースの水圧が落ちて、家は焼け落ちた。夕方まで現場近くにとどまり、それからベヴァリー・ヒルズ・ホテルに行き、シャワーを浴びてから失神し、意識が戻ったのは医師が胸部を聴診しているときだったという。原稿をしまっておいた金庫は二階から一階に落下していたが、無傷に見えたので業者を呼んで開けさせると、耐火金庫だと思っていたのに、原稿は灰になっていた。

これは彼にとって大きなショックだったはずなのに、回想のなかではその言葉を使わずに屈折した表現で語っている。彼にとって、小説を書くことは、彼に似た登場人物たちの旅のようなもので、ときには彼自身がその旅に飽きてくることもあるし、考えていたように人物たちが動かず、書きなおしてもやはりうまく進まないときは打ち切って、原稿を棄てることにしていた。しかし、『真昼の翳』の場合は、頓挫したのが誰のせいかといえば、耐火性があると思って金庫を買った道化者、つまり、自分のせいで原稿を失ってしまったのだと考える。書くだけ書いて行き詰って棄てるのなら納得できるが、こんな形での頓挫が腹立たしかったようだ。

この思いが奇妙な方向に作用している。彼は前に書いた原稿を復元するのではなく、今度は自伝的な小説、しかもコメディにしようと思い立つ。「抑鬱状態から脱け出すためにコメディに向かった作家はほかにもいるが、ぽん引きでエロ本出版者でこそ泥でもあるアーサー・アブデル・シンプソンが私のスタンド・インとして役に立った」と述べている。この結果として、従来の作風から突然変異をきたした形になり、いつもは好意的な書評家たちも軌道から外れた作品程度にしか見なかったというから、書評はよくなかったらしい。しかし、映画化されたおかげで、本の売り上げは伸びたという。

『真昼の翳』のコミカルな風味が鬱状態から脱け出すための努力のせいだったというのは、意外であり、難解な告白である。シンプソンは作中でイギリスでの不愉快な学校生活を思い出し、その都度、教師たちへの恨みや体罰に対してどんな仕返しをしたか語るが、その回想にアンブラー自身の姿が投影されているとは思えないし、シンプソンの言動のどの部分がアンブラーなのかがつかめず、シンプソンが自分のスタンド・インだと認めるのは随分自虐的な発言であるように思える。

客観的に見れば、アンブラー作品のなかでアーサー・アブデル・シンプソンは珍種である。冒頭で「結論から言うと、トルコの警察に逮捕されていなかったらギリシア警察に逮捕されていたはずだ。あのハーパーという男の命令どおりに動く以外に選択肢はなかったのだから、おれに起きた出来事はすべてあいつの責任なのだ」とシンプソンは語り始める。高圧的な口調なので、どんな災難にあったのかと興味をそそられるが、間もなくシンプソンなる男がいかがわしい嘘つきで、アンブラーが*The Story so Far*で使った難しい形容詞を引用すればegregious（言語道断な・呆れ果てた）な人物であるのがわかってくる。彼のミドル・ネームがイスラム系のアブデルであるのは、母親がエジプト人だったからで、父親は叩きあげのイギリス軍将校だった。当人は『真昼の翳』では嫡出子であったように語っているが、『ダーティ・ストーリー』では彼の両親は内縁関係にすぎなかったことが明らかになる。一九一〇年十月二十六日にカイロで生まれたというから、作中の時代ではすでに五十歳代だ。父親は一九一七年にカイロの北の駐屯地でトラックに轢かれて死亡。内縁ではあったが、軍から遺族年金が支給されて、シンプソンは一九一九年に渡英して、そこで教育を受ける。一九二八年にイギリスのパスポートを取得。どうやら、その直後カイロに戻ったようだ。一九三〇年に母親から引き継いだレストランを共同所有者には無断で売り払って、詐欺罪で訴えられたが示談で解決。翌三一年にカイロの小さな出版社の経営に加わり――そのせいでおれはジャーナリストだと自称することがある――英語とスペイン語のポルノの輸出を始め、一九五四年にはインターポールのブラックリストに載るようになり、一九五五年一月にはロンドンに集金に行ったときに囮捜査に引っかかって逮捕され、一年間服役してから国外追放になり、カイロに戻った。このときはまだイギリスのパスポートを持っていた。イギリスのビジネスマンをスパイだとエジプト政府に密告。一九五六年十月のスエズ動乱のとき、カイロでイギリス国籍でいるのは危険だと見て、エジプトのパスポートを取得している。彼が密告したビジネスマンは全くの冤罪と判明し、密告は、イギリスで懲役刑を受けたことに対するイギリスへの仕返しと、エジプト政府に反英的であるのを示すジェスチュアだったと解釈されて、アテネのイギリス領事館員はシンプソンに面と向かって「きみにはむかつく。きみの人生は長いダーティ・ストーリーそのものだ」と言っている。領事館員のこの言葉がA・A・シンプソン物語の第二部の題名となったわけだ。

シンプソンの生い立ちは、『真昼の翳』ではトルコの軍諜報局の少佐が、『ダーティ・ストーリー』ではアテネのイギリス副領事が、いずれもインターポールから入手した情報ファイルを読み上げる形で明らかになってくる。どちらの場合もシンプソンがあれこれ言い訳をし、言い訳をすればするほど彼のいい加減さが浮き彫りになる。父親がイギリス人なのだから正真正銘のイギリス人だと繰り返すが、繰り返すたびに、かえってうさん臭く聞こえてくるのは彼の人柄のせいである。『真昼の翳』の出だし部分で彼が持っているパスポートは、エジプト政府発行のものだ。シンプソン二部作では国籍の証明であるパスポートというものが、いつも彼の禍のもとになっている。もっとも、二部作の結末では、もしかするとパスポートのおかげで彼の人生が福に転じるかもしれない可能性が示されており、第三部が執筆されていたら、パスポートにまつわる奇譚になっていたと思われる。

『真昼の翳』に描かれた大犯罪計画や逆転劇も楽しめるが、この作品の妙味はアーサー・シンプソンの言動にある。その生い立ちが彼のような人格を形成したことになるのだろうが、けちな悪行の報いとしていつもトラブルに巻き込まれ、行く先々で無国籍者だとこづきまわされながら、その都度、何となくうまい具合に逃げ切る。一人称一視点で語られており、読者の耳に彼が雄々しい存在に聞こえるのは独り言のなかだけなので、読者には空威張りしているように見え、コミカルだ。

作中でシンプソンが自分の体格について語ることはないが、「アーサーはふとり過ぎているから人目につくおそれがある」と言われたり、トプカピ宮殿の屋根の上で仲間に「でぶのばか野郎」と罵られる場面があるから、そんな体格なのだろう。一九六四年にジュールズ・ダッシンがこの小説を「トプカピ」の題で映画化したとき、アンブラーとは二十数年前から旧知のピーター・ユスティノフがシンプソンを演じた。アンブラーはユスティノフを念頭においてシンプソンを描いたのではないはずだし、ユスティノフのメタボリックな体型のせいで、彼にこの役が回っていったのか、証拠資料がないが、そう思われても仕方ないほどの適役だった。体型だけでなく、演技でもみごとだったので、個人的にはシンプソンといえばユスティノフの姿しか思い浮かばない。この役でアカデミー助演男優賞を受賞したが、彼は助演者ではなく、主役だったのだから、助演賞は変だ。アカデミー会員は、主演者とはハンサムなスターだと勘違いしたように思える。

「トプカピ」は映画解説書などで「トプカピ宮殿の宝石を狙って……」と説明されているので、シンプソンが――映画化作品ではアーサー・サイモン・シンプソンとなり、アブデルというイスラム系のミドル・ネームが消えた――どんな犯行に付き合わされるのかここで隠しておくこともあるまい。監督のジュールズ・ダッシンは一九五五年にフランスで「男の争い」を制作、宝石店に侵入する強盗たちの犯行の三十分間を台詞を一言も入れずに克明に見せてくれた。「トプカピ」に比べればユーモアは少ないものの、観た方にしかわからないが、こうもり傘の使い方には笑ってしまった。

アンブラーが「男の争い」にヒントを得たとは思えない。ダッシンが『真昼の翳』を見つけて、「男の争い」の復元を考えたのではないか。この二作品では宝石に接近するトリッキーな角度が同じである。『真昼の翳』では警備員のいる出口を避けて思わぬ所から侵入する。「トプカピ」でも侵入経路は同じだが、宮殿の警備システムが小鳥一羽が床に降りただけで警報が鳴り出すような設備になっており、これをいかにくぐり抜けるかと犯人たちが研究する場面も面白かった。警報対策を考えだす人物として、原作にはない、メカ好きのイギリス貴族が登場し、犯行に加わる。

犯行手口の奇抜さに刺激されたのか、「トプカピ」が封切られた六週間後に、同じ手口でニューヨークの博物館から実際に宝石二十二個が盗まれる事件が起きたとの伝説がある。宝石は二日後に回収されたとのことだ。また、アクロバティックな同じ手口は一九六六年のテレビ・ドラマ「スパイ大作戦」でも使われたし、その映画ヴァージョンの「ミッション：インポッシブル」（一九九六）でもトム・クルーズが汗をかきながら演じていた。

Ⅱ

『真昼の翳』の第1章でアーサー・アブデル・シンプソンはアテネの空港で到着客のなかにカモはいないか探している。ロベルト・ハーパーがアメリカン・エキスプレスの封筒を持っているのを見て、彼の名前を探り出し、税関から出てきたとき、ミスター・ハーパー、こちらですよ、アメリカン・エキスプレスからの指示で来ました、英語の分かる運転手が要ると言ってらしたとのことでと声をかける。これはいつも使っているトリックで大体うまくいくのだと言うあたりで、シンプソンのうさん臭さが出てくる。その夜、ハーパーを夕食やクラブに案内してから、マダム・イルマの娼家に連れてゆく。イルマは『ダーティ・ストーリー』にも登場する女だ。

ハーパーがそこでしばらく時間を過ごすだろうと見て、シンプソンはハーパーの泊まったホテルへ行き、彼の部屋に入り込む。怪しげな観光案内人兼運転手であるのみならず、こそ泥なのだ。現金には手をつけず、綴じてあるトラヴェラーズ・チェックの下の方から数枚抜き取る手口で、被害者には旅行中のいつどこで盗まれたのか分からない巧妙なやり方だった。もうあと二枚貰っていこうかと考えて「チェックを手にばかみたいに立っていたとき、ハーパーが部屋に入ってきた」ということになる。これが第1章の最終文節である。

第4節でもふれたように、アンブラーは、忍び込んでいると部屋の主が突然帰ってきた、あるいは問題の人物が部屋に入ってきたといった文章で章を打ち切って、緊張感を次の章に持ち越す叙述方法を幾つかの作品で使っている。それもシチュエーションが似ているだけでなく、文章までほぼ同じ言葉を使っているのを発見した。マクベイン／ハンターが〝The room went silent.〟という文章を何十回も使ったように、作家それぞれ癖があるもので、アンブラーは〝××× walked／came into the room.〟というフレーズを繰り返した。

『真昼の翳』の第1章の最終文節は、〝So I was standing there like a fool, with the checks right in my hand, when Harper walked into the room.〟という文章だ。

『あるスパイの墓碑銘』の第12章でヴァダシーがシムラーの部屋に忍び込む。その章の最後の一行が「ドアがあいて、シムラーが部屋に入ってきた」（“Then the door swung open and Schimler came into the room.”）であり、ヴァダシーは逃げられない。『ディミトリオスの棺』第13章の最終行の「ディミトリオスが部屋に入ってきた」は〝Dimitrios walked into the room.〟、また、『夜来たる者』の第3章の最終行の「一瞬の後、スパルト少佐が部屋に入って来た」は〝A moment later, Major Suparto walked into the room.〟とそっくりの文章だ。『インターコムの陰謀』の第3部第1章の最後の二行は、部屋ではなく、問題の人物がホテルのテラスに現われるのだが、「私はブランディを注文した。そのときだった、ヨーストが現われたのは」〝I ordered a brandy./ And then Jost came in.〟となっている。

これらの人物が現われたことで、突然、危機的な、緊張のみなぎる局面に入って一つの章が終わる。テレビドラマだったら、そこでＣＭが入り、次なる展開はＣＭの後で、といったところだ。

部屋に入ってきたハーパーは、トラヴェラーズ・チェックを手にしたシンプソンを見てにやりと笑ってから、彼を何度も殴りつける。アンブラーの作品に刺殺死体や射殺は出てきたが、素手で暴力をふるうのはこのハーパーが初めてで、かえってなまなましい感じが協調されているし、カモに見えた男が実は暴力的な本性の持主であることが明らかになる。

ハーパーが口述し、その口述どおりにシンプソンにアテネ警察本部長に宛てた告白文を書かせる。チェック六枚を盗みましたが、ミスター・ハーパーのキリスト教徒的な博愛精神のおかげで彼から盗むことは出来ないと思い、盗んだ小切手をここに同封致します。この決心により、私は暗闇から昼の光へと踏み出したと感じております……といった内容である。ハーパーが口にした〝昼の光〟（*The Light of Day*）がこの作品の原題で、こそ泥が告白文に使った表現にしてはいささか瞑想的で、場違いのおかしさがある。

告白文を握られて、シンプソンはハーパーの言いなりに動かねばならなくなる。アテネからイスタンブールまで高級車のリンカーンを陸送する仕事だ。車はエリザベス・リップという女の所有で、イスタンブールまでドライヴするのがいやなので彼女自身は船で行くとの説明だが、車も船で運べるのだから、ほかに理由があるなとシンプソンは疑問を持つ。

リップ（Lipp）はアンブラーにとっては何か意味のある名前らしく、『薔薇はもう贈るな』のアメリカでの題名の *The Siege of Villa Lipp* にも使われているし、〝自伝〟では一九三〇年代末にパリで暮らしていたころ、ホテルの近くにBrasserie Lippという店があって、便利だったと述べている。

車の輸送許可書や保険証書を受け取って、シンプソンはアテネを出発、郊外に出てから車をとめて、スペア・タイヤ、ハブ・キャップの裏、ガソリン・タンクなど何か隠されていそうな箇所を調べるが何も見つからない。夕方、サロニカでガレージに行き、リフトで持ちあげて車体の底部を見るが、手を加えた痕跡もない。

翌日、国境にさしかかる。ギリシアからの出国は簡単だったし、トルコ側の税関も車の持ち込みをあっさり認めたが、国境警備隊員がシンプソンのエジプト国籍のパスポートの有効期間が三カ月前に切れているのを発見し、入国を拒否する。シンプソンはその年の初めにエジプト領事館で更新の手続きをしようとしたが、館員と意見の違いが発生し、イギリスの市民権を再取得すればいいさと思って、更新手続きをほったらかしにしていたのを忘れていたという。しかし、二十ページほどあとではエジプト領事館員との意見の違いなるものが、正確にはエジプト政府が彼の市民権を取り消したことだったと判明する。一人称で語りながら読者にもあとですぐにばれるような嘘をついたりするのが、この男の持ち味のおかしさである。イスタンブールまでたどりつければ、そこのエジプト領事館員を買収して偽造更新できるとたかをくくっているが、警備隊員がギリシアにもどって、更新されたパスポートを持って出直してくるまでは入国は認めないと言い出し、税関員は、リンカーンのトルコへの持ち込みは正式に許可済みで、すでにトルコ国内に入っているのだから、もし、シンプソンのトルコへの入国が認められないとしたら、トルコに入国していない人間がどうやって車を国外へ持ち出せるのだと言い出す。これもキャッチ＝22的な状況のユーモアだ。

結局、彼らは上司の警備隊長の判断を仰ぐ。シンプソンでさえリンカーンを陸送するのは怪しいと思っているのだから、隊長の目から見れば、極めて疑わしい。そのとき、リンカーンを調べていた隊員が車のドア・パネルのなかに催涙ガス手榴弾など三十六個、ガスマスク六個、拳銃六挺、九ミリ弾百二十発が隠されていたと報告に来て、シンプソンは逮捕される。これに対するシンプソンの反論も笑いを誘う。警備隊員と税関員との口論を借用して、あたしは入国を拒否されたのだから法律的にはまだトルコに入国していない、したがってギリシアに戻されるべきだと理屈をこねるのだが、これは隊長を面白がらせる効果しかなかった。

発見されたのが武器だったことから政治的背景が疑われて、彼は軍の対外諜報第二局に引き渡される。前にもふれたが、この第二局の長官がハキ将軍、つまり『ディミトリオスの棺』では探偵小説好きなところを見せ、『恐怖への旅』にも登場していたハキ大佐が昇進して将軍になっているのだ。もっとも姿は見せず、電話からもれてくる声しか聞こえない。

数時間後、第二局の副官のトゥーファン少佐がイスタンブールから到着し、持ってきたファイルを見ながら訊問を始める。このやりとりを通じて、シンプソンのかなりみっともない経歴が露呈してくる。文芸雑誌を編集したり、執筆したと彼は言うが、実際にはポルノ雑誌だったことや、エジプト政府が彼のパスポートを無効にしたのは、帰化申請書に虚偽の記載をしたからだといった事実を認めねばならなくなってくる。

訊問の途中でシンプソンが「あたしの望みはすべてを打ちあけ、すべてを暗闇から昼の光のなかにさらけ出したいのです」と言うと、少佐は不思議そうに彼を見つめる。彼は自分がハーパーに書かされた告白文の中の〝ばかげた言葉〟をうっかり使っていたのに気づき、顔を赤らめる。この男の口から不似合いな敬虔な言葉を聞かされて少佐は一瞬戸惑うのだが、この場面のおかしさは小説でないと表現できないものであろう。

少佐は、武器の密輸は要人の暗殺といった政治的な狙いがあるのではないか、前政権の支持者のように今でも軍政を嫌うものが多いのだという。彼が言っているのは、一九六〇年五月に軍部がクーデターによって民主党を解体した政変のことであろう。軍政は一年五カ月続き、少佐の言葉から推測すると、シンプソンがトルコにさまよいこんだのはちょうどこの軍政時代だったようだ（第2章で、ハーパーが六月十五日が月曜日と言っているので、一九五九年か一九六四年の出来事のはずだが、以前にも指摘したように、アンブラーは作中の日取りに無関心だ）。

ハキ将軍の指示で、シンプソンはハーパーに言われたとおりにイスタンブールへ車を運んで、ハーパーたちの企みを監視することになる。イスタンブールでは、ハーパー、彼の愛人であり仕事仲間の三十六歳のミス・エリザベス・リップ、それに荒っぽいフィッシャーが集まる。車が無事に着いたからと、シンプソンはお払い箱になりかけるが、第二局の臨時スパイの役目をせねばならぬので、ミス・リップのイスタンブール見物の案内をしましょうとねばって、引続き運転手として雇われ、彼らのヴィラの召使用の一室に寝泊まりすることになる。シンプソンはプロのガイドぶってミス・リップに宮殿のエピソードを説明するが、彼女の方がトルコ史には詳しい。内心むっとしながら、知ってるなら、おれの知識の程度を試すような質問をしなくてもいいじゃないかと逆恨みする。

ジュネーヴから六十歳ぐらいのレオ・ミラーという男が到着する。この男はきれい好きで、この飲み水は安全か、ボトルに詰めた水もあるのかと訊ね、下痢の予防のためにエンテロ・ヴィオフォルムをたくさん持ってきたよと言う。これは時代を示すヒントで、前作の『武器の道』でもシンガポールでニルセンがキャプテン・ルーキイにインド料理店に招かれ、店の中を蝿が飛びまわっているのを見て、ホテルに戻ったらエンテロ・ヴィオフォルムを嚥《の》まねばなるまいと思う場面がある。一九五九年の作品と一九六二年の次作と二度続いて同じ薬の名が出てくるのだ。飲み水の水質の悪い土地に行くと、たとえばインドの〈デリー腹〉とかメキシコの〈モンテズマの復讐〉といった名前で呼ばれる下痢に悩まされる。『武器の道』や『真昼の翳』の書かれた時代には、この症状にはエンテロ・ヴィオフォルムが特効薬として有名で、旅行者のベスト・フレンドとまで言われた。「モンティ・パイソン」に第三世界を訪れた観光客がエンテロ・ヴィオフォルムを嚥みながらトイレに列を作る寸描があったと聞く。一九六〇年代初頭にパキスタンに住んでいたとき、煮沸した水しか飲まなかったのに、それでも数カ月おきに腹の調子がおかしくなった。まるで煮沸しても毒性の消えない微量のなにかが体の中に蓄積していって、あるレベルまで溜まると自然に体が危険信号を感じて対応するのかなと考えたりしたが、そんなときにたった二錠服用するとぴたりと治るのがこの薬で、ペニシリンに並ぶ二十世紀の名薬だと思ったものだ。

ところが、日本では一九七〇年九月にこの薬の製造販売は禁止された。それまで健康保険組合などが支給する家庭常備薬のなかに整腸剤として配布されていたが、副作用として、しびれ、腹痛、麻痺、視力障害、さらに全身の機能障害の起きるケースが続発。当初は薬害であるとは思わず、伝染性のウイルスによる症状と考えられた。これがスモン病であり、エンテロ・ヴィオフォルムはキノホルムの商品名の一つだった。抜群の効果に感激し、絶対的な信頼を持っていたものには、恐ろしいニュースだった。数カ月に二錠なら副作用もないが、投与の量と期間によっては、特効薬も毒と化す一例だった。スモン病は一九五五年ごろからすでに注目されていたが、『武器の道』や『真昼の翳』が執筆された時代はまだ世界的な問題となっておらず、アンブラーもエンテロ・ヴィオフォルムを旅行者必携の特効薬だと思っていたことになる。

ハーパーたちはホテルに泊まらず、ボスポラス海峡を見下ろす大きなヴィラを借りていた。アンブラーは、首都がイスタンブールからアンカラに移るまではヴィラのある地域は外国の大使らの夏の避暑地であり、ニースやモンテカルロの旧市内にあるような、大理石の階段、庭園、噴水のある大きなヴィラだったと描写している。二十世紀初頭に立てられ、今はかなり傷んでいるという建物の細かな描写は、アンブラーが実際に見た風景であろう。

シンプソンも邸内の一室に寝泊りすることになる。キプロス人の酒飲みのコックのゲーヴンと相部屋にされそうになるが、やっと一室を確保する。トゥーファン少佐からのラジオの暗号放送を聞いたり、報告のメモを書いたりするには個室が必要だった。ゲーヴンはストーリーの展開のためには重要な端役で、彼は雇主たち、なかでもフィッシャーが大嫌いで、自分やシンプソンなど使用人には、思わずお代わりするほどの料理（「チキンと野菜のスープはここ数日間で初めて出会ったうまい食事だった」）を作るが、雇主たちには胸のむかつくようなシチューを出す。これに気づいたフィッシャーがゲーヴンにシチューを皿ごと投げつけ、酔っ払っているゲーヴンはこま切り庖丁で彼の顔や腕に切りつける。浅い傷だが、村の医者に十数針縫合してもらう結果になり、フィッシャーが受け持つはずの力仕事がシンプソンにまわってくる。

ハーパーは彼の腕の力のテストをしてから二千ドル稼ぐ気はないかと持ちかける。これを聞いた瞬間に、シンプソンが思い浮かべたのはパスポートのことだ。二千ドルあれば、中米の某国の本物のパスポートが買える。しかし、ハーパーたちは少佐に逮捕されるだろうから、二千ドルは夢にすぎないと気がつく。適切なタイミングにロープを引っ張るだけの仕事だとしか説明されぬまま、シンプソンは犯行に巻きこまれることになり、その夜は、フィッシャーのために処方された睡眠薬を飲まされて熟睡し、脱走する機会もない。

翌日の昼過ぎになって、やっと犯行の目的と方法を聞く。ハーパーたちはトゥーファン少佐が懸念した政治犯ではなく、大がかりな泥棒だった。計画を聞かされたのが、ヴィラを引き払って出発する三時間前。アンブラーはハーパーがシンプソンに計画を説明する場面に、宮殿のある岬の地図と宮殿の見取り図を入れている。

シンプソンはここまでのところは第二局の臨時スパイとしてはあまり役に立っていない。肝心の犯行目的をメモに書いてタバコの空袋に入れて、宮殿に向かう途中で車の窓から何気なさそうに捨てて、尾行している少佐の部下に拾わせようと考えるのだが。

見取り図を入れただけあって、宮殿に入ってからの彼らの移動順路の描写が詳しい。『真昼の翳』を片手に宮殿観光に行ったら面白いだろうなと思う。執筆当時にあったはずの「考古学の発掘から出た瓦礫の山」は、最近の航空写真で見ると、すでに取り除かれて樹木が植えられているようだ。

宮殿内部に隠れて夜になるのを待っている間のフィッシャーとミラーの会話のなかに、この侵入方法を思いついたのは、旧ドイツ空軍の航空写真を見たエリザベス・リップだったと出てくる。彼女が一味のブレインだった。九時前に行動を起こし、犯行は十時に完了。それからの脱出経路は地図で道筋をかなりの所までたどれるが、列車の通過する橋と警備所の位置が地図には示されていないので、正確にはどのあたりでハーパーのフォルクスワーゲンと合流したのか確定できない。いずれにせよ、トプカピを訪れたアンブラーはボスポラス海峡を眺めるふりをしながら、泥棒たちをどこから脱出させるか考えたに違いない。

犯行は一応成功する。しかし、シンプソンのスパイとしての任務も成功する。『あるスパイの墓碑銘』で海軍諜報部がヴァダシーに五百フランの謝礼を払ったように、ハキ将軍はシンプソンにボーナスを払ってやれとトゥーファン少佐に指示する。昔の諜報機関は義理堅かったようだ。もっとも、たった五百ドルかとシンプソンは不満だ。第二局の男が空港でボーナスを渡し、領収書に署名させるのも、ほぼ同時期に出版されたデイトンの『イプクレス・ファイル』を想起させ、秘密諜報機関も他のお役所と同じように経理事務がしっかりしているらしいのがおかしい。

エジプトのパスポートは失効し、その無効のパスポートもハーパーが持っていったためシンプソンは完全に無国籍者になってしまった。アテネにも戻れないのだが、ハキ将軍が予想外の温情を見せる。温情というよりは、将軍はシンプソンをトルコから追い出したかっただけかも知れない。イギリス総領事を説得して、一回限り有効の旅行証明書を発行させたのだ。領事館員も、旅行証明書の発給はイギリスの市民権を認めるものではないことを理解しておりますという趣旨の確認書に署名させる。

機上でシンプソンは、エジプトのパスポートを取得したときに、イギリスの国籍を放棄した覚えはないし、おやじはイギリス軍の将校だったのだからおれもイギリス人だとひとりいきりたち、またしてもイギリス政府とかけ合うつもりの決心を見せる。これが『真昼の翳』の結末である。アンブラーはこの作品でMWAから一九六三年度の最優秀長篇賞を受賞した。

Ⅲ

イスタンブールからアテネにもどったのが六月下旬。〝アーサー・アブデル・シンプソンのその後の生活と冒険〟という副題のついた『ダーティ・ストーリー』(一九六七)は第2部第2章に、九月の下旬だったので七月や八月よりは暑さはましだったとあるので、前作の三カ月後あたりから始まる出来事だ。前作の結末での決意表明的独り言をシンプソンは実行に移し、アテネのイギリス総領事館にパスポートの更新の交渉に行く。

しかし、副領事はインターポールから彼に関する一件書類を入手していて、シンプソンの曖昧な出自と前歴を指摘し、「きみは、この総領事館では厄介なセレブになっているんだ」とか「きみの人生はダーティ・ストーリーそのものだ」と言う。普通、ダーティ・ストーリーと言えば猥談のことだが、ここでは彼の人生は聞くに堪えない、けがらわしいものだといった意味で、何のことはない、侮辱されるために総領事館に行ったような形で追い返される。

ギリシアの在留許可はあと十日で切れる。延長申請するには有効なパスポートを提示せねばならない。『真昼の翳』で語られたように、彼のエジプト政府発行のパスポートは既に手許にはなく、しかも彼の市民権は取り消されているのだから更新するすべもない。そこで彼が考えたのは便宜置籍国のパスポートを買うことだった。

便宜置籍というのは船舶や貿易関係の仕事に関わった人には馴染みのある職業語である。タンカーなどの船主が、税金も安く、海員組合規則もゆるい国にペーパー・カンパニーを作り、自分の船の船籍をその国に置いて、節税や船員経費の節減をはかる。船籍を与える国にとっても大きな収益源となる。アンブラーは便宜置籍国として、パナマ、リベリア、ホンジュラス、コスタリカ（PANLIBHONCOと略称される）を挙げているが、バハマ、マルタ、キプロス、レバノン、オマーン、ヴァヌアツなども便宜置籍を勧誘している。これが始まったのが一九六〇年代の半ばだから、アンブラーの執筆時期と合致する。

アテネにある某便宜置籍国の公使館員の通称ミスター・ゴメスが、自分の国の政府が船籍を売って収益を挙げているのだから、彼が便宜的パスポートを売って稼いでもいいじゃないかと思いつく。彼が発売するパスポートには条件が二つ付いていて、一つは彼の国には入国しないこと、もう一つは有効期間は二年間とし、期限が切れても更新申請をしないというものだった。こんな便宜的パスポートを外交官が売った事件が実際にあったのか、アンブラーの思いつきなのか不明だが、ありそうな感じもする。もっともミスター・ゴメスのパスポートを購入する人間はどうせうしろ暗いところのある人物で、トラブルを起こす可能性が高く、いったん本国に身許照会の問い合わせが行ったら、パスポート番号からどこの在外公館が発行したのかすぐに判明するはずで、ミスター・ゴメスは大変なリスクを冒していることになる。それだけに彼のパスポートは高価だったし、また、何と言っても、彼のパスポートは偽造ではなく、本物だというメリットがあった。

　金繰りの当てもないまま、シンプソンはミスター・ゴメスの仲介人に便宜置籍パスポートを注文する。誰からも借金できずにいると、仲介人が彼を呼び出して、外国の映画会社のロケを手伝う仕事を持ちかける。プロデューサー兼監督は芸術家ぶっているが、作ろうとしているのは、古代ギリシアの秘密祭儀を模したブルー・フィルムで、仲介人は、シンプソンの女房のニッキーがベリー・ダンサーだから出演者を集めるコネがあるだろうと見込んでいた。

　シンプソンは『真昼の翳』にも登場した娼家のおかみのマダム・イルマと話をつけ、彼女の店からタレントを派遣してもらう。類は友を呼ぶのか、シンプソンの関係する仕事はいつもうさん臭い。

　監督のボディーガードのグータルはフランス軍パラトルーパーの元軍曹で、シンプソンはこの男と長い付き合いになる。夜、不意に仲介人に呼び出されて彼の所へ行くと、グータルがマダム・イルマの派遣した女たちを堕落させようとしたためにマダムが告訴し、グータルとシンプソンに逮捕状が出ているという。娼婦を堕落させようとしたと聞いて、シンプソンは思わず笑い出し、仲介人に殴られる。グータルは女たちに自分らで店を構えて共同経営しようじゃないかと提案し、女たちはその話をマダム・イルマに告げ口し、怒ったマダムはシンプソンたちが彼女たちを売春に誘い込もうとしたとの理由で告訴したという(「そんなばかな。あの女たちはもともと商売女なんだから」とシンプソン)。

この事件で撮影の遅れを気にした映画監督は、仲介者にグータルとシンプソンをこっそり出国させてしまえと指示する。逮捕されたら国外追放になるので、シンプソンに選択の余地はない。仲介人に新しい便宜置籍パスポート、現金二百ドル、ポートサイド行きの貨物船の切符を渡されて、その夜のうちに老朽貨物船に送りこまれる。ポートサイドまでの切符というところにアンブラーのひねった工夫がある。ポートサイドはエジプト領であり、エジプトでは要注意人物であるシンプソンは下船し滞在するわけにもいかない。ベイルートは昔トラブルを起こしたから行くのはまずいし、イスタンブールはトプカピ事件もあって、歓迎されるとは思えない。船が動き出したとき、おれに未来はないから海に飛び込んで自殺しようと決心をする。この決意は意外で、今までシンプソンの性格を読み違えていたのかなと読者は思うはずだ。果たして、彼の決意が続くのは二十行足らずで、ポートサイドに到着する前には、Soldier of Fortuneとしてもう一度戦闘に向かうのだと大見得を切る。クラーク・ゲーブル主演の一九五五年の映画にSoldier of Fortuneというのがあり、その邦題が直訳の「一攫千金を夢みる男」だった。金を稼ぐためには危ない橋もわたる奴といった意味の言葉で、傭兵の意味もあるが、必ずしも兵士を指すものではない。シンプソンがこのとき考えていたのも映画題名と同じ意味のsoldierだったが、彼は間もなくもう一つの意味の兵士になってしまう。

Ⅳ

『ダーティ・ストーリー』は六部構成で、今までのところが第1部の「アテネからの出発」で、その翌朝から始まる第2部は「ジブチへの航路」と題されている。

老朽船の最終目的港はモザンビークのロレンソ・マルケスだった。グータルが船長から白人勢力が強い土地で、いくらでも仕事が見つかりそうだと聞いて、そこへ行く気になり、シンプソンもいっしょに来いと誘う。ポートサイドからロレンソ・マルケスまでの追加運賃は百二十五ドル。シンプソンの手持ち残額は七十五ドルに減るが、「思い悩まずにすむ何日間かを買ったようなものだ」と彼は考える。

スエズ運河を抜けて紅海に入ってから、エンジンの冷却器が故障し、スピードが落ちる。アデンの港で修理しようとするが、ドックの工員がストに入ったため、対岸の〝フランス領ソマリランド〟のジブチに入港せねばならなくなる。アンブラーがこの作品を執筆していたころのジブチはフランス領だったが、一九七七年に独立してジブチ共和国になっている。

ジブチに寄港することになったと聞いて、グータルは、あそこなら昔の軍隊仲間がいるかも知れないと楽しそうにする。

アーサー・シンプソンの目を通して、アンブラーは、ジブチが熱帯地でフランス領なのだから、何かしら絵画的な土地だろうと思っていたのに、四角の石造りの建物ばかり、並木もないむき出しの通りにアラブやインド人の名前の店があったと描いている。ジブチで枯れない樹は一本だけ、特別に輸入した椰子で、それが枯れないのは本物の植物ではなく、全部金属で作られているからだという。アンブラーがジブチを訪れたことがあると記述した資料は見つからなかったが、この風物描写を読むと、ごく短時間ではあるがジブチを彼自身の目で見たのではないかと感じる。エルモア・レナードの *Djibouti*（二〇一〇）にはこの金属の樹に関する記述はないから、たぶん撤去されたのだろう。

ジブチに入港する二日前、甲板でグータルと船長のオランダ製のジンを飲みながら、「まったくひどい間違い」をしでかしてしまったとシンプソンは言う。グータルがヴェトナムやアルジェリアでの軍隊時代の話を始め、彼に調子を合わせてしゃべっているうちに、兵役の経験もないのに、リビア戦線でトリポリまで進駐したし、アラビア語が話せるので情報部隊に所属し、中尉だったと口から出まかせの話をし、それに軍人だった父親から聞きかじった格言（〝きちんと手入れした小銃を持って整列する兵隊にはけつはちゃんと拭いたかと訊くまでもない〟）を適当に混ぜたものだからグータルは彼の話を信用してしまう。

ジブチでの船の修理が長びき、シンプソンもグータルもホテルの宿泊費が底をつき、船長ともけんかし、行き詰ったときにホテルでキンク少佐という男に出会う。アフリカの奥地のどこかで希土類元素を含む鉱石を採掘している中央アフリカ採鉱冶金会社（ＳＭＭＡＣ）の保安主任で、犯罪歴はないが、警察はなぜか彼に関心を持っている。グータルが打診してみると、キンクは保安要員の補充を探しており、三カ月契約で六カ月ならボーナスが出るし、契約すればまず一カ月分を前払いするという好条件だ。シンプソンはグータルが採用されたのだと思ってその話を聞いていると、彼もいっしょに採用されたと言われて唖然とする。シンプソンのでたらめの軍歴を信用したグータルが自分といっしょにシンプソンも売り込んでしまった。ひどい間違いというのは、嘘の軍歴をしゃべったことだった。

翌日、ＳＭＭＡＣの幹部と会う。そこに集ったのは、フランス軍の元将校で旧仏領植民地で憲兵や教官をやっていた男、オランダ陸軍にいた爆破物専門家、南アフリカ空軍の元少佐といった実戦経験者ばかりだが、ＳＭＭＡＣは保安要員を必要としているのであって、私兵を雇うような会社ではないという見えすいた説明を聞き、元軍人たちは面白がる。

旧式の双発機でジブチを飛び立つ。ここから第3部の「希土への旅」に入る。機内には、そのときのシンプソンには何のことか分からないが、ＵＺＩとかＦ・Ｎ・Ｍ・Ａ・Ｇ・７・６２と書かれた木箱や八二ミリ口径の迫撃砲の梱包がある。保安要員になぜ迫撃砲が要るのかと疑問が浮かぶ。ＵＺＩがサブマシンガンであるのを知るのは数日後だ。第二次大戦後に開発された武器なので、傭兵たちのなかでも知っているものが少なく、シンプソンが機関銃については何も知らないことがばれずにすむ。後者は七・六二ミリ口径のベルギー製の汎用重機関銃である。スーダン南部で一泊。次の日はチャドに向かうと言っていたが、離陸後、初めて行き先が明かされる。

ここでシンプソンは妙にあらたまった口調で「一つ、言っておかねばならぬことがある。どんな出来事だったのか率直に話すつもりだが、それがどの国で起きたのかという点だけは言えない。学校の地図にも載っている土地で、アフリカに詳しい人ならどの国か推測するだろうが、おれにとって不利な証拠とならぬよう国名は変えている」と読者に語りかける。こういう開き直りもシンプソンのおかしなところで、このあとで何か人聞きの悪いことをしたと自白しているような発言だ。

目的地をシンプソンはマヒンディ共和国という仮名で呼ぶ。この国もフランスの旧植民地で、一九五八年に独立してフランス共同体に加わり、自治体制を確立して一九六〇年に完全独立を果たした。旧フランス領で一九六〇年に独立したというと、ガボン、中央アフリカ、コンゴなどの歴史と似ている。『夜来たる者』のスンダ共和国の場合よりもさらに詳しく、この国の政治形態、部族、宗教、言語、地理、衛生状態をアンブラーは作り上げて、キンク少佐の保安要員への回章の形で説明している。回章は現地人と接するときの心得にまで及ぶ長文のもので、作者の遊び心がうかがわれる。

マヒンディ北西部のクンディ州のSMMACの専用滑走路に着陸し、社員宿泊設備に入ってから、キンク少佐が彼らの任務を説明する。隣国のウガジ共和国との国境地帯は河がS字形に蛇行しており、それが国境線だったら簡単だったのだが、フランス領時代には直線の経度線が州境であり、独立時にその直線がそのまま国境となって、Sの字を縦に貫いて$記号のような形になっている。このせいで、河を運行する船は三度も通関せねばならぬので、河を国境とする話し合いが両国間で友好的に進んでいた。ところが、ウガジ政府は一年前にアメリカ・西独のコンソーシアムのウガジ採鉱開発会社（ＵＭＡＤ）とウガジの鉱物資源開発契約を結び、ＵＭＡＤの調査チームが、現在はウガジ領であるが河の蛇行線が国境となったらマヒンディ領になるアマリ地域を探査してから、国境改定案の協議を打ち切ると突然宣言する事態が起きた。ＳＭＭＡＣが密かに探ってみると、アマリ地域に希土類の鉱床が発見され、それがウガジ政府の態度を急変させた理由だった。キンクは「＄の中央の線を緊急かつ永久的に抹消することが必要になった」と言う。シンプソンは、キンクが侵略戦争をまるで僻地開発計画のテープカットの儀式のようにしゃべるのにショックを受ける。まわりの元兵士たちは活気づき、兵力や装備、作戦について質問する。彼らは戦死したりけがするかもしれない可能性を考えておらず、それを考えているのはおれだけ、正気なのはおれだけだと思う。

第二次大戦後の世界各地での内戦がプロの傭兵の需要を生んだが、傭兵が登場する小説を読んだのはこの『ダーティ・ストーリー』が初めてだったような気がする。しかも、この作品ですでにその後の〈傭兵小説〉によく見られる低開発の小国、その国の地下資源の利権を狙う巨大資本という図式が登場している。例えば、フォーサイスの『戦争の犬たち』では西アフリカのサンガロ共和国のプラチナ鉱床をイギリス資本が狙い、ウェストレイクの『天から降ってきた泥棒』ではアメリカのコングロマリットが南米グェレラの鉱物資源、佐々木譲の『ネプチューンの迷宮』では南太平洋の島国ポーレアの〝地価〟が狙われる。

ＳＭＭＡＣもＵＭＡＤも読者には顔の見えない巨大企業であり、善悪の判断が自己中心的である。彼らは『暗い国境』から始まって『恐怖の背景』『裏切りへの道』『恐怖への旅』に名前の出てくる武器メーカーの〈ケーター&ブリス〉、『汚辱と怒り』のイタリア系石油コンソーシアム、『ドクター・フリゴの決断』の仏系石油コンソーシアムと同じように資金と支配力を持つ不吉な存在で、アンブラーは巨大企業の倫理感に対する疑問をここでも呈している。

Ⅴ

第4部の「先鋒隊」の章ではＵＺＩや重機関銃の操作を習い、クンディ州の首長の軍隊の訓練をし、彼らの気の早い射撃は敵よりも危険であるのを発見する。白人傭兵たちが小隊長と副官となり、三十人ずつの二個小隊を編成し、シンプソンは情報将校としての実績のせいか、二つの小隊と本隊の無線連絡の担当となる。侵攻の前日に傭兵の一人、南アフリカ空軍の元少佐のウィレンズが無線機を使って暗号文を送信してくれたら、今と同じ給料で一年契約、ボーナス五千マルクで雇おうとこっそり誘いをかけてくる。ウィレンズはＵＭＡＤのスパイで、暗号文はアマリ地区を空中偵察せよというもので、ＵＭＡＤが偵察機を飛ばして警戒していると分かればキンク少佐は攻撃を中止するだろうとの読みだった。その夜のうちにでも打電してくれとウィレンズは言うが、戦闘が始まるまでは無線機には近づけない。暗号を打電すればＵＭＡＤは応戦態勢を整えるだろうから、ＳＭＭＡＣが敗れるかもしれない。敗れたら給料やボーナスを払うだろうか。シンプソンはいかにもこの男らしい保身策を思いつく。打電してＵＭＡＤに協力する姿勢を見せておくが、できるだけ遅く打電し、それでもUMADが勝てば彼らの味方をしたことになるし、SMMACが勝てば契約どおりの報酬がもらえる。

第5部の「戦闘の一日」で、アンブラーは戦闘の展開を手際よく描いている。第二次大戦中に軍の映画制作に携わった経験が生きているのであろう。夜明けに侵攻を開始し、昼過ぎにはウガジの県庁のあるアマリの町に入る。シンプソンがやっと暗号を打電するチャンスを見つけたのは十時過ぎだった。

捕虜になった敵側の白人将校がキンクの副官のトロップマン大尉を見て、何だ、お前だったのかと言い、副官は、お前もついてないなと言ってシンプソンらに彼を紹介する。旧知の傭兵仲間が敵味方の立場で再会し、苦笑まじりで互いの被害を語る。その間、捕虜の将校はサブマシンガンを持ったままで、副官はそれを取り上げようともしない。傭兵たちの世界の奇妙な光景である。県庁ビルを占領し、内部の点検を任されて、シンプソンは独りで見てまわる役目になる。そして、鍵をかけ忘れた金庫の中に札束と十六通のパスポートを見つける。UMADの外人職員たちが身分証明書を申請するために提出したものだった。これを見たシンプソンの反応が滑稽だ。


おれほどパスポートの貴重さを知っているものはいない。十六通が盗まれるかなくなりそうな場所にほうっておくなどというのは犯罪行為そのものに思えた。おれは正しいと思う行動をとることにし、まず室内を念入りに調べ、金庫の鍵を探した。あわてたばかりに鍵をかけ忘れていったのだとしたら、もちろん、おれは金庫に鍵をかけ、しかるべき管理者が現われたら鍵を引き渡す。でも鍵は見つからなかった。こんな状況下ではパスポートと札束はおれの雑嚢に保管しておいた方が安全だ。だから、雑嚢に入れた。それから、このことは忘れてしまった。当然の話だが、命がけで戦っているときには些細なことは忘れるものだ。

これこそ、嘘つきでこそ泥であるシンプソンの真骨頂ともいえる独白である。この文章には『デルチェフ裁判』や『シルマー家の遺産』のような、やや重苦しい作品と同じ著者とは思えぬユーモアがある。シンプソンは、パスポートを見た瞬間に盗むつもりでいたはずなのに、金庫の鍵がどうの、しかるべき管理者がどうのと、おのれの行為を正当化する理由づけをして、一応格好をつけ、見栄を張らないと気がすまない性質なのだ。

その数時間後、暗号文をUMADに送信したことがばれかけて、絶望的な危機に陥ったとき、ウィレンズが、荷物をまとめろ、出かけるぞと声をかける。これが第5部の終わりで、第6部の「離脱」は二人が県庁ビルから脱出する場面に続く。追ってきたグータルがウィレンズを見つけ、そっと逃げたければ金を払えとゆすり、大声をあげ始めたため、シンプソンは後ろから忍びよってUZIで彼の頭を思い切り殴り、昏倒させる。暴力行為はシンプソンに似つかわしくないが、彼にとっては、ちびのアーサーとかでぶのバカと呼ばれていた自分が決断すべき瞬間には、隅にかくれておびえているのではなく、武器を使う勇気があったのだと誇らしげで、グータルが船乗りシンドバッドの背中に取りついた〈海の老人〉のように今まで彼に取りついていたが、その頭を殴りつけて追い払い、シンドバッドは自由の身になったと高揚する。この発言から、シンプソンのいつもの虚勢の裏には負け犬的な劣等感が潜んでいたことが読みとれる。

ウガジのホテルに泊まり、約束した金をウィレンズが払ってくれるのを待つが、らちがあかない。戦闘が拡大すると思っていたら、SMMACとUMADが希土鉱床の共同開発に合意したと聞いて、シンプソンは憤慨する。トイレで誰かの財布を盗んだら泥棒だと大騒ぎになるのに、巨大企業がよその国の資源の奪い合いをしても犯罪にはならないのか。希土の鉱床があるのはウガジ領だから、SMMACの侵攻は明白に犯罪である。それにもかかわらず、二つの巨大企業がジュネーヴのオフィスで静かに話し合って、盗品の分け前を打ち合わせていると聞いて、シンプソンは「血が煮えくり返る思い」をする。

両社が希土鉱床を共同開発し、マヒンディとウガジの政府に鉱区使用料を払うという解決は、シンプソンにすれば、自分が戦闘に参加し命がけの思いをしてきたのに、姿の見えない巨大資本が強奪をビジネスライクに解決してしまうのが不正行為に見えたのだ。この考え方は確かに正論なのだが、いままでのシンプソンの品行と照らし合わせてみると、場違いの正論で、シンプソンらしくない。うっかりアンブラー自身の本音が出たかのようだ。アンブラーもこのデヴィエーションに気がついており、シンプソンの不快感を嗅ぎとったウィレンズ夫人に「あんたって、モラリストなのね」と言わせ、シンプソンには、いままであれこれ酷評されてきたがモラリストと言われたのは初めてで、いやな感じだった、ばかにされたような気がしたと独白させて、軌道修正をはかっている。

女にばかにされたと思うと、おれは本気で真剣に計画を考え始める癖があるとシンプソンは言う。手許に十六通のパスポートがある。これがブラックマーケットでいくらで売れるかという話はさておいて――もちろん売るつもりなのだが――六つの国で発行されたものなのに、どれも同じような装幀で、表紙に紋章がエンボスされた手帳の形で、手ざわりも似ており、なかには西独政府の発行したものではないのに裏表紙にフランクフルトの印刷会社の名前が小さく印刷されているものがあるのに気がつく。世界には百四十を越える独立国があり、ボツワナ、レソト、ルワンダといった新興国も独立国だからパスポートを発行している。誰も名前を聞いたことのないような新興国がパスポートを発行したらどうなる？　とシンプソンは自問する。出入国管理局の役人はパスポートの写真と当人を見比べ、期限切れではないか、ビザは取得ずみか見るだけで、発行国については質問しない。聞いたこともない国だと言ったり、国連に加盟しているかなど訊ねもしない。有効なパスポートにスタンプを押すのが彼らの仕事だ。シンプソンはとびきり便宜的なパスポートを発行するという事業を考え始める。

彼は未払いの報酬の代わりにウィレンズに航空券を買わせてタンジールへ飛ぶ。そこでパスポートのうち十一通をいとも簡単に、しかもいい値段で売り払う。最終頁にこんな一行がある。

明日、おれはフランクフルトへ行く。
いまや、おれには人生の使命があるのだ。

無国籍者を救済するのが使命だと、またしても大見得を切る。いつもパスポート問題に悩まされてきたシンプソンらしい結末だ。

先に述べたように、アーサー・アブデル・シンプソンの冒険譚は三部作になる予定だった。もし、アンブラーが第三作を書いていたら、フランクフルトから始まり、シンプソンが売りだした、ありそうで存在しない独立国のパスポートが引き起こすトラブルの物語だったと思う。書いてくれなかったのが残念だ。

第6部の原題のDisengagementには、軍の撤退、解放、離脱、自由といった意味がある。フランクフルトに向かうシンプソンは、今までの慢性的なパスポートのトラブルから解放され、貧乏暮らしからも脱け出し、負け犬心理からも解脱して、希望に充ちて意気込んでいる。そういう意味を含めた原題である。

VI

アンブラーの*The Ability to Kill*（一九六三）は実際に起きた殺人事件を扱ったエッセイ集で、研究家のピーター・ルイスは、ＳＭＭＡＣの傭兵隊長のジャン・バプティスト・キンクと副官のトロップマンという名前は、そのエッセイの一つに取り上げられた若いジャン・バプティスト・トロップマンがジャン・キンクとその妻と子供六人を殺害して一八七〇年にギロチンで処刑された事件から取ったものだと指摘している。アンブラーの妙なユーモア・センスだ。
ハメット、チャンドラー、ロス・マクドナルドらの研究書の著者のピーター・ウルフは

Alarms & Epitaphs（一九九三）と題するアンブラー研究書も書いている。Alarmは『裏切りへの道』の原題の*Cause for Alarm*から取ったもので、Epitaphは墓碑銘だから、いい題名だ。ハメットの研究書を執筆しただけあって変わった見方をする人で、『ディミトリオスの棺』でディミトリオスを追ってチャールズ・ラティマーの追跡調査と交差するミスター・ピーターズは『マルタの鷹』のキャスパー・ガットマンと酷似していると考えている。ピーターズもガットマンもふとっており――二作とも映画化されたときシドニー・グリーンストリートが演じた――洗練されていて貪欲、デリケートでずる賢く、上品で親しげなしゃべり方をすると指摘する。また、ラティマーが『ディミトリオスの棺』の第1章で会う銀行支店長の名がコリンソンだが、ハメットが最初の短篇を発表したときの筆名がピーター・コリンソンだったことも挙げて、ハメットがアンブラーに影響を与えたと言いたげだ。

ピーター・ウルフは*Alarms & Epitaphs*の研究テーマの一つとして、アンブラーのファーザー・コンプレックス、つまり作中の人物に投影された父親像、父親代わりに息子を保護し、かつ権威を見せつける存在を究明しようとしている。例えば、『恐怖への旅』では主人公のグレアムを護るために汽車の旅を止めさせて船旅の手配をするハキ大佐は父親役の原型だし、船客のフランス人のマチスも〝よい父親のように〟グレアムの伝言を領事館に伝える役目を引き受け、自分の拳銃をグレアムに与える。グレアムを狙って乗船してきた年配の教養豊かなドイツ人は邪悪な父親像であり、放蕩息子を無事に家に送り届けようとする父親のような気配りを見せながらグレアムを拉致する。ハキ大佐がグレアムの護衛につけたふけだらけの白髪のトルコ人にも父親像が見られるといった具合に「『恐怖への旅』には父親たちが沢山いるのだ」と、ウルフは言う。『汚辱と怒り』では、フィリップ・サンガーが十歳程度年下のピート・マースとルーシア・ベルナルディを子供たち《チルドレン》と呼び、いつも優越的な態度をとる。こういう深層心理のなかの父親像とは対照的に、息子をかばうヨルダン・デルチェフ、父親を白人に殺されたために白人を憎み続ける『武器の道』のイスカク将軍、バス会社経営に乗り出して、親父にバスを見せてやりたかったと思うギリジャを通して顕在的な父親像を描いたとウルフは見ている。

シンプソン二部作も父親に関する言及が多い。父親はシンプソンが七歳のときに死亡し、作中に姿は見せないが、シンプソンはしきりに父親の格言めいた言葉を引用する。七歳の子供がよくも憶えていたものだと言いたくなるような、軍隊生活から生まれた警句ばかりで、『真昼の翳』第1章の「何であれ、ヴォランティアにはなるな」「くそまじめだと脳が動かなくなる」というのは、アンブラーが戦時中に陸軍輸送隊に編入されたときに同室になったトラック運転手だった男の格言だったと〝自伝〟で語っているので、アンブラー家の家訓ではない。シンプソンは二部作で全部で十一の父親の格言を引用している。

『ダーティ・ストーリー』第4部第4章に「相手の正体を見てとるには、小便をするところを覗くにかぎる」という父親の言葉が出てくるが、子供のいる所で言う格言にしては品が悪いなと思い、原文を見たら、原文も品がいいとは言いかねる言い回しではあるが「不意討ちをくらわせたいなら、相手がいつぐでんぐでんに酔うか見張るんだ」という意味だった。いずれも兵営での処世訓、軍隊でうまく生き抜く要領を語った古参兵の知恵であり、インテリの言葉ではない。

アンブラーの父親コンプレックスを追究するウルフは、シンプソンの父親の格言には父親像を示すものがないと判断したのか、完全に無視し、むしろ、シンプソンの学校時代の教師の皮肉や体罰を代理父の象徴と見ている。

〝自伝〟に十七歳のアンブラーが機械工になりたいと父親に言ったときのことが記されている。彼の父はいろいろな楽器を演奏できたが、それ以外の手仕事はだめで、工具は全く扱えず、運転も下手な人だったから、機械工になりたいというのは残酷な申し出だったし、父は子供が中産階級の階段を昇り、きちんとした服を着て、爪もきれいな仕事についてほしいと思っていたのだと回想する。

ピーター・ウルフは回想の中の〝父は運転が下手だった〟という一行を原点にして、シンプソンをプロのお抱え運転手にしたのは、現代の機械化された生活ではシンプソンが父親を超越していることを示し、父親が息子にかけていた望みに反して、息子を前科のあるろくでなしとして描いたのは父親を罰そうとしているからだと分析している。

しかし、〝自伝〟を読んだかぎりでは、アンブラーが父親ときびしい緊張関係にあったわけではなく、ごく普通の親子だったように書かれているので、アンブラーには父親コンプレックスがあったとするウルフの主張が納得できない。アンブラー作品から父親コンプレックスを読みとるのは強引な論理展開のように思えるし、深層心理的なことを探り出したいのなら、登場人物には独り者が多いこと、女性が少なく、特に母親が登場しないこと、深刻な恋愛沙汰を取りあげていないことなどの方が作者の性格分析の材料になるのではないかと思う。

ウルフが何を根拠にアンブラーの父親コンプレックスにこだわるのか不思議に思いながら、彼の著書を読んだのだが、読み直してみて、やっとこれが彼の着想の端緒なのだなと思われる箇所を見つけた。彼が引用しているのは、なんと、オスカー・レヴァントの一九六八年の回想録 *The Unimportance of Being Oscar* の一節である。

一九二二年に彼（アンブラー）の父親がふいに車を購入し、アンブラーは激怒した。怒りの理由は、彼の学資として取ってあった金を使ってしまったからだった。この話になると、彼はいまでも紅潮する。

なぜか十三歳のときのこの出来事は、アンブラーの〝自伝〟では言及されていない。後年になってレヴァントには語っているのに、〝自伝〟から外しているのは、確かに微妙なものがあり、かえって父親コンプレックスを疑わせる結果になったようである。

9　アンブラーとオスカー・レヴァント

父親コンプレックスもさることながら、アンブラーがオスカー・レヴァントと知り合いで、それも、少年時代の思い出話をするほど親しかったらしいのには驚いた。二人とも映画界と関連があったから、おそらくハリウッドで知りあったのであろう。

映画好きの方ならオスカー・レヴァントはなじみのある名前のはず。彼はジョージ・ガーシュインの親友で、ガーシュイン伝記映画「アメリカ交響楽」に彼自身の役で出演していたし、ガーシュイン作品の最も優れたピアニストだったと言われる。ジーン・ケリーの「巴里のアメリカ人」ではパリ在住のしがない音楽家の役で、ガーシュインの「ピアノ協奏曲へ調」の演奏を夢見て、ピアニストも指揮者もオーケストラのメンバーも、熱狂的に拍手するガラの悪い聴衆も、全部彼一人で演じた。指揮者のレヴァントがピアニストのレヴァントと握手し、客席のやかましいレヴァントにいやな顔をする場面がおかしかった。ミュージカル映画の「バンド・ワゴン」にも出演していたから、映画で見たレヴァントは、ピアノも弾けるコメディアンのような印象が強いが、トスカニーニやトーマス・ビーチャムが指揮するコンサートにも出ているのだから当時一流のピアニストで、アーノルド・シェーンベルクに師事したこともあり、彼自身、クラシックもポップスも作曲した。鋭い辛口のジョークが達者で、ラジオやテレビのパーソナリティとしても活躍、アドリブのジョークが辛口すぎて、番組がキャンセルされた事件もあったという。

アンブラーとレヴァントが知己だったというのは、ウィリアム・フォークナーがクラーク・ゲーブルとゴルフをしたとかヒッチコックの「サイコ」の二枚目俳優のジョン・ギャヴィンがのちにメキシコ大使になったといったのと同じような驚きがある。レヴァントは前掲の一冊を含め、回想録を三冊も書いているが、その題名がジョークの達人にふさわしく、ひねくれている。四〇年代後半に古本屋で第一作の *A Smattering of Ignorance*（一九四〇）の軍隊文庫版をよく見かけたものだが、Smatteringとは生かじりのことで、学問や知識の生かじりなら分かるが、〝無知の生かじり〟とはどんな日本語を当てはめればよいのか。一九六五年の第二作は *Memoirs of an Amnesiac*（〝健忘症患者の回想〟）という逆説的な題名だし、第三作の *The Unimportance of Being Oscar* はオスカー・ワイルドの戯曲 *The Importance of Being Earnest*（『真面目が肝心』『誠が大切』の邦題で訳書あり）をもじったものだという。

ヒューストンのミステリ書専門店がレヴァントの *The Unimportance of Being Oscar* を手際よく見つけてくれたので、レヴァントとアンブラーの話をしよう。惜しむらくは、届いた本には〝ニューウエストミンスター公共図書館廃棄書〟という大きなゴム印がべったり二カ所にあるし、貸出用カードの封筒が張りつけてあって、図書館の整理番号のラベル、しおりのかわりにページの端を折ったやつがいて、折り痕があるし、茶色のしみ、黒い指の跡もついていて、古本としては最低の状態なのだが、私が頼んだ店もネットで探して現物を見ずに取り寄せてくれたのだろうから、文句は言えない。

イフレーム・カッツはレヴァントを「ピアニスト、作曲家、俳優。ニューロティックで心気症で不眠症の才人。天才を自称。ガーシュイン作品の優れた理解者……」と要約しているが、精神状態が不安定で入退院を繰り返したのは衆知のことだったから、レヴァント自身、それも回想録のネタにし、ジョークと毒舌を連発している。冒頭の第一節から思わず笑ってしまう。「妻のジューンはいつも執筆を手伝ってくれてきたが、私の親友ではない。いちばん厳しい書評家が彼女なのだ。これを立証するために「父が書き、母が問題箇所を削除した」といったマーク・トウェインの娘の言葉を引用しよう。もちろん自分をトウェインになぞらえているわけではないが、この本を書くようになってからこのかた、妻は、車輪に次ぐ人類の発明は消しゴムだわと断言するようになった」といった調子だ。

この回想録には、作家、音楽家、芸能人、ジャーナリストなどの人名に、映画、舞台劇の題名など一千件に近い索引が付いていて、プルーストやラ・ロシュフコーまで載っており、これを見ただけでも、レヴァントの教養と顔の広さに感心してしまう。ＪＦＫの父のジョゼフ・ケネディとも親しかったという。音楽、演劇、文学の分野での思い出話や知名人の知られざる逸話がたっぷり詰めこまれている。

アンブラーについては、最近、有名な客人と会った、殺人とスパイ物のイギリス作家のエリック・アンブラーであると書いているが、どこで出会ったのかは不明。アンブラーは、治癒見込みのない犯罪者を収容しているサナトリウムで会った殺人犯の話をしている。自分ははめられたのだとその患者は根気よくアンブラーに説明し、おれはあいつの頭蓋骨を突き刺しなどしなかった、刀を引き抜こうとしているときに誰かが入ってきただけだと言った。「彼は狂っていた。刀を使うときは頭を突き刺したりせずに柔らかいところを狙うのが普通だ」とアンブラーは権威のある口調で言ったという。「エリックと会うと、いつも学術的な見解を聞かせてもらえる」と現在形で書いており、執筆当時の親しさがうかがわれる。回想録には六十枚を越える写真が入っているが、そのひとつにアンブラーとその夫人（ヒッチコックの脚本家のジョーン・ハリスン）にはさまれて坐っているレヴァントの写真もある。ビング・クロスビー、シナトラ、アル・ジョルスンなど芸能人とのツーショットもあれば、トルーマン大統領、トスカニーニ、シェーンベルクの署名入りの肖像写真、イーゴリ・ストラヴィンスキー、オルダス・ハクスレー、クリストファー・イシャーウッドとのスナップもあり、交際範囲の広さに驚く。

前節でふれたアンブラーの父が彼の学費に当てるはずの金で車を買ってしまって彼を激怒させた出来事について、レヴァントは、怒るのも無理はない、彼は高等教育を受けようとよく働いたし、何百人もの大学奨学金志望者から選ばれた四人の一人で、化学の試験では百点満点だったのだから、すごいと思うと述べている。成功するまで十六年間も貧乏暮らしをして、ヴォードヴィルの舞台にも出たのでいまでもピアノを弾けるし、十八冊の作品のある作家だが、イギリス軍に六年間在籍し、映画界で四年間働き、執筆能力を失いかけていたことがある。エリックによると、映画の仕事をやめて小説に帰るようにと説得したのはノエル・カワードで、「いつでも井戸に戻っていけると思っているのだろうが、あまり長い間離れていたら、思いついて戻ったときには井戸が干上がっていることになるぞ」と言った由。レヴァントの回想録から十数年後に書いた〝自伝〟のなかでアンブラーもカワードの忠告にふれている。「映画なんかやめろ。もっと小説を書くんだ」という言葉に始まって、「いつでも井戸に……」と続き、レヴァントが書いたカワードの言葉と一言一句同じなので、まるでアンブラーのほうがレヴァントの回想録を引用したようなおかしさがある。

　ノエル・カワードは劇作家、俳優、作曲家。「ハバナの男」「パリで一緒に」「バニー・レークは行方不明」などの映画に出ていた人だ。大藪春彦の『香港破壊作戦』やトニー・ケンリックの『ネオン・タフ』に〝マッド・ドッグズ〟という香港に実在するパブが出てくるが、この店の名はカワード作詞作曲の〝Mad Dogs and Englishmen〟からとったもので、熱帯の真っ昼間の太陽の下に出てくるのは狂犬とイギリス人だけというコミカルな歌である。

　これで思い出したが、一九九三年だったか、マクベインの車に同乗して、ヒューストンの公園を走っていたとき、白昼の暑い陽光を浴びながら汗だらけでジョギングをしている男を見かけた。こんな時間帯にジョギングをするとはねと私が言うと、マクベインは即座に「イギリス人だろ」と言った。マクベインもノエル・カワードを引用したのだ。

　レヴァントは、ある劇評家がジョージ《G》・バーナード《B》・ショー《S》の戯曲には人情味がないと評したのが気になって、アンブラーの意見を求めたところ、アンブラーも、ＧＢＳの作品は「傷心の家」以外は、大体、劇評家の言うとおりだと答え、さらに、結婚生活をテーマにしたＧＢＳの「キャンディダ」は再演に耐え得る出来だが、あの作品は「ヴァージニア・ウルフなんかこわくない」のGBS版だとコメントしたという。また、作家について語り合っていたときに、アンブラーが、「アルフィー」のような映画は、作者が同性愛者だったら決して書けない作品だと言った。前後の経緯が書かれていないので、議論の筋がよく見えないが、女性にしか書けない小説とか、いかにも男性作家らしい作品といった話のなかで出てきたコメントであろう。「アルフィー」はマイクル・ケインの演じる女誑《おんなたら》しが主人公で、入院すれば看護婦に手を出し、退院すれば同室だった患者の女房を口説く。ところが、彼がやっと結婚する気になった裕福な未亡人は若い男に惹かれてアルフィーをふるという皮肉なストーリーだ。

レヴァントたちは、回想録を書くとしたらどんな題名にするかを話題にしたことがある。アンブラーは*The Latter Years*（『晩年』の意味か）に決まっていると言ったとのことだが、一九八五年になって出版した回想録の題は*Here Lies*だった。レヴァントのほうは、*So Little Time and So Little to Do*という題名だったが、四冊目の回想録は書かれていない。

レヴァントは、アンブラーが第二次大戦中にチャーチル首相の週末の別荘の護衛部隊に配属されていたときの話も書いている。この出来事はアンブラーの〝自伝〟に詳しく書かれていて、ちょっとレヴァントの記憶とくいちがうのだが、「アンブラーの任務の一つは首相に日曜日の夜の映画の題名を知らせることだった。チャーチルは、どういうわけか、ディアナ・ダービンの「オーケストラの少女」が好きで、上映中、天才少女だ、天才だとつぶやき続けていた。首相は翌週もダービンの映画だと思っていたが、アンブラーが、閣下、来週はジンジャー・ロジャーズ主演のBachelor Motherでありますと報告すると、チャーチルは唖然とし、彼に指を突きつけて、「わしはそうは聞いてないぞ」と雷のような口調で言った。「希望どおりの映画を観ることが出来たのか記録はない」とレヴァントは書いている。

一方、アンブラーの〝自伝〟では、ドイツ軍の低空飛行攻撃に備えた砲兵隊に配属されてチャーチルの護衛に当たっていた。一九四一年十一月のチャーチルの誕生日に別荘の二階の映写室で「オーケストラの少女」が上映されたとき、アンブラーは遅れて行ったので、空いているのは首相の坐っている最前列だけだったため、片手に葉巻、片手にブランディ・グラスの首相の近くの席に坐った。上映中に妙な音が聞こえてきたが、いびきではない。しばらくして、首相が演説のリハーサルをしているのだと気がついた。言葉は聞きとれなかったが、声の強弱やリズムで演説の稽古なのだと分かった。さりとて映画を観ていないわけではなく、面白い場面になると満足気にハッ！　と言ったという。映画のあと、将校たちにウィスキーが振る舞われ、首相は、都合がつくなら来週の映画も観るべきだ、ディアナ・ダービンの新作のBachelor Motherだよと言う。この映画は新作ではなく、去年観たし、ダービンも出ていないから、首相をがっかりさせたくないと思って、アンブラーは、閣下、その映画はダービンではなくて、ジンジャー・ロジャーズでありますとばかみたいに言ってしまった。チャーチルは嚙みつこうとするブルドッグの目つきでにらみ、わしはダービンの映画だと聞いていると鋭く言う。ウィスキーのせいだったのか、黙っていればよかったのに、アンブラーは、ジンジャー・ロジャーズとデイヴィッド・ニーヴェンでありますと意地をはった。ふん、来週になれば分かると首相は言ったものの、まだアンブラーをに

らみ続けて、

「対戦車砲の装弾数は何発だ?」

「四十八発であります」

それで会話は終わったが、横にいた司令官がアンブラーに、間違ってなくてよかったよ、首相は銃砲に関してはすごく博識なんだとささやいたという。チャーチルは、お前は映画のことは分かっているようだが、専門の砲術はどうなんだとやり返したかったらしい。問題のジンジャー・ロジャーズの一九三九年の映画は日本には未輸入で、一九五六年にデビー・レイノルズの主演で「歓びの街角」(Bundle of Joy)の題でリメークされた。

アンブラーがダシール・ハメットよりもレイモンド・チャンドラーのほうが好きだと言ったとレヴァントは書いている。意外なのは、若いころのレヴァントがハメットと知り合いだったことだ。ハメットはアンブローズ・ビアスについてレヴァントに熱弁をふるい、リリアン・ヘルマンは親切にほかの作家を読むことをすすめ、その一人がスタンダールだった。ウィリアム・F・ノーランやダイアン・ジョンスンのハメット伝を見てみたが、ハメットがビアスをどう語ったのか言及されていない。だが、極めて熱心に語ったとレヴァントは言う。彼は自分の本の読者層はハメットにはなじみがないと思ったのか、背の高い痩せたハンサムな男で、ピンカートン社の探偵だった人だと説明している。船内の金庫で盗まれた金貨を探すためにオーストラリアに行く船に同乗する予定だったが、ハメットは頭脳明晰のところを見せて、出帆前に金貨を発見してしまったために、せっかくのオーストラリア旅行は取り止めになったというエピソードを紹介している。

小鷹信光さん訳のノーランのハメット伝によると、これは一九二一年十一月にソノーマ号で十二万五千ドル相当の金貨が盗まれた事件で、十一月といえばオーストラリアは夏で、暖かい土地に行けるのをハメットは楽しみにしていたとのことだ。

また、レヴァントは「友人たちの間では、ダッシュ（ハメット）は親友のリリアン・ヘルマンの仕事の上での恩師だと思われていた。そうだったのかどうかはともかくとして、リリアンの最初の戯曲「子供の時間」の上演後、ハメット自身はほとんど執筆しなかった。ダッシュは映画の「影なき男」シリーズのヒットのおかげでハリウッドでは〝ワンダー・ボーイ〟だった」と記している。ガートルード・スタインがミステリ・ファンで、特にハメットの作品が好きで、一九三〇年代にハリウッドでハメットと会い、その話を『みんなの自伝』（*Everybody's Autobiography*, 1939）に書いたが、ハメットの名前のスペルが間違っていたと指摘している。ノーランやジョンスンの伝記がまだ出版されていないときだったから、レヴァントのハメット回想は珍しい話題だったのだろうと思われる。

レヴァントのラジオのトーク・ショーにイギリスの女性作家のジャン・ストルーザー（一九四一年の戦意昂揚映画「ミニヴァー夫人」の原作者）が出演し、クリスティーの『そして誰もいなくなった』は傑作だと言ったら、何通もの抗議文が殺到した。ジャンがイギリスでの原題でしゃべったからだったとレヴァントは言う。ご存じのように原題は*Ten Little Niggers*だった。

ミステリと関係ないが、もう一つだけおかしい話。ジュディ・ガーランドは不眠症で、レヴァントの家に遊びに来ると、ちょっと失礼とトイレに消えて、メディシン・キャビネットから睡眠薬をごっそり盗んでいった。かくいうレヴァントも不眠症で、薬が入手できないときは友人のトイレの薬棚を狙ったのだが、彼の夫人が先回りして、電話しててしまうので、友人たちは薬を隠してしまっていたとか。

10 『インターコムの陰謀』

I

アンブラーの『インターコムの陰謀』にはスパイが二人登場する。彼らはスパイ活動はしないが国際的な謀略を実行する。二人ともプロ中のプロ、諜報機関の局長クラスの男たちだった。いつごろからか、国際謀略小説というジャンル名称が生まれた。誰がいつ思いついた呼び方なのか調べてみようかと書棚を見回してみて、たちまちこれは難題だと気がついた。どこまで遡ればよいのか見当もつかないのだ。幸い、北上次郎氏の『冒険小説の時代』の「流行りに背を向けて――国際謀略小説への違和感」の章に決定的な手がかりがあった。その文章で一九八〇年六月に邦訳されたアンソニー・グレイの『毛沢東の刺客』を取りあげ、「コピーに〝元北京特派員が描く迫真の国際謀略小説〟とある」と書き、「国際謀略小説、とは誰が考えたコピーか知らないが、まさに言い得て妙、十年前なら、スパイ小説であり、冒険小説であった」と述べ、新しいジャンルなのだろうとも言っている。希代の読書人がこう言っているのだから、国際謀略小説の名称が使われるようになったのは一九八〇年と考えてよかろう。

『インターコムの陰謀』(一九七〇)が訳出されたのは一九七五年。当時、国際謀略小説という呼び方が生まれていたら、この作品のコピーにも使われていたはずだ。作中の時代背景は、十一月四日金曜日と出てくるから、一応、一九六六年と推測される。二人のスパイは一九五〇年代からの友人である。ヨースト大佐はその名前から見るとオランダ人かベルギー人、ブランド大佐はスカンディナヴィア、おそらくデンマーク人と思われるが、彼らの祖国の名は明らかでない。二人とも第二次大戦中にドイツに占領されたときはレジスタンスに加わり、情報活動のスペシャリストになった。作品の発端では、二人とも自国からNATOに出向し、ブランドは保安情報局長、ヨーストは防衛情報局長だった。彼らはNATOの必要性は認めるが、自分たちの国がNATOのなかでは、ワルシャワ条約機構におけるルーマニアやブルガリア程度の意味しか持っておらず、米ソという巨人たちの対立に巻き込まれたこびとでしかないと認識していた。ルーマニアはワルシャワ条約機構に参加した国の一つだったが、チャウシェスク大統領は経済力が乏しいことを理由に軍事的な協力は拒んでいたから、条約機構のなかでは非力な存在だった。

大佐たちは二人とも反ソ的でもあるし、反米的でもあった。一九六〇年代の半ばにCIAとKGBだけがシークレット・ウォーの有効戦力となると、二人の局長の重要性は減り、「小さな十字路の張り番をする村の巡査」のような立場になりそうな気配が見え始めた。定年までの勤務は期待できるが、無視されている不満があった。ヨーストがブランドにメキシコにいた希少郵便切手の偽造の名人の話をする。消印まで偽造し、法的には額面価格のない紙きれを作っていたことになるが、みごとな出来ばえのため長年にわたって郵趣切手の国際市場の頭痛の種となっていた。

名人が七十六歳になり引退を考え始めると、偽造用の原版や道具を若手に譲って偽造は続くのではないかとの不安が出て、切手業者とアメリカ財務省が協力して、老名人から原版など道具一式を買い取り、終生引退するという メキシコ裁判所の強制力のある協定書にも署名させ、たいへんな出費となった。イギリス郵趣協会も一九五三年にフランス人の偽造者のスペラッティを買収した事件があったという。

Ⅱ

こんな妙な話に出会うと、アンブラーの創作なのかと思う。で、調べてみたら、メキシコ、フランスの事件は両方とも実話だった。アンブラーは作中にメキシコの偽造名人の名前を出していないが、ベルギーからメキシコに移住帰化してユカタンに住んでいたRaoul Charles de Thuinが本物の切手にオーヴァープリントして希少切手に変造していた。アメリカ郵趣協会（APS）の五人の委員会が一九六七年に彼と折衝し、偽造切手と偽造用の設備を買い取った。老人はその後エクアドルに移住。二〇〇二年に彼の一九七四年六月九日の手紙がネット競売にかけられた。ミススペリングや文法的な誤りが目につく英文で書かれた手紙で、面白いのは、八十四歳で視力も四分の三を失って完全に引退していると言いながら、サルヴァドルの稀少品のみごとな偽物が幾ら、英領ギアナの本物の希少切手が幾らと書いていていることだ。どうやら引退したのは偽造だけで、売買は続けていたらしく、本物、偽物を問わず、郵趣切手の取引にかけてはずば抜けた知識の持主だったようだ。

フランスのジャン・ド・スペラッティ（一八八四～一九五七）は二十歳代から百カ国の希少切手を五千枚以上も偽造し、その作品の精巧さは「郵趣のルーベンス」と言われたほどで、偽造切手であるのにコレクターズ・アイテムとして高価だと言われる。一九四二年にポルトガルに送ろうとしたドイツ切手の偽造品が税関で発見されて、資産の無許可輸出と脱税の容疑で告発され、当人はあれは切手ではなく希少切手のコピーにすぎないと主張。おかしいのは、フランスのトップクラスの切手鑑定家が調べた結果、これは本物だと判定したという。どうにか偽物だと警察を説得し、詐欺罪で実刑一年と罰金の判決を受けたが、六十四歳だったので実刑は免がれた。一九五四年にイギリス郵趣協会が残りの偽造切手と原版を莫大な金額で買い取っている。

Ⅲ

アメリカやイギリスの郵趣協会が偽造犯活動を金で封じ込んだ話を語り終えて、ヨーストは「いやがらせの価値だったというわけさ」とつけ加える。

いやがらせの価値——nuisance value——という味のある妙な言葉が最終章の会話にもう一度出てくる。この言葉が『インターコムの陰謀』のキーワードであり、いやがらせの価値の効用に着目して組み立てられた謀略がテーマである。

アンブラーの序文で始まる。作者自身の序文というと、『あるスパイの墓碑銘』のそれのように、作品成立の経緯や作品論的なものを予想するが、ここでは「チャールズ・ラティマーは昨年五月末、ジュネーヴの空港で姿を消した」との書き出しで、ラティマーの秘書が警察に失踪を届けて、彼の執筆中の原稿の中に失踪の手がかりがあるのではないかと言うと、原稿を読んだスイス連邦保安局が動き出し、原稿のコピーまで持ち去ったこと、しかし、秘書は、余分のコピーが要るので持って行ったのだろうと思って、もう一部、下書き原稿があるのを黙っていて、その原稿に《インターコム》誌の編集者のシオダー・カーターが後書きなどを書き加えたものがアンブラーの手に入ったことが説明されている。したがって、自分は作者ではなくて仲介者にすぎないのだというふりをして、序文の末尾にはエリック・アンブラーとの署名を入れて、ラティマーが残したノンフィクション・ノヴェルを紹介する体裁をとっている。つまり、『シルマー家の遺産』の序文と同じように、序文がすでに小説の一部分を構成している。

チャールズ・ラティマーは『ディミトリオスの棺』でディミトリオスの経歴を追跡したあの推理作家だ。本名はチャールズ・ラティマー・ルースイン、二十冊を越える著書の稼ぎでマヨルカ島に家を持ち、リッチに暮らしていたが、インターコム事件に介入して行方不明になったとの設定になっている。

ラティマーが執筆したとされる箇所は〈叙述的再構成〉という見出しで、集めた情報に作家的想像を加えて、いわゆる全知全能の神の視点で小説的に叙述したもので、ヨーストとブランドの経歴や前掲の偽造切手に関する会話も〈叙述的再構成〉の一部分である。しかし、ラティマーが昔のディミトリオスの話にふれることもないので、なにもラティマーを再登場させねばならなかった理由は認められず、アンブラーのちょっとした思いつきに過ぎなかったようだ。ラティマーは小説的叙述に加えて、彼が入手したシオダー・カーター、その娘、医師、警部たちの一人称の口述書を含めた原稿を残していた。最終章にあたる「シオダー・カーターによる死亡告示と使者」（原題はObit and Envoyだが、このEnvoyは章の位置と内容から見ると〝使者〟ではなく、〝後書き〟の意味ではないか？）はラティマー失踪後にカーターが一人称で書いた小説的な叙述となっている。『真昼の翳』『汚辱と怒り』『ダーティ・ストーリー』と一人称で語る三作品を続けてから、アンブラーは三人称視点の叙述とテープからおこしたドキュメンタリー風の口述書を組み合わせる手法をとった。

アンブラーは題名として〝To Kill a Giant〟〝Invitation to Giant-Killing〟〝The Giant-Killers〟などを考えていたと言われ、いやがらせをして巨人をうち負かす物語を狙ったことが読みとれる。

ジュネーヴの国際情報週刊誌の《インターコム》の社主はアメリカ陸軍から退役した極右の准将だったが、彼の死亡記事を見て、ブランドとヨーストがこの雑誌社を買い取る。彼らは表面に現われず、ミュンヘンの産業PRコンサルタントのアーノルド・ブロックの名前で《インターコム》を管理する弁護士のブルックナーと契約をまとめる。以前から記事を書くのは編集者のカーターひとりだったが、新社主のブロックが、自分がときどき送る記事は一切修正を加えず、そのまま掲載するべしと指示してくる。彼からの連絡は手紙か電報だけで、カーターもブルックナーもブロックとは会ったことがない。

彼から届いた最初の記事は、NATOの新型戦闘偵察機のテスト飛行が実施されたが設計値のマッハ二・五に達せず、安定性にも問題があり、完成が遅れるというもので、それに、機体やエンジン、装置から部品にいたるすべての受注メーカーたちの名前とアドレスの一覧表が添付されていた。次の記事はソ連がミサイル燃料の貯蔵中の変質に悩まされているとの情報で、影響を受けるミサイルの推定数も記載されていた。その次が、地下核爆発探知用に開発されたソ連の携帯型地震計に関するもので、情報提供者はオスロ在住のソ連通商代表部のN・V・スクリアビンであるとの脚注つきなので、この情報源の暴露にカーターは戸惑う。こういう軍事関連の記事を何回も掲載するようになってから、カーターは自分が尾行されているのに気づく。彼の娘が調べてみると、スクリアビンはKGBの大佐クラスの男だった。

《ワールド・リポーター》誌のパリ支局の男が二人、カーターを訪ねてきて、NATO戦闘機やソ連のミサイル燃料の記事の狙いやアーノルド・ブロックがどんな人物なのか訊き出そうとする。彼らが帰ったあと、カーターは、あいつらはCIAだという。以前にふれたが、《ワールド・リポーター》誌は『汚辱と怒り』の主人公のピート・マースが勤めていた週刊誌である。

《インターコム》の顧問弁護士のブルックナーのところに、銀行家のシュウォッブから、ある得意先がインターコムの全株式を五万ドルで買い取りたいと希望しているとの申し入れがくる。ブロックなる人物が《インターコム》を一万ドルで購入してから一月半もせぬうちに五万ドルの値がついたのだ。ブルックナーはミュンヘンにいるはずのブロックに何度も電話するが応答がないため、電報で五万ドルの提案を報せる。二日後、またミュンヘンに電話すると刑事が電話に出て、ブロックの事務所が荒らされているとビルの管理人から連絡があったので調べているところだが、ブロックに見てもらわないと何が紛失しているか分からない、彼と連絡はつかないかと訊かれる（のちにカーターは、事務所を荒らしたのは泥棒ではない、スパイ狩りを担当するＢｆＶ――ドイツ連邦護憲局――がＣＩＡにこづかれて動いたのだと推理する）。午後になってブロックがシュトゥットガルトから打った電報がブルックナーに届く。五万ドルでは問題外、五十万ドルが交渉の最低条件であり、他の筋から対抗オファーが出れば値段は上がるという強気の返事だった。ブルックナーはブロックの頭がおかしくなったのだと思い、遠まわしの表現で商談を打ち切ろうとするが、シュウォッブの突っ込みが鋭く、五十万ドルと言わざるを得なくなるやりとりが滑稽だ。五十万ドルと聞いて、シュウォッブは驚いた気配も見せず、得意先と相談すると回答する。

この商談と並行して、カーターに災難がやってくる。ビアホールで昼食をしていると、顔見知りの記者が彼のテーブルに坐りこみ、少し遅れて、記者の知人だというフランス人の中年の男女が加わる。フランス人は古い肉筆原稿の売買を専門とする業者だと自称し、アレキサンドル・ネチャーエフ（一八四七〜一八八二）の直筆書簡がジュネーヴにあると聞いて来たのだという。アンブラーはネチャーエフにひとかたならぬ関心を抱いていたと見えて、彼の最後の長篇 *The Care of Time* は、ネチャーエフの回想録の編纂を委嘱されたジャーナリストが国際的な事件に巻きこまれていく話である。

《インターコム》誌買収は常識的な商取引ではない。売手のブロックの代理人である弁護士のブルックナーは売買の対象となっている商品が何であるのか、どれだけの価値のあるものなのか知らず、価格の予想外の高騰に茫然としている。買手の代理人の銀行家のシュウォッブはポーカーフェイスでブルックナーと話し合っているが、彼の背後にいる本当の買手がなぜ《インターコム》誌を買い取りたいのか、幾らまでなら払う気なのか、果たして彼も知っていたのか疑わしい。商品価値を知らぬ二人が、引き渡し条件や決済方法など商売にはかならず附帯する条件を一言も議論せず、ただ価格だけを話し合って決めようとする取引だった。ブルックナーは疑問を持って、ブロックが社主となってからの《インターコム》誌の記事を読み直してみて、「自分が知らぬほうがいいなにかがおこなわれている」（村上博基訳）と感じる。彼にすれば、アーノルド・ブロックとは会ったこともなければ、電話で話したこともない、電報だけで連絡を取っている顔の見えない依頼人である。

買収の提案が来てから数日後、《インターコム》のオフィスをウェルナー・シーペンと称する男が購読の申し込みに訪れ、異例な訪問だけに、カーターは、ブロックの仲間が下見に来たのかと思う。

ブロックの送ってきた記事の内容から、カーターは、ブロックが軍事機密を売ろうとしていて、《インターコム》誌をその商売のためのショーウィンドー、商品の質の良さを示すサンプルの紹介に使っているのではないかとの疑問を持つ。ブロックと会って彼が何を考えているのか説明するまでは記事の掲載は見合わせようと思うが、入れ違いにブロックからメモランダムが届く。記事のせいで圧力がかかってくるかもしれないが、カーター自身には記事掲載の裁量権はなく、《インターコム》経営者の方針に従っているだけであると応対すること、また、どの国が接近してきたか直ちに報せよとの指示だ。

敵対関係にあるNATOとワルシャワ条約機構の双方の軍事機密をすっぱぬくブロックの考えがカーターには分からない。狂人でないとしたら「彼はあきらかに私の知らぬなにかを知っているのだ」と思う。

ネチャーエフ原稿の専門家のフランス人たちと会ってから三日後の夜、カーターが帰宅しようとすると車がスタートしない。フランス人たちとシュナイダーという男が通りがかり、彼らのアパートメント・ホテルから修理工に電話すればいいと無理やりに誘われ、ホテルの部屋で酒のもてなしを受けるが、シュナイダーの態度は次第に脅迫的になり、記事の情報源を聞き出そうとして、彼の横面を殴り、飲みかけのウイスキーを彼にぶちまける。カーターに言えるのは、情報はすべて、会ったことのないアーノルド・ブロックから届いたものだということだけだ。この連中はKGBだと彼は推測する。

その夜遅く、オフィスにもどったとき、侵入者と鉢合わせしてメースを噴きつけられる。シュナイダーがブロック関連の資料を調べに侵入したようだった。帰ろうとしてオフィスから出ると《ワールド・リポーター》の記者たちが階段をあがってくる。彼らを振り切って車に乗るが、スピードを出しすぎてスリップし、ビルの石柱に衝突して気を失い、入院するはめになる。

病院のベッドで、カーターは反撃に出る決心をして、CIAとKGBが共謀して彼を襲ったという記事を書き、〝非神聖同盟〟の題で《インターコム》誌に掲載する。この記事が、自国内でのスパイの跳梁に神経質なスイス対敵諜報部を硬化させ、カーターはスパイ活動の容疑で逮捕され、《インターコム》のオフィスは家宅捜索を受ける。

ここでアンブラーがアンソロジーの『スパイを捕えろ』のために書いた序文を思い出した。彼は、アンソロジーを作るならスパイ小説なるものを定義しようとして「スパイ小説とは、中心的登場人物が各種秘密諜報機関の一員である小説である」と書いてみて、「それほど悪くない定義だ。しかしながら、いまの私はスパイ小説家ではないという批評家がいるし、上記定義によれば、私は過去にだってスパイ小説なぞ一篇も書かなかったことになりかねない」（北村太郎訳）と言った。これは一九六四年の序文で、かつては一個人が大活躍したものだったが、いまや、スパイとは政府機関のなかの組織に所属する国家公務員なのだと言っているように解釈できる。その六年後の『インターコムの陰謀』では、CIAやKGBらしい政府機関の人物たちが初めて姿を見せるし、スイス対敵情報部や西独のBfVも見えないところで動き、フランスのSDECEや西独のBNDの名前も会話に出てくるし、MI5やDSTにも言及しており、六年前は冗談まじりに考えたスパイ小説の定義に合致する出来上がりになっている。一九六〇年代といえば、ジョン・ル・カレ、レン・デイトン、アダム・ホール、ロス・トーマス、イアン・フレミング、ドナルド・ハミルトンなどの作品が溢れ出て、スパイ小説の黄金時代だった。アンブラーも、いままで作品の中に取り入れたことのなかった各国の諜報機関を初めて取り上げて、稚気を排した、大人らしい雰囲気の謀略物を書いてみせたと言える。

ヨーストとブランドが《インターコム》誌買収を計画したとき、彼らは編集者のカーターが少々危険な立場に追いこまれるかもしれないと予測する。そしてカーターは確かに痛い目にあうのだが、二人の大佐はその時点ではチャールズ・ラティマーのような第三者が介入してくるとは全く想像もしていなかったはずだ。結果的にラティマーは触れば祟る神に触ってしまって消される。

《インターコム》誌買収の商談は、ブロックが要求した五十万ドルで十日足らずのうちにまとまる。本物の買手も売手も姿を見せぬまま、契約が成立、その翌日にはブロックの指示のとおり代金はレバノンの銀行に送金される。

シュウォッツブがブルックナーに新社主の指示を伝えてくる。《インターコム》誌を直ちに廃刊すること。カーターら社員には二カ月分給与を退職金として払う。オフィスの備品類はブルックナーの判断で処理すること。「ただし、《インターコム》関係資料一切、郵送リスト――これが非常に重要――および宛名印刷用プレートは追って指示があるまでブルックナー自身が保管すること」というのだ。

郵送リストと宛名印刷機を押さえたというのは、メキシコとフランスの希少切手偽造事件の結末を想起させる。これ以上、いやがらせを続けさせまいとする措置だ。ブルックナーもシュウウォッツブもスイス対敵諜報部の取り調べを受け、シュウォッツブは《インターコム》を買い取った相手の名を明かしたはずだが、公表されていない。ラティマーの原稿は、ベイルートへの送金が行われたのが十二月二十一日だったことから、サンタクロースは誰だったのだろう、主要容疑者は四人いるという一行で終わっている。
シオダー・カーターがラティマーの原稿の最後に四行書き加えている。

「インターコム」は沈黙させられた。
ラティマーも沈黙させられた。
両者を沈黙させた者もいまは黙りこくっている。
私の声だけが、のこされた唯一の声だ。（村上博基訳）

V

序文にあったように、翌年五月にラティマーは行方不明になった。彼がマヨルカ島に家を持ち、友人もいたという記述を見つけて、カーターは八月にマヨルカ島に行く。ラティマー邸の使用人に会って友人関係を聞き出すつもりだったが、偶然にその友人に出会う。ラティマーはおそらくジュネーヴとストラスブールとの間の高速道路の工事現場のコンクリートのなかに埋められたのだと彼は言う。穏やかな話し合いだったが、これは彼の匿名性をおびやかすようなことをしたら、ラティマーの場合と同じような墓場が待っているというカーターに対する警告だった。会話の終わりに《インターコム》誌を買い取ったのは誰だったのだろうと尋ね、カーターは、あなたは金を手に入れたのだから、それがどこから出た金かは問題ではないでしょうと答える。

結局、誰が買い取ったのか不明に終わるのだが、ブロックが五十万ドルと米ドル建てで指し値をしたのはドルの国が買手になると考えていたと思われるのに対し、商談がまとまったのは、ほぼ同額ではあるがドルではない二百万フランだった。これは買手がドルの国ではなかったことを暗示しているように見える。


アンブラーの作品には、誰が主人公と特定しにくい構成のものがある。『ディミトリオスの棺』では、チャールズ・ラティマーが語り手であり、従って彼が主人公のように見えるが、主役はディミトリオスだったし、『シルマー家の遺産』の弁護士ケアリーも語り手にすぎず、主役ではない。『インターコムの陰謀』では、さらに特定しにくい。ラティマーの原稿の〈叙述的構成〉がストーリーの軀体となっているが、彼自身は一度も姿を見せず、ヨーストとブランドも袖から舞台を眺めている演出家のように隠れている。表面に出てくるのはシオダー・カーターだが、彼も事態を把握できぬうちにこづきまわされ、いわゆる主人公とは違う。見方によれば、彼の立場はコミカルとも言える。

カーターは五十五歳のカナダ人で、かなりの酒飲みである。『武器の道』でアンブラーは登場人物の役割に応じて、インド人、華僑、アメリカ人と民族別に割りふり、どうやらステロタイプ的な人種偏見の持主であるように見えた。カーターをアメリカ人でもイギリス人でもなく、カナダ人にしたのは、人種別役割という考え方なのだろうか。ふと思い出したのは、グレアム・グリーンのハリー・ライムの友人のロロ・マーティンズもカナダ人であり、カーターと同じようなきな臭い状況に引き込まれ、ときにはコミカルに見えた。イギリス人の見たカナダ人のステロタイプというのがあるのかもしれない。

結末で、シーペンがカーターに意外なことを言う。一年前のカーターは仕事に飽きて、疲れていて、自己嫌悪していたのに、いまは自信にみち、別人のようだというのだ。この言葉は、『汚辱と怒り』で詐欺師のフィリップ・サンガーがピート・マースに向かって、先週まで自殺未遂で死臭をただよわせていた若者が〝怒り〟によって警察に追われ、殺し屋に狙われる陰謀家に変貌するとは、と言う場面の反復である。もっとも、シーペンの言葉には、張り切りすぎると危険だとの警告の意味もあるのだが。

『インターコムの陰謀』はアンブラーの作品のなかで最も複雑な時制で構成されていると言えよう。彼の署名入りの序文は、原稿や資料が揃ったので《インターコム》事件を発表するとの内容だから、これが最も現在に近い。それから、ラティマーとカーターが事件を一冊にまとめようと打ち合わせる手紙のやりとりに遡行する。次にラティマーが書いた陰謀の計画段階の〈叙述的再構成〉。その次に、カーターの口述によって、准将が死亡してアーノルド・ブロックが新しい社主になり、CIAやKGBを刺激する記事を掲載することになる経緯が語られる。ここいらから、出来事がやっと時系列に進む。ブルックナーとシュウォッブの取引は、ラティマーがブルックナーにインタビューしてまとめた〈叙述的再構成〉として記述されている。

時間的には、九月ごろ准将が死亡、十一月上旬にアーノルド・ブロックがインターコム誌を買い取り、軍事情報の掲載を始め、十二月下旬には誰かが同誌を買い取って、廃刊する。ラティマーが行方不明になったのは翌年の五月三十一日だったから、十二月下旬から五月末までの間に、ラティマーが《インターコム》事件を本にまとめようと思い立って、ブルックナーやカーターの娘、医師、警部からインタビュー・テープをとり、カーターからも口述テープをに入手し、〈叙述的再構成〉も書いたことになる。

ラティマーの失踪後、これらが全部カーターの手に渡り、読み直しているうちに、書かれていたはずなのに削除されている箇所から、陰謀を計画したのが誰だったのか、カーターは結論を引き出し、八月、マヨルカ島へ飛ぶ。

アンブラーの序文によると、その後、原稿はカーターからアンブラーの手に渡ったことになる。カーターは未編集無削除で出版するのに反対したが、〝罪ある人を保護するために〟人名を二つ変える条件で同意したという。一般的には〝罪なき人を保護するために〟仮名を使うのだが、カーターの場合、名前を変えなければ、ラティマーのように高速道路のコンクリートに埋められる恐れがあったわけで、プロのスパイの冷たさが印象的だ。

11『グリーン・サークル事件』

『インターコムの陰謀』の二年後の一九七二年にアンブラーは『グリーン・サークル事件』を発表し、CWAのゴールド・ダガー賞を受賞した。この作品は三十六年後の二〇〇八年になってやっと邦訳され、これで一九八一年の彼の最後の長篇 *The Care of Time* のみが未訳となる。

『グリーン・サークル事件』にも当時の国際情勢が敏感に取り入れられていて、題材の選択がみごとだ。今日の新聞に載った事件をそのまま作品に生かしたようなと以前に評したが、この作品では、今日の事件ではなく、明日の事件を描いた形となった。CWAがゴールド・ダガー賞を贈呈したのは、アンブラーの先見性を評価したからだったのではないかと思う。

ストーリーは比較的簡単なもので、マイクル・ハウエルがシリアで経営している工場の雇員のなかに知らぬ間にパレスチナ・ゲリラが入り込んでいて、くびにしようとすると、彼が所有する貨物船を爆破すると脅され、否応なしに同志扱いされテロ活動の準備に協力させられる。ハウエルがいかにしてこの危機を乗り切るかという冒険小説風の話である。

マイクル・ハウエルの人物造型が異色だ。海運業、製粉や皮革工場を持つコングロマリットの三代目の社長で、四十歳代の前半か。名前はアングロ・サクソン系だが、血筋のなかでイギリス人は祖父だけで、祖母はレバノン系アルメニア人、その息子がキプロス女性と結婚して生まれたのがマイクルであり、キプロスのギリシア正教の教会で洗礼を受けた。アンブラーは辞書の説明文をエピグラフに使うのが好きで、この作品でも原題の*Levanter*には、①東地中海地方の出身者②賭けに負けて逃亡する者という二つの意味を辞書から引用しているが、これでは、まるでハウエルの負けを暗示しているかのようだ。ハウエル自身は〝東地中海人〟と呼ばれるよりは、一般的には蔑称として使われる〝レヴァントの雑種〟と言われる方が好きだと言って、雑種の持つ適応力としたたかさを誇っている。この点、やはり雑種であるがイギリス人だぞと言い続けて虚勢を張るアーサー・アブデル・シンプソンと対照的だ。雑種であることはアラブの中では異民族であり、しかも社会主義国での外国人社長なのだから、頼れるのは自分の才覚だけの孤立した存在である。彼は本社をベイルートに置いているのだから、シリア市場を放棄する選択もあったはずだが、一九五八年の社会主義政策によって祖父の代からの私有地を接収され、しかもその補償金は国立銀行の口座に凍結されて国外へ送金することも出来ず、マイクルはシリア政府との合弁の形で工場を作って凍結資金を活用するアイデアを思いつく。社会主義者の産業開発大臣の機嫌をとりながら外国の企業家が合弁事業を進めようとすると、どんなことになるやら。アンブラーはその苦労をリアルに描いている。

工場の夜間警備員として雇った男がパレスチナ行動軍《PAF》のリーダーのサラフ・ガレドであり、居直って、ハウエルに私はイスラエルのスパイですという供述書に署名させる。この供述書がシリアの秘密警察の手に落ちたら、拷問と死は免れない。無理やりに供述書に署名させるというのは、

『真昼の翳』でロベルト・ハーパーがアーサー・シンプソンに使ったのと同じ手法だ。ガレドはハウエルの工場とその資材調達機能を利用して、テロ用の小型爆弾五百発を製造しようとしていた。

アンブラーは第1章で歴史的背景を要約している。パレスチナにホームランドを建設することはユダヤ人の長年の願いで、国連がパレスチナをユダヤ国家とアラブ国家に分割する決議をしたのが一九四七年。翌四八年に第一次中東戦争が勃発し、結果的にはイスラエルが国連の分割案を大きく上回る領土を抑えたので、難民となって周辺国へ追われたパレスチナ人は四百万人を越えた。自分の国を求めるユダヤ人の気持も理解できるし、故郷を追われたパレスチナ人の痛みも分かり、どちらに肩入れすべきか正解のない問題で、紛争は二十一世紀に持ち越されている。

六七年の第三次中東戦争（六日戦争）のあと、難民は隣りのヨルダンに流入、その数はヨルダンの人口の半分に達し、サラフ・ガレドは一九七〇年にヨルダン政府を転覆する時期が来たと国内のパレスチナ人に呼びかけたとアンブラーは書いている。ガレドも彼のパレスチナ行動軍も架空のものだが、パレスチナ解放機構《PLO》がヨルダンを乗っ取ろうとしたのは事実だ。ヨルダンのフセイン国王は周辺のアラブ諸国の目を意識して難民に寛容だったと言われるが、これは危機的な事態だった。一九七〇年九月上旬にパレスチナ解放機構《PLO》の中の過激派パレスチナ解放戦線《PFLP》がスイス航空など国際旅客機を続けざまにハイジャックし、その三機をヨルダンのドーソン基地に、パンナム一機をカイロに着陸させてから、爆破した。PFLPはドーソンを革命空港と改名したという。フセイン国王は、西欧がPFLPを敵視しているのを好機と捉えて、九月十六日、国内のパレスチナ・ゲリラの弾圧に踏みきる。国王のベドウィン兵にとってはパレスチナ人の日頃ののさばりに対する欝憤を晴らす機会だったからか、数千人の死者が出た。作中でガレドはこの九月の弾圧を〝大いなる背信〟と呼んでいる。翌七一年七月にフセイン国王は再度軍隊を動員してPLOの追い出しをはかり、三千人の死者が出た。これが〝第二の背信〟である。PLO側は九月の事件を〝黒い九月〟と呼び、復讐のための極秘テロ組織も〈黒い九月〉と名付けられた。

アンブラーは、ガレドのPAFがPLOから分離し、PLOも彼らを恐喝犯と見なし、PFLPまでが彼らと関係を絶ち、ヨルダン政府もレバノンもガレドを凶悪犯として告発したと書いている。PAFが「パレスチナ解放という大義のための戦いでは無辜《むこ》の傍観者など存在しない」と無差別殺戮を表明していたからである。

一九七〇年にアンブラーはイスラエルに取材に行った。作品のなかでフセイン国王の〝第二の背信〟にもふれているから、そのころから七一年にかけて執筆したのであろうと思われる。ところが、不思議なことにPAFの無差別殺戮計画に言及するとき〝〈黒い九月〉グループのようなテロ行為〟という直喩を使えば説明が簡単なのに、作中に〈黒い九月〉の名は一度も出てこない。これは好奇心を刺激する。

マイケル・バー＝ゾウハー&アイタン・ハーバーの『ミュンヘン』によると、七一年十一月二十八日にヨルダンのワスフィ・タル首相がカイロで射殺され、現場で逮捕された暗殺者たちがVサインを出して「おれたちは〈黒い九月〉だ」と叫び、このとき、世界は初めて〈黒い九月〉の名を聞いたという。

しかしこの時点では彼らが小グループであるのか恐ろしい組織であるのか、まだ知られていなかったから、おそらくアンブラーは書きあげた原稿に加筆する必要も感じなかったのであろう。『グリーン・サークル事件』は一九七二年六月二十一日に出版された。同年九月五日にミュンヘン・オリンピックのイスラエル選手村に〈黒い九月〉が侵入し、選手ら十一人を殺害し、これで〈黒い九月〉の名は世界中に知れわたることになる。僅か三カ月前に出版された『グリーン・サークル事件』がパレスチナ・ゲリラ過激派の無差別テロがいつかは起きるぞと予告するようなストーリーだったから、本の売り上げは急増したとのことだ（ジョン・アボット／マクベインの『みどりの刺青』が出版された直後に松本サリン事件が発生したのを想起させる）。アンブラーは取材を通じて、何かが起きるとしたら追いつめられたパレスチナ・ゲリラが過激な行動をとると感じたのであろう。また、彼は、ガレドのパレスチナ行動軍《ＰＡＦ》をＰＬＯから勘当され、絶縁された架空のゲリラ組織と描いたが、ＰＬＯのアラファト議長も、〈黒い九月〉がタル首相暗殺後も、ハイジャック、大使館や石油基地襲撃などのテロ行為を続けて、都度、犯行声明を出したときに、彼らはＰＬＯとは全く関係のない組織であると主張していた。架空のＰＡＦも実在した〈黒い九月〉も、ＰＬＯとは関係のないゲリラだとの体裁になったのは暗合だろうか。

　ハウエルは、ガレドがイスラエルに対して無差別テロ攻撃を計画しているのに気づく。彼の秘書兼愛人のイタリア女性のテレーザが、どうせ、イスラエルのスパイですという無理強いの供述書を握られているのだから、本当にイスラエルの情報機関に助けを求めてはどうかと言い出す。キプロスでイスラエル機関員に会って詳細を説明しても、相手の応対は冷たく、不愉快な経験となるが、この会見の場面はいかにもスパイ小説らしい緊張感がある。

邦訳の題名となった『グリーン・サークル事件』は、*The Levanter*という原題に落ち着く前にアンブラーが考えていた仮題の一つで、冒頭でハウエルが事件の中心人物で被告だと語られる。ところがそれがどんな事件なのか分かるのは、読者が忘れかけたころの、結末の十五ページになってからだ。

グリーン・サークルはハウエルの工場で製造した乾電池の商標名で、電池の生産計画を産業開発大臣に持ちかけるとき、ハウエルは（アンブラーは、というべきか）、電池の製造技術に詳しいところを見せる。アンブラーの〝自伝〟に十七歳でエディスン・エレクトリック社に見習いとして入社し、電極、電池、ラジオ部品などの製造ラインで実習を受けたことが語られている。少年時代に習得した知識が晩年の作品で生かされているのだ。

秘書兼愛人のテレーザの優しい目から見ると、ハウエルは一人の男ではなく、複数の人間で成立している委員会だという。彼の内部には、計算の速いギリシア人の両替商、悲しい目つきをして愚鈍なふりをしながら狡猾さを見せるアルメニア人のバザールの商人、生真面目で退屈なイギリス人技師、人種は不明だが澄んだ目と感じのいい笑顔を持つシルク・スーツの詐欺師風の遊び人、マザコンの会社社長がいて、彼女が見ていると、交渉の成り行きに応じて、ギリシア人が出てきたり、アルメニア人がちらっと現われたりする。しかし、この委員会に殺人者はいないと彼女は言う。こういう人物描写は面白く読めるのだが、ここでまた、『武器の道』を思い出した。あの作品ではインド人、華僑、アメリカ人、インドネシア人などが登場し、計算高く計画的な男、ややワルがかった商人、海外に出ると少年のような冒険心を持つ男など、民族別に役柄を割り振っているので、アンブラーはあの国の人間はこう振る舞うものだという固定観念を持っているように思えた。この作品でも同じことをやっているのだから、彼は一種の潜在的なレイシストであると見なしてよかろう。

第7章の山場で、アンブラーは彼らしからぬ奇妙に曖昧な叙述方法を取っている。

> わたしは〈セリネット〉を撃った。
> 三度リボルバーの引き金を引いた。
> すべてオルゴールを――〈セリネット〉を狙った。
> それから、わたしはサルーンに戻った。（藤倉秀彦訳）

〝わたし〟の撃った三発が標的に命中したのか、あるいは狙わなかったものに命中したのか、〝わたし〟は語ろうとしていない。結末まで読めば、〝わたし〟の心理描写を避けるためにこんな書き方を選んだのだなと分かるのだが、三発撃ってからサルーンに戻るまでの間の二、三十秒の描写をまるでアラン・ロブ＝グリエのように省略してしまって、解明を次の最終章に持ち越している。読みながら、これはどういうことなんだと考えて楽しめる。

ガレドが四つの航空会社からフライトバッグを二十五個ずつ手に入れろと言ったらどうすると質問し、ハウエルは、難しいと思う、盗むしかないだろうと答える。ガレドはフライトバッグをすでに入手しており、それに爆弾を入れて、観光客で混雑するイスラエルのバスやホテルに放置する計画だった。私はさっきまで見落としていたが、若い読者なら、フライトバッグが出てくることで、これが七二年に出版されたヴィンテージ作品であるのを感じたかもしれない。

これも時代を語っている。フライトバッグは航空会社のロゴや社名の入った肩からかける機内持ち込み用のバッグで、一九五〇年代に始って、国際便を予約すると、無料でもらえたものだった。経費節減のせいか、いつの間にか、どこの航空会社もフライトバッグの無償提供はやめてしまった。調べてみても、一九七〇年代の後半あたりでやめたらしいとしか分からない。その代わり、パンナムのような消えてしまった航空会社のフライトバッグには高値がついており、ヴィンテージ・フライトバッグの専門店もあるという。昔と同じデザインの復刻版を有償で販売している航空会社もある。

12 『ドクター・フリゴの決断』

I

一九七四年の『ドクター・フリゴの決断』は手強い作品である。アンブラーの最高傑作と言ってよかろう。政変や国際的な謀略をテーマにしたものでも、『夜来たる者』や『インターコムの陰謀』のようにこぢんまりまとまった作品なら語りやすいが、『ドクター・フリゴの決断』の場合は、どこからその面白さを語り始めたらよいのか、戸惑ってしまった。

十二年前に暗殺された政党の党首の息子が政権奪回のクーデターに巻き込まれる話だと要約してしまえば、とりたてて面白そうな作品に聞こえないと思うが、何度繰り返し読んだことやら、そうすると、緻密に張られた伏線や会話に込められた言外の意味を発見する。

アンブラーは自分の初期の作品をスリラーと呼び、その名称に合致した作品を書いていたが、『ドクター・フリゴの決断』は、同じ作家のものとは思えないほどの変貌を見せている。舞台も、以前の東欧、東南アジア、中近東、アフリカからぐんと離れて、カリブの島と中米のどこかにある、名前の分からない国に移った。『夜来たる者』や『ダーティ・ストーリー』では架空の国に名前をつけてくれたのだから、気のきいた名前を考えてくれればよかったのに、ここではドクター・フリゴの母国としか言いようがない。アンブラーがカリブや中米を舞台にしたのは、短篇の「血の協定」――これもクーデターに絡む話――とこの作品だけだ。

主人公のエルネスト・カスティリョは三十一歳の医師。中米にあるが国は不明、人口二百万の国の出身で、カリブ海のアンティーユ諸島にあるフランス海外県サンポール・レザリゼ島で暮らしている。この架空の島は、どうやらパトリシア・モイーズの幾つかの作品に出てくるシーワード諸島に近い海域にあるようだ。島からグアドループまで飛行時間九十分、そこから彼の母国まで直線距離ではそう遠くはないらしいが、はっきりとは書かれておらず、島と母国とは一時間の時差がある。

エルネスト・カスティリョはパリで医学を学び、サンポール・レザリゼの市民病院に勤務しており、作中の仕事ぶりから見ると非常に優れた医師だ。五月十二日（月曜日）から六月二十日（金曜日）までの三十九日間の出来事が彼の一人称の日記形式で語られる。この月日と曜日から見れば、一九六九年か一九七五年の出来事のはずで、会話に「中米のウォーターゲート事件になったら……」と一九七二年のアメリカの事件が引用されているから、アンブラーは七四年に七五年を背景にした近未来小説を書いた理屈になるが、すでに何度か触れたように、アンブラーは作中の日付に関してはいつもいい加減だ。

エルネストには、冷蔵庫や冷凍肉を意味するフリゴ（正しくはフリーゴの由）という仇名がついており、お高くとまった、冷たい男のように見えるからだろうと自覚している。潔癖な性格のせいで、聖フリゴと評されることもある。彼の父親のクレメンテ・カスティリョは十二年前に自国のホテル・ヌエヴォ・ムンドの玄関の階段で狙撃されて死亡。暗殺者たちは逃走するが、車に仕掛けられていた爆薬で飛散し、誰が暗殺の黒幕だったのか不明のままとなっている。日記のなかで、エルネストが暗殺犯追及には何の関心も見せないので、読者もこれがあとで解明される謎だとは思わずに読むようにアンブラーは仕向けている。暗殺犯については二つの説があり、当時政権を握っていた軍事評議会の指揮下の特殊公安部の仕業と見る説と、クレメンテの率いる民主社会党内部の反教権過激派がキリスト教民主党と協調しようとするクレメンテの政策に反撥し、暗殺すればまず軍事評議会が疑われ、軍部の信用を失墜させる一石二鳥の効果があると画策したとの説だ。

エルネストの記憶では、クレメンテは雄弁な弁護士だが、普通の父親だった。現在のエルネストは、仮に父が政権をとっていたとしても、対外的には今よりもう少しましな、リベラルなイメージを与える程度で、現政権以上のことは出来なかっただろうと分析している。雄弁を駆使して群衆を奮起させ、感涙にむせばせることも出来た人だが、彼が人々の中に踏みこむと彼の体に触れようとみんながひしめき合うことはなく、うやうやしく道を開けられるタイプだったから、真の民衆指導者としての資質に欠けていた。だから、暗殺はセンセーショナルな事件ではあったが殉難ではなかったとエルネストは考えている。ところが、後になって知ることだが、クレメンテが狙撃された階段の石からは今も血が滲み出ると伝えられ、蠟燭を捧げる参詣者が訪れるほど神格化されて〈カスティリョ伝説〉がささやかれていた。政局に関わる男たちには神格化された殉難者の息子がどう動くか重要な問題なのだが、当人は自分の立場に関心がなく、双方の認識の差がストーリーの軸の一つとなっている。

クレメンテの死後、カスティリョ一族を始め、民主社会党員は国外へ亡命し、キューバ、フロリダ、メキシコへと分散。キューバ派はマルクス主義化し、フロリダ派はエルネストの母から運動資金をしぼり取り、エルネストを勝手に党の後継指導者に指名したことがあり、そのせいでゲリラのリーダーのエル・ロポが彼を皇太子とからかったりするが、エルネストは彼らとは連絡を絶ち、完全に無視している。メキシコを基地とするマニュエル・ヴィエガスの一派は首都の青年層ゲリラと連絡を保ち、CIAから資金供与を受けていると噂されている亡命政府的な存在だ。エルネストは彼らとも接触していないが、ヴィエガスとその外務大臣役のセギューラ・ローハスはいずれも彼の父の同志だった連中で、とりわけローハスはエルネストが子供のころカスティリョ家をよく訪問しており、エルネストは彼をアンクル・パコの愛称で呼んでいた。現在の母国は、評議会が名ばかりの大統領を操っている寡頭政治体制《オリガルキー》であり、政情は不安定である。

二年前、エルネストはフランスに帰化する申請をしようとしたが、父が国のために殉死したのに国を捨てるのかとフロリダに住む母に言われて、手続きを中止した。母は六カ月前に他界したが、父の死は復讐すべきだとの信念の持ち主だったので、エルネストは彼女とこの信念を議論するのは避けてきた。アンブラーの父親コンプレックスを追究するピーター・ウルフはエルネストを〈トロピカル・ハムレット〉と評しており、面白い表現だが、熱帯のこのハムレットはデンマークのハムレットと違って、復讐しようとする闘争心がない。二年前に手続きしかけた帰化申請書が結末の思わぬところでひょっこり出てくる。

エルネストも、『あるスパイの墓碑銘』のジョゼフ・ヴァダシーや『ダーティ・ストーリー』のアーサー・アブデル・シンプソンと同じようにパスポートの問題をかかえている。彼は母国政府の発行した正規のパスポートを持っていて、フランス領の島で暮らしている国外居住者である。彼自身は自分が難民であるとか亡命者であるといった意識は全然持っていないようだ。しかし、実質的には、年に一度、マルティニク島のフォール・ド・フランスにある母国の領事館に出向いて、パスポートを更新してもらわねばならない。滞在許可ならともかく、パスポートの有効期間がたった一年だというのは常識では考えられない短さであるが、エルネストだけに対する厳しい措置だったのかも知れない。更新申請の都度、彼のパスポートは母国以外ならどこの国へ行こうと有効だと念を押されるという。正規のパスポートを発行していながら帰国は認めず、国外追放にしているわけで、現政権には〈カスティリョ伝説〉の息子に帰国されては迷惑なのだ。

アンブラーはカリブ海のグアドループとマルティニクに滞在したことがあり、これらの島がサンポール・レザリゼ島のモデルになっている。島のフランス＝スイス系のホテルは島の風土にうとい建築家が設計したため、豪雨のたびにプールに泥水が流れこんで使えなくなり、ホテルは宿泊客にラム・パンチのサービス券を出すことになるというエピソードは、おそらくアンブラーが目撃した光景であろう。エルネストが保険会社の査定士を自称するスパイとタラゴン風味のイセエビ料理の夕食をとるレストランの〈ラフカディオ〉は、ラフカディオ・ハーンが島に滞在していたときに住んでいた家の一部を改装したもので、ハーンの短い滞在中の記念品が額入りで壁に飾られているが、たぶんインチキだとエルネストは思っている。ハーンは日本に来る前に二年間フランス領西インド諸島で暮らしているから、レストラン・ラフカディオはそこいらに実在するのかも知れない。

　エルネストにはエリザベス・マーテンズという愛人がいる。彼女のパスポートの正式な名前はマリア・ヴァレリア・モデーナ・エリザベス・フォン・ハプスブルク＝ロレーヌ・マーテンズ・デュプレシーで、最後のデュプレシーが彼女と別居し、ほかの女と同棲中の夫の姓である。父親のマーテンズはベルギー人、母親はオーストリアの君主であり神聖ローマ帝国の皇帝妃だったマリア・テレジアの曾・曾・曾孫にあたる。エリザベスはアンブラーの作品に登場する最も活気のある、しかし扱いにくい女性と言えよう。画廊を経営しており、地元の画家の作品や彼女自身の絵を扱っている。彼女の描いたトロンプルイユ（だまし絵）はよく売れるが、母音画《バウエル》はあまり売れない。母音画というのはエルネストが思いついた呼び名でＡＥＩＯＵの母音文字を中世の拷問か殺戮や死の踊りのように荒々しく描いた大きな油絵で、ハプスブルク王朝と関連のある出来事を題材にし、彼女自身は〈記念画〉と呼んでいる。ＡＥＩＯＵは十五世紀のフリートリヒ三世のために考え出された略語で、エリザベスはAustriae Est Imperare Orbi Universo.（オーストリアは世界の帝国なり）の意味だと解釈しているが、あとで登場するデルヴェール少佐はエリザベスの絵の一つを見て、どの歴史家を信用するかによるが、Alles Erdreich Ist Osterreich Untertan.（全世界はオーストリアに従属する）の略語かなと言う。ＡＥＩＯＵはフリートリヒ三世の墓に刻まれた文字で、ほかにも「オーストリアは不壊の国」、あるいは「オーストリアは最良の統一国家」

の略語ではないかとの説もあるが、フリートリヒ三世は解明の手がかりを残しておらず、どれが真説か不明だと言われる。

　エリザベスは、スティラーの描いたゾフィ大公妃にそっくりだとエルネストの日記に出てくる。ゾフィの肖像はインターネットで検索できる。彼女の家でトランプ遊びをするとき十八世紀から伝わるカードを使うので、貴重なカードの取り扱いが気になって、エルネストは彼女には勝てない。ハプスブルク王朝の歴史を隅から隅まで知っているようで、複雑な事態に直面すると、彼女は即座にそれに類似した出来事や人物を王朝の歴史から見つけ出す。『月長石』の執事がどんな場合にでも『ロビンソン・クルーソー』からぴったりの言葉を引用するのと似ている。歴史から引用されるのはやっかいで、彼女の真意を理解するために、あとでエルネストは（私も）ハプスブルク家参考資料を見なければならない。

　アンブラーがエリザベスをハプスブルク家の末裔として登場させたのは一味違ったユーモアのつもりなのかと最初は思ったが、彼女の発言やハプスブルク家の史実の引用の的確さから見ると、むしろ、人物構成や事件の展開はハプスブルク家の歴史の断片から想を得たところがあるようにも思えてきた。そして、この王朝の歴史に詳しい人物を登場させるとしたらと考えているうちに、ぐんと飛躍して、末裔にしてしまおうとの結論になったような気がする。

　日記をつけ始めるまでのエルネストの日々は平穏なものだったはずだ。それが国土保安局《DST》のジョン警視から呼び出されたことで急転し、彼は日記を残す必要を感じる。ＤＳＴはフランスの国家警察の一部門で、国内の対スパイ情報活動と公安関係の犯罪取締りを担当している（ジョンとはJohnかと思ったら、やはりフランス人なのでGillonだった）。

母国の政情にどんな関心を持っているのかとエルネストに質問した最初の人物がジョン警視だった。そのときから一月の間にエルネストは何人もの政治家や政治的な要人と出会うが、彼らも、表現は違うが同じような質問をし、彼の政治的野心を探り出そうとする。

警視はエルネストがサンポール・レザリゼ島から母国の政治の糸を引いていると思っているようだった。もし、母国の現政府が倒されて、民主社会党政権が成立したら帰国するつもりかと訊く。クレメンテ・カスティリョの息子なのだから、新政府の閣僚ポストがあるかも知れないだろうと言う。エルネストは、一時的に帰国するかも知れないが永住するつもりはない、政治的野心には幼いときから免疫が出来ているし、自分は医師であり、この土地での仕事を楽しんでいるのだと答える。これで警視が自分の心情を理解しただろうと思って立ちあがると、まだ話は終っていないと言って、話の本題に入り、エルネストは巻き込まれることになる。

II

フランス領の島では外国籍の人間が提出する申請書はすべてＤＳＴに回され、局の承認と意見が必要となる。局は申請についてイエスともノーとも言えるのだから、協力を拒否する前に、そのことを考えた方がよいとジョン警視はエルネストに言う。何であれ、協力を拒否すれば、エルネストのフランス領滞在許可を取り消せるという脅しだ。

これもアンブラーの幾つかの作品で主人公たちが直面する事態の典型と言える。ヴァダシーやアーサー・シンプソンのような無国籍者はもちろんのこと、国籍を持っている者でも、『デルチェフ裁判』ではフォスターは国外退去しなければ滞在許可を取り消すと言われ、『夜来たる者』のスティーヴ・フレイザーは丁重に国外へ送り出され、『武器の道』のグレッグ・ニルセンはシンガポールからの退去を命令される可能性があると警告される。『グリーン・サークル事件』のマイクル・ハウエルはシリア政府の機嫌をとりつつ事業を続けるも、結局、撤収に追い込まれる。国家権力の前では無国籍者は言うまでもなく、外国籍の人間も非力な存在として描かれている。

脅迫的な前置きの後、ジョン警視は、メキシコにいる亡命者グループのリーダーのマニュエル・ヴィエガスが休暇と健康上の理由でサンポール・レザリゼ島に二カ月前から滞在しており、アンクル・パコ・ローハスも同行していると告げ、パリが彼らの滞在を許可したのだと付け足す。パリが許可したというのは意味ありげだが、ここでは何の説明も加えられていない。警視はエルネストがヴィエガスの主治医になって、週二回程度往診し、報告書を提出してくれたら、DSTが毎日五百フランの謝礼を払うと提案する。報告書と言っても、医師の倫理に反するような患者の病状に関するものではなく、患者の内臓の状態の報告はいらない、彼や側近の心理状態を報告してほしいし、担当医となったことが知れると、ヴィエガスについて聞き出そうとして接触してくる者がいるだろうから誰が接触してきたかも報告してほしいとの要求で、つまるところ、DSTのスパイになってヴィエガスとその周辺を監視しろというのだった。五百フランの謝礼は患者が払うのなら医療費だが、DSTが払うとなるとスパイ経費である。ヴァダシーやシンプソンに諜報局が謝礼を支払ったのと同じように、アンブラーの描く諜報機関は律儀に謝礼を払い、ただ働きさせない。

エルネストにとって警視の要求は不愉快だった。その夜、エリザベスに警視の要求の話をすると、彼女は鋭い分析を始める。パリが休暇と健康上の理由でヴィエガスの滞在を許可したというけど、その理由ならメキシコにも転地療養に適した土地があるのだから、パリはヴィエガスをここに来させたかったのだと彼女は推理する。パリとは誰のことだ、海外県担当長官か大統領かねとエルネストがからかい気味に言うと、警視の口ぶりから考えるとエスデック（S-dec）だと断言する。

訳書では、海外調査機関と抄訳されているが、原文ではService de Documentation Exterieure et de Contre-Espionnageとなっており、フィリップ・ベルネールの『フランス秘密情報機関』（杉辺利英訳）では「対外文書収集・対敵諜報局」と訳されており、訳者あとがきによると、実質はアメリカのCIA、旧ソ連のKGBに相当する機関と説明されている。エリザベスはあの〈ベン・バルカ事件〉にもエスデックが関与していたという。これは一九六五年にモロッコ人の左翼指導者でハッサン国王反対派のベン・バルカがパリで消えた事件のことで、エスデック、CIA、それにモサドまでが絡んだ拉致と言われ、二〇一〇年末現在も未解決である。（モロッコのチェ・ゲバラと呼ばれたベン・バルカは作家のマルグリット・デュラと映画監督のジョルジュ・フランジュとカフェレストランで会う約束だったが現れず、その店の前で拉致されたと言われるのだが、その店の名がBrasserie Lippだったというのには驚いた。第8節でふれたように、Brasserie Lipp

は一九三〇年代末にアンブラーがパリで暮らしていたころよく利用した店である。ヘミングウェイもここの常連だった。）

エルネストには、エスデックがヴィエガスにどう絡んでくるのか理解できない。エリザベスが情報の収集と分析の意外な能力を発揮する。三カ月前にフランス人の水路学者と技師たちやオランダの石油地質学者がサンポール・レザリゼに滞在、彼らはエルネストの母国の沖合にあるコラサ諸島の水域の海底油田の採掘コストの調査に来たチームで、多国籍コンソーシアムに雇われていた。エルネストは知らなかったが、コラサ諸島周辺に海底油田が存在することをコンソーシアムは知っており、エリザベスによると、原油一バレルが三ドルのときに採掘コストが五ドルかかるとしたら、誰も採掘しようとは思わないが、一バレルが十二ドルかそれ以上になれば考え直すことになるという。

ここでもアンブラーはその日の新聞を読んでストーリーに取り入れたなと思われるほど現実的な石油価格をエリザベスに言わせている。瀬木耿太郎著『石油を支配する者』に、一九七三年十月十三日にOPECが原油公示価格を一バレル約三ドルから五ドル強へ引き上げ、その翌日、OAPEC（アラブ石油輸出国機構）がアメリカなど非友好国に対する禁輸措置を宣言、十一月初めのチュニジアでの原油入札では十二ドル、十二月初めのナイジェリアでの入札では十六ドル八十七セント、その直後のイランでの入札では十七ドル三十四セントまで高騰したとの記述がある。これが第一次石油危機だ。また、石油価格の高騰によって、以前に油田の存在は確認されていたが、採掘コストがかかり過ぎるために忘れられていた油田の開発ブームが起きたのも事実である。

ここに挙げた石油価格の上昇ぶりは二〇〇八年に一バレル百五十ドル近くにまで高騰したことを考えると、大昔の話のように聞こえる。

エリザベスは、海底油田の調査とメキシコからサンポール・レザリゼへのヴィエガスの移動という二つの事実を組み合わせて、具体的な結論を引き出す。多国籍コンソーシアムがコーヒーしか資源のない小さな共和国に何十億ドルもの投資をするとしたら、まず、政府の実態を調べるはずで、頼りにならぬ不安定な政府だと判明したらどうするだろうか。政権のすげ替えを画策する。昔ならCIAの出番だが、最近のCIAはラテン・アメリカではおとなしいから、コンソーシアムはフランスと取引し、エスデックが動くことになったのではないか。あとになって、彼女の別居中の夫もエスデック勤務の大尉であるのをエルネストは知る。彼女の洞察力はどうやら夫と暮らしていたころに培われたもののようだ。彼女の推理は、名探偵がやや鈍い友人の医師に解決を説明するような鮮やかさがある。

なぜエスデックはあなたをヴィエガスの主治医にしたのかしらねとエリザベスはエルネストに言う。皇帝のフランツ・ヨーゼフはいつもマクシミリアンの人望を妬んでいたし、特にロンバルディアでの人望を妬んでおり、恐れてもいた。あなたのアンクル・パコはグリュンネ伯爵かも知れない。皇帝の恐れにつけこんでこっそり助言をしていた人よと続ける。エルネストは、ハプスブルク家の譬《たと》え話を聞く気にならず、やめてくれ、彼らがぼくを主治医にしたのはスペイン語が分かる医師がいいと頼まれたからだと答える。

エリザベスの引用例は難しい。フランツ・ヨーゼフ一世はロンバルディアの総督だった弟のマクシミリアン（のちのメキシコ皇帝）の人望を恐れており、他方、参謀役のグリュンネ伯を信頼し、彼の進言には耳を傾けた。ヴィエガスは故国でのエルネストの人気を恐れているのだろうし、アンクル・パコはヴィエガスにアドヴァイスする参謀の役だと思うと彼女は言っているのだ。グリュンネ伯はフランツ・ヨーゼフやマクシミリアンほど有名でないが、ハプスブルク家にとっては重要な人物だったと見えて、ミュージカルの「エリザベート」にもちょっと登場している。

これが二百八十ページの作品の約五十ページまでの経過で、これから何が起こるのか推測する材料がほとんど提示された形になっている。エリザベスに推理を語らせるという便法を使って、アンブラーは、出来事の引き金となる石油をめぐる国際情勢の説明を簡略化している。パリがヴィエガスらの滞在を許可したというのも、彼らを監視の目の届くフランス領内に置いておきたかったからだと推測できる。

国際謀略小説だったら、政変が起こり、新しい政権が生まれるが、実は、そのクーデターは石油資源の確保を狙った外国の機関が画策したものだったと、最後で「意外な結末」として明かされるのが普通の図式だと思うが、アンブラーは作品の五分の一のところで種明かしをしている。彼が書きたかったのは、この種の意外な結末ではなく、意に反して政変に巻きこまれる男の去就だった。

エルネストはジョン警視に指示された日時にヴィエガスの診察に行く。彼にとって、アンクル・パコは懐かしい存在なのか、ヴィエガスをどう見ているのか、読者には分からない。日記形式の一人称で書かれているからといって、クリスティーの代表作と同様に〈私〉の心のうちがすべて語られているわけではないのだ。

マニュエル・ヴィエガスは、エルネストの父が暗殺されたときニューヨークにいて、テレビの速報で暗殺事件を聞いたが誰が撃たれたのかはっきりしなかったので、大使館に問い合わせたと語る。悪天候で飛行機が遅れ、帰国したときには民主社会党は瓦解しており、クレメンテの追悼ミサにやっと出席してから亡命者となった。

エルネストはヴィエガスを徹底的に診察する。左の下腹部に痛みがあり、憩室炎の疑いがあるので数日中にX線検査を行うことにする。ヴィエガスの子音の発音がもつれるのに気づく。

帰りがけにまたアンクル・パコと会うと、マニュエルは暗殺のときにはニューヨークで眠っていて、朝刊を見るまで事件を知らなかったことを恥じているのだとエルネストに言う。これに対してエルネストはドクター・フリゴの態度で冷たく反発する。十二年前ならニューヨークのホテルには部屋ごとにテレビがあって、ヴィエガスさんは速報を見て大使館に確認の電話を入れたと言っていました。ニュースをどうやって知ったかというのは問題ではない。彼はニューヨークにいて、国での事件には関係がなかったことが重要なのではありませんかと、問題ではないと言いながらも、話のくい違いを指摘したのは挑発的だった。

一日おいて、ヴィエガスの召使がX線検査の予約を取り消してきた。しかも、ジョン警視には、いまのところヴィエガス家は医師の往診を必要とせず、必要の際は連絡するというパコの手紙が届く。お出入り禁止のような通告に警視はいら立ち、パリと相談すると言う。エルネストは自分の言葉がパコを怒らせたのか、あるいは、カスティリョ家の者を仲間にするプラス要因を考えていたが、エルネスト・カスティリョでは危険なマイナス要因のほうが大きいと判断したのではないかと考える。それから、もしも父の暗殺の首謀者を発見したら、自分はどうするのか、世間に公表するのか、起訴するか、自分の手で殺そうとするか、それとも忘れてしまうことにするかと、自分への質問を日記に書きこむが、回答は思い浮かばない。

ミステリ小説的に見れば、ヴィエガスが事件を知ったのがテレビだったのか朝刊だったのか、この点が何かの手がかりになりそうな感じがするが、エルネストは問題視しなかった。暗殺当日にヴィエガスはニューヨークに行っていたことを一時間のうちに二度も聞かされたと聞いて、エリザベスは興奮し、またしてもハプスブルク家の末裔たるものにふさわしい推論を出す。フランツ・フェルディナント大公がサラエヴォで暗殺されたとき、ディミトリエヴィッチ大佐は離れたベオグラードにいた。政治的暗殺を組織する者は、実行時には別の場所にいるのだと指摘する。ホテルの食堂で昼食をとりながらの二人の会話は次第に声高になり、周りの注意を引く。エリザベスがヴィエガスとパコに対する疑念を激しく主張するにつれて、何となく、エルネストは守勢に回って、パコたちを弁護するような口振りに追いつめられて行くのがユーモラスだ。暗殺者が狙撃した瞬間にパコはどこにいたのかとエリザベスが訊ね、父から四メートルほど離れて立って、大きな花束を抱えていたよと答えると、狙撃者にはっきり区別できるような色の花束だったのかと問いつめ、エルネストは白黒の写真しか見ていないから知らないと、彼女の舌鋒《ぜっぽう》を避けるために嘘をつく。彼が見たカラー写真では、ほかの者が赤い花束なのに、パコだけはオレンジ色の極楽鳥花だった。

この花束の色の問題も、ミステリ小説的には面白い材料なのだが、これがもう一度話題として出てくることもない。読者にはエルネストが日記に書いたことしか知りようがないのに、アンブラーは、エルネストの内面描写に入るのを避けて、読者の想像に任せているから、パコの花束だけが違う色だったとしても何の意味もないと彼が考えたようにも取れるし、暗殺事件そのものを心から追い払おうとしているようにも見える。

夕食は〈ラフカディオ〉に行こうと提案すると、エリザベスは、別居中の夫からの使いの人と会わねばならないからと断る。

Ⅲ

エルネスト・カスティィリョはジョン警視に呼び出されて、彼の部屋へ行くと、パリから到着したばかりのエスデックのデルヴェールに引き合わされる（デルヴェールの階級はcommandantで、邦訳では司令官となっているが、エスデックの司令官がこの事件のためにひとりでパリから出張してくるとは考えにくいので、少佐と訳すべきであろう）。

少佐がこの時点でサンポール・レザリゼ島に現れたのは、エルネストがヴィエガス家への出入りを断られたことをジョン警視が報告した結果とも見えるし、政変の機が熟して島に来るべきタイミングになったから来たのかも知れない。少佐の発言から見ると、ジョン警視は出先機関の端役に過ぎず、政変の流れを監督しているのは少佐だったようだ。

警視の部屋での三人のやり取りは、もしもこれが舞台で演じられたら観客は話題の展開についていけないのではないかと言いたくなるほど含みのある、進行方向が分かりにくい会話だ。エルネストがヴィエガスの主治医になるように手を回したのはパコだった。クレメンテ・カスティリヨ暗殺に民主社会党員は関与していないというフランス政府の機密報告書をエルネストには読ませるようにジョン警視に依頼したのもパコだった。三人が話し合っているうちに、ヴィエガスのX線検査の予約を取り消したり、今後の往診も必要なしとエルネストのヴィエガス邸への出入りをとめたのもパコの独断であろうとの推論が出てくる。少佐と警視はパコの面子《メンツ》もつぶさないような配慮として、お出入り差し止めの要求など知らないことにして、エルネストからヴィエガスに検査予定日を通知することにしようと決める。

警視の部屋から出て、デルヴェール少佐はラム酒でも飲ませてほしいと言って、エルネストのアパートについて来る。彼の部屋の壁にかかったエリザベスの巨大な母音画を見て、少佐は、彼女の別居中の夫のデュプレシー大尉は自分の部下だと言う。これで、エルネストは、エリザベスがなぜエスデックの活動に詳しいのか初めて知るし、彼女が言っていた夫からの使いの人が少佐なのだと気がつく。

少佐がエルネストのアパートまでついて来たのは、彼のヴィエガスに対する感情を探り出すためだった。暗殺事件が起きたとき、ヴィエガスはニューヨークにいて、暗殺に直接には関与していなかったにせよ、陰謀の存在くらいは知っていたかもしれない。そうすると、彼にもなんらかの罪があったことになる。そう考えた場合、エルネストのヴィエガスに対する態度は変わるのか。

ヴィエガスはいまは亡命政府のリーダーだが、間もなく、合法的かつ実質的な政府のリーダーとなる（「そのことを私は立場上知っているのだが」と少佐は言う）。そのとき、エルネストは彼を支持するのか、それとも破滅させようとするのか。

ばかげた質問だとエルネストは答える。自分が支持しようと反対しようと大勢に影響はあり得ない。すると、少佐は、きみは父上の名と重みを過小評価しているが、父上は国民的英雄になっており、革命的な状勢ではその伝説的な英雄の息子のとる立場は、次期政権に重要な影響を与えることを考えてみなさいと言う。

原題は『ドクター・フリゴ』だったが、邦題は『ドクター・フリゴの決断』となった。彼は万人同様いつも何かしらの決断を迫られているが、邦題に使われた「決断」はこのときのデルヴェール少佐の言葉に対する彼の決断を指していると解してよかろう。

夜、エルネストが〈ラフカディオ〉でひとりで食事をしているとロバート・ロウジアが接触してくる。エリザベスによるとこの男はＣＩＡのスパイで、名刺はカナダの保険会社の査定士となっている。彼はエルネストがヴィエガス派の一員であると思いこんでいて、来月のクーデターのときには、エルネストもヴィエガスの主治医として同じ飛行機に乗って母国に乗り込むことになりますなと言う。エルネストがクーデター計画を聞いたのはこのときが初めてだった。ある多国籍企業が彼の会社に、ヴィエガスに五千万ドルの保険をかけたいと申し込んできたので、エルネストが会社の顧問医師になって、ヴィエガスの健康状態に関する情報を報せてくれたら、五千ドルの謝礼を出すと持ちかけてくる。さらに、ヴィエガスが政権を取ったら、政治資金として五百万ドル出す用意があるとヴィエガスに伝えてほしいとも言う。エルネストが顧問になることも賄賂の取り次ぎも断ると、ロウジアは深追いせず「やっぱりドクター・フリゴだ」とにやにやする。

翌日、エルネストがエリザベスのところに行くと、彼女は前夜デルヴェール少佐と会ったが、別居中の夫からの離婚の提案は話題のごく一部分で、ほとんどエルネストの話だったと明かす。彼女が見たエルネストは、今度の件で使いものになるのか、それとも捨て札にすべきか、どう圧力をかけるのがベストなのかと訊かれて、エリザベスは、父親の思い出とか忠誠心に訴えるといった手を使っても無駄だ、それ以外の方法を思いつかないなら、捨て札にすべきだと答えた。少佐はこの会話がそのままエルネストに伝わるのを承知の上で、エリザベスの意見を訊いている。

彼女のほうからは、なぜエスデックはヴィエガスのような精彩を欠いた人物を拾いあげたのかと質問した。

この会話の流れから察すると、デルヴェールは、国家機密であるはずの、エスデックが後押ししているクーデター計画をエリザベスがすでに知っていると思っていたようだ。あるいは、別居中で離婚寸前とは言え、エスデック職員の妻にも夫と同様の守秘義務があるとの想定でクーデター計画を打ち明けたのか。アンブラーはこのあたりの説明を省略している。

エリザベスは先祖の事例を持ち出す。マクシミリアン大公はデストラダにメキシコ国民がハプスブルク家の王子が来て統治するのを切望していると言われて説得されたけど、デストラダは二十年以上もメキシコに帰ったことのない人だった、国民に尊敬され愛されると信じてメキシコ皇帝になったマクシミリアンは農民に射殺されたわと言う。エルネストは、ぼくは次男坊でありながら帝位に野望を抱いたロマンチックなハプスブルクの大公ではないし、亡命政治家の話に乗る甘い阿呆じゃないと反論するが、彼女がやり返す。ナポレオン三世は中米に植民地を求めて傀儡《かいらい》皇帝を置いておきながら、利益も栄光も得られないと気づくとさっさとフランス軍を撤退させて、マクシミリアン皇帝を破滅の運命に任せた。いま、エスデックは栄光を、コンソーシアムは利益を、自由主義世界は石油を求めて介入して来たのだというのがエリザベスの分析だ。ナポレオン三世はマクシミリアンを煽ってメキシコに行かせた人物で、デルヴェールがナポレオン三世だとしたら、彼の口車に乗ると、マクシミリアンのように放り出されるとエリザベスは言っているようだ。二人の激論は歴史の蘊蓄に充ちているので、難しい。

ヴィエガスの診察を再開。子音がもつれるのは数カ月前から始まった徴候で、しばらくしゃべり続けると、もつれが出ると言う。エルネストが彼の父の暗殺は誰が計画したのかと訊ねると、ヴィエガスはためらいもせずに、軍事評議会の特別保安隊のエスカロン大佐が直接の作戦責任者だったと今は確信していると答える。暗殺計画を失敗させることができれば、クレメンテ・カスティリョへの支持と共感が拡大するとの読みもあったのだが、情報がじゅうぶんでなく、暗殺を阻止できなかった。その十数分ほどの説明の間にヴィエガスの舌が痙攣し始める。

その日の午後、エルネストはジョン警視とデルヴェール少佐に面談を申し入れ、ヴィエガスにたいへんな難病の徴候が見られるので、神経科専門医の最高権威の診断を仰ぐべきで、彼の疑惑が的中していたらエスデックの計画は大幅に変更せねばなるまいと伝える。彼はアメリカの医師なら距離的にも招聘しやすいと思っていたが、少佐たちは、ＣＩＡに漏れるのを懸念して、アメリカ人医師の介入には賛成しない。エルネストが医学生だったころの師であるグランヴァール教授がパリにいると聞くと、少佐は、教授に仕事の都合をつけて当地に来てもらわねばなるまいと断定する。

エルネストには信じられなかったが、デルヴェール少佐はグランヴァール教授を三日後に四時間だけ島に連れて来て、夜の便でパリに戻す手配をやってのけた。到着したときの教授は、秘密警察に研究資金について脅迫的なことを言われ、愛国心だの国益だのとわけの分からぬ説明で事実上誘拐されたようなものだと不機嫌だ。エスデックの手際のよさに、フランスがいかにヴィエガス政権の成立に賭けているのか読みとれる。

教授は、エルネストを中米から来た留学生の一人程度にしか記憶していなかったが、ヴィエガスを診察し、筋肉のサンプルを採取して、患者を帰したあと、初期の段階で見抜くのは難しいのに、きみはよくやったと誉め言葉をもらす。彼の父親が暗殺されたと聞いて、教授は、政治家にとって暗殺も事故のようなものだとドライなユーモアを見せ、ＤＳＴの護衛付きで去って行く。

デルヴェール少佐は本国との連絡には電信局を使わず、陸軍の通信システムを使っていた。二日後、グランヴァール教授からの電報をエルネストに届けたのも軍のジープで、「筋萎縮性側索硬化症アトフミ」という短い電文だった。間もなく少佐が現れ、深刻なのかと説明を求める。進行性筋萎縮症とも言われ、病因も解明されていないし、治療方法もない。言語障害が悪化して行き、現在の状態を維持できるのは一、二カ月だろうとエルネストは告げる。少佐は彼から電報を取り返し、ある程度治癒可能な筋ジストロフィーだということにして、ヴィエガスにもそう伝えろと指示する。

エリザベスにこの話を聞かせると、彼女は残酷なほど現実的で、一カ月くらい保てばじゅうぶんだと思うと言ってのける。一カ月でじゅうぶんというのは寿命のことではなく、クーデター後の新政権の司令塔としての役目の一カ月の意味だった。しかし、そのあとの議会や米州機構でのスピーチはどうなるのだろうとエルネストが言うと、彼女は指で髪を梳き始める。ハプスブルク家の歴史を持ち出すときの彼女の癖である。「別の準備をしておくのね。フェルディナント皇帝に何が起こったのだったかしら」とつぶやく。

エルネストはこの皇帝がどうなったか知らなかった。夜、眠れずに、ハプスブルク家に関する参考書を読むと、フェルディナントには知能障害があり、即位後数週間で宰相のメッテルニヒはルイ大公と交替させたと載っていた。エルネストは「この大公はどうやら単なる馬鹿者だった」と日記に書く。これはどういう意味なのか。

ハプスブルク家には長子相続の原則があり、次男のフランツ・カールのほうが皇帝にふさわしい能力があると見られていたが、メッテルニヒの差し金で長子のフェルディナントが即位した。メッテルニヒは自分の絶対的権力を維持するためには、フェルディナントのほうが都合がよかった。ルイ大公は若くして大元帥になり、フェルディナント皇帝の即位後は全官庁を統轄したというから、一応の政治能力を持った人物だったようで、エルネストのいう「単なる馬鹿者」だったとも思えない。しかし、彼はメッテルニヒの専制主義に同調していたとされており、メッテルニヒの意のままに動く政治家だったようだ。

とすると、エリザベスは、フェルディナント皇帝のような政治能力に欠けた者（＝言語障害のヴィエガス）にはルイ大公という代役が必要だったように、ヴィエガスにも代役が必要になるが、誰がその代役を務めるのかと言っているらしい。これに対して、エルネストが、愚かな皇帝の仕事を務めたルイ大公は愚か者だったと考えたのは、有能な人であったとしても、そんな責務を引き受けるのは愚かな行為であり、自分だったら引き受けないと言っているように見える。

『ドクター・フリゴの決断』は三部に分かれており、第1部の「患者」ではジョン警視の指示でエルネストがヴィエガスやパコと再会するまでの四日間、第2部の「症状・徴候・診断」ではデルヴェール少佐の登場、グランヴァール教授の診察、ヴィエガスがフェルディナント皇帝のような立場にあると判明するまでの一週間が語られる。いかにも医師の日記形式の作品らしい表題だが、いずれも二重の意味を持っている。少佐がエルネストにヴィエガスをどう思っているのかと訊ね、エルネストが医師と患者との関係だと思っていると答えると、少佐は不快げに彼を見つめ、私にはドクター・フリゴのふりはしないでくれと釘を刺す。第2部では患者の症状が診断されて、それがエルネストの故国の政情に影響を与えそうな予感へとつながり、第3部の「処置」へと進んで行く。

Ⅳ

第1部と第2部では、主人公のエルネスト・カスティリョと愛人のエリザベス、フランス諜報機関のジョン警視とデルヴェール少佐、亡命政治家のマニュエル・ヴィエガスとセギューラ・パコ・ローハス、スパイのボブ・ロウジア、それに神経科医のグランヴァール教授といった、これまでのアンブラー作品には見られなかったキャラクターが登場する。例えば、エルネストはちょっと『あるスパイの墓碑銘』のジョーゼフ・ヴァダシーを連想させるが、内面は強気で反抗的な性格だ。エリザベスは『シルマー家の遺産』のマリア・コーリンと鼻っ柱の強さと酒好きであるのは共通するが、マリアよりも生き生きとしていて、攻撃的である。デルヴェール少佐は同業者のハキ大佐やトゥーファン少佐よりも柔軟な思考の持主として描かれている。

第3部の「処置」に入ると登場人物はさらに増える。第1部と第2部の表題に続いて、「処置」と来れば「患者」に対する医療処置かと思うが、意外な展開になる。

エルネストはヴィエガス邸の晩餐に招かれる。同席したのは彼の母国から来た実力者たちで、デルヴェール少佐に言わせると、法律家、神父、それに自分では革命家だと思っているギャングである。アンクル・パコが賓客たちをエルネストに引き合わせる。

法律家は憲法問題に詳しい現職の文部大臣のトマス・サントス。彼は学生層に影響力を持っており、学生たちを街頭に動員できる。それからエドガルド・カナレス、通称エル・ロボ（狼の意味）は二十八歳の都市ゲリラのリーダーで、自前の情報機関を持ち、年齢が近いせいか、エルネストに対しては親しげな皮肉っぽい態度を見せる。バルトロメ神父は〈労働者司祭〉で首都のスラム街で人気があり、彼も大衆を動かせる存在だが、教区の売春宿や酒場から受け取る目こぼし料が資金源だと言われる。晩餐会ではラム酒を飲みすぎてガスパーチョの器をひっくり返す醜態を演じる。エルネストはあとになって知るが、バルトロメ神父を破門しようとする申請がヴァティカンに提出されていた。この賓客たちがクーデターの実行者である。ボブ・ロウジアも招待されていて、コンソーシアムと新政権との連絡係兼財政顧問だとパコが紹介する。

食後、ヴィエガスが国の石油資源によってインフラを整備し、教育制度、工業化を促進して民度を向上させる抱負を語る。エルネストは、彼が話しながら何度か腕時計を見て、舌のもつれが起きる前にスピーチを終えようとしているのに気づく。エル・ロボは立ち上がって拍手しておきながら、あれはお伽話だとエルネストにささやく。彼はクーデターに加わってはいても、国の改革よりも利己的な野心が強いのが歴然としていた。エルネストが、エスカロン大佐という人物を知っているかと訊ねると、エル・ロボはなぜその質問をしたのか即座に見抜いて、エスカロンは将軍に昇進してから退役し、コーヒー園を経営しているが、会いたければ会わせるし、質問をしてその回答次第で殺せばいいと言う。

翌日、グランヴァール教授から診察結果が届く。どんな治療をしてもヴィエガスの延命の効果は期待出来ないとの結論だった。エルネストは自分が六月一日から二カ月間の有給休暇を申請したことになっており、しかも、それが承認されているのを知って憤慨する。休暇はジョン警視かデルヴェール少佐が手配したのだと判明すると、彼はヴィエガスの主治医の職を辞める決心をするのだが、この時点では、何の目的で二カ月の休暇が手配されたのか気がついていない。

夜、ロウジアのスパイたちを避けて、エリザベスのアパートで少佐と会うが、何かにつけてエリザベスが棘のある言葉で会話に割りこんで来るので、少佐は、三者会談じゃなくて、エルネストと密談をしたかったのだ、ハプスブルクの宮廷では外国の使節に常に丁寧だったと聞いていると皮肉を言う。十数ページに及ぶ二者プラスエリザベスのやりとりは、めまぐるしい言葉の戦いだ。少佐によると、強制的な休暇は自分の決定ではなく、政府の上層部から出たもので、好むと好まざるに拘らず、エルネストはヴィエガスの主治医であり、しかも「事実上、潜在的な政治的要人」なのだから、有給休暇をとって生まれ故郷へ旅費のかからぬ旅をすれば現地ではかなりの敬意をもって迎えられるだろうと言う。ここでもエリザベスが、言うとおりにしなければ罰を受けるぞと脅すわけねと口をはさむ。少佐が溜息まじりに説明したのが、滞在許可とパスポートの問題だった。アンブラーの得意な分野である。

少佐は、指示に協力しなければ、エルネストのフランス領土内での居住と医療行為の認可が取り消されるのが手始めだと仄めかす。これはエルネストが住んでいるサンポール・レザリゼから追放されることを意味する。さらに、スペイン語を話せる医者なら、南米かメキシコで働けるだろうが、彼のパスポートそのものを無効にする手続きも出来ると言う。エスデックは、ヴィエガス政権にそれをやらせるだけの力を持っているのだった。パスポートが無効になれば無国籍になってしまう。コロンビアかエクアドルのパスポートを買う方法もあるが、国外追放者となると高くつくだろうと少佐は付け足す。『あるスパイの墓碑銘』のヴァダシーは不可抗力的な事態で無国籍になったが、エルネストの場合は人為的な罠にはまりそうだった。

あきらめかけたとき、ワインを飲み続けていたエリザベスがハプスブルク家の前例を持ち出して、話の流れを変える。

マリア・テレジアの孫のマクシミリアンがメキシコ皇帝になると、高貴の人物には侍医が随行すべきだとの考えで、ドクター・バーシュがウィーンから派遣された。「ドイツ人のバーシュは馬鹿で、陰謀を企てる連中に利用されたけど、マクシミリアンの最悪の敵だったシュメルリングやボナパルトでさえも彼にしかるべき報酬を払ったわよ」と、クーデターの中に飛びこんだらどんな危険な目に遭うかも知れないと言って、報酬の話に切り換えてしまう。彼女は、少佐なら自分だけの裁量で十万フランまで出せるはずだとエスデックの手口に詳しいところを見せて、かまをかけ、それに引っかかった少佐が、五万でどうだとエルネストに訊ねる。この場面には作者の意図しなかったおかしさがある。

報酬の話は決まったのかどうかはっきりしない。帰りがけに少佐は、エリザベスが別居中の夫との離婚書類にサインしたと伝え、遠い分家とはいえ、ハプスブルク家との結婚は簡単なことじゃないと思うよと言って去る。

エリザベスが以前にエルネストの立場を皇帝になりたくてメキシコに行ったマクシミリアンになぞらえたが、今度は侍医のドクター・バーシュの地位に格下げされた形となった。前節でふれたように、マクシミリアンはナポレオン三世とユージェニー妃の言葉に乗せられてメキシコに行き、そこにハプスブルク帝国を創建するつもりだった。ところが、メキシコの民族運動家が激しく抵抗したため、ナポレオン三世は、メキシコに傀儡政権を擁立するのはむだな努力だと判断して、兵を引きあげてしまい、取り残されたマクシミリアンは農民に銃殺された。

少佐がヴィエガスと帰国するようエルネストに強制するのを聞いていて、マクシミリアン皇帝に随行したドクター・バーシュをすぐに思い浮かべるエリザベスの頭の回転が面白い。ここでも、彼女をハプスブルク家の末裔ということにした着想が生きており、ただの歴史好きの女性が話に割りこんでくるのと違って、堂々とした迫力のある発言に聞こえる。

彼女は、ドクター・バーシュは馬鹿だったと断定しているが、バーシュは皇帝の希望で王朝の最後の日々を記録し、メキシコ革命軍に処刑されたマクシミリアンの遺骸をオーストリアに持ち帰る任務も引き受けている。彼の『メキシコの回想――マクシミリアン帝国の最後の十カ月』は一八六八年にドイツ語で出版され、二〇〇一年になって英訳されているから、資料価値のある回想録らしい。世界最初の血圧計の発明者で、チェコの街には彼の胸像が立っており、一流の医学者だったようだ。マクシミリアン皇帝のほうは、ゲーリー・クーパーとバート・ランカスターの「ヴェラクルス」に登場しており、ジョージ・マクレディが演じていたと言えば、いつの時代の皇帝か分かりやすいと思う。

主治医の任から逃れることも出来ず、エルネストはヴィエガスにマッサージ、ビタミン注射、休息といった形だけの治療を行なう。有給休暇の始まる前日、今までの手記を箱に詰めて封印し、銀行の保管室に預ける。

エルネストが故国へ出発する前夜、エリザベスが餞別をくれた。女帝マリア・テレジアの私信と外交文書を編集した古い四巻本の第一巻で、ウィーンで出版された稀覯本だった。タイトルはドイツ語だったが、マリア・テレジアの私信はイタリア語のまじったフランス語だった。彼はしおりをはさんだページに三行、アンダーラインが引いてあるのを見つける。マリア・テレジアが少女時代からの恋人であり夫となるフランツ・シュテファンに婚礼の前夜に宛てた手紙の追伸の三行である。

Je vous embrasse de tout mon coeur;
menagez-vous bien, adieu *caro viso*.
Je suis la votre *sponsia delectissima*.

イタリックの部分がイタリア語、そのほかはフランス語で、なぜかアンブラーは原文のまま引用して、英訳はつけていない。「心からあなたを抱擁いたします。お体にじゅうぶん気をつけてくださいませ。さようなら、親愛なるあなた。わたしはあなたの歓びの婚約者です」（加島祥造・山根貞男訳）という文章だ。エルネストはエリザベスからの結婚しようとの意志表示と受けとめて感激する。それから、エリザベスが自分をマリア・テレジアにたとえているとしたら、その夫のフランツ・シュテファンはどんな人物だったのか。彼は調べてから、調べなければよかったと思う。陽気でハンサム、狩猟の名手、財政問題を効果的に処理する才能の持主だったが、それ以外の点ではとんまだった。当人は政治家のつもりでいたが、脅かされて自分のロレーヌ公爵領をフランスに引き渡し、その代わりにトスカナ領を継承した（ロレーヌ領とトスカナ領については最終ページでエルネストはもう一度言及する）。軍人のつもりでいたのにトルコ軍に敗退し、敗北を部下のせいにした。ウィーンの人々にもフランスにも軽蔑されたが、マリア・テレジアは彼を完全に見抜いていて、宮廷の適当な仕事をさせ、彼を生涯愛し、十六人の子供を産んだ。エルネストは、自分には財政問題は不得手で、会計はさっぱり分からないことをエリザベスに言わねばならないと考える。

翌日、彼の故国でクーデターが始まり、ラジオのニュースによると、学生と民兵が衝突、バルトロメ神父のスラム住民が暴徒化し、軍の一部は離脱して学生側に合流、大統領はボゴタでの米州機構会議に出かけていて不在だった。真夜中にヴィエガス夫妻、パコ、エルネストらはサンポール・レザリゼを発つ。夜明けに母国に到着したとき、市内はすでに沈静化していた。周到に計画されていて、一段落着いたところでヴィエガスが帰国し、市民の前に登場する演出である。『夜来たる者』のような内戦の描写がないのは拍子抜けの感じだが、町角の兵隊たち、戦車、焼かれた商店街などが点描される。バルトロメ神父の軍隊が商店を掠奪し、焼き払ったと検事総長が言う。十二年ぶりに目にした故国の街は、ところどころに明るい花の咲いた木やアラマンダの茂みがあって、奇妙に絵画的だったが、ほとんどは醜く荒れはてており、エルネストに感傷をもたらす風景ではなかった。

到着した瞬間から、ヴィエガスは大統領になる。空港に出迎えた各国代表のなかに、エルネストとは会ったことがないような顔をしたデルヴェール少佐がフランス大使の代理の参事官として、ロウジアはラテン・アメリカ商工会議所代表の肩書で並んでいた。映像化したら笑いを誘う場面になる。意外にも、ヴァティカンの大使猊下がエルネストに話しかけ、モンタナロ司教を紹介する。司教は、いつ父上の墓参をなさる予定ですか、今日の午後お迎えにあがりましょうと決めてしまう。
墓地では百人ほどの群集が待っていた。ほとんどが黒衣の女で、カメラマンも来ていた。司教のささやき声の指示に従って献花し、黙禱して車に戻ろうとすると、彼の前にひれ伏す老女や彼の体に触れようとするものもいた。翌朝の新聞に僧正と並んで墓前に跪く写真が載り、パコやロウジアを狼狽させる。バルトロメ神父の破門をヴァティカンに申請したのがモンタナロ司教だったから、〈カスティリョ伝説〉の息子が司教と行動をともにしたのは、バルトロメ神父を排除しようとする側に立ったかのように見え、新政権の内部に亀裂を生じさせる危険があった。しかし、父親の死後初めて帰国した息子が墓参するのは、誰にも非難できぬ極めて自然な行動であり、司教はなかなかの策士だった。エルネストは日記にはそう書いていないが、自分がやはり〝潜在的な政治的要人〟であることに気づいたはずだ。

V

『ドクター・フリゴの決断』は、読み直すにつれて、簡単にはその妙味を語り切れない作品であるのを思い知った。筋の要約も簡単だし、面白みを伝えるのも簡単な小説もあるが、『ドクター・フリゴの決断』は、筋の起伏は少ないのに、何が魅力なのか伝えようとすると一筋縄には行かない。アンブラーの目配りがディテールにまで行き届いていて、それに触れずに通り過ぎるのはもったいないように思えてくる。彼の他の作品に比べると、会話文が多く、それがまた含みの多い言葉のやりとりになっていて、緊張感がある。しかもハプスブルク家が介入して来るのだ。

繰り返してみると、十二年前に政治家が暗殺された。暗殺の主謀者は不明。もし暗殺されなかったら、大統領になっていたと思われる男の遺族である息子は国外に移住している。当人には亡命しているという認識はない。母国の石油資源をめぐって、他国政府が糸を引いたクーデターが起こり、息子は、新政権の大統領となる人物の主治医として同行することを強制され、久しぶりに帰国する。そこで彼は、あの人の息子なのだからとの理由だけで、自分がカリスマ的な魅力のある政治家という虚像で迎えられているのに気づく。彼にすれば、どうにかしてこの立場から逃げ出したい。

帰国した翌日の夕方、エル・ロボの部下がエルネストを隠れ家に誘拐同然のやり方で連れて行く。エル・ロボは、会わせたいやつがいると言って、エスカロン将軍に会わせる。エスカロンはエルネストの父の暗殺作戦の責任者だとヴィエガスが言っていた男だ。エル・ロボが彼を拉致してきて、暗殺事件の真相を白状させ、テープに取っており、エルネストに当人の口からも告白を繰り返させる。これで暗殺の背景が明らかになるのだが、聞き終えたエルネストはトイレに行き、嘔吐する。真相を聞いて激しいショックを受けたのだが、アンブラーはエルネストの心理描写を避けて「エル・ロボと見張りが外に立って、わたしが吐くのを見つめていた」という客観的な記述だけで、エルネストの心境を映している。

エル・ロボがエルネストに訊ねる。エスカロンをどうしてほしいか。殺すか、それとも家に送り返すか？　六十六歳のエスカロンには八歳を頭に三人の庶子がいて、溺愛していると聞いて、エルネストは、家に帰してやれと答える。どうやら、エル・ロボは、将来政界の盟友になるかも知れぬエルネストに対する好意的なジェスチャーとしてエスカロンを拉致してきたようだ。

文部大臣だったサントスはヴィエガス新政権では首相になり、組閣を始める。フランス大使館のカクテル・パーティで、デルヴェール少佐がエルネストに、サントスはきみを文部大臣にするつもりだと伝える。こういう事前情報をつかんでいる少佐は全知全能的で、エルネストが激しく反撥することも見越しており、大臣の椅子を辞退した場合には〈カスティリョ伝説〉の息子であるエルネストには道義的な圧力がかかってくると予知している。それでいて、エルネストをやっかいな立場から解き放す特効薬のような切札まで持っているのだから、少佐は結果を知っていながらエルネストをからかっているようにさえ見える。最後の十ページで、暗殺が一件、自殺を装った殺人が一件起きる。いままでストーリーの妙味を説明するために細部にふれてしまっているので、せめて、誰が誰を殺したのかという点だけは伏せておこう。

デルヴェール少佐は、エルネストが大臣の職を辞退するための絶対的に有効な口実を用意していた。すでに述べたように、パスポートはアンブラー作品に何度も使われてきた小道具である。少佐のデスクには、エルネストが二年前にフランスに帰化したことを示すフランスのパスポートがあった。エルネストの国の憲法では、外国籍の者は公職に就くことが認められていない。二年前に帰化申請の手続きを始めたが、母親の気持を考えて、彼は申請の手続きを打ち切ったはずだった。ところが、エスデックは申請書が受理されたかのように彼のパスポートを作っていた。二年前に作られたのか、最近になって二年前の日付で作成されたのか不明だが、少佐は手品師のようにデスクの引き出しから彼のパスポートを出してみせる。正真正銘のパスポートであり、フランス政府が無効だと言わぬ限り有効なのだが、あと数日は使わないでくれと少佐は言う。これは政情の展開次第で、エルネスト・カスティリョが政治家として必要となったら、パスポートを無効にして国内に封じ込むし、事態が落着いて、彼が不要と判断したらサンポール・レザリゼへ帰らせてやるというエスデックの周到さを示している。故国に戻ってから十日目に、エルネストは外国籍を理由に正式に文部大臣就任を辞退し、翌日、出国してサンポール・レザリゼに戻る。

これで故国のクーデターと政治とは完全に縁が切れた。彼はエリザベスが比喩に使ったハプスブルク家の人々を思い浮かべる。わたしは決してマクシミリアンではなかった——彼のように皇位を望んで国へ帰ったのではなかった——むしろ邪魔者になると、ていよく追い払われた愚帝のフェルディナントに近い。皇帝の侍医だったドクター・バーシュの立場からも降りた。フランツ・シュテファン皇帝にとってロレーヌとトスカナの大公爵領は意味のあるものだったのだろうが、自分にとっては文部大臣の椅子は無意味なものだ。さりとて、フランツ・フェルディナント皇太子を暗殺した学生のガブリロ・プリンチプでも、爆弾を投げたが失敗したカプリノビクでもない。つまり、暗殺者でも未遂犯でもないのだ。

たぶん、エリザベスがハプスブルクの歴史のなかからぴったりの人物を、十八世紀の将軍でいつも負けてばかりいたのではない男を見つけてくれるだろう。「そんな男が一人か二人はいたはずだ」というのが、エルネストの日記の最後の一行である。

13『薔薇はもう贈るな』

I

『ドクター・フリゴの決断』の三年後の一九七七年に、アンブラーは『薔薇はもう贈るな』を発表。前作と一九八一年の次作 *The Care of Time* と同様、主人公の一人称で語られる。また、『インターコムの陰謀』では作家のチャールズ・ラティマーの小説風の叙述にシオダー・カーターが加筆した原稿をアンブラーが入手した形をとっていたが、『薔薇はもう贈るな』は、最終章になって、読者が今まで読んできた話は、主人公のポール・ファーマンが出版しようとしている手記の原稿だったことを知る。その本には、敵対する立場にあったクロム教授の追記が付いており、教授は手記を出版するときには、自分の追記を一言も手直しせずにそのまま収録するのを条件とした。ファーマンの話の信憑性に疑問を呈する文章を併載することを条件づけた出版である。

主人公のポール・ファーマンは、アルゼンチンに一世紀以上前から住みついていたイギリス系の出身で、アルゼンチンとイギリスの二重国籍者で、本名は不明。一九四五年に二十五歳だったというから、作中の現在では五十歳代であろう。

イギリスでの題名は、邦題どおりの*Send No More Roses*であり、南フランスの高級別荘地帯にある貸別荘のヴィラ・エズメラルダが主たる舞台だったが、アメリカ版では、前にもふれたようにThe *Siege of the Villa Lipp*（リップ荘の攻囲戦）に改題されて、ヴィラの名もエズメラルダからリップに変更された。前に述べたように、リップはアンブラーがパリ滞在時によく利用したレストランの名前で、『真昼の翳』の主役クラスの女の名もエリザベス・リップだった。マクベインの小説だとアメリカでもイギリスでも同じ題名で出版されるのに、アンブラーの作品はどうしてアメリカでは違う題名になるのだろう。

『ドクター・フリゴの決断』も作品の妙味を説明しにくい筋だったが、『薔薇はもう贈るな』はもう一つ厄介で、作者の独り合点があるようにも思われる。犯罪学者のクロム教授によると、ポール・ファーマンは国際税務コンサルタント業のシンポジア社を仮面にした知能犯である。教授に尻尾をつかまれ、ファーマンは教授のインタビューに応じなければならぬ立場になっている。

第2章ですでにその存在が明らかにされているのだが、マット・ウィリアムスン、別名マット・トワカナがシンポジアの影の支配者である。オーストラリア人とメラネシアのプラシッド島の村長の娘との間に生まれ、ロンドン経済大学で学び、二十歳代で最初の百万ドルを稼いでからアメリカのスタンフォードで法律を学んだ。初めはファーマンの知識を利用するために手を組むが、いまは組織の首領であり、プラシッド共和国の首相の地位に就いている。この男が取引の表面に出てくることはなく、シンポジアとの関係は完全に秘匿されていたので、クロム教授はシンポジアはファーマンの組織だと思い込んでおり、ボスは自分ではないという彼の説明も言い逃れだと見ている。

第1章は、クロム教授、コネル助教授、女性のドクター・ヘンソンの三人がヴィラ・エズメラルダに続く階段の登り口に車で到着したところから始まる。〈私〉であるポール・ファーマンはテラスの陰から彼らを双眼鏡で観察し、車で来たのが三人だけであるのを確かめ、助教授が協定に反してテープレコーダーを持ってきていること、また、ヘンソンのショルダーバッグがずしりと重たげで、何か協定違反のものを持ち込もうとしていると推測する。

三人のリーダー格のクロム教授は六十二歳のオランダ人、コネル助教授はアメリカ人で三十六歳、ドクター・ヘンソンは三十三歳のイギリス人女性。三人とも徴税をかいくぐる新しい型の知能的犯罪の研究者だった。三人の国籍はばらばらだし、彼らを迎えるファーマンは二重国籍者、彼の秘書役のメラニーは元ゲーレン機関員だというからドイツ人か。警備と保安、爆薬や盗聴技術に詳しいイーヴ・ブーラリスはチュニジア人。影のボスのマット・ウィリアムスンはプラシッド島人、その補佐のフランク・ヤマトクは日系アメリカ人。過去の作品でも見られたように、アンブラーのキャスティングはみごとに国際的だ。プラシッド島は南太平洋にある独立国で、唯一の資源であった燐鉱石、つまり鳥の糞はすでに掘りつくされてしまったが、マットは国の経済を維持する奇策を持っており、教授が現われたのはそんな時機だった。

この作品でアンブラーは、〈私〉であるファーマンが思いつくままに過去の出来事を語る話法を使って、教授ら三人の到着した時点を現在として語り始め、第2章では二カ月前にクロム教授が突然現われた時に遡行し、第4章ではファーマンが一九三八年にヨーロッパを放浪した時代と第二次大戦中にイギリス軍に入隊してイタリア戦線に送られて下士官になり、そこでカルロ・レッチという本業は弁護士だが戦場となった地域で闇屋をやっている男と知り合った回想、第5章でクロム教授がヴィラでの夕食のときにカルロ・レッチは架空の人物だと言い出したことから、イタリア戦線で二年後にレッチと再会し、兵隊相手の地下銀行を始めた回想に入る。戦時中から戦後の数年間にレッチとファーマンはぼろ儲けをし、二人は一九五〇年代にさらに金融業を拡大する。第6章では五年前にチューリッヒで教授に尻尾をつかまれた薔薇事件に話がもどる。現在の話を進行させながら回想を随時織り込んで、現在の出来事に到るまでの経緯を説明する構成である。

第1章では、読者はファーマンの正体がまだ分からない。教授らを双眼鏡で観察する様子、彼らの荷物を検査したイーヴ・ブーラリスの報告から、彼らがファーマンの敵であることが読みとれる。第1章の最終行で、ファーマンは「私は被告ではない。原告なのだ」と書いている。ほとんど十章にわたって、彼はクロム教授らに被告のように追及されるので、その言葉の意味が明らかになるのは、最終の第11章であり、彼が原告だとしたら、誰が被告なのか、やっとそこで分かる仕組みだ。

ファーマンの率いるシンポジア社は、モナコ、ケイマン諸島、バハマ、バミューダなど租税回避地の有効な利用方法を伝授する国際投資信託コンサルタントで、国際的な債務取り立てを専門とする子会社もあった。いずれも、どこの国の法律にも抵触しない企業だったとファーマンは言う。

租税回避地と呼ばれる国では、所得税や法人税などが極めて低率だったり、あるいは無税だったりするので、そこにペーパー・カンパニーを設置し、母国だったら課税対象となる資産をそこに移せば利益を温存できる。企業の母国から見れば徴税しそこねるので、租税回避地は憎き存在である。

二〇〇九年四月の世界二十カ国首脳の金融サミット（G20）でも租税回避に対する罰則を含めた規制が議論され、回避地に置かれた資産は十一兆五千億ドル、そのほとんどが脱税と見られ、各国の税収の損失は毎年二千五百五十億ドルと推計されると報道された。

II

主人公のポール・ファーマンのシンポジア・グループは、租税回避地セミナーを開催していた。銀行家、国際法専門家、税理士などが参加し、税務官吏だった人物を講師に招いたこともある。税制の存在する国では、脱税は犯罪だが、租税回避地を利用するのは合法的な企業活動の範囲である場合が多い。ファーマンのいう租税回避はtax avoidanceであり、tax evasionではなく、彼は明確に使い分けている。研究社の辞書だと、前者は「(合法的手段による) 課税のがれ。節税」、後者は「(不正申告による) 脱税」と説明されている。ファーマンは自分のやっているのは合法的な節税策のコンサルタントで、各国の税務担当官のセミナー参加も歓迎したと言っているが、参加者の身許や専門分野を慎重に事前調査していたから、ファーマンの説明はきれいごとに過ぎず、裏では悪辣な稼ぎ方をしていたようだ。

二カ月前にブリュッセルのホテルでセミナーを行なったとき、受付がチューリッヒのクレイマーさんとオーベルホルツァーさんが会いたいとロビーに来ておられますとファーマンに知らせてくる。その名を聞いてファーマンはショックを受ける。クレイマーはすでに死んだし、オーベルホルツァーは、ファーマンがクレイマーと連絡をとるときに使っていた偽名だった。二人の名を使って彼を呼び出したのはクロム教授だった。教授はチューリッヒで彼を見かけ、追跡調査をして彼がファーマンと名乗っているのを突きとめたのだ。そして知能犯罪の実例を学会誌に発表したいので話を聴かせろと要求する。医師が患者名を出さずに論文を書くように、ファーマンの名は出さないから協力しろと、まるで恐喝のようなものだった。プラシッド島計画もファーマンが裏にいると思っているようだった。ファーマンはある程度協力して教授を満足させておいた方がリスクが少ないと判断し、条件付きで会合に応じることにする。三人がヴィラに来たのはこの会談のためだった。

クロム教授が以前に発表した論文で〝犯罪者〟という言葉を無頓着に使っているのにファーマンは呆れる。彼が見たほとんどの辞書には「犯罪者とは、公共の福祉を損うと考えられる重大な違反行為をなし、通常、法律によって処罰されるべき人」(斎藤数衛訳)と説明されている。まるで教授は、利益を生むために時間と金を投資する新しい手段に取り組む想像力とビジネス・プランニングの能力を持っているものは自動的に犯罪者であると確信しているようだ。独創的な着想で成功したら犯罪者なのかとファーマンは思う。論文には彼の旧友であり師であったカルロ・

レッチの事件が引用されていた。

欧州経済共同体《EEC》（ECの前身。一九五八年に発足）の当時の加盟国には複雑な輸出入助成金制度があり、貨車一杯のバターを仕入れて隣の加盟国に輸出すると、輸入国ではバターは加工用原料として輸入されたものとして輸入助成金が給付される。バターをそのまま隣国に輸出すると、そこでも助成金が給付され、ヨーロッパを一巡させてから元値でバターを売り払う。その後さらに工夫を重ねて、実際にバターを仕入れもせず、書類の上だけで買い付けて輸出した体裁を整えれば、付加価値税が還付されてそれが儲けになるという方法になった。教授は、こういう犯罪者や企業を割り出しても訴追する手段がないと指摘していた。これを読んで、ファーマンは、当たり前だ、刑法にふれることはしていないし、公共の福祉を害してもいないのだからと思い、犯罪者とビジネスマンを区別する能力もないやつだと教授を心の中で罵倒する。そのくせ、偽名のパスポートを使ったり、入国記録の残らぬ旅行のしかたを知っていたりするのだから、自分が犯罪者であるのを自覚しているはずで、一人称の語りの中で、彼は読者に嘘をついているのである。欧州経済共同体で輸出入助成金や付加価値税還付制度を悪用した事件が実際にあったのか不明だが、アンブラーのことだから、おそらく実話であろう。

教授から脅迫的に会談を強要されたその日のうちに、ファーマンはロンドンにいるマット・ウィリアムスンに電話し、シンポジア社の偽装がばれたことを伝えると、すぐロンドンに来いと指示される。マットは、教授がシンポジアはファーマンの組織だと考えており、マットとの関係はつかんでいないと聞いて、古い骨を一、二本しゃぶらせてやれと言い、支援チームが要るだろうから、技術面ではイーヴ、隠蔽工作や情報分析にはメラニーがよかろうと言う。「マットが何を考えていたか、私は推察しておくべきだった」とファーマンは述懐する。これは伏線である。

ヴィラでの最初の顔合わせで、ドクター・ヘンソンの持ち込んだ重たげなバッグの中身が問題になる。鞄の隠し底には潜在指紋採取用の薬品箱とカメラが入っていた。その機材を提供したのはイギリス情報部だったから、ファーマンは政府情報機関にも目をつけられていたことになる。

教授たちとのやり取りは、皮肉、敵意、揶揄の応酬だった。しかし、ファーマンの知能的犯行なるものの具体的な詳細はいっこうにはっきりしてこない。クロム教授は脅迫による金銭強奪だと言い、ファーマンは、債務不履行者は債権者が貸した金を取り立てようとすると、ゆすりだと叫ぶものだとやり返し、脅迫との関連を認めない。

第6章で、ファーマンが教授に尻尾をつかまれる結果となった事件が語られ、ここでやっとファーマンの手口が見えてくる。スイスの銀行員のクレイマーはファーマンから一件あたり数千ドルの賄賂をもらって、顧客情報を流していた。その情報をどう使ったのかファーマンは具体的には語らないが、スイスの銀行の匿名口座に不正の利益と思われる金を預けている者に、租税回避地コンサルタントとして接近し、資産内容を調べあげてから、別会社の債権取立業者が金をゆすり取る。借りた覚えのない金なのに返済しろと言われ、返済しなければ、隠した財産を政府にばらすと脅す。脅されたものは払わざるを得ないが、例外的な二、三人は激しく抵抗し、脱税で有罪となったあとまでもファーマンに恨みを抱いている。

五年前にクレイマーが顧客情報を洩らしていたことが発覚し、特別捜査官に訊問されて、そのプレッシャーで心臓発作を起こして入院。入院したことを知らせるクレイマーからの電報には、緊急に回収を必要とする書類があることを示す暗号が入っていたので、ファーマンはチューリッヒへ行く。クレイマーはすでに死亡しており、電話すると、彼の娘が葬式は明日行なわれます、書類はそのあとでお渡ししますと冷たい声で言う。翌日まで待たねばならぬとなって、ファーマンはホテルに泊り、近くの花屋から遺族あてにカードをつけた薔薇を送る。彼はクレイマーが訊問されていたことを知らない。翌日の葬儀のあと、遺族に悔みの言葉を述べる弔問者の列に加わって、未亡人の前に立つと、彼女はこの男がオーベルホルツァーよと名指し、娘がブリーフケースを振り回して、さあ、これがあんたの書類よと叫ぶ。カメラマンがフラッシュをたき、近寄ってくる。このとき、クロム教授もその場にいて写真を撮ったというが、動転したファーマンは気がつかなかった。スーツケースにはプラスティックのフォルダーが二枚入っているだけで、空っぽだった。フォルダーにはコードネームのテープが貼ってあり、それはレッチとファーマンに対して狂気のような復讐心を持っている男たちの暗号名だった。彼らは自分たちをゆすっているのが、コンサルタントであるはずのシンポジア社であるのを偶然に発見し、怒り狂って殺し屋を送りこもうとさえした。レッチは、その一人について資料を付けて国税局へ密告して脱税の罪で逮捕されるように仕向け、もう一人にはゆすりの金額を増やして圧力をかけて黙らせた。彼らの暗号名がフォルダーに貼ってあったというのは、警察も事件の内容をかなり把握しているのを示していた。ファーマンはスパイそこのけの知恵を生かしてチューリッヒから脱出する。

クロム教授はオーベルホルツァー（＝ファーマン）の送った薔薇の花束を手がかりに花屋を見つけ、そこから宿泊したホテルを割り出す。これで教授はファーマンの筆跡、指紋、写真を手に入れ、ブリュッセルで接近してきて、会談を強要する結果になった。薔薇を贈ったばかりに、尻尾をつかまれたわけだ。

本書の冒頭のエピグラフには、クロム教授の著書『知能犯——一つの事例研究』の中の「〝自分の罪の意識を軽減するために、もう薔薇を贈るな、ミスター・オーベルホルツァー〟と私はほほ笑んで彼に言った。〝もう、さんざん思い知っただろうが、あゝいう花は、きみがまだ爆風域にいる間に爆発するかも知れないのだから〟」という一節が引用されている。作中の人物の著書の文章をエピグラフに使うのは、アンブラー自身の文章を引用していることになる。ほかの作家が自作の一節をエピグラフに持ってくる例は少ないと思うが、次作の *The Care of Time* のエピグラフに引用されているネチャーエフの回想も、アンブラーの創作である。

教授たちがヴィラに来た第一日目の夕食で最初のコースとして鴨のレバーペーストが供されるのが第3章の終りで、第4章ではファーマンが青年時代にイタリア戦線でカルロ・レッチと出会い、互いにワルの要素を持った、気心の通じる相手だと認め合うエピソードが入り、第5章では、夕食のメインに仔牛の肉とブルゴーニュのワインが出る。かなり酔ったクロム教授が、ファーマンの話に出てくるミラノのカルロ・レッチは架空の人物だ、同名異人がミラノにいたのでファーマンは隠れ蓑に使っていると言い出したのをきっかけに、ファーマンの手記は再びレッチとの商売の回想に入る。彼らはイタリアで軍の物資を横流しして稼いだアメリカ兵たちの金を扱う地下銀行を始めた。給料を上回る金を持って帰国したら内国税収入局《IRS》（つまり税務署）に金の出所を説明しようがない。レッチの案は、そういう金を預かって、必要なときに連絡をしてくれれば、兵隊の遠い親戚がデンマークで死んで遺産を残したという名目で送金してあげますというものだった。もし送金を要求してきたら、遠くの親戚から夢のような遺産が転がり込んできたとのニュースを裏から流す。友人はもちろん家族までがどこに居た親戚だと訊くだろうし、地方紙も話を聞きたがるはずだ。結局、当人は、同名異人の間違いだと遺産を否定しなければならなくなり、金をあきらめ、レッチたちの儲けになる仕組みである。のちにレッチとファーマンがより大きな規模で実行したことも同じ発想から出たもので、弱みがあって表沙汰にできない人間の金を巻きあげる手口だった。

ところが兵隊のなかに、復員後大学で会計を学び、しかも会計士の女性と結婚した男がいて、レッチに預けた匿名口座なるものがうさん臭いと気づいて、スイスまで集金に来る。男はレッチを疑ってかかり、詐欺師扱いするが、レッチは、彼の金は投資信託扱いにしていたので八年間で二倍になったと説明し、（実際には三十倍になっていた）銀行に連れて行って十八万ドルを現金で渡す。男はうっかり領収書にサインする。彼に詐欺師呼ばわりされた腹いせに、レッチはその領収書をニューヨークにいる友人に送り、友人が内国税収入局に通報して報奨金を貰うよう手配する。本作では、この地下銀行事件と欧州経済共同体を巡回したバター列車の事件が実話めいていて面白い。十八万ドルの男はファーマンに恨みを持っているし、ほかにも、復讐のために殺し屋を送りこもうとしたものもいた。

夕食のあとのコーヒーのときに、ファーマンは教授たちに資料を配り――これが彼らにしゃぶらせる古い骨だ――翌朝は八時半から会談を始めることにする。

彼らが部屋に引きあげてから間もなく、メラニーがヴィラの上の道路にも下の道路にも車がとまっていて、監視されているようだと報告に来る。彼女が報告に来たところで第6章が終わるのは、緊張感を次章へ持ち越すアンブラーのいつもの手法だ。

三台の車が、ヴィラから出ようとしたら妨害できる位置に駐車していた。このときに、米題の〝リップ荘の攻囲戦〟が始まったと言える。

翌朝、見回りに出たイーヴが木立の中で小さな手製焼夷弾の地雷を踏んで、靴底が焼ける。彼の考えでは、前夜の車の数から見て、敵は少なくとも六人、それもプロだろうから六人も雇うには金がかかる。この会合はクロム教授たちに情報を提供するためのものだと聞いているが、誰かが真剣に会合を中止させようとしているのだから、教授ら客人はほったらかして、メラニーと三人でヴィラから脱出して、どこかに隠れたほうがいいとファーマンに提言する。ファーマンには、誰が監視し、地雷で脅しをかけてきたのか見当がつかない。会談の場がヴィラであることが洩れないよう万全を期したはずだった。

Ⅲ

『薔薇はもう贈るな』で、主人公のファーマンの眼を通して、アンブラーが描いたクロム教授は、思い込みの激しい独断的な男で、自分の判断が常に正しいと思っている。主人公は、敵対する立場にあるのだから当然と言えるが、教授を冷笑的に観察する。彼らにコネル助教授、ドクター・ヘンソン、さらにイーヴ・ブーラリスまでが加わった〝言葉のジャビング〟は、『ドクター・フリゴの決断』でも何度か見られたのと同じように、アンブラーが舞台劇を意図して書いたようにさえ思える。

クロム教授は、自分は主謀者ではなく、背後にボスがいるのだというファーマンの説明を信じないし、イーヴが地雷を踏んだ話も会談を中止させるためのファーマンの策略だと主張する。しかし、いま中止したところで、ファーマンは逃げ切れるわけではなく、後日、再会するだけなのだから、まだ説明されていない事情があるはずだとコネルが指摘する。ファーマンは万全の策をとって教授らと会う場所を隠し、彼らにもヴィラの位置を最後まで明かさなかったのに、誰かに見抜かれ、見抜いていることをわれわれに知らせるために地雷を仕掛けたものがいると考える。教授たちがファーマンとの会合場所を知ったのはクーネオのレストランで訪問当日の昼食が終ったときで、そこで初めてヴィラへの地図を渡され、そこから国境を越えてニースに入るまではイーヴの手配した仲間が監視し、尾行のついていないことを確認している。ニースでは、教授らの車が通過した直後に路上で小さな事故が起きて交通が遮断されるように手配されていたから、尾行者がいたとしてもそこで足止めを食い、教授らの車を見失ったはずだ。この手筈を聞いたコネルが「マーフィーの法則か？」と言うと、英米圏ではすでに有名だったこの法則を知らないオランダ人のクロムは「何の法則だって？」と身を乗り出す。あらかじめ計画したことでも失敗するものは必ず失敗するという民話的冗談ですよ、ニースで見失ったのに偶然にもう一度われわれを見つけたのではないかという意味ですとコネルは説明する。緊迫した空気の中にユーモアが混じる場面だ。尾行がなかったとしたら、会談場所がヴィラ・エズメラルダであるとの情報が事前に洩れていたことになる。そしてメラニーは、情報洩れは自分がロンドンのフランク・ヤマトクに打った電報だったと気がつく。ファーマンの組織では、行動計画に変更が生じた場合は落着いた地点から本部へ居場所を暗号電報で通知する規定があり、メラニーは機械的にヤマトクに打電していた。ヤマトクはマット・ウィリアムスンの腹心の部下である。

それでは、ヴィラの包囲は、ファーマンのパートナーのはずのマットの指示なのか。マットに電話すると、しばらくして連絡してきたのはヤマトクだった。彼は、ヴィラにいる全員の生命が危険にさらされているから、早く退去するよう教授たちを説得すべきだと言う。なぜ説得すべきかというと、ヴィラを包囲しているのは最高のプロで、彼らを雇ったのが十八万ドル受け取って密告された元軍人やファーマンにカモにされた恨みで以前にも殺し屋を送りこもうとした男たちだったからだ。マットは、攻撃が許されるのは説得が必要になったときに限るとはっきり彼らに伝えてはいるが、彼らが限界点を越える可能性もあると言っているとヤマトクは言う。

アンブラーは会話を再現するだけで、読者には不親切と思えるほど絵解きを省略してしまっているが、マットは古い骨をしゃぶらせておけと最初は言ったものの、それだけで教授が満足するか懸念を持ち始め、会談を中止するよう教授らを説得し、説得に応じないなら危険な連中を動かして抹殺する肚だった。ファーマンの旧敵には、彼に対する恨みだけでなく、教授たちに知られては困る旧悪もあるのだから、会談を阻止せねばならぬ理由がある。これでマットが、自分のプラシッド島開発計画のためにはファーマンを切り捨てるのもやむを得ないと決断したことも明白となる。

ファーマンは教授たちにヤマトクとの電話のテープを聴かせるが、彼らはこれも会談を停滞させる狙いのでっち上げだと思う。彼らが聞き知っているマット・ウィリアムスンはプラシッドのすぐれた銀行家で、経済学者である。彼らの認識ではファーマンのシンポジア・グループがプラシッド島に独占的な地位を確立しようとしているというのだったが、ファーマンはクロム教授が見落していた事実、公開されている資料では、自分はシンポジアの株主の一人であり、かつ、他の株主の名義人となっているが、彼の持分は二十パーセントに過ぎず、残りの八十パーセントはマットのもので、プラシッド島での利権は実質的にマットが独占しているのだと指摘する。

夕食後、マット自身から電話がかかってくる。午前中の電話でヤマトクの言ったことには嘘がある、彼はマットの許可を受けずに危険で馬鹿なことをやったので謝りたい、ファーマンはいまや地雷原に踏みこんで凍りついて動けなくなったような立場だ、わたしが事態を調整して安全にするまで、そのまま凍りついていろ、わたしがそこへ行ってきみの腕を取ってやるからとマットは言う。彼の言葉には呪術的な気味わるい響きがある。ファーマンにはマットの意図が分かったようだが、アンブラーの補足説明はない。

この日は七月十四日、いわゆるパリ祭の日で、夜になると海辺沿いに花火が打ちあげられる。ヴィラから見下ろす海上に碇泊したヨットでも、酔った乗客が甲板で花火を始めた。しかし、ヨットの甲板は、革底の靴で乗船する無知な乗客のためにオーヴァーシューズを備えておくほど無疵の美しさが重視される。甲板に花火の焼け焦げをつけるような行為は常識外れだった。双眼鏡で見ると、甲板には鉄のパイプを束ねたような発射台があった。

ヤマトクの脅しとマットの暗示的な発言によって、教授ら三人も自分たちの生命が危険にさらされているのに気がつきはじめる。マットは彼らの一人がイギリス情報部に提供された機材を持ち込んだことも知っていた。ヴィラの誰かがマットに通じている証拠だった。ファーマンはマットがここから動くなと言った真意は、ヴィラから彼らを移動させようとしているからだと解釈する。移動すれば待ち構えているプロが交通事故に見せかけた殺人を実行するだろう。クロム教授は、ここにとどまって警察を呼ぼうと言い出すが、電話線はすでに切断されていて、外部と連絡できない。切断はイーヴ・ブーラリスの仕業だった。この男は最初はファーマンに協力的な部下として教授たちを監視していたが、所詮、マットの配下であり、ヴィラではマットのスパイの役目も果たしていた。

ヨットの発射台からロケット弾が撃ち出されて、ヴィラのテラス周辺に命中する。手榴弾のような爆発力を持っている。イーヴが今のは照準調整のリハーサルだ、これからが本番になるから逃げられるうちに逃げたほうがいいと言い出すが、ファーマンはその場を離れ、車庫へ行く。彼は最悪の事態の脱出手段として放火する準備をしていた。古い電線から漏電してガソリン缶に引火したように見える仕掛けをする。消防車や憲兵隊が来れば、張り込んでいる旧敵の車は移動せざるを得ないし、ヨットの連中がロケット弾を使ってくれたから、あの花火が火事の原因になったと主張できる。

あまり大きい火事にはならなかったが、狙ったとおりの効き目はあった。ファーマンはシャワーを浴び、服を着替えて消防車とパトカーを迎えた。普通、放火犯は濡れタオルやホースを持って消火活動を手伝うふりをするとかで、彼はそれを逆手に取った。クロム教授は、火事も会談を中止するためのファーマンの工作だと思いこんでいて、一週間のうちにブリュッセルのホテルで再会しようと言い出すが、ファーマンは聞き流す。憲兵隊員の無線でタクシーを呼んでもらって、教授たちはその一台に乗り込み、さよならも言わずに去って行く。ファーマンとメラニーの車の助手席にイーヴが乗り込んできて、どこへ行くんですかと訊く。ファーマンはモンテカルロの駅だと答えるが、本当はどこという当てもなかった。途中でイーヴは薬局に寄りたい、すぐ戻りますと言って車を降りる。彼の姿が見えなくなるとファーマンは車を出すよう命じた。

イーヴの任務は失敗した。ファーマンとメラニーと三人だけで脱出しようと言いくるめて、二人を殺す計画も実行できなかったし、ファーマンが火事を起こすことも予測できなかったから、ヤマトクらの彼に対する評価は下がってしまったはずだった。その挽回のために、彼はファーマンたちがモンテカルロから汽車に乗るとヤマトクに電話しに行ったのだとファーマンは推測して置き去りにしたのだ。

その夜はモンテカルロの郊外のホテルに泊り、パリに移動した。そこからイーヴに連絡を取ろうとして毎日三回電話するが応答がない。四日目に電話に出たのは刑事と思われる男だった。その夜のラジオのニュースが、イーヴ・ブーラリスという男が車の爆発事故で死んだと報じた。両手をワイヤーでハンドルに縛りつけられ、腹に抱かされたプラスティック爆弾で体はほとんど二つにちぎれていたという。これがファーマンに対して沈黙を強制するマット・ウィリアムスンのやり方だった。ファーマンとメラニーがなぜイーヴに連絡を取ろうとしたのか不明である。必然性がなく、アンブラーの筆が滑ったと解釈すべきだろう。

　ファーマンはブリュッセルでの教授との会談をすっぽかした。二カ月後、クロム教授が「知能犯――一つの事例研究」と題する論文を発表する。前にふれたとおり、本作のエピグラフの数行がこの論文からの引用である。ファーマンの回想録によると、論文にオーベルホルツァーの名は出ているが、ファーマンの名も出てくるのか、不明だ。シンポジア社は、〝シ……ア社〟とぼかされているらしいが、論文発表の直後からシンポジアの税制セミナーの出席者が激減し始め、彼は例年のパリ総会はキャンセルする決断をせねばならなくなる。教授の論文はマット・ウィリアムスン、プラシッド計画、ヤマトク、イーヴの死については全くふれていない。マットが影の支配者だというファーマンの説明はごまかしの煙幕だと思い込みの激しい教授は思い込んでいたから論文では言及しなかったのだろうが、これがファーマンを救っている。教授が論文でマットにふれていたら、間違いなくファーマンの命取りになっていたはずだ。

　ファーマンとメラニーはカルロ・レッチに遺贈されたアンティーユ諸島の中の小島に隠れる。ドクター・フリゴの住んでいる島の近隣であろう。教授の論文への反撃のつもりか、ファーマンはライターを雇って〝ヴィラ包囲戦〟を本にまとめる。初稿を読んだ出版社の弁護士から、登場する人々の出版に異議がない旨の同意書が絶対必要だと言われて落ち込むが、やれるだけやってみようと打診すると意外な反応が来る。コネルは「出版して地獄に堕ちろ」と言う。この言葉はアンブラーの次作の *The Care of Time* によると、ウェリントン公が彼を強請《ゆす》ろうとした女に応えた回答と同じだ。ヘンソンからは「ぜひ出版しなさい。ティーンエージャーが気に入るでしょう」との返事だった。これはいずれも同意の意味である。プラシッドの首相であるマットからの回答は、秘書官が政府用箋にタイプしたものだった。マシュー・トワカナ閣下は、ファーマン氏の回想録は精神科医にとって興味のある本であろうが、文中のウィリアムスンが閣下であるとは考えられないと言う。クロム教授からは、彼自身の見解を回想録に付け加えるとの条件つきの同意書が届いた。ファーマンの視点で描かれた自分の外見や癖に不満を述べ、マット・ウィリアムスンという悪党は実在したのかという疑問を呈している。教授は二カ月前にプラシッド島に行き、マシュー・トワカナ首相と面会した。首相の外見はファーマンが描写したマット・ウィリアムスンと合致する。首相は教授の論文も読んでおり、租税回避を反社会的行為だとみなしていることも承知の上で、この国を租税回避地とし、会社登記の費用の一部は金銭でなく、物品で納入する規定だと説明する。その物品は良質の黒い表土五千トンだった。唯一の資源だった燐鉱石を掘りつくして月面のように荒廃した土地を回復し、租税回避地としての何年間かでよりよい未来を買うのだと語る。また、ファーマンが多国籍企業の特典を利用して稼ごうとしたが失敗に終った保険金詐欺についても会社名を挙げて教授に話している。

教授は善と悪、無罪と有罪の白と黒の二色でしか世界を識別できない性格だったから、マットの推進する灰色の経済政策に困惑したようで、マットは知能犯ではないと結論する。

教授の追加文の中のマットの発言がファーマンにとって強力な救いとなる。マットがうっかり漏らした保険金詐欺の会社名は、マット自身の詐欺に使われたもので、いままでファーマンがどうしても見つけられずにいた社名だった。彼は詐欺の記録をいまも握っている。もし追い続けるなら、この記録を公表すると逆襲する材料になる。これが知能犯どうしの軋轢の結末だ。

14　The Care of Time

I

アンブラーの最後の長篇 *The Care of Time* は『薔薇はもう贈るな』の四年後の一九八一年に出版され、ピーター・ウルフによるとベストセラーだったとのことで、三百部の署名入り限定版も出た。

この本を見つけたのは、一九八二年の夏、アムステルダムのデパートの書棚だった。訪問した相手が夕食をいっしょにしようと言い、それまで暇な時間ができてしまって、デパートをぶらついていたときだった。冒頭の二行を立ち読みし、切れ味のいい文章に魅せられる。

　警告の手紙が届いたのが月曜日、爆弾そのものが届いたのが水曜日。いそがしい一週間だった。

主人公の〈私〉、ロバート・ハリデイは女優や政治家の自叙伝のゴーストライティングをするジャーナリストで、短い期間だが大手テレビのインタビュー番組に出演した時期もある。ある番組の生放送の最中にアンカーマンの知能水準の低さに腹を立てて、約一分間、思いきり悪口を言ってCMで遮られたことがあり、この事件が全国ネットの局の目にとまって、悪評のある地方政治家をインタビューし、相手を怒らせるような発言をして本音を引き出す番組に起用された。ところが、相手がいずれもテレビずれした能弁家たちだったために、ハリデイの敗北に終り、彼にとって思い出したくもない経験となった。

警告の手紙はこんな内容だった。小包で爆弾を郵送したが、自分で開封しようとすると、あなたにもわれわれにも破滅的なことになるから、警察に持って行ってプロに処理させたほうがいい。これを送るのは、友人となり協力者となる人が必要だからで、爆弾を送るのは、私が真剣であり誠実であるのを理解してもらうためで、また後日、私が提案する仕事を慎重に考えてほしいからだ。私の仮名はカーリス・ザンダー。新聞社のモルグに多少資料があり、あなたの興味をそそるはずだと。手紙はバグダッドのホテル・マンスールの絵葉書に貼りつけられていた。

新聞社の知り合いに問い合わせると、ザンダーの本名は不明。第三世界の国が港を建設したいとか最新の対空防衛システムがほしいといったときにコンサルタントとして登場し、買手と売手の橋渡しをして、誰に裏で幾ら払えば商談がまとまるか知っている男で、彼自身も莫大な財産を築いたと言われる。エストニア生まれのドイツ系、第二次大戦中にソ連が侵攻してきたときにダンチッヒに脱出し、ドイツ国防軍に入り、ロシア語が達者だったので、対ソ連戦では国防軍防諜局で通訳を務めた。戦争が終ると、エストニアはソ連の支配下に入り、『あるスパイの墓碑銘』

のヴァダシーや『ダーティ・ストーリー』のシンプソンと同じように、帰る故郷がなくなっていた。防諜局で仕入れたノウハウを使って変身し、フランスとスペインを経由してアルジェリアに行き、フランス外人部隊に入隊し、ディエン・ビエン・フーで負傷、その後はアルジェリアで武器の指導教官になる。このころはカール・ヘヒトという名前を使っていたが、外人部隊勤務のおかげでフランス国籍を取得してシャルル・ブロシェと改名し、PLOの訓練キャンプで指導教官になる。名前が聞かれるようになったのは一九五九年ころからで、マイアミにザンダー薬品というダミー会社を作り、そこからフランスの禁輸措置をくぐって、アルジェリア解放戦線に抗生物質などを密輸した。妙なのは、偽名のヘヒト、ブロシェ、ザンダーはどれも魚のカマスの意味だったことだ。

カーリス・ザンダーの手紙が貼りつけられていたホテル・マンスールの絵葉書では、ドライヴウェイの夾竹桃《きょうちくとう》が茂っているが、ハリデイの記憶では植えたばかりだったと思い出す。絵葉書はバグダッドとハリデイを結ぶ線があり、それをザンダーが知っていることを示しているのだが、明らかにされるのはずっと後になってからである。

新聞社の知り合いと話し終えた途端に、出版エージェントのバーバラが電話してきて、イタリアの出版社のカサ・エディトリチェ・パチオリからニューヨークの有名な弁護士事務所を通じて、ハリデイを名指して執筆の依頼が来たと伝える。契約金も魅力的だし、売り上げに応じて印税も払うと夢のような申し出だったが、何を書けというのか説明がなく、まず弁護士と面談しなければならない。ハリデイは、考えてから明後日の水曜日に返事すると答えるが、書籍一冊くらいの大きさの爆弾が届いたのが水曜日の朝だった。マイアミの私書函の番号だけで、差出人の名前はない。地元の警察に持ち込み、爆発物処理の専門家に調べてもらうと、本物の爆弾だった。X線で透視するとありふれた起爆装置で、簡単に無力化できるものだったが、もう一つ、X線では見えない起爆装置も付いていて、開封したときに爆発していたはずなのに、その回線はわざと外してあった。これに気づいた爆発物処理班の男は、おれたちをからかってやがると苦々しい。

爆弾騒ぎでニューヨークの弁護士に連絡できず、事情を知らぬバーバラは激怒している。年季の入ったエージェントである彼女は、弁護士のマッガイアには、ハリデイはいま新作執筆の追い込みなので、どんな仕事なのか分からぬ話のためにニューヨークまで出かけるのは気乗りしないのですとごまかしていた。これに対し、弁護士は渋々と、テーマは政治活動の歴史であり、未刊行の十九世紀の政治運動家の回想録と政治活動の推移を論じた文章を編集してほしいのだと説明する。イタリアのパチオリは、ペルシア湾から北極海にまで活動している石油会社のシンコム・センティネルに吸収された出版社である。これは出版の背景にオイル・マネーを動かす人物がいることを仄めかしている。

ハリデイが会いに行くと、マッガイアはロシアのアナーキズムの革命家のセルゲイ・ゲンナジエヴィッチ・ネチャーエフ（一八四七〜一八八二）について詳しく話し始める。ネチャーエフは「中央集権制の政府を破壊することによって、より良き社会を作るという古典的な無政府主義」の運動にテロリズムを持ち込んで、殺戮による浄化を唱えて、アナーキズムの評判を悪くした人物で、彼は狂信者であり、悪党、泥棒、嘘つき、人殺しであり、現代だったら、精神病質的犯罪者とみなされていただろうとマッガイアは言う。

アンブラーはネチャーエフに強い関心を持っていたようで、『インターコムの陰謀』の第6章にネチャーエフやアレクサンドル・ゲルツェンの研究家と自称するマダム・クールソーとモランという男を登場させ、世間に知られていないネチャーエフの書簡がジュネーヴにあると聞いて探しに来たと言わせている。彼らは《インターコム》誌の編集者のカーターに、ゲルツェンの回想録はその死後に大幅に改訂されて、ネチャーエフに関する友情のこもった言及は削除されたが、それというのは、ネチャーエフがゲルツェンの娘を誘惑しようとしたからだと語る場面がある。これはマダム・クールソーらがカーターを懐柔しようとして始めた雑談のなかに出てくる話で、ストーリーの本筋とは関係ないのだが、*The Care of Time* でも、マッガイアがハリデイに、ネチャーエフが一八七〇年にジュネーヴに戻って、遺産を狙ってゲルツェンの娘を誘惑しようとして失敗したのはよく知られたことだと語る。他方、知られていない話は、ネチャーエフがルッキオというイタリア人の医師の娘と関係を持ち、その娘が一八七一年にネチャーエフの庶子を生んだことだ。娘とネチャーエフとの間で手紙のやりとりがあったと思われるが、手紙は発見されていない。翌一八七二年にスイス政府によってネチャーエフは殺人犯としてロシアに引き渡され、有罪となって一八八二年に獄死した。彼の遺産として残ったのは、近代テロリズムの教義と庶子とジュネーヴで書いて娘に預けたと思われる回想録だとマッガイアは言う。その回想録をネチャーエフの曾孫にあたる工学博士のドクター・ルッキオが相続し、歴史的な価値のある資料と考えてパチオリから出版しようとしている。

マッガイアの説明には出てこないが、ネチャーエフは一八六九年に彼と意見を異にして離脱した同志のイワノフを殺害し、氷結した湖の穴に死体を隠した。この事件は三年後にドストエフスキーが『悪霊』の題で小説化している。ネチャーエフは、目的は手段を正当化するという革命家の教義や「革命家とは予め死刑を宣告された存在である」「革命家は警察を含むあらゆる社会組織に潜入せねばならない」などの発言で知られた人物だ。

彼の回想録なるものはロシア語とイタリア語にフランス語も交えたもので、ルッキオ家の娘へ献辞され、結婚の約束で終っており、子孫たちはその価値も分からぬまま、ロマンティックな文書と言いつがれて保存されて曾孫の手に渡った。

曾孫のドクター・ルッキオは、ペルシア湾岸の国の支配者の国防顧問で、いま休暇中でイタリアにいる。初めは湾岸地方の空港建設工事を手がけたが、偶発的に対デリラ・諜報活動に関与して、その分野での才能が認められ、現在は国際テロリストやテロ支援国家に関する情報を熟知している。彼が計画している著書は、前半がテロリズムの始祖というべきネチャーエフの回想録の復元で、後半では国際テロリストの訓練キャンプを置いている支援国家、それらの国の秘密警察幹部の名簿と罪業を暴露するという構想だった。彼は、今後の五十年間は過去の百年間の繰返しであり、核も使用されて、過去よりも一万倍もテロは激化すると考えており、テロ支援国家の実態を暴露することでそれを阻止しようというものだった。ネチャーエフの思想がバーダー・マインホフ、赤い旅団、黒い九月などの現代のテロ組織に影響を与えていると分析し、これを疑問視する者に対しては、サンタヤナの「過去を記憶できない者は過去を繰り返す運命にある」という言葉で答えるのだとマッガイアは言う。アンブラーが引用したジョージ・サンタヤナの言葉は、意訳すれば、過去の過ちを忘れた者は必然的にまた同じ過ちを繰り返すとの意味で、現在でも、人類の犯した過ちを批判するときに頻繁に引用される。

アンブラーが作中に引用する言葉には意表をつくものがあり、末尾近くでルッキオにネチャーエフについて語らせて、アーノルド・トインビー＝池田大作往復書簡のなかでトインビーがネチャーエフをロベスピエールやレーニンと比較していると指摘し、彼ら三人とも、人類の究極の福祉が目的であるなら暴力は正当化し得る手段であると信じたところに彼らの倫理的かつ知的な誤りがあったと言わせている。これはアンブラー自身の歴史解釈であろう。

ハリデイにすれば、なぜ自分がテロリストの回想録とテロ国家告発の本の編集に指名されたのか見当がつかず、弁護士のマッガイアも、ペルシア湾岸からの指示がイタリアを経由して届いたもので指名の理由は不明だが、あなたには中東での経験があるから適任だと考えられたのでしょうと推測する。ここでも、まだアンブラーは、ハリデイが中東でどんな経験をしたのか明らかにしていない。

結末近くになって、彼を指名した人物が選択の根拠を説明するのだが、それがＴＶ制作について多少の知識があり、インタビュアーとして知られていること、但し、あまり巧者でもなければ無能でもなく、恒久的に三流の人物であることという条件にあんたがぴったりだったと言われて、ハリデイは、上品な賛辞はいつ聞いても楽しいねと皮肉で応じる。

ハリデイは、ドクター・ルッキオの著書の編集を引き受けるには、条件が二つあると提案する。

何年か前にベニート・ムッソリーニの日記を新聞社が高額で買い取ってから、年配の女性が偽造したものだったと判明した事件があったが、イタリアでは文書偽造はいわば家内工業なので、回想録が間違いなくネチャーエフのものであると確認すること、もし確証が得られない場合は解約すると契約書に記載する。マッガイアによると、回想録の真贋については専門家の間でまだかなりの異論があるとのことで、ハリデイにすれば自分の名前が偽物の回想録と結びつけられるような仕事はお断りしたいというわけだ。

二つ目は、著者がいったん原稿を承認したら、その時から出版までの間に一切改変しないという条件である。ある国がテロ活動を直接支援していると記述し、文明世界の土台を揺るがすような内容だとすると、どんなセンセーショナルな告発になるのか、ドクター・ルッキオが示す証拠の信憑性はどうなのか、ハリデイはそれを確認したいと主張する。そのためには、完成原稿が彼の手を離れてから出版されるまでの間に改変される可能性を封じる必要があった。さらに、ハリデイは、率直なところ、ドクター・ルッキオや彼の背後にいる人々がなぜこの本を出版したいのか、動機が理解できないのだと言い、少し脱線して、執筆の動機の一般論に入る。

Ⅱ

弁護士のマッガイアは、人が本を書く一般的な動機は見栄とか自己顕示欲なのではないかと言う。ハリデイは、自己弁護、正当化、信仰心が動機となることもあれば、金儲け、落ち目のキャリアを宣伝で回復しようとする者もいるし、事実を確証したいとか嘘を守り続けたい、聖人を作りたい、歴史に対する道徳的責任を果たしたいといった動機もある、単純な復讐欲が執筆の動機となることもある、また、著作のなかに誰かの信用を失墜させる、あるいは生命の危険を招くような事実や、虚実とりまぜた話を入れて、その人物に、金銭的な配慮をしてくれるなら問題の箇所を削除してもよいと知らせるやり方もあるから、出版直前の原稿の改変には応じられないのだと説明する。

これを聞いたマッガイアは「あ、なるほど、ハリエット・ウィルスンですな。十九世紀の札つきのあのイギリス女は晩年になって、常連が減ってくると、実名を入れた回想録を書いて稼いだ。同じ手口でウェリントン公を脅喝しようとしたが、確か、彼は〝Publish and be damned.〟(出版して地獄に堕ちろ)と応えたのでしたね」と口をはさむ。

前にもふれたが、『薔薇はもう贈るな』でファーマンが自分の立場から見た『リップ荘の攻囲戦』を出版しようとして関係者の同意を求めたとき、コネル助教授の返事がウェリントン公と全く同じ四語だった。あのときのアンブラーはコネルの回答からウェリントン公の言葉の引用だとは説明してくれていなかったが、一人の作家を続けて読んでいると、思わぬ発見があるものだ。ハリエット・ウィルスン(一七八六〜一八四五)は回想録のほかにひどい出来栄えの小説も書いたといわれる。ステファニー・バロン(=フランシーヌ・マシューズ)のジェイン・オースティンが探偵役を務めるシリーズの一つにハリエット・ウィルスンが登場する作品があるとのことだ。

ハリデイが要求した二つの契約条件——ネチャーエフ回想録が本物であることの確認と出版前

に原稿を改変しない確約——をマッガイアがパチオリに連絡すると決めて、面談が終わる。ハリデイはブレンダーノ書店に行き、イタリア語の辞書を調べる。

Luccio《ルッキオ》　カワカマス、カマス科の魚

つまり、ドクター・ルッキオは爆弾を郵送してきたカーリス・ザンダーの別名なのだ。

ハリデイは、ムッソリーニの日記が贋作だった先例もあるからとネチャーエフの回想録は確かに本物かとこだわる。『インターコムの陰謀』でヨースト大佐たちが話題にする稀少切手偽造が実際に起きた事件だった前例もあり、アンブラーが作品に取り入れる歴史秘話的なエピソードは気になるので、ムッソリーニの日記の贋作事件はあったのかと調べてみると、何度も起きている。有名なのは、一九五七年に七十六歳のローサ・パンヴィーニと娘のアマリア（四十三歳）が三十冊にも及ぶ大作を偽造。父親がムッソリーニ内閣の高官から預かったものだが、金が要るからとアメリカの《ライフ》誌とイタリアの新聞社に売り込もうとした。《タイム》誌の一九八三年五月十六日号の記事によると、ムッソリーニの息子のヴィットリオが父の筆蹟だと確認し、ローザンヌ大学の専門家も、数行か数ページの贋作ならともかく、三十冊の贋作なんてあり得ないと証言した。しかし、契約のまとまる前にイタリア警察がパンヴィーニ家に踏み込んで四冊以外を押さえ、女性二人は詐欺の容疑を認めて執行猶予になった。アマリアは一九八三年になって、偽造したのは自分たちではなかったと《タイム》誌に語っている。一九六八年に残りの四冊を贋作と

は気づかずにロンドンの《サンデイ・タイムズ》が約七万ドル（一説では二十四万ドル）で購入してからインチキと知って出版を取り止めた。アンブラーは、「新聞社が買った」とハリデイに言わせているから、この四冊の事件であろう。二〇〇七年にはイタリアの議員がムッソリーニの贋作日記をつかまされている。内容的にはムッソリーニ政権時代の新聞記事を寄せ集めて適当に加筆したもので、史実に合致しない箇所があり、しかも、議員の手に渡るまでにすでに何人かのジャーナリストに売り込もうとした作品だったとか。ヒットラーの日記の贋作も有名だし、アンネ・フランク、プレスリー、切り裂きジャックも贋作日記があると言われる。

アンブラーは *The Care of Time* の冒頭のエピグラフに〝S・G・ネチャーエフ（一八四七〜一八八二）の回想録といわれる文章〟の二十数行を載せている。少し長いが、引用する。

偉大な思想家の妻たちは、夫たちの感性や世評を強い嫉妬心をもって守ろうとするので、概して嫌われる。ときには恐れられることもある。ミハイル・Bによると、この点ではA・I・ゲルツェンの妻が有名だった。夫に知的不快感をもたらしそうな、軽薄な思想を持つ若者たちの噂は、誰の噂であろうと、彼女を激しく苛立たせて、即座に新参に対する非難が続いた。いつも同じ言葉を使い、それはいつも不吉な呪文のように聞えた。「時があの男の始末をつけるでしょう！」（〝Time will take care of him!〟）と彼女は悪意もあらわに言うのだ。

確かに、時というものが我々すべてを始末する。人はなぜ時が恐怖をかき立てるのか知っている。恐れるのは若者に限ったことではない。老いた者も、時の手がおのれの信じていた大義を危うくするのを恐れる。死が彼らの子供たちを求めて手をさし伸べてくるのを恐れるように。我々と違って、絶望の王国に生きることをまだ学んでいない自己満足的なオプティミストにとっては、初めてかいま見た失敗は、常に死そのものの幻影であるかのように見えるに違いない。（三木怜訳）

この文中のミハイル・Bはアナーキストのミハイル・バクーニンであろうと推測される。彼と同時代の左翼思想家アレクサンドル・イヴァノヴィッチ・ゲルツェンの夫人の言葉が原題の*The Care of Time*になっているのだが、彼女が本当にそう言ったのか確かではない。ネチャーエフの回想録そのものがアンブラーの創作だし、ゲルツェン夫人がこの発言をしたという誰かの記述からアンブラーが引用した可能性もあるし、この言葉自体が一般的に使われる表現で、特に独創的なものではないからだ。前にふれたように『薔薇はもう贈るな』ではクロム教授の著書の引用をエピグラフに使ったが、クロム教授はアンブラーの創作した人物である。今度は彼自身が創作したネチャーエフ回想録からの引用をエピグラフに置いた。自作の言葉をもっともらしくエピグラフに使うというユーモアが楽しい。

こういう風にストーリーをたどって行くと、この作品がまるでネチャーエフ回想録の真贋をめぐる駆け引きをテーマにしているように聞えるかも知れないが、回想録には暗号で書かれた通信文が含まれていて、いわば小道具であったことが明かされ、謀略小説的な展開になり、殺し屋グループとの山腹での銃撃戦というアンブラーらしからぬ活劇場面も出てくる。ただ、構成のバランスとしては、彼にとって大いに関心のあるネチャーエフの話に力を入れすぎたきらいはある。

ハリデイはミラノへ飛ぶ。空港の出迎えはパチオリ出版の若手社員だろうと思っていたのに、同社の二代目のレナルド・パチオリが防弾ガラスに装甲仕様の大型乗用車で迎える。運転手は警備の特殊訓練を受けた男だという。パチオリは会社の発展に寄与すると考えて、石油のシンコム・センティネルと提携したが、彼の口振りから察すると明らかに不快な事態になっていた。シンコムから義理のあるアラブの友人の本を出版しろと命令され、著者のドクター・ルッキオと会って打ち合わせるには及ばない、追ってシノプシスを送る、取りあえずはネチャーエフの回想録といわれている文書が本物か専門家に検討させよ、われわれのニューヨークの弁護士がハリデイとの契約をまとめる、ルッキオとの連絡はミス・シモーン・チハニが仲介し、彼女が業務の詳細、特に警備関係を取り仕切るから彼女の指示に従うべしと強圧的で、ハリデイの泊るホテルまでミス・チハニが指示してきた。パチオリが原稿を読んだ上で出版するか否か決定したいと独立性を主張する手紙をシンコム・センティネルに送ると、その三日後にパチオリの運転手の一人が車に撥ねられ、二人組に袋叩きになって意識不明になった。運転手のポケットには「今後、命令は交渉の余地なきものとして処理すべし」とシンコムの社用箋に書いたメモが残っていた。いままでのところ、ネチャーエフの回想録の真贋に関する専門家たちの意見は完全に二つに分かれている。なぜハリデイを編集者に選んだのかパチオリがミス・チハニに訊ねたら、ドクター・ルッキオが彼をテレビで見たからだとの返事だったという。パチオリの話を聞いて、ハリデイは、出版者との第一回の会議なのに幸先の悪い出だしだなと思う。

Ⅲ

彼と別れて、ホテルのスイートルームに入って間もなく、従業員の服装の若い男女が彼の鞄を積んだカートと洗濯物を運ぶワゴンを持って現われる。もう一人、黒いセーターと黒いパンツの美女がレヴォルヴァーを手に入って来る。若い二人組がハリデイを組み伏せ、美女が注射器の準備を始め、ミスター・パチオリから名前を聞いたと思うが、私がシモーン・チハニです、これはチオペンタール（催眠薬）、おとなしくして自分の脚で歩いてドクター・ルッキオに会いに行くか、それとも眠って洗濯物のワゴンで運ばれるのがいいか、決めなさいとやや訛りのある英語で言う。

率直なところ、アンブラーの作品に拳銃を持った黒ずくめの美女が登場したのには驚いた。ハリデイは、この女、まるでコミックの『スーパーパーソン』の主人公みたいだと思う。こんなボンド・ガールかモデスティー・ブレイズのような女がアクション映画的に登場するのは、アンブラーらしくない。好意的に言えば、遊び心を見せたのか、悪く言えば映画に悪影響を受けて堕落したのか。数日後には、眠ろうとしているハリデイの部屋に彼女が忍び込んでくるところまで進展する。時代の風潮に迎合して、突然、フレミングになってしまったかのようだ。もっとも、俗受けを狙ったような描写は最小限に抑えられており、チハニは判断力の優れた、保安・警備のプロとして活躍するし、彼女の登場によってストーリーは一転してスパイ小説的な活気を帯びる。

ハリデイは注射されるのを避けて、おとなしく同行する。後になって、注射器にはまだチオペンタールが入っていなかったのに消毒用アルコールの匂いのせいでブラフに引っかかったと気がつく。ホテルのキッチンや洗濯場、裏口の守衛の前を通り抜けて外へ出る。チハニが彼をこのホテルに泊めたのは、守衛たちを手なずけていたからだった。ルッキオの隠れ家に着くまで、腹を立てたハリデイと冷静なチハニとの会話が続く。隠れ家《セーフハウス》だって？　それは諜報機関が使う用語だが、ルッキオは機関員なのか。敵から隠れるためのセーフハウスなら、どんな敵なのか。ホテルの裏口から出たのは、その敵が私を阻止しようとしているというのか。チハニが答える。彼らはあなたがミラノに来たのを知っているから、あなたを尾行してドクター・ルッキオの隠れ家を見つけようとする。だから、彼らにあなたを監視する体制を整える時間の余裕を与えるわけにはいかないのです。言葉で優しく説明してくれるだけでもよかったのに、組み伏せたりする荒っぽさが好みなのか。あなたは自分の質問に自分で答えています。言葉で説明しようとしたら、あなたは今みたいに立て続けに質問をして時間が無駄になっていたでしょう。経験がある方なのだから、怒鳴りちらすのは無駄だと分かっていらっしゃるはずです。ハリデイは、彼女が言うおれの経験とは何のことなのかと思う。チハニは手下にハリデイのスーツケースの中の衣類をクロゼットにしまい、歯ブラシは濡らし、ベッドには寝た跡を残すよう指示してきた。それに彼のレインコートと部屋の鍵は持ってきたので、彼が眠ろうとしたが眠れずに散歩に出たように見えるはずだった。

一人称の話者であるハリデイは自分の外見については全く触れていないので、彼の年齢や背格好は不明だが、彼が見たルッキオは、背は低いが肩幅が広く、食べ物や飲み物に気を遣って鍛えあげた体格、豊かな白髪、薄い灰緑色の眼、いつも作り笑いをしているような口元をしているが、その顔からは何を考えているのか読みとれない中年の男である。彼の隠れ家は昔ホテルだった建物で、ハリデイを愛想よく迎え入れ、スコッチをすすめるが、誘拐同様の形で連れて来られたハリデイはけんか腰だ。相手は各国語で魚のカマスを意味する単語を偽名に使ってきたが、英語で最も一般的にカマスを意味するpikeは使っていない。ハリデイがミスター・パイクと呼びかけると、不快げに、ドクターとかザンダーと呼んでくれと答える。

ハリデイが推測していたとおり、ドクター・ルッキオはカーリス・ザンダーの別名であり、ザンダーは彼に爆弾を郵送してきた人物である。彼は、爆弾についてFBIや他の政府機関からどんな調査を受けたのか関心があるようだったが、ハリデイは誰にも居所を告げずにロングアイランドの友人の家に泊っていたから、FBIからその後の接触はないと聞くと失望したようだったし、ホテル・マンスールの絵葉書をFBIに見せなかったのはなぜかと質問する。ここでハリデイは初めて絵葉書について少し語る。あれはあなたから私への個人的なメッセージだと感じた、著書の編集を引き受ければ金銭的な契約以上の何かがあるのを示すメッセージだと思ったと答える。これに対してザンダーは、契約におまけがあるとしたらそのうちに分かるだろうと言い逃れの返事しかせず、彼が何か企んでいるのは確かだが、それが何であるのか見えてこない。

回想録はネチャーエフの相続人から買ったもので、ザンダーは専門家の最終確認待ちだが、本物だと確信している。彼はハリデイに英訳原稿を渡す。フランス語で書かれた文節はフランス語のままだが、フランスで発明されたＦＡＹＥＴ式速記文字を使った未解読の部分もあった。ネチャーエフの時代にジュネーヴにいたアナーキストたちにはフランス語も共用語だった。ザンダーが国際テロ組織の内幕を実名入りで暴露した本を出版しようとしていることは、すでに知られており、出版を阻止するには著者を殺すのが最良の手段だから、彼は自衛体制が必要なのだと言う。さらに、ハリデイが彼らの気づかぬうちにホテルから抜け出したのは、彼らの目には敵対的な行動と映るだろうとザンダーは警告する。ハリデイもまた、アンブラーの他の作品の主人公たちのように妙な事態に巻き込まれて行くわけだ。

編集の仕事は回想録の検討から始めることにして、ザンダー自身が執筆する内幕暴露の原稿はどうなっているのかとハリデイが訊ねると、ザンダーはまだメモ程度でまとまった形になっていないので、あらためて話し合おうと答える。ゴーストライターとしての経験から、ザンダーの返事はまだ一行も書いていない依頼人、メモさえも作っていない依頼人から何度となく聞かされた言い訳とそっくりで、ザンダーは嘘をついているとハリデイは思う。

この展開には巧みに隠された矛盾がある。メモ程度の段階で、敵はそれが自分たちにとって危険な暴露本であるとどうして知っているのか。命を狙われるほど危険な著書なら極秘裡にすすめるべきだったのではないか。これはアンブラーが仕掛けた伏線であり、レッドヘリングである。さらに、出版してしまえば生命を狙われる危険は消えるといった本ではなく、出版後ザンダーはどうするつもりなのかという疑問も出てくる。

巻き込まれる成り行きになったハリデイはシモーン・チハニの安全策の指示に従わざるを得ない。明日は正午にホテルを出て、タクシーでマルペンサ空港に行けば、チハニが尾行をまく手筈をしておくという取り決めだ。他方、頭の隅ではパチオリ出版との契約をキャンセルして帰国する口実はないものかと考え続ける。

Ⅳ

ザンダーの隠れ家からホテルに戻ったのは午後十一時近かった。ホテルのカウンターでアリタリアの時刻表を求めると、お部屋に置いてありますと言われる。「部屋で見つけたのは、時刻表ではなく、葉巻の煙と三人の使節団だった」というのが第4章の最後の文節だ。ここでもアンブラーは過去の作品で何度もやったように、予想外の出来事が起きたぞと読者に告げて、サスペンスを次の章に持ち越す手口を使っており、確かにぐんと面白い展開になる。

次の章は「葉巻の主はもう何年も会っていないアメリカ人だった。彼がここにいるのを見た驚きが薄らぎ、彼との最後の出会いの記憶がどっと戻ってくると、私に関する限り、時というものが癒し手ではなく、彼の表情から見てお互いの嫌悪感が昔のままであるのに気づいた」と始まる。このアメリカ人が登場するのは三ページほどで、名前も出てこないが、ふてぶてしい感じの強い印象を残す。

　ほかの二人は、レナルド・パチオリとディーター・シェルムというドイツ人だった。パチオリが先刻オフィスに戻ったとき、ハリデイとは旧知だというローマのアメリカ大使館付きのアメリカ人とシェルムがハリデイに会いに来ていた。ハリデイに電話するが返事がなく、ここに来てみるとベッドに眠ったあとはあるが姿は見えない。

　ハリデイは、アポなしでいきなりドクター・ルッキオと会うことになって連れ出されたのだが、あんたの知りたいのはそのことかと見憶えのある顔を見つめる。相手は、以前と同じように自分に対するハリデイの敵意を気にしていないふりをしながら、ここに来た理由は二つある、二週間ほど前にハリデイのファイルが復活したのだと言う。ハリデイは、一体何のためだ、私はあんたたちとは何の関係もないし、もし、カモのリストから選んでいるなら私の名は忘れてくれとかみつく。

　郵便爆弾は大きな関心を呼んだから、当然、われわれの耳にも入った。それにあんたがザンダーのことを訊きまわっていると聞けばわれわれも調査を始めざるを得ない。ザンダーは政治的な理由などなどで直接には接触したくない人物だ。ディーター・シェルムの組織が何か特別な問題をかかえるとわれわれかイギリスに連絡してくるが、今回はわれわれがシェルムに助けを求めた。他方、ＦＢＩがホテル・マンスールの絵葉書をあんたのオフィスで発見し、証拠物件の隠匿だと見ている。そこで、われわれはあんたが何のことやら理解できない事態に巻き込まれたと想定して、救いの手をさし伸べることにしたのさ。こっちの望みは、われわれがＦＢＩのお怒りを宥《なだ》めるお返しとして、ザンダーの件であんたに少しばかり協力してほしいのだと告げる。

ハリデイは、せっかくだが、FBIが怒っているなら自分で対応するし、あんたたちの救いの手など御免こうむると言い返す。

男は溜息をつき、言ったとおりハリデイは厳しいやつだろとシェルムに言ってから、ファイルによると、あんたは疑い深い性質で、忘れ難い不運な出来事の思い出を持っていると載っている。そこで、ディーター・シェルムにはあんたが確かにわれらの愛するロバート・R・ハリデイであると保証し、あんたにはシェルムが何者か説明するために来たので、それがここに来た二つ目の理由だと言う。アスピリンのCMに出てくる医師のような風貌のシェルムは西独の諜報機関の最高幹部であり、現在はNATOに出向して統合諜報連絡局の局長だった。大使館の男は、おれの役目はこれでお終い、元気そうで何よりだ、おれに用事があったら居場所は分かっているねと言って立ち去る。

ハリデイは荒っぽく拉致され、ネチャーエフの回想録の真贋ははっきりせず、ドクター・ルッキオの原稿も出来ていないのだから、契約はキャンセルして帰国したい気持だ。シェルムは解約の決断は少し待ってほしいと言って、説明に入る。ハリデイがあの大使館の男を嫌っているのはよく分かるが、彼とは頻繁に情報を交換しており——ハリデイは、それならあいつは今はCIAのローマ支局長かと口をはさむ——彼はNATOがハリデイに協力を求めることに異存はないが、おそらく協力しないだろうと見ている。CIAはときどき記者に協力を依頼するが、ハリデイが〝不運な経験〟をしたときのケース・オフィサーがあの葉巻の男だったのではないか。〝不運な〟

という言葉はハリデイにとっては控え目すぎる形容詞である。その夜のザンダーとチハニも〝あなたのような経験者〟という表現を三度も使った。

シェルムとの会話で、ハリデイの不運な経験がどんなものであったのか、やっと明らかになってくる。どこの刑務所もいい場所とは言えないが、イラクの秘密警察の刑務所での八カ月はとりわけひどい経験だったはずだから、あの事件に責任のある男を赦す気にはならないでしょうとシェルム。ハリデイは自分のCIAとの関係の詳細は語らないが、「私は雑魚だった」と認めているところから見ると、CIAの局員ではなく、外部協力者だったようだ。イラクの秘密警察は雑魚を網にかけるのに集中して、大物を取り逃がしてしまい、面子を保つために、彼らはハリデイが政府官僚を買収しようとし、反政府運動のために金《ゴールド》の密輸を企てて起訴されたという情報をカイロの新聞に流し、アラブのほかの新聞も彼はCIAのエージェントだと報じた。シェルムの分析によると、麻疹の流行から地震にいたるまで何でもCIAのせいにしたがるイラクが自らCIAを叩こうとせず、ほかの国のメディアにリークしたのは面子を保つためのごまかしであるのを示していた。彼がホテル・マンスールで逮捕されたあと、CIAは救出しようとしなかったようだし、逃げきった大物スパイが現在のローマ支局長なのかも知れない。彼がCIAと葉巻の男を憎むのは、こんな事情があったからだ。ザンダーとチハニが彼を〝経験者〟と呼んだのは、彼がCIAの工作員だと思っていたからであろう。

シェルムは、ザンダーがハリデイを選んだのはハリデイが知名度のあるジャーナリストであり、CIAと私的なつながりがあるからだと見ており、ハリデイは冗談じゃないと否定する。シェルムは、彼が一度CIAの仕事をし、それが事件化して周知の事実となっているので、外部の人間にはCIAとつながりのある人物と見られており、ザンダーは異例の手段を使ってCIAが彼に関心を持つように仕向けているのだと推測していた。爆弾が郵送され、発送者のザンダーも受取人のハリデイも、CIAにとって馴染みのない人物ではない。それに因縁のあるホテル・マンスールの絵葉書までついている。CIAは何かきな臭いことが起りかけていると思うはずだ。

アンブラーのこの着想は卓抜だ。編集者に仕事を引き受けさせるためには、爆弾を送りつける必要はない。ハリデイを説得するためであるかのように見えたものが、実はCIAを動かすためだったという謀略小説的なアイデアである。では、何のためにCIAを引っ張りだそうとしているのか。しかも、CIAは事件をNATOの諜報局に移牒してしまっている。

パチオリ出版の専門家がネチャーエフの回想録を鑑定したところ、変造と贋造が入り混っていて、全文が偽物とも言い切れない、インクと書体は十九世紀のもので、用紙は古い本の見返しの余白を使っており、贋作であるとしたらプロの作品であるとの意見だった。本文はというと、シェルムは、何とも退屈な読み物だが、贋作だとしても、精巧な出来だとの感想だ。CIAは弁護士のマッガイアからコピーを入手しており、彼らの専門家によると、贋作者はドストエフスキーをパラフレーズし、バクーニンとオガレフの著述から借用した文章をまぜ合わせて、一見、ロマンティックなラヴ・ストーリーに仕上げている。この専門家は、ネチャーエフとバクーニンが協力関係にあった一時期を重視したが、ドストエフスキーのネチャーエフに対する入れ込みぶりを考慮に入れなかったので、ドストエフスキーからの借用を見落した。ほかの専門家は贋作とは断定できず、あの時代に書かれたパスティシュではないかという意見を出した。しかし、異なる角度から調べた専門家が、フランスの速記文字を使っていることに時代的な誤りがあるのに気づく。解読できずにいた速記文字の文節はエスペラント語で書かれており、エスペラント語が発明されたのはネチャーエフが獄死してから五年後の一八八七年だったのだ。

エスペラント語の文節を解読すると、それはカーリス・ザンダーの〝軍事状勢の問題解決〟を提案する西側への長いメッセージだった。この提案が入っているのは、おそらくマッガイアの持っているコピイだけで、パチオリの持っているオリジナルの速記文字の文節には無意味なことが書いてあるはずだとシェルムが言う。

では、どんな提案なのか。話の流れから言えば、この質問が出て当然であり、事実、ハリデイが質問するのだが、作者はサスペンスの技法として即答を回避する。シェルムは、提案の内容を説明するか、しないかはハリデイ次第で、ザンダーとの仕事を続けてくれるなら説明するが、回想録が本物とは確認できない場合は解約するとの条項を使うつもりなら説明するわけに行かないし、ザンダーからの原稿料五万ドルとあなたが忌み嫌い、軽蔑する人たち（つまりＣＩＡ）からの感謝の意だけでは十分でないというのであれば、われわれは何も提供できないと答える。この返事を聞いたときのハリデイの心理状態は描かれていないが、どんな仕事をしろと言うのか、危険な仕事なのか、危険でないとしたら、チハニはどんな敵に対して、あんな厳重な警備態勢をとっているのかと訊ねる。

この作品でのアンブラーは話の焦点を頻りに転換する。ハリデイの質問で、焦点は回想録やザンダーの提案から離れて、新しい話題になる。

V

カーリス・ザンダーはハリデイにいきなり爆弾を郵送してきた。シモーン・チハニはザンダーを守るために厳重な警備態勢をとっている。この経過を見れば、ザンダーの著書の編集の仕事を引き受けることに危険はないのかとハリデイが疑問に思うのは当然の反応だった。これに対し、彼の協力を得たいＮＡＴＯのシェルムは、ザンダー殺害を請け負った暗殺組織の存在を説明せざるを得なくなる。

シェルムの情報では、ムハバラート・ツェントルムという組織が二千万スイス・フランでこの仕事を請け負っている。アンブラーは『夜来たる者』や『武器の道』でも見られたように、架空の名称を使うときは背景になっている土地の言語から選ぶという凝った遊び心を見せるが、ここでも、それをやっている。ムハバラートはアラビア語で諜報活動の意味で、ロバート・リテル、アレックス・ベレンスン、デイヴィッド・イグネイシアスらのスパイ小説では秘密警察の同義語として使われており、ツェントルムはドイツ語のセンターである。最初はパレスチナ人の難民キャンプから国外に派遣されていながら大義を裏切った者を処罰する組織だったが、資金集めをするうちにカジノや娼窟《しょうくつ》を経営し、巨大な利益を挙げるようになると腐敗して、ＰＬＯから勘当され、流動資産は没収された。組織の隠し財産を握ったのはパレスチナ人ではないエリートたちで、七〇年半ばにはキプロス、ハンガリー、マルタ、モロッコ、エジプトなどから人員を補充し、ドイツに移住していたクロアチア人二人が経営に当たった。西独での取締りが厳しくなると、彼らはイタリアへと南下し、中近東での暗殺を高額で請け負うようになった。作品の末尾近くでムハバラート・ツェントルムの殺し屋が登場するが、気がついてみると、この組織の生い立ちやドイツにいたクロアチア人二人がといった詳細は、プロットとは関係がない。それにも拘らず、アンブラーは妙に具体的に詳述しており、歴史の秘話に詳しい彼のことだから、あるいは、当時実在した組織をモデルにしたのかも知れない。

　ザンダーの過去の仕事を考えると敵は多いが、いま、誰がムハバラート・ツェントルムにザンダー殺害の注文を出したのか。これもあとで解明される謎の一つである。

　ザンダーは暗号文で〝軍事的な価値ある提案〟を申し入れるのと同時に、その見返りとして、自分と家族の永続的な安全を求めていた。西側の国しか提供できないような保護を要請しているというから、当時アメリカですでに実施されていた証人保護《ウイトセック》プログラムのようなものか。提案の交渉にはザンダー自身が立ち会うことになっているので、ここ数日間が危険な時期だと想定されるが、ムハバラート・ツェントルムのハリデイに対する関心は、彼が編集の仕事で来たのを知っており、彼を見張っていればザンダーが見つかるかも知れないといった程度で、かつ、ミス・チハニは優秀な保安のプロのようだから、彼に危険が及ぶことはあるまいとシェルムは見ている。

　シェルムはハリデイに、ザンダーとその仲間とわれわれとの連絡係をやってもらえないかと頼む。ハリデイは、それほど危険でもないなら、契約の五万ドルを稼げるところまでやりましょうと答える。この時点で、ハリデイにとってはネチャーエフ回想録の真贋はもはや問題ではなく、ザンダーとＮＡＴＯとの交渉のほうに興味をひかれて、巻き込まれたことになる。だが、なぜＣＩＡはザンダーと直接に交渉しないのかと訊ね、シェルムが説明する。ペルシア湾地域ではＣＩＡは神経過敏になっており、もしもザンダーとの交渉が洩れたときには、ＮＡＴＯ加盟国のどこかが石油供給ルートを守るためにカーリス・ザンダーの名で知られる人物と秘密の軍事基地を作る陰謀を企んだとしても、われわれＣＩＡには阻止できませんよと言える立場にいたいのだ。この説明でザンダーの提案がやっとおぼろげに見えてくるのだが、アンブラーはこれに続く文節で過去の作品で使われたことのなかった書き方をしている。

それからシェルムはどんな取引なのか説明した。続けて、ザンダーの提案に対するわれわれの一次的回答とそれをどんな風に申し入れるべきか私に語った。その段階を経て、なお話し合いが続けられるなら、ザンダーの主張するＮＡＴＯ高官との会談を手配することになる。

アンブラーは「どんな取引なのか説明した」と言っていながら、読者にはわざと明かしていない。ここで説明を省略しても、ずっと読んで行けば自然に分かってくるからと、引き延ばしの効果を狙っており、この方法自体は他の作家も使っているありふれたものだが、アンブラーが使うのは初めてだし、しかも、この作品では何度も使っているのが気になる。後半の章に出てくる手紙では、ハリデイが「……フィルム缶の引き渡しは次のように行いたいと思います」とまで書いていながら、改行して「手紙を書き終えたのは二時だった」と続け、「次のように」とはどんなやり方なのか詳述せず、続くページではニューヨークのエージェントに電話して「オーストリアのテレビ局の男がそちらに電話して、こう言うはずだ」と伝えていながら、テレビ局の男が何を言うのか省略して、次の行は「ベッドに入ったのは二時半だった」となっている。どうも歯切れのわるい引き延ばし策である。

省略されたシェルムの説明は、次の章でハリデイが事態を彼なりに分析する形で読者に明かされる。以前に彼がベイルートにいたころ、ムハバラート・ツェントルムの前身であるパレスチナの組織が二千万スイス・フランに相当する金《ゴールド》の報酬でリビアのカダフィ大佐の暗殺を依頼されたが、断った話を聞いたことがある。金額が問題だったのではなく、大佐が金払いのいい上得意だったからだと言われる。時代が変わり、物価も変わったが、二千万フランは今でも大きな金額であり、ザンダーは一国の主ではない。とすると、ザンダー殺害を依頼した者は、どうしてもザンダーを消さねばならない理由があり、ムハバラートのトップを説得できるだけの権力者なのだ。ザンダーの背後には後援者《パトロン》がいて、ザンダーはその人物のために防衛計画を勧誘しているのだとシェルムは言っていた。例えば、イラクがザンダーの計画勧誘を嗅ぎつけたら必ず妨害しようとするだろうが、彼らが狙うとしたら、ザンダーではなく、彼のパトロン――シェルムとの間では〝統治者〟と呼ぶ取り決めになった――を狙うだろうし、イラクなら外部に注文するまでもなく、自前の暗殺チームを持っている。

金額から見ると政治的な動機としか思えない。突きつめて考えてみると、唯一の可能性は統治者の盟友の誰かだとハリデイは思う。ここでアンブラーがアラブ首長国連邦という具体的な国名を出したのには、ちょっと驚いた。アラブ首長国連邦はペルシア湾のアラビア半島側の海岸に位置する七つの首長国で構成されており、近年はオイル・マネーを湯水のように使った開発計画とその結果の金融危機で有名だ。アンブラーはほとんど一ページにわたってやや辛辣な筆致で連邦の生い立ちを説明している。十九世紀から二十世紀にかけて、この地域は海賊海岸とも呼ばれ、イギリスは湾岸の首長らの海賊行為を封じ込めるために一八五三年に休戦条約を締結した。そのせいで、Trucial States（休戦諸国）の名称も生まれた。一九六二年から石油の輸出を開始し、一九七一年に七人の首長が連邦を結成して独立国となる。石油産出以前は、インドへの金の密輸で稼ぎ、石油が産出するようになると、国民一人当たりの平均収入は計算上ではニューヨークを上回り、四つの国際空港、五十の銀行、衛星通信システム、高層ビル、スポーツ競技場、アルミ精錬工場、それに「世界最低だが宿泊費は最高のモダンなホテル群」が作られた（ちなみに連邦の面積は北海道の一・一倍）。また、アラブ諸国のなかでＡＡ（アルコール依存症更生会）の支部のある唯一の国であり、多数の外国人居住者のなかには世にも希なほどリッチで厚かましい悪党たちがいるという。

七人の首長たちは教育があって、道路や病院の建設のような賢明な金の使い方をする者もいるが、先祖は海賊、父親はと言えば、親族や友人、野心のある隣人たちを殺害して現在の首長の地位を手に入れたのだから、古典アラビア語を書き、《ウォール・ストリート・ジャーナル》を読み、ポケット計算機を使うようになっても、思考パターン自体は変わっていない。現代ではお隣りの首長の政治的な行動や交際態度が気に食わないからといって、不快感を示すために殺すのは不適切な対応とみなされるようになったが、代わりに相手の寵臣を殺すのは容認できる代案であり、その仕事に金のかかる暗殺団を雇うのは遺憾の意を示すデリケートな友愛ある表現ということになる。

これがアンブラーのアラブ首長国連邦の要約である。海賊時代の思考パターンが現代まで引継がれているという危険な記述は、調査し、慎重に考慮した上で書いたはずだ。ザンダーの後盾である〝統治者〟は、七人の首長のなかの一人だった。

翌日の正午、シモーン・チハニの指示のとおり、ハリデイはホテルを出てマルペンサ空港に向かう。バイクと車一台が尾行してくるが、マンチェスター行きのフライトの搭乗券を買ってから、チハニの部下に導かれて空港職員出入口を通って、外で待っていたチハニの車に乗り込む。尾行者を振り切る手際よさはスパイ小説の味だ。ザンダーの隠れ家はスイス国境ともフランス国境とも近い地点にあった。

ザンダーが供したこの日の昼食はオッソブーコだった。仔牛の脛をぶつ切りにして煮込んだ料理で、骨から肉をこそげ落し、骨の中の髄を小さなフォークで掘り出して食べる。一度、マクベインに御馳走になったことがあるのだが、とろりとしたゼラチン質の髄が何ともおいしい。もっとも、ハリデイは味にはふれていない。アンブラーの作品は、味覚を刺激するような場面に乏しく、美味しそうだなと記憶に残るのは『ドクター・フリゴの決断』のラフカディオ風タラゴン・

ソースのロブスター、『薔薇はもう贈るな』の鴨のレバーのパテとブイヤベース、『ディミトリオスの棺』のヴェルシィの一九二一年物のシャンパン程度である。

食後、ザンダーは、二度目の会合にあなたが戻ってきたというのは私の提案を受諾したからだと了解するが、私との交渉には誰が来るのかと切り出す。前夜、シェルムがザンダーの交渉技術をハリデイに説明し、ザンダーは会議の主導権を握るために、無意味な質問を怒鳴り散らすだろうが、対応策は彼の質問を無視し、予定稿のとおりにしゃべること。そのうちに彼は冷静になるが、警戒を要するのはそのときだと言っていた。ハリデイは、あなたに伝えるように指示された回答は、「提案は興味あるものであり、引き続き討議したいが、まず幾つかの疑問点に納得の行く回答を戴きたい。以上」と答える。ハリデイ自身の態度――びくついていたのか、落着きはらっていたのか――は全く語られていないが、場数を踏んだ頼りになる男に見える。ザンダーは、そんな返事は全面的拒否とほとんど同じだ、返事を書いたのはどこのバカだ、CIAのダミーかとどなる。彼が知りたいのはどの組織のどれだけの決定権のある人物の回答なのかという点だった。ハリデイは、最初の段階ではNATO統合諜報連絡局長であり、もし〝統治者〟との会談が行われるとしたら、NATO打撃部隊（南部）の副司令官の中将が出席すると伝える。これでようやく、前夜のシェルムとの打ち合わせが詳細なものだったらしいと読者も推測できるし、〝統治者〟が何を提案していたのか明らかになる。〝統治者〟はアメリカもしくはその同盟国と特殊な防衛条約の締結を望んでおり、具体的には彼の領土内のホルムズ海峡に近接するアブラ湾に軍事基地の建設を認める。基地建設はソ連の監視衛星などで観測されるだろうから、初期の段階ではコンテナ船のドック設備と広大な倉庫、海水淡水化工場の建設と発表するのが〝統治者〟の考えだった。アラブ湾はアンブラーが命名した架空の港だ。

ペルシア湾のホルムズ海峡は、最も狭い地点では幅二十一マイル。二〇〇九年にアメリカの原潜と艦艇が接触事故を起こしたほど狭い。世界の原油需要の二十パーセントがこの海峡を通って輸出されているので、海峡が閉鎖されたら石油危機は必至となり、戦略的な重要地点である。アンブラーが *The Care of Time* を発表したのは一九八一年だったが、この地域の戦略的重要性は少しも変っておらず、二〇〇九年七月にはフランスがアラブ首長国連邦のアブダビに陸海空の軍事基地を開設すると報道されている。フランスと首長国連邦との取り合わせというのが意外だが、首長国連邦は隣の大国サウジアラビアへの警戒感が強く、サウジと密接なアメリカに偏った安全保障に懐疑的で、米英とは異なる軍事パートナーを求めていたからだと報じられていた。ハリデイが携えてきたＮＡＴＯの疑問の一つも、〝統治者〟はサウジの了解を得ているのかという点だった。

Ⅵ

ドックや淡水化プラントを建築するふりをして軍事基地を作るという〝統治者〟のアイデアは、ペルシア湾岸の地域では軍事力は見せびらかすものであって、隠すべきではないし、うまく行くとは思えないとＮＡＴＯは否定的だった。この見解にはザンダーも微笑し、同意する。シェルムに依頼されて、ハリデイが携えてきた疑問点の一つは、なぜザンダーが〝統治者〟の代行をしているのかということだった。〝統治者〟の要請によるものだとザンダーは答えるが、軍事基地の建設を認めるのは重大な問題であり、アラブ首長国連邦の外務省と国防省が外交ルートを通して協議すべきものではないか。連邦には〝統治者〟のほかに六人の首長たちがいるが、彼らの知らぬところで一方的に行なわれた取り引きを彼らはどう思うだろうか。この質問は、提案がザンダーというお抱え外国人から届いたのは〝統治者〟の独断の提案だからだとシェルムが推測しているのを示している。

ほかの六人も歓迎するさとザンダーは言う。二年前に西側が基地を探し求めたときは誰も応じなかったのに、なぜ、いま提案が出たのか。ザンダーは、あのころはペルシア湾の人間は超大国の対決から距離を置いていたかったし、いまや新しい化学兵器や生物兵器が登場する時代になったから、考えが変わったのだと答える。化学兵器や生物兵器は以前から存在しているが、新しい兵器とはどれだけ新しいものが新しい兵器なのか。ザンダーは、〝統治者〟にとっては化学・生物兵器が新しいもので、極めて不快なものだと思っていると言う。それでは変わったのは〝統治者〟の考えであって、ほかの六人はどう考えているのか。基地として提供されるのが〝統治者〟が先祖から引き嗣いだ土地だから、彼が交渉の代表となるのは理解できるが、それならどこかの国にあるアラブ首長国連邦大使館ならともかく、なぜオーストリアにある彼の家を交渉の場にするのか。

ここで突然にオーストリアの家の話が出てくるのでまごつくが、それもザンダーが暗号文で交渉の場と指定したものらしい。〝統治者〟はオーストリアの南部、イタリアとの国境から約百キロのユーデンブルクの丘陵地帯の銀山の廃坑の入口の上に建てられたシャレーを持っていた。廃坑内の空気は花粉もなく、常に清浄で、呼吸器疾患の治療に効果があるといわれ、〝統治者〟も副鼻腔炎の持病があるので、この土地を買収し、クリニックを建てようとしていた。ところが、ここが環境保護地域だったため、オーストリア政府の建築許可が必要なのだが、〝統治者〟は建築許可を申請しようとせず、坑内の改修工事にはフランス人の技師を雇った。オーストリアの査察を拒否し、廃坑の上に建てるクリニックの設計には外国の建築家を雇ってはくびにしており、くびになったドイツ人の建築家は〝統治者〟が望んでいるのはクリニックというよりは砂漠の王宮みたいな建物だとばらしていた。〝統治者〟はオーストリア政府が彼のプライヴァシーを侵害しようとしていると主張して弁護士を雇い、メディアとのインタビューも拒否していた。その結果、彼が何か隠しているのではないか、クリニックと称して不道徳な目的に使うのではないかとの噂も出ていた。

〝統治者〟は狂人だと聞いたかとザンダーが訊ねる。ハリデイはシェルムから〝統治者〟がエクセントリックで、偏執性の統合失調症と診断されているが、彼の父親のように危険な症例ではないと聞いていた。その昔、エジプト人の主要な財界人が面談に来たとき、伝統的な民族衣装ではなくブルックス・ブラザーズの背広姿で現われ、紹介状を取り出そうと内ポケットに手を伸ばした瞬間に、父親は軍用拳銃でエジプト人を射殺してしまった。彼にとって背広を着るのはイギリス人だけであり、幼年時代に家族の長老四人が謁見時に暗殺されるのを目撃した記憶が甦ったのであろうという話が伝わっている。

アブラ湾に基地ができれば、首長国連邦全体が防衛の傘の下に入るのだから、首長たち六人は寛容かつ賢明に、〝統治者〟の行動を否定してはいないとザンダーは言う。この持って回った言い方にはそれなりの意味がある。それではサウジアラビアも賛成しているのか。シェルムが最も知りたかったのがこの点である。いくら無責任な人物でも、六人の首長の暗黙の了解なしで突っ走ってアブラ湾の提案を出したりはするまい。では、彼らはなぜ〝統治者〟を突っ走らせたのか。彼らはサウジの顔色をうかがっており、外国の基地建設が気に入らなければサウジはアメリカに圧力をかけて、〝統治者〟の提案を潰しにかかると見ている。その場合、バカに見えるのは〝統治者〟だけで、ほかの六人の首長の面子は救われるし、サウジが賛成するなら、六人は〝統治者〟を祝福して計画を乗っ取ると思われる。

しかし、ザンダーは話題を変えてしまって、サウジが賛成したのかどうか言おうとしない。前節でふれたように、アラブ首長国連邦は、アンブラーがこの作品を執筆していた時代には隣接する大国のサウジアラビアの動静に気を使っていた。ところが、前述のとおり二〇〇九年になると、フランスと基地協定を結び、サウジと一蓮托生になるのを回避する政策をとっている。これも、時のなせる業である。

首に多額の賞金のかかったザンダーが、一国の統治者と西側との政治的交渉の仲介をするのも謎めいており、この謎もあとで解明される。また、この取り引きでザンダーは何を得るのか。民間の商売では売手が原価にこれと思う利潤を乗せて買手に売りつけるが、軍事関連の商売では、防衛庁の場合もそうらしいが、売手は買手に原価をそのまま提示し、それに両者の合意する取扱手数料だけが上乗せされる、いわゆるコスト・プラス方式で行なわれるのが一般的である。コスト・プラス方式だと、仲介者であるザンダーが鞘を抜いて稼ぐ旨味はない。ハリデイが質問すると、ザンダーは、自分と家族にアメリカかカナダの国籍、それから亡命者に供与するような保護と必要書類を仲介の代償として要求しているのだと語る。しかし、ザンダーほどの金持なら自衛手段はあるのではないか。ザンダーは、ムハバラート・ツェントルムを知らないからそんなことを言うのだ、私が求めているのは〝平和と静穏〟だと言う。後日、ハリデイがザンダーの心理状態の説明にこの言葉を使うと、NATOの将軍は、ザンダーが〝平和と静穏〟と言ったとは信じられないという顔をする。ザンダーは半年前にパリで二人組の若いチンピラに襲われたが、拳銃がジャムして難を逃れた。二人は金で雇われて前金として半額と拳銃を受け取っただけで、背後関係は知らされておらず、ザンダーは彼らを警察に引き渡した。二度目はローマのホテルの部屋の外で若い女に手榴弾で襲われたが、女が焦って投げるのが早過ぎたため、ザンダーは身をかわし、鼓膜を痛める程度の被害ですんだ。その二週間後、〝統治者〟が彼を呼び出し、彼と家族の殺害契約が未熟な連中の手から放れて高額の報酬でムハバラート・ツェントルムに移ったとの情報があると知らせる。これでザンダーは身を潜めることになる。

ザンダーは隠れ家から〝統治者〟のシャレーに移動する手段としてフランスのテレビ会社から車体に社名やロゴの入った車を借りていた。テレビ制作会社は現代の新しい特権階級であり、出入国管理官や税関、警察もやかましいことは言わない、せいぜい番組の名前を訊く程度で移動しやすいと考えていた。一応テレビで名の知られたハリデイを雇った理由の一つもそこにあった。彼がアメリカのプロダクションから派遣されて、新しい治療センターについて〝統治者〟をインタビューするとの触れ込みである。ハリデイの目から見るとこの偽装には弱点があった。テレビのロケ・チームが現われるのは地元の新聞やラジオ局には興味のあるニュースだし、ウィーンのテレビ局までが外国絡みの面白いニュースだと思って、インタビュー・フィルムを見せてくれというかも知れない。ザンダーにはこの指摘が不快で、ニューヨークのプロダクション本社の意見を聴いてみないと分からないと答えればいいと言う。

ザンダーの提案はNATOの交渉者が宿泊するホテルまで指定していたようで、観光客が多く、人目につきにくい場所が選ばれていた。〝統治者〟との会談の日時をシェルムに通知しろと言われて、ハリデイは電文を作る。「質問に対する明確な回答なし。率直な意見交換は当事者間においてのみ可能。会談は火曜日十一時。地元チャンネルの関心に備えテレビ撮影の予備チームの手配必要」と書くと、ザンダーはばかばかしい、予備チームなど必要ないと主張するが、ハリデイは、向こう側がどう考えるか見てみようと答える。十分ほどで「予備チームの必要性了解。撮影用の機材・人員の手配は可能か」と返事が入電する。あまり返事が早いので、ザンダーは、前夜のうちにハリデイとシェルムが何か企んだのではないかと疑う。いいや、昨夜聞いたのはあなたの計画の概略だけで、いま見直してみるとロケ・チームの話には弱点があり、訂正すべきだとハリデイは主張する。ザンダーには訂正の必要があるという指摘は侮辱的だ。

これで、いままでは強圧的な支配者だったザンダーと従属的な存在だったハリデイとが急に同等の立場になり、『薔薇はもう贈るな』のファーマンとクロム教授との個性の対立を想起させる。あなたはテレビの業界の人間を知らない。私も大して知らないが、ウィーンのプロデューサーがニューヨークの誰かの許可がないと見せられないという説明をあっさり受け入れるわけがない。ニューヨークの誰だと訊くだろうし、嘘をついたり、言い逃れをしようとすれば、かえってホットな話があるなと思い込む。あっと言う間にあなたの正体がばれ、〝統治者〟にも具合の悪いことになる。この指摘でザンダーの自信が揺らぐ。彼の部下が手配したのはテレビ会社の車二台と撮影用の機材だけで、スタッフやカメラマンは契約していなかった。ということは、実際には撮影は行なわないつもりだったようだ。ハリデイは、火曜日の午後の空き時間に、彼が愚問を発し、〝統治者〟が黄金色の賢答をする場面を実際に撮影しておけば防備態勢は完璧だと説明し、緊急にスタッフを手配する手段のないザンダーに代わって、ドイツかスイスかオーストリアのフリーランスのカメラマンのグループを探してくれとシェルムにテレックスで依頼する。

ザンダーはこのやり取りを通して、僅か数日間の連絡係でしかないハリデイが彼の仲間であるかのように考え、計画を成功させようと積極的になっていると感じて、好意的な態度を見せる。他方、ハリティにとって関心があるのはタフに生き延びてきた男や女である。ザンダーも少年時代を過ごしたものとは全く異なる文化のなかでおのれの機智と能力で生きてきた男だが、彼もまた、〈時〉に対する懸念を無視できなくなっている。そんな男が躓き転んだらどう振る舞い、何が起きるのか見たいとハリデイは考えている。彼の視点は驚くほど冷たい。

Ⅶ

隠れ家からジュネーヴへ行き、そこでフランスのテレビ会社の車を引き取り、〝統治者〟のシャレーのあるユーデンブルク郊外へ向かう計画だ。車にはフィルム缶、三脚、照明機具、高圧ケーブル、脚立、空っぽのカメラケースなどが積み込まれていて、車体には、一見フランス国営テレビとかん違いしそうな社名の略語が書いてあった。チューリッヒの近くで給油のためにサービスエリアに入ると、日曜日の遠出にきた家族連れで混み合っていた。たちまち弥次馬が集まり、質問を浴びせる。何という番組？　どこから来たの。あの人は女優か。あっちの人はカウボーイ映画に出ていた人じゃない？　それともカメラマン？

サンドイッチとコーヒーも買わずに早々にその場を離れる。質問に答えたり、人目を引いたのが失敗だった。プロのテレビ・チームだったら、車に鍵をかけてコーヒーを買いに行く。弥次馬が集まっても知らん顔をし、質問されても肩をすくめるだけ、しつこく話しかけられたら仲間どうしの話を続けて無視するのだとハリデイが説明する。そう言えば、アンブラーは映画制作に二十数年関係していたから、このての光景は何度も見ているのだろう。

その夜はチューリッヒの近郊のホテルに泊る。ザンダーの要求で、ハリデイはシェルムにテレックスを入れて、会談に出席するＮＡＴＯ幹部の名を問い合わせ、ニューエル中将の名が返ってくる。ザンダーらはＮＡＴＯ関連の出版物からニューエルの経歴を確かめる。写真も掲載されていて、会談に来た人物が写真と合致しなければザンダーは会談を拒否するつもりだ。

翌朝、オーストリアに入る。国境から八百メートル行ったところに迂回路の標識と手書きのルート地図があり、その道を行くとトラック専用道路に入ってしまって、百シリングの罰金をとられる。罰金の領収書は正式だが額面は十シリングで、読めない署名がある。警官が外国人旅行者を罠にかけたのだ。ストーリーの本筋とは全く関係のない事件だが、こういうエピソードには作者の恨みが感じられて、おかしい。アンブラー自身も経験したに違いない。

テレビのロケ・チームに偽装して移動するというのは、名案どころか、トラブルの種となり、コミカルとも言える状況に出会う。『ドクター・フリゴの決断』と同じように、ディテールと言葉のジャミングを楽しむ作品なのだ。

オーストリアに入り、月曜日の夜はフィラハのホテルに泊まる。チェックインして一時間もせぬうちに問題が起きる。車体のテレビ会社の名前を見たホテルのマネージャーが興奮して、ザンダーの配下に何の撮影に来たのかと訊ね、訊ねられたほうは、あらかじめ打ち合わせておいたとおりに、アメリカのテレビ局が〝統治者〟の治療センターについてインタビューに来たのだと答える。これがまずかった。ハリデイはここで初めて知ることになるのだが、〝統治者〟はオーストリアの法規を無視して建築許可を申請せず、ウィーンの弁護士団を立ててオーストリア政府と対立、しかも談話は一切発表しないし、インタビューにも応ぜず、政府の態度が硬化しているさなかに、〝統治者〟にインタビューするというテレビ・チームが飛び込んできたのだから、話題にならないわけがない。ホテルのマネージャーが地元のラジオ局に電話し、そこがウィーンの国営テレビのＯＲＦに電話し、ＯＲＦはハリデイが名の知られたジャーナリストであるのを発見し、その夜のうちに彼をインタビューしたいと撮影チームが来ることになる。いつもこわもてのシモーンもさすがにうろたえているが、ハリデイが彼女にあしらい方を伝授する。調査担当者のふりをして、ＯＲＦのリポーターにオーストリアの法律の詳細とか、〝統治者〟にどんな質問をすべきかなど訊ね、彼らのほうがうんざりするところまでしゃべらせる。ＯＲＦにフィルムの現像を依頼することになるかも知れないと言うのもよかろう。そんな要領を教えてから、ハリデイは数百メートル離れたフェルデンのホテルにいるシェルムとニューエル将軍に会いに行く。

将軍は廃坑を改装してクリニックを作るという案に疑問を持っていた。軍医に訊ねたら、坑内の常温が摂氏八度、湿度九十五パーセントで水滴が垂れてくるような状態ならリヴァプールの三月の雨の日の午後と同じで、喘息の治療に役に立たないと答えたという。廃坑を利用したほかの治療所では効果があったと言われているとしたら、喘息には心身症的な要因もあるから母胎帰還願望のある高齢の患者にはごく一時的な回復が考えられるが、継続的な効果はあり得ない。とすると、〝統治者〟の真意はどこにあるのか。

シェルムは諜報機関のヴェテランらしからぬエラーをしてしまったと白状する。テレビ撮影の予備チームとして、二カ月間ユーゴスラヴィアで仕事をしていたオランダ人のチームを雇ったが、そのときにロバート・ハリデイのインタビューの撮影だとうっかり説明した。オランダ人たちはユーゴの仕事のあとだから、今夜はトリエステのナイトクラブあたりで飲んだくれているはずで、彼らの口からハリデイの名が洩れるかも知れない。ハリデイの名がザンダーと結びつき、ムハバラート・ツェントルムに伝わる危険がある。シェルムは自分の迂闊さを悔やむのだが、これもアンブラーのレッド・ヘリングだ。しかも、一見、伏線めいていながら、この伏線は全く生かされず、立ち消えに終わっている。

Ⅷ

将軍とシェルムにハリデイはここまでの出来事から組み立てた推論を語る。ザンダーによると、ムハバラート・ツェントルムに命を狙われていると彼に告げたのは〝統治者〟だった。ザンダーはこの情報を聞いて身を潜め、ハリデイへ手紙と爆弾を送ってＣＩＡを誘い出す工作は隠れ家から行なわなければならなくなる。隠れ家に追い込まれたとも言える。先週の金曜日にハリデイがミラノのホテルを出ると、チハニは計画どおりにマルペンサ空港で尾行者を撒いたが、あのときの尾行者はたった三人だった。完全な尾行任務には少なくとも八人は必要なのに、たった三人だったとは、ムハバラート・ツェントルムも人手不足とか資金繰りに困っているのか。あの尾行は、わざと見せつけて、ザンダーを脅し、身を潜めた状態にしておくための示威行動だったのではないか。

ＮＡＴＯの専門家たちは、〝統治者〟がいくら狂っているにしても、ほかの六人の首長たちの暗黙の同意もなしにアブラ湾計画を提案してくることはあり得ないと分析した。しかし、〝統治者〟は首長たちには事前の説明をせず、ごまかすつもりのようだ。——オーストリアで鼻炎の治療を受けながらクリニックの設計を建築技師と打ち合わせていると、予定どおり、アメリカ人のテレビ・レポーターと撮影班が来た。ところが、予定外だったのは、いっしょにテレビと関係のない男たち三人が現われたことです。一人は皆さんも御存知のカーリス・ザンダーで、彼はときどき私の仕事を手伝っているが、呼びもしないのに現われたのは初めてです。彼はほかの二人をNATOに勤務するドイツ人外交官とイギリスの将軍だと紹介した。戒律に従えば客人はもてなすべきものであるので面談すると、驚いたことに、彼らは私の国のアブラ湾に軍事施設を建設したいとの提案を持ちかけ、それが私の国の貧しい民にもたらす利点を述べたてました。私は礼儀正しく耳を傾けたが、言質は与えず、検討してみようとだけ答えた。そして直ちに皆さんにご報告している次第で、ご意見を聴かせて戴きたい——〝統治者〟はたぶんこんな作り話をする。彼の側近たちは、事実を洩らしたら文字どおり舌を切られ、失血死するか、窒息するまで長い間呻き続けることになるのを知っているから、沈黙を守る。とすると、〝統治者〟の作り話を知っている危険な人物はザンダーだけだ。〝統治者〟と将軍たちの会談の手配にはザンダーが必要だったが、会談が始まれば、彼は危険な無用の存在となる。ムハバラート・ツェントルムにザンダーと家族の殺害の契約を出したのは〝統治者〟なのだ。

ハリデイの推論を聞いた将軍は、基地提供の代償として〝統治者〟はほかの首長たちに隠したまま、何をNATOに要求するつもりなのかと疑問を持つ。生物・化学戦防衛システムなら、N

ATOはサウジアラビアに供給したし、アラブ首長国連邦も同じ防衛システムがほしいと言えば入手できる。だから、〝統治者〟は、信じがたいような要求を持ち出すのではないか。シェルムは〝統治者〟が求めているのは二つだけ、おのれの延命と敵の即死だけだ、あの狂人を甘く見過ぎていたとつぶやく。

ハリデイは自分のホテルに戻り、人目につかぬように部屋に入ろうとするが、ORFのプロデューサーのレイナーという男が廊下の椅子に坐って張り込んでいた。彼は同じホテルに部屋を取っており、ハリデイが〝統治者〟とのインタビューでどんな質問をするつもりなのか聞き出そうとする。質問は事前には準備せず、相手に自然にしゃべらせ、こちらからの質問も発言もなるべく控えるつもりだと答えながら、ハリデイはこの返事が有名なインタビュアーの言葉の盗用であるのをレイナーが気づかないといいがと思う。ORFには現像を依頼するから、明日の午後四時ごろ車を待機させておいてくれと言って立ち話を打ち切ろうとしても、相手は食いさがってきて、プロ対プロの対話になる。ハリデイは、オーストリア政府の建築許可の問題はアメリカの視聴者が長い間面白がって観るような事件でもないから、〝統治者〟が西側に友好的な人物なのだと視聴者が理解する程度の会見になるかも知れないと逃げを打つ。レイナーは、誰がハリデイを雇ったのか知らないが、シンコム・センティネルのような巨大企業の費用負担で〝統治者〟のPRをするというのなら、彼に好きなようにしゃべらせるのも良かろう、しかし、社会的な価値とニュース性のある番組を作りたいなら、しゃべらせるだけではなく、一つくらいは具合の悪い質問をするべきだ、例えば、呼吸器疾患のクリニックを建てるとの話だが、実体は大規模な核シェルターだという噂もあり、核シェルターどころか、第三次世界大戦に備えた個人用の要塞だとも言われているが、この非難にはどうお答えになりますかと訊いてみろと言う。

レイナーがハリデイを〝統治者〟に見立てて攻撃的な質問を並べるにつれて、守勢になったハリデイは何となく〝統治者〟を弁護するような立場になる。レイナーは〝統治者〟の不快なイメージを消すためにシンコム・センティネルがハリデイを雇ったのだとしたら、的確な人選だったねと辛辣だ。さらに、問題の建築物については単なる風評以上の具体的な証拠があり、ミス・チハニに渡してあるから、あれを読めば驚きますよと言う。


やっと部屋に戻ると、チハニが待っていた。廊下での立ち話を聴いていた彼女は、核シェルターを作ろうとしているのは確かな情報だと言う。彼女が知りたがったのは、将軍たちとの話し合いの様子だった。インタビュー後の脱出計画はまだ詳細を詰めねばならないが、ザンダーの亡命要求はほぼ全面的に受け入れられたと聞いて、彼女はほっとしたようだ。

ハリデイはだしぬけに、暗殺命令を出したのが〝統治者〟だとザンダーはいつ気がついたのかと訊ねる。チハニ自身も誰が暗殺命令を出したのかと考えているうちに、ザンダーが生きていては困るのは〝統治者〟だと思い当たっていた。ザンダーは彼女の推理を最初は信じなかったが、今では認めており、ただ安全策として、〝統治者〟には何も気がついていないふりを続けてきたという。

その夜の話し合いのときに、シェルムが、シモーン・チハニはザンダーの実の娘であり、彼女の手下のベルベル族の若者のモフタールと妹のジャスミンもザンダーの養子だとハリデイに明かしていた。チハニは父親のことを常にパトロンと呼び、保全の意味もあって、父と娘ではないような距離を置いていた。ベルベルの兄妹はザンダーに訓練された戦闘員だった。チハニも兄妹もザンダーの家族であるためにムハバラート・ツェントルムに狙われる立場だ。

シェルムは、ザンダーだけならＮＡＴＯのヘリに同乗させてドイツまで連れ出せると考えたが、ザンダーの性格からみて家族を置いて自分だけ脱出する案を受けるはずがなかった。

明日、ＮＡＴＯとの会談とテレビ・インタビューが終わったら、〝統治者〟は主席秘書官に指示して、ムハバラート・ツェントルムに行動を起こさせるはずだ。シェルムと将軍は身分を隠してオーストリアに来ているのだから、オーストリア政府に援護を求めるわけにも行かないが、ザンダーたちがイタリアまで戻れたら、完全な援護体制で出迎えるとシェルムは言っていた。その場合、シャレーから国境までの一時間半の道程を自力で逃げ切らねばならない。民間のヘリコプターをチャーターする可能性をハリデイが思いつくが、チハニの調査では、ヘリは登録されたヘリポートでしか離着陸できないし、ヘリポートに向おうとしていると暗殺組織が気がつけば、攻撃のタイミングを早めてくると思われる。

チハニは、車に高性能のアサルト・ライフル四挺と大量の弾薬が隠してあるとハリデイに明かす。命を賭けた撃ち合いもやむを得ないと、まるで五月の芝生での混合ダブルスの話をしているかのように彼女は言う。

午前一時に彼女がハリデイのベッドから去った後、彼はＯＲＦのレイナーに宛てた手紙も書き始める。一人称の主人公の視点で語られる過去の作品では、アンブラーは主人公たちに心情や思案、行動の計画を語らせていた。『汚辱と怒り』のピート・マース、『ドクター・フリゴの決断』のカスティリョ、『薔薇はもう贈るな』のファーマンたちの心の動きは推測可能な程度に読者に伝わってくるし、とりわけ『真昼の翳』『ダーティ・ストーリー』のアブデル・シンプソンにいたっては、絶えずぶつぶつ泣き言や強がりを言っていたが、本作品のアンブラーはハリデイの内面には踏み込まずにストーリーを進める叙述を選び、なぜハリデイが深夜に手紙を書くことにしたのか、その説明もない。手紙の前半から察すると、シェルムはイタリアに入れば援護できると言ったが、ムハバラート・ツェントルムがオーストリア国内を移動中に襲撃してくる可能性もあり、ヘリコプターでの脱出も無理なら、ＯＲＦを利用してやろうと思いついたらしい。

　ハリデイはアンブラーの過去の作品の主人公と同じように〈災難に巻き込まれた男〉の立場であるが、過去の主人公たちと違って能動的な人物として描かれている。危機管理のプロであるザンダーやチハニと相談もせずに、彼はＯＲＦを利用して活路を開く手段を講じようとしていた。

Ⅸ

　ロバート・ハリデイがオーストリア放送《ＯＲＦ》のレイナーに宛てて深夜に書き始めた手紙は、先刻の廊下での立ち話を考え直してみた結果、レイナーの言うとおりだと思うと始まる。〝統治者〟は手厳しい質問をされて回答に窮するのがいやで、メディアとの接触を嫌うのだろうが、ハリデイのように金で雇われていて好意的であるのがあらかじめ分かっている相手には警戒心が薄れて口が軽くなると思われるので、不意をついてしゃべらせれば、刺激的な番組が作れそうだ。つい先程ハリデイのチームが〝統治者〟の雇った外国の警備会社の監視下にあることが判明したため、フィルムの引き渡しの手順を変更したい。監視者たちには、ORFがハリデイからフィルムを入手しようとしたが失敗したかのように見せかける。〝統治者〟側がフィルムを差し押さえようとしても、ハリデイがフィルムを持っていると思いこませておけば、ORFは時間を稼げる。ORFがフィルムを持っていて放映しようと準備していると分かったら、〝統治者〟のウィーンの弁護士たちが動き出すだろう。

インタビューの撮影が終わったら、ハリデイたちは直ちに現場を離れて、イタリア国境に向かうことにし、フィルムの引き渡しは次のように実行したい……という手紙である。前にも触れたが、この作品でのアンブラーはわざとここで打ち切って、「次のように」とはどんな手順なのか明かすのを先延ばししている。

もっとも、国境に直行するという提案は、ORFも国境まで同行することになり、ムハバラート・ツェントルムも国境までは襲撃しにくい流れになると推測できる。ハリデイは翌朝メイドにこの手紙をレイナーに届けさせた。〝統治者〟のシャレーはオーストリア南部の丘陵にあり、その隣に、以前の持ち主だった素人考古学者が銀山の廃坑から発掘した、動物の骨などを展示した博物館があった。そこに掲示された坑道の地図を見て、ハリデイは海綿の断面図を連想するが、ザンダーはむしろ肺に似ていると言う。彼の説明では、坑内の湧き水はポンプで外部へ排出されているが、第三次大戦が始まって、核や化学・生物兵器が使われたら坑口を閉鎖し、ポンプをとめると、湧き水によって坑内の空気が加圧されて、排気弁から内部の空気は外に出るが、汚染された外気は入ってこない構造になっており、八カ月間は坑内で生存できる。

主席秘書官に呼ばれて、ハリデイは〝統治者〟に閲見《えっけん》する。遠目には顎鬚のある背の高いハンサムな男で、純白の布地に金糸を織り込んだアラブの衣裳をまとい、絹の黒いヘッドバンド。しかし、近くで見ると、すねたような口元と哀願する目つきが、遠目とは違った印象を与える。よく来て下さったと言ってから、では、ミスター・ハリデイ、あなたの陳情をお聴きしようと促す。ハリデイにすれば、陳情とは何のことかとザンダーのほうを見るが、ザンダーは素知らぬ顔だ。〝統治者〟は、拝謁は彼が招いたものではなく、ハリデイの希望によって行われたという体裁に固執していた。

ハリデイは、テレビ会見を通じて、クリニック建設反対の愚かさを視聴者に明らかにし、また、ペルシャ湾がいまや世界的に重要な存在であるのに、OPEC加盟国の一部の国に推された西寄りのサウジだけがスポークスマンになっている現状であるので、砂漠の国を統治する人の独立した声を聴かせ、姿をお見せになるべきですと即席のスピーチをする。〝統治者〟はしばらく黙っていたが、それから、そっけなく肯き、結構な話だ、だが、残念ながら、予定外の緊急の用件があるのでと答える。ザンダーが、お畏れながら殿下が急務を処理しておられる間にミスター・ハリデイが撮影の準備をしますし、彼はオーストリア政府に与える影響を考慮して、坑内でインタビューをしたいと申しておりますと口をはさむ。〝統治者〟は側近にアラビア語で何か命令し、急に立ち上がってハリデイに目もくれずに部屋を出る。ハリデイはどこかでまずったかなと思うが、〝統治者〟は、坑内で撮影する案が気に入って、撮影の準備に協力するよう指示を出したのだった。

入れ違いにニューエル将軍とシェルムが別室に呼びこまれる。この会議には側近も参席せず、〝統治者〟、NATOの二人とザンダーの四人だけの密議だった。会議を終えて、屋外へ出てきたときのハリデイの目から見た将軍とシェルムの態度はこう描かれている。

私が近づいて行くと、将軍とシェルムは離れていった。二人の態度は、〝統治者〟との会談の内容は語りたくないし、二人の間でさえも話したくないものであるのを示していた。「ショッキングな話になると言っておいたのに、彼らは私の言葉をあまり真剣には受けとめなかったのだと思う」とザンダーは言った。

〝統治者〟の提案――それが何であるのかハリデイにも（読者にも）まだ明かされていないのだが、それが予想をはるかに越えるひどいものであったことがうかがわれる。

一時間後、当然アラブの民族衣裳で現われるものと思っていたのに〝統治者〟は紺の三つ揃にダーク・タイ、青いシャツに着替えていた。白いローブを予想していたカメラマンはチェッと呟いて照明を再調整する。ハリデイは、インタビューの技術では初歩的な、見えすいた手口で進めようと思いつく。間違えたふりをして、相手の地位をわざと格上げして反応を見る。相手が機嫌よく聞き流せばこちらの得点になるし、相手が訂正を言い出せば、それはそれで話の糸口になる。〝統治者〟に話しかけるときはYour Royal Highnessとは言わず、単にYour Highnessと呼びかけるようにとチハニに忠告されていたのだが、ハリデイは撮影の冒頭でわざとYour Royal Highnessと呼びかける。これは効き目があって、〝統治者〟は、彼の一族は古いノーブルな家系ではあるが王族《ロイヤル》ではないから、その曖昧な尊称は王朝にお任せしようとさえぎる。王朝というと、例えばサウド家のような王族のことですかとハリデイが罠を仕掛ける。サウド家も古い豪族ではあるが、サウジアラビア王国が成立したのは一九三二年、アンブラーが本書を執筆していたころはまだ四代目のハーリッド国王であり、連綿たる歴史を持つと言えるほど古い王朝ではなかった。ハリデイの質問は、〝統治者〟がサウド家をどう見ているのか言わせようとするデリケートな意味を持っていた。

〝統治者〟はその質問の危険性に気づき、私が考えていたのはイランのパーレヴィ王朝のことで、シャーは二代目で最後の王、彼の父親は読み書きもできないロバの馭者で兵卒だったのに雇主だった王朝を覆して、みずから〝王の中の王〟と称し、しかも、〝神の副摂〟〝宇宙の中心〟と称したのだから、あれこそすばらしい《ロイヤル》ではないかと言って、笑いの発作で咳きこみ、彼の笑いは一分近くも続く。ハリデイは、彼が薬物でハイになっているのに気づく。主席秘書官が「殿下はこの世には笑いたくなるようなものが多いとお考えなのです。フィルムはもちろん適切に編集しますね」とハリデイに言う。

殿下が建設しようとしているのはクリニックではなくて、自分と御家族のための核シェルターだとの噂があるがと水を向けると、"統治者"がしゃべり始め、建築許可の話だけでフィルムの最初の一缶を使い切って二缶目に入る。核戦争では三十分の警告しかないから、ペルシア湾の宮殿から三千キロ離れた土地に核シェルターを作るのと思うか。しかも、恐怖のバランスのおかげで米ソはにらみ合っているだけで核戦争にはならないと思う。私が恐れているのは、新しい在来型兵器による戦争だ。つまり化学兵器だ。生物兵器は核と同じように拡散の危険があるが、化学兵器はコントロール可能だ。味方を殺す危険を冒さずに敵を殺すことができる。殺したい地点で殺して、そこを清浄化すれば安全な土地に戻せる。必要なのはそのノウハウだけだ。

ハリデイが第二次大戦中、敵も味方もノウハウを持っており、毒ガスや化学兵器を生産していたが、使用しませんでしたねと言葉をはさむ。"統治者"は、彼のいう化学兵器のカテゴリーにはフォスゲンのような玩具同然のものではなく、いまやタブンでさえも現代的化学兵器のカテゴリーには入らないと言い、どこまで自分の知識を披露すべきかと言いよどむが、聴きたそうにしている相手にはしゃべらずにいられない衝動に負けて、話を続ける。人を怯えさせるかも知れないが、常識として、例えば、アンチコリンエステラーゼと呼ばれる有機燐系の化学薬品がある。米英の軍は神経ガスと称して、戦場での武器とは認識していないふりをしているが、サリンという神経ガスも貯蔵している。これのソヴィエト版がソマンで、さらに強力だと見られている。サリンの一ミリグラムの一滴が健康体の成人を麻痺させ、一分足らずで死に到る。

殿下は中枢神経系について広く研究なさったとのことですが、これらの致死性のガスの軍事的価値に疑問があるのですか。いや、致死性に全く疑問はない。痙攣、麻痺、死の順番だ。サリンもソマンも、大型の猿や羊、試験用の哺乳類の動物を即死させる。人体に対する効果は単に事故の結果として知られている程度だ。比較実験の結果が出ていないのは人間だけだ。軍事的な価値のない情報が洩れてくる程度だ。米英では政府が隠蔽しているから、ウィルス感染と発表されたが、あれは製スク市の事故は百人以上の死者が出たため隠し切れず、ソ連のスヴェルドフスク市の事故だった。この事件も科学的な情報はない。

（アンブラーがここで言及しているスヴェルドロフスクの事故は、執筆の時期から見て一九七九年四月の事件のことと思われる。最初はソ連からの亡命者が国外で発行するロシア語新聞が伝染病が発生した模様と報じ、翌八〇年三月にはモスクワ駐在のアメリカ大使がソ連外務省に非公式に質問し、ソ連側は腐敗した食肉による感染と回答した。一九九二年になってエリツィン大統領が、生物兵器研究所からの炭疽菌の漏出による事故だったことを公式に認めた。本作を執筆していたときは、事故原因が公表されていなかったから、アンブラーはソマンによる事故と推測したと思われる。）

神経ガスは皮膚からも浸透するので、全身を覆った、洗浄可能な特殊服が必要だ。最新の戦車は神経ガスを考慮に入れて設計されている。機内が加圧されている航空機なら安全ですかと訊ねると、殿下は聞こえなかったかのように、最良の防衛策は解毒剤だと続ける。だが、解毒剤はまだ人体実験が行なわれたことがない。神経ガスは、殺虫剤のように化学的に合成されたもので、自然界には存在しないが、化学合成されたものは化学的に分解できる。つまり、ノウハウの問題だ。解毒剤をどの時点でどんな予防措置をとって適切に使うかというノウハウが問題なのだ。実際にテストしてみなければ、ノウハウは確立できない。猿に解毒剤の取り扱い方を教えこむわけにはいかないのだから。

ハリデイが質問する。殿下は哺乳類の中枢神経の謎を研究しておられるのですから実験をごらんになったことがあると思いますが、大型の猿に一ミリグラムの一滴を投与すると何が起こるのかお話しいただけますか。もちろん実験を見たことはある。もっとも、どこでそのデモンストレーションを見たのかは言えない。女性が使う香水吹きのようなものを長い棒の先端に取り付けて、一吹きする。一瞬、静寂そのものだ。それから体中の筋肉繊維の攣縮《れんしゅく》が起きて、倒れる。嘔吐と排泄が同時に始まり、痙攣が続く。直接の死因は肺を調整する筋肉が作動しなくなるための窒息だ。苦痛が伴うとしてもごく僅かで、一分足らずで終わる。

インタビューに使ったフィルムは二缶だった。有益なお話をありがとうございました。世界中の視聴者が自分たちに影響を及ぼす現代の生と死の問題に関する殿下のお考えを聴かせていただいて感謝すると思いますと締めくくって、撮影監督にカットの合図をする。

主席秘書官は苦い顔をしているが、殿下自身はテレビ会見という試練を切り抜けて満足気である。彼が不安を抱くとしたら、自分が何をしゃべったか思い出したときだ。

監督はハリデイに、あんたの役目は殿下の息の根をとめることだったんだなと言う。ハリデイはアンフェアな質問も無責任な質問もしなかったはずだと答える。フィルムの缶には1と2と番号をつけてほしい。それから、もう一つ頼みごとがあると言って説明すると、監督は溜息をつくが引き受ける。その頼みごとは、あとで明らかになるが、主席秘書官がフィルムの引き渡しを要求した場合に備えたトリックだった。

X

ティム・ワイナーの『CIA秘録』（二〇〇八）に興味をひく一節があった。一九五八年七月、イラクでアブドゥル・カリーム・カーシム将軍がクーデターにより親米の国王政府を倒し、「新政権は……王政政府にCIAが深く関わり、旧体制の指導者たちを買収していたことを示す証拠を手にした。CIAの偽装組織である〈アメリカ・中東友好会〉の寄稿家を装い、CIAと契約して働いていたアメリカ人が、ホテルで逮捕され、跡形もなく姿を消した。CIA支局員たちは逃走した」（藤田博司訳）という。

CIAに協力していたアメリカ人の寄稿家がホテルで逮捕され、CIAは逃走したというのは、*The Care of Time* の主人公のロバート・ハリデイの場合とそっくりである。この寄稿家のことがいつ一般に報道されたのかは明らかでないが、アンブラーは彼をモデルにハリデイの経歴を作ったような気がする。

また、イラクのカーシム将軍（一九一四〜一九六三）は『汚辱と怒り』で読者に聞き覚えのある名前だ。カーシムが支配していた時代に、彼の弾圧を逃れて亡命したアルビル大佐が殺害される事件が発端となったストーリーだった。

〝統治者〟とのインタビューが終わってから、カメラマンが廃坑内の岩壁や水のしたたる階段などの追加ショットを撮る。加圧されている航空機のなかなら神経ガスの攻撃から安全かと質問したのを〝統治者〟が無視したのを思い出して、ハリデイは「殿下が所有しておられるジェット機のように機内が加圧されている場合は安全なのではありませんか」と質問した形に撮り直させる。この変更に撮影監督はハリデイの職業倫理に疑問を持ったようだが、取り立てて反対もせず、ハリデイ自身もこのやり方はインチキだと自覚していた。監督は出来のいいインタビューだが、どれだけ放映されるかなと疑問視し、チハニはこれが放映されたら殿下はおしまいねと言う。彼女は〝統治者〟が神経ガスに対する恐怖にとり憑かれているのを知っていたが、その恐怖のせいで、彼が求めているのは解毒剤だと思っていた。ところが、インタビューのときの彼のボディ・ランゲージから読み取れたのは、神経ガスを人体実験したいという欲望であり、人間を即死させる力を求めていることだった。

ハリデイにはNATOが〝統治者〟に神経ガスを供与するとは思えないが、チハニは、NATOもニューエル将軍やシェルム局長のような紳士ばかりではなく、感情抜きの判断を下すものがいるかもしれないと指摘する。中立国であるオーストリアに圧力をかけて、水びたしの廃坑に〝統治者〟が望むとおりの建築物が建造されたら、実験設備も設置できる。

〝統治者〟が自国の囚人をモルモットに使ってもNATOの知ったことではない。化学兵器に携わる者はいつも人体実験をやりたがっているが、誰も実験の責任を取りたくないし、実験設備の設置を要求する責任すら取りたくない。〝統治者〟の異常な要求をＮＡＴＯが受け入れる可能性があると彼女は見ているのだった。

　シャレーの駐車場で、ハリデイは撮影監督から1と2と太字で番号を書いたフィルムの包みを受け取り、レインコートのポケットに入れ、コートを拡げて畳み直すが、その陰でやや細い字で番号をつけた包みがチハニの異母妹のジャスミンの鞄に納まる。この動作はレインコートを拡げたためにシャレーの方からは見えない。

　〝統治者〟と将軍たちの二度めの会談が始まっていたが、ザンダーは陪席せず、駐車場に来ていた。彼はすでに必要とされない存在になっていた。午後四時、明るいうちにかたづけねばならないから急ごうとチハニがせかす。何をかたづけねばならないと言うのか、サスペンスを生む言葉である。

　出発しようとすると、ゲートで警備員に阻止される。主席秘書官が、インタビューのフィルムを検閲したいから引き渡せとの命令を出していた。フィルムはオーストリア放送《ORF》に渡して現像してもらうことになっており、現像しなければ検閲しようがないではないかとハリデイは怒った口調で言うが、秘書官は、フィルムは殿下に帰属するもので、力づくでも引き渡してもらうとの態度だ。ハンディはレインコートを守るかのように抱きしめて反論を続けてから、肩をすくめ、太字で1と番号のついた包みを渡す。秘書官は包み紙を破って、中身を確かめ、フィルムはもう一缶あるはずだと、2の包みも取りあげる。どこで現像するつもりかと訊ねると、あなたには関係のないことだ、仕事は終わったのだから帰りなさいとの返事だ。車に戻りかけたハリデイは振り返って、一言ご忠告しよう、このフィルムは燃えにくいし、いやな臭いがしますよ、早く破棄したいのなら光に曝すのがいい、殿下によろしくと捨て台詞を吐く。秘書官はあれが未使用のフィルムだとは気がついていないなと彼は思う。撮影監督に頼んでおいたのは、〝統治者〟側がフィルムを押収しようとした場合に備えて、何も写っていない未使用のフィルム二缶をもっともらしく包んで、番号をつけておくことだった。

レイナーと打ち合わせたとおり、屋根に点滅燈をつけたORFのリムジンとロケ用トラックがゲートの外の公道で待機していた。リムジンが先導し、ザンダー、ハリデイ、チハニと若い弟妹たちが乗った車がそれに続き、後尾をORFのトラックが固める。ORFの車が前後を守って、第三者が割り込めない布陣だった。

間もなくムハバラート・ツェントルムの車が尾行し始める。隊列に割り込もうとするが、ORFのトラックが譲らない。ライフル銃用のテレスコープで見て、ザンダーは追ってくる車の中に知っている顔を見つける。アルジェリア独立戦争中の一九六〇年に、フランス系入植者だった父親を殺され、その復讐に十五歳の息子が憲兵隊員四人を翌年一月に殺した事件があった。ザンダーはその若者の生活を支援してやろうとしたが、若者は好意を受けず、殺し屋になった。いまザンダーを追う立場になっている。

イタリア国境へと向かう車中で、もっと簡単な仕事のはずだったのに、予想外の障害が二つ発生したとザンダーが語り出す。一つは〝統治者〟が建築許可をめぐってオーストリア政府ともめごとを起こしたこと、それからハリデイのインタビューがうますぎて、興奮状態の〝統治者〟に余計な話までしゃべらせてしまったこと。没収したフィルムに何も映っていないことに主席秘書官が気がつくのは時間の問題で、追跡しているムハバラート・ツェントルムにハリデイも暗殺せよとの指示を出すだろうとザンダーは見ていた。

ハリデイの計画では、国境でORFのレイナーに一缶目のフィルムだけを渡すつもりだった。〝統治者〟の神経ガスへの憑執《ひょうしゅう》が撮影されているのは二缶目である。二缶目はどうするつもりだとザンダーが訊ねる。ハリデイは、あんたたちに渡そうと思っていた、亡命するとなると手ぶらで行くわけにもいくまい、向こうが暖かく迎えてくれるような土産が要るだろうからと答えると、チハニはくすくす笑い、ザンダーは、おれたちは政治亡命者だよと不機嫌だ。フィルムは〝統治者〟が精神的に不安定な頼りにならない人物であるのを暴露しているから、将軍の交渉には有利な条件のはずだが、ザンダーによると、最後に会ったときの将軍はそんな助けを必要としているようには見えなかったという。将軍が何を考えていたのか、アンブラーは説明を加えていないが、将軍がそれほど困っていなかったとしたら、〝統治者〟の神経ガスの要求をのむ用意があったのを暗示していると解釈すべきなのか。

ハリデイは国境でレイナーにフィルムを渡すときにウィーンまで同乗させてもらって、そこからJFK空港へ飛ぶつもりだった。ところが、ザンダーは恐ろしい推測をする。主席秘書官が没収したフィルムがブランクであるのを発見したら、ハリデイが生きてたどり着けるのは、せいぜいウィーン空港だろう。発見していないとしても、ORFがドイツ語のナレーションを入れて編集したフィルムを放映すれば――この編集に二十四時間はかかるだろうが――〝統治者〟たちはORFが二缶目のフィルムを持っていないと気がつき、ムハバラート・ツェントルムへの指示は、ハリデイをアメリカにまで追跡して、とどめを刺せということになる。

それでは、痛い思いをせずにこの窮地から脱出するにはどうすればよいのか。チハニが、ウィーンに行ったら殺されるのは確実だから私たちといっしょに行動したほうがいい、不安な瞬間もあるかもしれないが、殺されるとは限っていないからと気休めになる説明をする。かつてのアンブラーの描いた登場人物は危険というものに対する正常な反応である怯えの感情を見せた。スパイの真似をせねばならぬヴァダシー、ディミトリオスに会ったときのラティマー、贈った薔薇で身許がばれたときのファーマンなど、いずれも怯えや狼狽を見せた。しかし、この作品ではハリデイは痛い思いをせずにすむ方法はと冗談めかし、チハニもムハバラート・ツェントルムとの生死を賭けた対決を楽しみにしているかのように戯画的に描いている。アンブラーは時代の流れに押されて、変わってしまった。

XI

イタリア国境へ向かう車中の話は続く。チハニが、今日を乗り切ることができたら、仲良しのシェルムさんに頼んで、二缶目のフィルムのコピーを作って首長国連邦とサウジアラビアの外務省やNATO諸国の大使たちに送らせればいい、もしシェルムがNATOを巻きこみたくないなら、ハリデイが自分のコネを使ってテレビ放映する方法もあると言う。これはチハニのその場での思いつきのようだが、ザンダーが亡命の手土産にフィルムを持って行く考えはないのを示している。

チハニが言うように、二缶目のフィルムを使ってテレビ番組を作るというアイデアは魅力的だった。世界一安全な核シェルターに改装した銀山の廃坑に居を構えた産油国の狂った殿下が、化学兵器について語り、あのヒステリカルな笑い、神経ガスの被害者の痙攣を唇を震わせながら説明するクローズアップ、それに一九二五年の化学兵器禁止のジュネーヴ議定書の解説を加えれば、センセーショナルな番組になりそうだ。これで〝統治者〟が失脚すれば、ザンダーに対する追撃も弱まるのではないかと言うと、ザンダーは彼が生きてきた世界を知らないハリデイを哀れむように見つめてから、どんな展開になるのか説明し始める。テレビで放映すれば、〝統治者〟の権威は失墜する。首長たちは、〝統治者〟の裏切りを責めるよりも先に、まず、どこのどいつが我々のブラザーをこんな危険な道へ誘い込んだのかと考え、あのザンダーの仕業だとなる。しかし、同時に〝統治者〟の支払能力が失われ、ムハバラート・ツェントルムに報酬を払えるのか怪しくなる。他方、暗殺組織は引き受けた契約を履行しなければ面子にかかわるから、〝統治者〟が失脚しようとザンダーを追い続けようとするだろうが、今日を乗り切れば、ザンダーと家族は完全に消えてしまって、契約の履行もできない。注文者の〝統治者〟が失脚し、代金も払えず、殺す相手も消えてしまったとなれば、暗殺組織も手を引く。ハリデイについては、彼を殺害せよという注文が出たことは、ザンダー暗殺契約のように外部に知られた話ではなく、面子の問題はからんでいないので、今日失敗したら、彼らは打ち切るだろう。これがザンダーの分析だった。

ハリデイはORFのレイナーにイタリアとの国境までの護衛を頼んでいたが、ザンダーが、国境の十数キロ手前のトラック・サービス・エリアに車を入れて、そこで一缶目のフィルムをORFに引き渡してしまえと言い出す。突然の計画の変更にレイナーは不審気で、外国の警備会社の監視下にあるとか言っていたが、シトロエンが一台おとなしく尾行してきただけじゃないかと皮肉を言う。ハリデイは、殿下には好きなようにしゃべらせて、こっちは聴き役に回り、うまく撮れたよ、この一件にあんたの関心のあることが全部入っていると告げる。さらに、まず間違いなく殿下の弁護団がフィルムの引き渡しをORFに要求してくるから、出来るだけ早く放映すべきだ。一度放映してしまえば彼らも態度を変えるはずだ。抗議の対象となるような質問は一つもしなかったのに、殿下のほうで自爆してしまったと説明する。

レイナーと別れの握手をしてから、彼の車に乗せてもらってウィーンに行ったほうがよかったのではないか、これからザンダーたちと行動をともにするのは愚かではないかと一瞬迷うが、ザンダーの車に戻る。

シトロエンから口髭のラウル・ブールジェが降りて、近づいてくる。両手を挙げ、何も持っていないことを示し、笑顔を見せる。

ハリデイは車に戻って、そこからザンダーとブールジェの立ち話を見まもる。ブールジェは三十歳代半ばの歯並びのいい男で、イタリア製のスーツを着ていた。子供のときから彼を知っているチハニは、あの笑顔は自分のものではないものをほしがるときのいつもの笑い方だ、怠け者で、賢明というのはずるがしこく立ち回ることだと思い込んでいたと評する。殺し屋とその標的である人物とが路上で静かに言葉を交わす映画的な場面は、アンブラーの作品では珍しい光景である。

車に戻ってきたザンダーが、ブールジェの話を繰り返す。ムハバラート・ツェントルムはザンダーたちがイタリアに向かうと予測していた。ブールジェの仕事は彼らがイタリアに入るのを見とどけることで、彼の言い方だと羊の群を追い立てる羊飼の役目だった。それでは方向転換してドイツの方へ北上したらどうするつもりかとザンダーが訊ねると、リンツで待機しているチームに連絡し、後はやはり羊飼の役目を続けると言っていた。前にも後にも暗殺組織が待ち構えて、逃げ道がないように見えるが、ザンダーは唯一の逃げ道を知っていた。ＯＲＦの車と早めに別れたのは、そこに逃げ込むためだった。

サービス・エリアからさらに一キロほど南下したところで道路は二股に分かれ、右に行けばイタリア、左はユーゴスラヴィアに向かう道路で、一般車輌の通行が禁止されており、交通量が少ない。ザンダーたちの車は左の道を行く。この道は実在すると思われるが、拡大地図でないと見つからない。アンブラーの書き方から見ると、実際にこの分岐点を通ったことがあるような印象を受ける。チハニによると、第二次大戦末期にドイツ兵だったザンダーが捕虜になってこの道を歩いたことがあるという。

ザンダーだけが知っていて、追ってくる暗殺組織の連中が見落していた脇道があったというと、都合のいい話の進め方のように見えるが、第１章でハリデイが新聞社の知人から聞いたザンダーの経歴を思い出してみよう。彼は第二次大戦末期にドイツ国防軍防諜局の通訳としてロシア戦線にいた。しかし、ハリデイには彼が捕虜になったとは思えない。この道を歩いたことがあるとしたら、防諜局で習得した知識を活用して、民間人のすり切れた服を着て、ドイツ以外の国の労働者の身分証明書を持って、アメリカ軍の占領地域の難民キャンプに向かっていたのではないかとハリデイは思う。つまりアンブラーが冒頭でザンダーの経歴をかなり長々と語ったのは、ザンダーがユーゴスラヴィアからオーストリアに抜ける間道を知っていても不自然ではないという設定のための伏線だった。

また、ユーゴ、オーストリア、イタリアの三カ国が国境を接するこの山岳地帯は『裏切りへの道』でマーロウとザレショフの脱出路として通ったのとほぼ同じ地域である。前にふれたが、『裏切りへの道』を読んだイギリス諜報部が、どうやってこの抜け道を知ったのかとアンブラーに訊きにきたとの話が残っている。アンブラーは地図で見つけたと答えたと伝えられているが、今度も同じ地図を使ったのか。あるいは、この作品の執筆当時は比較的近くのレマン湖畔に住んでいたから、自分の目で確かめに遠出したのかも知れない。

ハリデイがユーゴの入国ビザを持ってないのだけどねと言う。これはジョークのようにも聞こえるが、ブールジェがイタリア国境で待機しているチームにユーゴ国境に移動しろと無線連絡したに違いないと考えて、本当に心配した発言だった。チハニがユーゴには入らないと短く答える。ザンダーの記憶を頼りに人里離れた丘陵地帯に入り、車を乗り捨てて丘に登り、散開して身を潜める。ブールジェら四人はウジを持っていた。彼らはザンダーたちが、まさかアーマライトA

R‐15ライフル銃を持っているとは思いもしなかったようだ。山腹の高地から、ブラザー・ラウル、幾らで私たちを殺す仕事を請け負ったのとチハニが呼びかけると、ブールジェらが撃ち始め、これで彼らのいる位置を摑んだところでザンダーらが狙い撃ちし、撃ち合いは数秒間で終わる。ギリギリまで発砲を控えて、相手の位置を確かめたのは、元外人部隊のザンダーのプロの知恵だった。AR‐15の指紋を拭きとり、四人の死体の傍に残す。これで彼ら四人が殺し合ったように見える。ウジは彼らの車に戻す。なぜ樹木の幹にはウジの弾痕があるのかと、警察は困惑するだろうとチハニが言う。

ザンダー、チハニ、ベルベル人の若い弟妹、それにハリデイの五人は北西へ約二百キロ、イタリアとは逆の方向へ走り続けてザルツブルクを経てドイツに入る。ブールジェらを消したことで、ムハバラート・ツェントルムはザンダーらを見失った。銃撃戦から最終ページまで僅か十ページ。郵送されてきた爆弾、ネチャーエフ回想録、ザンダーとの対決、〝統治者〟のインタビューといった出来事を二百四十ページにわたって詳述してから、アンブラーは十ページで締めくくってみせる。

XII

ドイツに入って終夜営業のカフェで、ビールとサンドイッチを注文する。間もなくシェルムの部下の車が到着し、ザンダーたちはハリデイに手を振って、去っていく。入れ違いにシェルムが現われ、ミュンヘン空港近くのホテルが予約してあり、明日の昼のNY行きのフライトも予約しておいたと切符を渡す。オーストリア警察が、ユーゴとの国境の近くで撃ち合いがあって四人死んだと発表しており、ラジオはイタリアの〝赤い旅団〟の紛争だと見ているが、何が起きたのかとシェルムが訊ね、ハリデイは手短かに説明する。このときハリデイは、シモーン・チハニが言っていたように、二缶目のフィルムを彼に渡そうかとも思うが、おそらくNATOはアブラ湾の基地協定をあきらめないだろうし、〝統治者〟が犯罪傾向のある精神病質者であるのを暴露するのはかえってまずいと考えたら、フィルムは永久にどこかに消えてしまうのではないかと気づき、フィルムについては口を閉ざす。シェルムは彼の上衣の奇妙なふくらみに気づいたかも知れない。シェルムの部下の車がザンダーらを迎えに来たことは、NATOが彼らを亡命者として受け入れたのを意味するが、彼らはどこに行くのかと訊ねても、シェルムは返事をしない。

ホテルには十時に車を回すから、それまで三時間眠って、シャトル便でフランクフルトに行けばNY行きの便に間に合うとシェルムは言う。確かにシェルムの要請でハリデイはザンダーと行動を共にしたのだが、この面倒見のよさは、早くここから追い払おうとしているかのようだ。ハリデイも奇妙な行動をとる。ホテルでは眠らず、シャワーを浴び、髭を剃り、服を着換えて、早いフライトで帰ることにしたというメモをシェルム宛てに残して七時半にホテルを出る。「これでフランクフルトで二時間の余裕ができた」というが、何のための余裕なのか。ここでもアンブラーは先送りの手法をとっている。

ＪＦＫ空港に着き、入国管理官の窓口はあっさり通ったが、税関に行くと、スポット・チェックですと別室に連行されて、ボディタッチされ、荷物も調べられる。検査が終わったとき、ハリデイが、「記者はやめたが、まだマスコミにはコネがある。官憲の横暴とか人権問題だとかわめかずにおとなしく協力したのだから、一体何のつもりか率直に話してくれ」と質問すると、税関吏は肩をすくめ、16ミリフィルムの缶にローンダリングした金を隠しているという密告があったのでと明かす。

翌日、彼の出版エージェントのバーバラが、フランクフルトからのフィルムの小包は無事に届いたと電話してきたので、テレビのプロデューサーに現像してもらってくれと依頼する。

フィルムを観たプロデューサーは、すばらしいが問題があると連絡してきた。オーストリア放送が一缶目を放映し、反響はセンセーショナルだったが、アラブ首長国連邦が正式な外交ルートを通じて、彼らの連邦評議会の一員が騙されてインタビューに応じ、中傷されたと抗議してきた。ハリデイにすれば幾つか質問しただけで、騙したつもりはない。プロデューサーは、オーストリア放送は自分たちで解決するだろうから心配はないが、問題はシンコム・センティネルだ、あの会社がうちの大スポンサーで、フィルムがもう一缶あるのを嗅ぎつけて、放映するなと圧力をかけてきたと言う。国際的な巨大企業のシンコム・センティネルの名が再び出てくるのは、初期の作品で何度も名前の出てきた武器メーカーのケーター&ブリス、『ダーティ・ストーリー』の希土類資源開発の国際コンソーシアム、『汚辱と怒り』や『ドクター・フリゴの決断』の石油コンソーシアムと同じように、ここでも大きすぎて姿の見えない国際企業が支配力を行使するという構図である。巨大企業の商活動にはなにか忌まわしいものが潜んでいるとアンブラーはいつも不信感を抱いていた。

　プロデューサーのニュースはほかにもあった。〝統治者〟がスイスのサナトリウムに入院した。それも、薬物中毒やアルコール依存症の金持ちが入るサナトリウムと違って、完全警備体制の精神科のサナトリウムだという。また、アブダビからは、〝統治者〟が体調不良の間は彼のいとこが摂政の役につくとの声明が出た。これはハリデイには決定的な打撃だった。放映すると、自己弁護もできなければ責任能力もない病人を晒し者にする形になってしまう。

　幸い、パチオリ出版からは回想録編集費は全額支払われた。シェルムからは何の連絡もない。「アメリカのコネを使って、税関であのフィルムを没収しようとしたのは彼のお別れのジェスチャアだった」とハリデイは思う。税関に密告したのはシェルムだと彼は推測しているのだ。二缶目のフィルムの存在をシェルムは知らなかったはずだが、ＮＡＴＯの保護下の亡命者となったザンダーかチハニがシェルムに、あのフィルムをハリデイから受け取ったかと訊ねたのであろう。

　約三カ月後、ニュース雑誌にその行間の意味が読みとれるものにしか分からないような記事が載った。アラブ首長国連邦の国防省幹部とＮＡＴＯ代表がローマでアブラ湾の軍事基地化を討議しているとの情報をアブダビ筋ははっきり否定したとの記事だ。

　このニュースとほぼ同じ時期に、ハリデイにオーストリアのホテルの絵葉書が届いた。「私たちは元気だと知らせておけとパトロンが言ってます。たぶん近いうちにまたお便りして、あれから私たちがどうしたか興味があるかとお訊きするかも知れません。Ｓ」消印はニューヨーク。時とともに、ザンダーや自分の時代は終わるが、ザンダーの家族の行く道は遠い。どう答えたものか分からないなとハリデイは思う。これがちょっとロマンティックな最後の一節である。

XIII

未訳の作品の魅力を語るには、どこまで詳細を明かすべきなのかと迷いながら書き、結局、九割がた明かしてしまった。一九八一年のこの作品のあと、八五年に自伝の*Here Lies*を発表し、MWA評伝賞を受賞、九一年に八つの旧作短篇をまとめた*Waiting For Orders*を出版。九五年には同じ八篇に九二年に書いた短篇一本と約五十ページの回想を加えた*The Story so Far*を出し、この回想がアンブラーの最後の執筆活動となった。

グレアム・グリーンは一九五一年にアンブラーを「疑問の余地なく、われわれの最高のスリラー作家」と呼んだ。一九五一年ということは、アンブラーの戦前の六冊の作品を評価しているわけで、これは現在ではまず読む機会のないフィリップ・オッペンハイムやウィリアム・ルキューなど二十世紀初頭の流行作家たちと一線を画した、リアリティを求めた作家が登場したことを評価している言葉であろう。

一九七五年のインタビューでアンブラーは「戦前に書いたものは後年の作品のための下絵だった」と語っている。一九五一年にグリーンに賞賛された作品群も、作者自身が二十数年後に回顧してみると、未熟なものだったと言うのだ。確かに『暗い国境』と『ドクター・フリゴの決断』を読み比べてみれば、成熟度の違いは歴然としている。

初期の『恐怖の背景』『裏切りへの道』『恐怖への旅』では、主人公が敵対的な組織に追い回され、危機に直面しながら、やっと追跡者から逃げ切るパターンが繰り返されている。これらの作品が〈下絵〉だったと聞くと、『薔薇はもう贈るな』や*The Care of Time*も全く同じパターンの結末になっているのに気づく。ディミトリオスという男の経歴の語り口を下絵にして、シルマー家の歴史やカーリス・ザンダーの履歴が書かれ、国際的な巨大企業のケーター&ブリス社はシンコム・センティネルになった。

出版当時の《NYタイムズ》の書評家のハーバート・ミトガングのインタビューで、アンブラーは社会的な良心が*The Care of Time*の執筆の動機であり、化学兵器は核兵器よりも恐ろしいと述べたという。

ジュリアン・シモンズとスパイ小説――あとがきに代えて

本書は「ヴィンテージ作家の軌跡」の題で早川書房の《ミステリマガジン（HMM）》に連載したものからスパイ小説関連をまとめたものである。自分の印象に強く残っている作家を対象としたので、『スパイ小説の背景』と題したものの、スパイ小説の誕生から現在までの作家をたどるといった体系的なものではなく、たった六人の作家たちについて語るだけに終って、偏った選択になった。

スパイ小説は〈敵〉との対決の物語である。〈敵〉は時代とともに変わっていく。本書で取り上げた作品でも、〈敵〉は執筆された時代を反映した存在になっている。架空の国を舞台にした作品においても、当時の政治情勢や国際情勢を示す断片がどこかに取り込まれている。その断片が現代史のどの事件を模したものなのかと探していくのは勉強になった。

この本をまとめてから、ジュリアン・シモンズの『ブラッディ・マーダー』（一九九二）を拾い読みしていたら、「スパイ小説は短命か」という挑戦的な見出しのついた第16章を見つけた。この設問に対するシモンズ自身の回答は述べられていないが、一八二一年から一九八三年ころまでの作品を論じたスパイ小説史だった。

これを読んでみると、シモンズの採点に賛成できるものもあれば納得できない評価もある。彼がサマセット・モームの『アシェンデン』やアンブラーの『あるスパイへの墓碑銘』を評価し、『ドクター・フリゴの決断』を「一級品の力作」と言っているのには同感だが、『真昼の翳』と『ダーティ・ストーリー』のA・A・シンプソン二部作を力作と言ったかと思うと数ページあとでは「コメディとサスペンスとのあいだをさも自信なさそうに往来するにすぎない」（宇野利泰訳、以下同）と否定的なことを言っている。デイトンが『イプクレス・ファイル』を初めとする「初期の数作で裏工作の複雑さを描き、スパイ小説の分野に新しい路線を切り拓いた」と評価しているのには賛成。

チャールズ・マッキャリーを「新しい才能の出現」と呼び、第一作の『蜃気楼を見たスパイ』については「ここ数年来、これほど知的で魅惑的な作品を読んだことがない」というエリック・アンブラーの激賞を引用しながら、「ストーリーの信憑性に関し太鼓判を押せる一方、第一作としては驚くばかりの確実な手際と調子を見せている」と述べて、マッキャリー愛読者を喜ばせてくれる。ところが、そのあとがひどい。その後は第一作に比肩し得る作品を発表していないと言い、「ポール・クリストファーはあいかわらず現実離れのした夢想的な行動を続けつつある……マッキャリーの作品は概してみな、知性のみなぎる筆致で語られるにしても、その精密さが後期の作品では度を越した」と言う。私が気に入ったポール・クリストファーの人物造型もシモンズには目障りなのか、「マッキャリーの非凡な才能を承知する者としては、彼が選んだコースを惜しむしかなく、願わくば次作の執筆以前にポール・クリストファーが、交通事故か何かで退場を余儀なくされればと思う」と呆れるほど酷なコメントで結んでいる。この賞賛まじりの酷評はマッキャリーの耳に届かなかったのか、あるいは無視することにしたのか、彼は自分の選んだコースを変えることなく、クリストファー家の物語を続けた。シモンズが評論の大家であるにしても、このマッキャリー評は的外れだと思う。主人公を早く殺してしまえとは暴言ではないか。シモンズは、スパイ小説には恋愛要素はいらないと考えているのだろうか。

『ブラッディ・マーダー』の第一版は一九七二年に出版され、当時私が入手したのは米国版の*Mortal Consequences*という題名だった。その後、一九八五年、一九九二年と加筆修正、削除されて、第一版とは内容も取り上げた作品もかなり違ったものとなっている。第一版は出版された一九七二年までに刊行された本を対象としているので、『ドクター・フリゴの決断』や『ヒューマン・ファクター』には言及されていない。第16章はA Short History of the Spy Storyで、九二年版のような疑問形ではない。

このなかでシモンズは、一九五三年のイアン・フレミングの『カジノ・ロワイヤル』の登場はまさしくスパイ小説のルネッサンスだったと位置づけ、これにデイトンやル・カレが続いた約十五年間はスパイ小説の全盛期となったと述べている。しかし、一九七二年にはすでに転換期に入ったと感じたのか、フレミングが他界すると彼の名声は衰退し、ル・カレは一作品ごとにスパイ小説から遠ざかり、デイトンはハリー・パーマーをしばらく棚上げしたし、ギャヴィン・ライアルやディック・フランシスといった最近の優れた作家はミステリよりも冒険小説寄りだと指摘、さらに、夢で始まり、現実性と詩に近づいたスパイ小説のルネッサンスは茶番劇に転落したと言って、悪例としてジョン・ガードナーのボイジー・オークス・シリーズとノエル・ベーンの『クレムリンの密書』を挙げた。読者のほうはずば抜けた三重スパイや異常な殺人や脱出の話を読みたがるかも知れないが、作家たちが自尊心を持ちながらこの要求に応じられるとは思えないし、優れた作家たちは疲れ果てたように見えるから、長い目で見れば、今後十年間のスパイ小説執筆禁止令を発令することが誰にとってもよいのではないかと言って、この第16章を締めくくっている。

一九九二年版の『ブラッディ・マーダー』でシモンズは一九七二年当時を回顧して、「一時は有望視されながらも、〝ダブル・スパイ、三重、四重スパイ症候群〟に取り憑かれたばかりに空しく頓挫した作家たちの屍《しかばね》が累々と横たわっている」と述べている。

こう言われてみると、一九七〇年前後にはスパイ小説の氾濫が日本にも押し寄せて、こんな小説までわざわざ邦訳されているのかと意外に思ったことがある。そのころの出版目録を見れば、いまは全く聞いたこともない作家や作品が幾つも載っている。

シモンズの言うように、フレミングの登場でスパイ小説は確かに戦中の沈滞から一転してルネッサンス時代に入った。当時は冷戦時代で、一つの〈敵〉が顕在し、読者にとっても受け入れやすい環境があったのもフレミングの成功要因だったと思う。彼の作品を全部読み、ああ面白かったと思ったのだから、本書で取り上げて当然の作家なのだが、とうとう手が回らなかった。また彼と対極的な作家であったグレアム・グリーンの作品についてふれずに終ったのは心残りだ。

グリーンは『ヒューマン・ファクター』（一九七八）のなかで「イアンの小説はとても読む気

にならんね」と登場人物に言わせている。また、ジョン・ル・カレも一九六四年ころ、アメリカのテレビのトークショウで「フレミングはヒーローを描くが、私は被害者を描く」と言っていた。どちらもあからさまなフレミング批判である。

フレミングに対するグリーンやル・カレ。ヒーロー対被害者。この対立が示しているのは、スパイ小説という一つのジャンルのなかにも、大雑把に言えばスリルを中心とする活劇派と人間的要素を重視する文芸派があることだ。

スパイという仕事には危険がつきまとう。グリーンの『ヒューマン・ファクター』に登場する情報局幹部は「われわれはいつもどこかで犯罪をおかしている。それがわれわれの仕事だ」と言う。また、文中でもふれたようにチャールズ・マッキャリーは「スパイは母国以外のほとんどの国で犯罪者と見なされる」と言う。『イプクレス・ファイル』の無名の主人公はまるで犯罪者であるかのようにいつでも逃亡して身を隠さねばならぬ事態に備えている男だ。アシェンデンは彼の作家としての日常では考えられぬ、メキシコ人殺し屋のお目付役を演じる。いずれもこの仕事には暴力がつきまとっていることを語っており、その暴力的な部分を作品のなかでどこまで強調するか、暴力行為を美化するのか、これが作品の資質を大きく左右する。ル・カレの傑作『寒い国から帰ってきたスパイ』で読者に銃声が聞こえるのが、第1章と最終ページのたった二回だけであるのは、象徴的なまでに暴力描写を排除しているからだ。

本書でふれた六人の作家のうち、活劇派はアメリカのペイパーバック作家、ドナルド・ハミルトンとエドワード・アーロンズの二人だ。彼らを取り上げたのはフレミングというイギリス作家の攻勢に対してアメリカがどう反応したのかと考えたからである。この二人についてジュリアン・シモンズは、『ブラッディ・マーダー』では一行も言及していないが、ルネッサンス時代に登場し、屍体累々の戦場を生き抜いた作家だ。ほかの四人、モームはいまさら言うまでもなく文芸派だし、デイトン、マッキャリー、アンブラーも文芸派だ。

チャールズ・マッキャリーは四作品しか邦訳されていないが、本書ではかなりの紙数を費やした。ジュリアン・シモンズの酷評があろうと、アメリカ最高のスパイ作家だと思っており、なぜ彼の作品の邦訳が続かないのか不思議だ。雑誌連載中に彼の新作が二冊出て、追記したが、存命の作家の軌跡を追おうとすると忙しい。

最近の海外スパイ小説には、一見〈敵〉は国外にいるように見えながら、実は政府のなかのパワープレイから出た謀略であるとか同じ局内での足の引っ張り合いだったというプロットが妙に多い。他方、アレックス・ベレンソン、ダン・フェスパーマン、ダニエル・シルヴァ、オレン・スタインハウアー、アラン・ファーストといった作家たちがジャーナリストとしての経験や現代史の知識を生かして秀作を発表し、新しい時代が始まっている。

二〇一一年八月

直井　明

初出一覧

第一章　レン・デイトン「ミステリマガジン」二〇〇四年八月号、九月号
第二章　チャールズ・マッキャリー「ミステリマガジン」二〇〇三年五月号～七月号、二〇〇五年六～八月号、二〇〇七年十月号
第三章　サマセット・モーム「ミステリマガジン」二〇〇三年八月号～十月号
第四章　ドナルド・ハミルトンとエドワード・S・アーロンズ「ミステリマガジン」二〇〇四年十一月号、十二月号
第五章　エリック・アンブラー「ミステリマガジン」二〇〇七年一月号～九月号、二〇〇八年一月号～十二月号、二〇〇九年一月号～十二月号、二〇一〇年一月号～七月号

直井明（なおい・あきら）
一九三一年東京生まれ。一九五四年東京外国語大学インド語科卒。商社の海外駐在員としてカラチ、ヒューストン、ブカレスト、ニューヨーク等で勤務、二〇〇三年に外資系企業日本法人から退任。『87分署グラフィティ』で第四十二回日本推理作家協会賞（評論部門）を受賞。他著書に『87分署のキャレラ』『海外ミステリ見聞録』『エド・マクベイン読本』『海外ミステリ　誤訳の事情』『本棚のスフィンクス』など。

スパイ小説《しょうせつ》の背景《はいけい》

二〇一一年九月二十日　初版第一刷印刷
二〇一一年九月三十日　初版第一刷発行

著　者　直井　明
発行人　森下紀夫
発行所　論創社
東京都千代田区神田神保町2―23　北井ビル2F
電　話　（〇三）三二六四―五二五四
振替口座　〇〇一六〇―一―一五五二六六
URL　http://www.ronso.co.jp/

印刷／製本　中央精版印刷
ISBN978-4-8460-1103-1